사례 연구

사례 연구
Case Study

그레임 맥레이 버넷 장편소설
허진 옮김

CASE STUDY
by GRAEME MACRAE BURNET

차례

서문	7
첫 번째 비망록	13
브레이스웨이트 I: 어린 시절	75
두 번째 비망록	91
브레이스웨이트 II: 옥스퍼드	161
세 번째 비망록	185
브레이스웨이트 III: 당신의 자아를 죽여라	253
네 번째 비망록	285
브레이스웨이트 IV: 에인저 로드 소동	337
다섯 번째 비망록	355
브레이스웨이트 V: 터널을 뚫고 나가다	383
제2판 후기	407
감사의 말	413
옮긴이의 말	415

서문

2019년이 끝나 갈 무렵 나는 클랙턴온시에 사는 마틴 그레이 씨로부터 이메일을 받았다. 그는 사촌이 쓴 비망록을 몇 권 보관하고 있는데 내가 그것들을 바탕으로 흥미로운 책을 만들어 볼 수 있을 것 같다고 했다. 나는 답장을 보내, 감사하지만 그 소재로 무언가를 만들어 낼 가장 좋은 위치에 있는 사람은 그레이 씨 본인이 아니겠냐고 했다. 그러자 본인은 작가가 아니며 무작위로 나에게 연락한 것이 아니라는 항변이 돌아왔다. 그레이 씨는 지금은 잊힌 1960년대 심리 치료사 콜린스 브레이스웨이트에 관해 내가 쓴 블로그 글을 우연히 발견했다고 했다. 그러면서 사촌의 비망록에도 브레이스웨이트 이야기가 나오는데 내가 읽어 보면 분명 흥미로워할 것이라고 했다.

그쯤 되자 상당히 호기심이 생겼다. 이메일을 받기 몇 달 전에 어수선하기로 악명 높은 글래스고 서점 볼테르 앤드 루소에서 브레이스웨이트의 책 『언세러피*Untheraphy*』를 우연히 발견했었다. 브레이스웨이트는 R. D. 랭과 동시대인으로 소위 1960년대 반(反)정신 의학 운동의 〈앙팡 테리블〉 같은 존재였다. 『언세러피』는 사례 연구집이었는데 외설스럽고 인습에 어긋나며 눈을 뗄 수 없는 책이었다. 나는 작가에게 새로이 매료되었고 희박한 인터넷 자료에 만족하지 못하던 차에 흥미가 동해 브레이스웨이트의 고향 달링턴에서 북쪽으로 약 40킬로미터 떨어진 더럼 대학의 작은 문서고까지 찾아갔다.

〈문서고〉는 마분지 상자 두어 개였고 주해가 잔뜩 달린 브레이스웨이트의 원고(음란하지만 예술성이 없지는 않은 낙서로 종종 장식되어 있었다), 신문 스크랩, 주로 담당 편집자 에드워드 시어스와 전 연인 젤다 오글비에게 받은 편지 몇 통이 들어 있었다. 브레이스웨이트의 놀라운 삶을 세세하게 조금씩 맞춰 나가는 동안 그의 전기를 써볼까 하는 생각이 들었지만 나의 에이전트와 출판사는 그 아이디어에 썩 열광하지 않았다. 그들은 수십 년 전에 작품이 절판되고, 이름도 잊히고, 명예까지 실추된 인물의 이야기를 읽고 싶은 사람이 어디 있겠냐고 물었다. 아주 합리적인 의문임을 인정할 수밖에 없었다.

그러한 상황에서 그레이 씨의 연락을 받았던 것이다. 나는 그렇다면 어쨌든 그 공책들을 한번 보고 싶다며 주소를 알려 줬다. 이틀 뒤 소포가 도착했다. 동봉된 쪽지에 따르면 출판 조건은 아무것도 없었다. 그레이 씨는 아무런 보수도 원하지 않으며 가족의 사생활을 지키기 위해 익명으로 남고 싶다고 했다. 그레이라는 이름도 본명이 아니라고 고백했다. 비망록을 읽어 봤는데 별로 흥미롭지 않다면 그냥 돌려주면 된다고도 했다. 하지만 그는 그런 일은 없으리라 자신하며 반송 주소를 적어 두지 않았다.

단 하루 만에 공책 다섯 권을 다 읽었다. 내가 의심을 품고 있었다 해도 비망록을 읽는 즉시 날아갔다. 저자는 푹 빠져들 만한 이야기를 들려줬을 뿐 아니라 본인은 부인했지만 그 글에는 특이한 기세가 있었다. 소재가 뒤죽박죽이었는데 그래서 그녀의 이야기가 더욱 신빙성 있다고 생각했다.

그러나 며칠이 지나자 누가 나에게 못된 장난을 치고 있다는 확신이 들었다. 마침 내가 조사하던 대상이 범죄에 가까운 부정행위를 저질렀다고 주장하는 비망록 한 묶음이 발견되다니, 나를 유인하기 위해 이보다 치밀하게 계산된 행위가 어디 있을까? 그러나 정말로 사기였다면 그레이 씨는 공책 다섯 권을 채우는 만만치 않은 작업을 포함하여 상당한 수고를 아끼지 않은 셈이었다. 몇몇 사실을 확인해 보기로 했다. 공책(별로 비싸지 않은 실바인 학생용 연습장)은 당시에 흔히 구할 수 있는 유형이었다. 날짜는 적혀 있지 않았지만 몇 가지 언급된 내용으로 미루어 공책에서 설명하는 일은 1965년 가을에 일어난 것이 분명했는데, 당시 브레이스웨이트는 실제로 프림로즈힐에 살았으며 명성이 절정을 향해 가는 중이었다. 첫 번째 공책에 테이프로 붙인 『언세러피』 본문 책장은 초판에서 오려 낸 것으로 후대에는 초판을 쉽게 구할 수 없었을 테니 그 공책이 당대에 쓰였음을 시사한다. 상세한 내용의 많은 부분이 내가 더럼 대학 문서고나 당시의 신문 기사에서 읽은 것과 일치했다. 하지만 그 점이 별다른 증명이 되지는 않았다. 만약 공책이 가짜라면 그것을 쓴 사람이 나와 똑같은 정도로만 조사했어도 가능한 일이었다. 별로 정확하지 않은 부분도 있었다. 예를 들어 이야기에 등장하는 술집의 이름이 공책에는 펨브리지 캐슬이라고 적혀 있지만 사실은 펨브로크 캐슬이다. 그러나 그러한 오류는 철저히 속이려는 사람보다 순수하게 자기 생각을 기록하려는 사람이 저질렀을 가능성이 더 크다. 또한 그레이 씨 본인도 카메오로 적나라하게 등장하는데 본인이 썼다면 넣지 않았을 만한 내용이 담겨 있다.

동기 또한 문제다. 누군가가 나를 속이려고 그런 수고까지 감수할 이유가 도저히 떠오르지 않는다. 게다가 브레이스웨이트의 평판을 떨어뜨리는 일이 목적일 가능성도 별로 없는 것이, 어차피 그의 경력은 불명예로 끝났고 이제 정신 의학사의 각주에 실릴 만큼의 가치도 없기 때문이었다.

그레이 씨에게 이메일을 보내 자료는 과연 흥미로웠지만 출처가 명확하지 않으면 더 진행할 수 없다고 했다. 그는 무슨 증거를 제시해야 할지 모르겠다고 답장했다. 그레이 씨는 메이더베일에 있는 외숙부의 자택을 정리하다가 공책을 발견했다. 그는 사촌을 평생 알았는데, 비망록에 사용된 어휘와 표현 방식이 그녀가 말하는 방식과 완전히 일치했다. 비망록을 다른 사람이 썼을지도 모른다고 생각하기는 정말 힘들었다. 물론 그중 어떤 것도 내가 찾는 증거에는 해당하지 않았다. 나는 그레이 씨에게 나를 만나 줄 수 있는지 물었다. 그는 그래 봤자 아무것도 증명되지 않으리라는 이유를 들며 거절했는데, 합리적인 말이었다. 그는 내가 자신의 〈진심〉을 믿지 않는다면 공책을 돌려주면 된다는 말로 편지를 끝맺으며 사서함 번호를 알려 줬다.

보시다시피 나는 돌려주지 않았다. 비망록이 진짜임을 납득하기 위해 알아볼 만큼 알아봤지만 여전히 그 내용이 진실이라고 확언할 수는 없다. 어쩌면 비망록에서 설명하는 사건들은, 그 스스로 밝혔듯 문학적 야망을 품고 있었으며 내용으로 미루어 확실히 정신 상태에 문제가 있었던 어느 젊은 여성의 터무니없는 공상에 불과할지도 모른다. 나는 중요한 것은 그 사건들이 실제로 일어났는지가 아니라 맨 처음에 그레이 씨가 말했듯 흥미로운 책의 바탕이 될 수 있다는 점이라고 스스로에게 말했다. 마침 조사하던 주제와 내용이 딱 들어맞는 비망록을 받았기 때문에 저항하기가 힘들었다. 나는 관련된 장소들을 찾아가고 브레이스웨이트의 저서를 더욱 면밀히 연구하고 그와 얽힌 사람들을 여러 번 인터뷰하는 노력을 더했으며, 사소한 편집을 거친 이 비망록을 내가 직접 정리한 브레이스웨이트의 전기와 함께 이렇게 공개한다.

2021년 4월

GMB

첫 번째 비망록

나는 일어나는 모든 일을 적기로 결심했다. 위험을 자초하고 있을지도 모른다는 느낌이 드는데, 정말 그렇다면(물론 드문 일이긴 하다) 이 공책이 일종의 증거 역할을 할 테니 말이다.

곧 밝혀지겠지만 안타깝게도 나는 글솜씨가 별로 없다. 앞 문장을 읽으니 약간 움츠러들지만 문체 때문에 꾸물거리다가는 아무 일도 못 할 것이다. 나는 한 문장에 너무 많은 생각을 욱여넣으려 한다고 영어 담당이었던 라일 선생님에게 혼나곤 했다. 라일 선생님 말씀에 따르면 그런 문장은 정신이 난잡하다는 표시다. 「먼저 무슨 말을 하고 싶은지 정한 다음 가장 쉬운 말로 표현해야 해요.」 선생님은 그 말을 진언처럼 되풀이했는데, 확실히 훌륭한 말이지만 나는 이미 실패한 것 같다. 위험을 자초하고 있을지도 모른다고 말해 놓고 또 이렇게 상관없는 이야기로 샜다. 하지만 다시 시작하기보다는 그냥 계속

써야겠다. 여기서 중요한 건 문체가 아니라 내용, 즉 이 글은 이제부터 일어날 일의 기록이라는 사실이다. 글이 너무 세련되면 신빙성이 떨어질지도 모른다. 표현이 부족해야 진실처럼 느껴질지도 모른다. 나도 내가 무슨 말을 하고 싶은지 아직 모르기 때문에 어차피 라일 선생님의 충고를 따를 수도 없다. 그러나 불행히도 이 글을 읽게 될 사람을 위해 명확하게 쓰도록, 가장 쉬운 말로 생각을 표현하도록 노력하겠다.

이러한 마음가짐으로 먼저 사실을 진술하려 한다. 내가 말한 위험은 콜린스 브레이스웨이트라는 사람과 관련이 있다. 아마 언론에서 그를 〈영국에서 가장 위험한 사람〉이라고 설명하는 걸 들어 본 적이 있을 텐데, 정신 의학에 관한 그의 사상 때문이다. 그러나 위험한 건 그의 사상만이 아니라고 본다. 나는 브레이스웨이트 박사가 나의 언니 버로니카를 죽였다고 생각한다. 그가 일반적인 의미에서 버로니카를 살해했다는 뜻은 아니지만, 그럼에도 맨손으로 버로니카의 목을 졸라 죽인 것과 마찬가지로 그녀의 죽음에 책임이 있다는 말이다. 버로니카는 2년 전 캠던의 브리지어프로치에 있는 육교에서 몸을 던져 하이바닛행 4시 45분 열차에 치여 죽었다. 버로니카는 스물여섯 살로, 지적이고 승승장구하고 있었으며 꽤 매력적이었다. 그럼에도 버로니카는 아버지와 나 모르게 몇 주 동안 브레이스웨이트 박사에게 상담을 받았다. 브레이스웨이트가 직접 그렇게 말했다.

대부분의 영국인이 그렇듯 나는 브레이스웨이트 박사를 직접 만나기 훨씬 전부터 말을 길게 늘이는 그의 투박한 북부 억양에 익숙했다. 그가 라디오에 출연해 말하는 걸 들었고 한번은 텔레비전에서 본 적도 있다. 조앤 베이크웰이 진행하는 정신 의학 토론 프로그램이었다.[1] 브레이스웨이트는 외모 역시 말투만큼이나 매력적이지 않았다. 그는 재킷을 입지 않고 셔츠 맨 위 단추를 풀고 있었다. 목깃까지 내려오는 머리카락은 헝클어졌고 그는 끊임없이 담배를 피웠다. 캐리커처 화가가 과장해 놓은 것처럼 이목구비가 컸는데, 그에게는 텔레비전 화면으로 봐도 사람들의 눈길을 끄는 뭔가 특별한 면이 있었다. 스튜디오의 다른 출연자들은 아주 어렴풋하게만 인식되었다. 그가 실제로 한 말보다 그 말을 하던 태도가 더 기억에 남는다. 그는 저항해 봐야 소용없을 것 같은 느낌을 줬다. 브레이스웨이트는 자기보다 열등한 사람들에게 생각을 설명하는 데 진력이 난다는 듯 권위적이고 지친 분

1 브레이스웨이트가 출연한 「심야 토론 Late Night Line-Up」은 1965년 8월 15일 일요일에 BBC2에서 방송되었다. 그 외에 앤서니 스토, 도널드 위니캇, 당시 런던 주교 로버트 스토퍼드가 출연했다. 랭 역시 출연 제의를 받았지만 브레이스웨이트와 같은 연단에 서기를 거부했다. 애석하게도 영상은 남아 있지 않지만, 훗날 조앤 베이크웰은 브레이스웨이트가 자신이 어쩔 수 없이 만나야 했던 사람 중에서 〈가장 오만하고 불쾌한 인물 중 하나〉였다고 썼다 — 원주. 이하 〈원주〉라고 표시하지 않은 모든 주는 옮긴이 주이다.

위기를 풍기며 말했다. 출연자들은 베이크웰을 중심으로 반원을 그리며 앉아 있었다. 다른 출연자들은 교회에서처럼 꼿꼿하게 앉아 있었지만 브레이스웨이트 박사는 지루해하는 학생처럼 몸을 구부리고 앉아 손바닥에 턱을 괴고 있었다. 그는 경멸과 지루함이 섞인 표정으로 다른 출연자들을 바라봤다. 프로그램이 끝날 때쯤에는 담배와 라이터를 챙겨서 욕설을 중얼거리며 세트장을 빠져나갔는데, 그가 한 말을 여기서 반복할 필요는 없을 것이다. 베이크웰은 깜짝 놀랐지만 금방 침착함을 되찾고 동료 출연자들과 토론하지 않으려는 건 자기 생각의 빈약함을 인정하는 행동이라고 말했다.

다음 날 신문은 브레이스웨이트 박사의 행동을 앞다투어 비난했다. 그는 현대 영국이 지닌 모든 사악함의 화신이라고, 그의 책은 더없이 음란한 사상으로 가득하며 인간 본성에 관한 가장 저열한 관점을 드러낸다고들 했다. 물론 나는 점심때 포일스 서점에 가서 브레이스웨이트의 최신작을 달라고 했는데, 그 책은 〈언세러피〉라는 별로 끌리지 않는 제목을 달고 있었다. 계산원은 뭔가에 감염될지도 모른다는 듯이 그 책을 다뤘고 내가 로런스 씨의 평판 나쁜 소설을 샀을 때 말고는 본 적 없는 못마땅한 표정으로 책을 건넸다. 나는 그날 밤 저녁 식사를 마치고 내 방에 안전하게 자리 잡고 앉을 때까지 포장된 책을 풀지 않았다.

그때까지 내가 정신 의학에 관해 아는 거라곤 소파에 누운 환자가 수염을 기르고 독일 억양을 쓰는 의사에게 꿈 이야기를 하는 영화 속 장면밖에 없다는 사실을 먼저 밝혀 둬야겠다. 그래서인지 『언세러피』의 첫 부분을 따라가기가 힘들었다. 익숙하지 않은 단어가 가득했고 문장이 너무 길고 복잡했으므로 저자도 라일 선생님의 충고를 따르는 편이 좋았을 것 같았다. 서문을 읽고 알게 된 사실은 브레이스웨이트는 애초에 그 책을 쓰고 싶지도 않았다는 것밖에 없다. 그가 〈손님〉이라고 부르는 이들은 고유한 개인이지 손님 끌기용 쇼의 기형아처럼 줄줄이 구경시킬 〈연구 사례〉가 아니었다. 그가 그런 이야기를 쓴 유일한 목적은 기득권(그가 자주 쓰는 단어다)이 쏟아 내는 혹평에 맞서 자신의 사상을 옹호하는 데 있었다. 그는 스스로 〈언세러피스트〉라고 선언했다. 그의 과업은 사람들에게 심리 요법이 필요하지 않다고 설득하는 것이며 그의 임무는 정신 의학이라는 〈엉성한 대건축물〉을 무너뜨리는 것이었다. 내가 보기에는 정말 특이한 입장이었지만, 앞서 말했듯 나는 정신 의학에 관해 잘 몰랐다. 브레이스웨이트는 그 책이 앞서 발표한 저서와 한 쌍이라고 할 수 있으며, 자신과 심리적으로 불안정한 사람들의 관계를 바탕으로 만든 일련의 이야기라고 했다. 이름과 신원을 특정할 수 있을 만한 부분은 당연히 바꿨지만 그의 주장에 따르면 각 이야기의 근본적인 부분은 사실이었다.

당혹스러운 앞부분을 넘기고 나자 나머지 이야기는 눈을 뗄 수 없을 만큼 흥미로웠다. 누구나 자신의 별난 면을 퇴색시키는 구제할 수 없는 사람들의 이야기를 읽으면 왠지 안심하는 것 같다. 책을 반 정도 읽자 내가 더없이 정상인처럼 느껴졌다. 바로 그때, 끝에서 두 번째 장에 버로니카의 이야기가 나왔다. 여기에 그 부분을 잘라 넣는 게 제일 좋을 듯하다.

9장
도러시

도러시는 무척 지적인 20대 중반 여성이었다. 두 자매 중 언니로, 영국 대도시 중산층 가정에서 자랐다. 부모님은 냉담한 앵글로색슨이었다. 도러시는 부모님이 서로 애정을 표현하는 모습을 한 번도 본 적이 없었다. 그녀의 말에 따르면 부부 싸움은 순한 공무원인 아버지가 어머니의 요구를 들어주는 것으로 끝나곤 했다. 도러시는 열여섯 살에 갑작스럽게 어머니를 여읠 때까지는 어린 시절에 별다른 트라우마가 없었지만, 그래서 행복했냐고 물으면 대답하기 어렵다고 했다. 그녀는 많은 사람이 누리지 못하는 편안한 환경에서 자라면서도 행복해하지 않아 어렸을 때부터 죄책감을 느꼈다고 결국 인정했다. 그러나 아버지를 기쁘게 하려고 종종 명랑한 척했는데, 아버지의 행복이 자신의 행복에 달려 있다고 느꼈기 때문이다. 아버지는 늘 도러시를 꼬드겨 뭔가를 하려고 했지만 도러시는 혼자 알아서 노는 편이 더 좋았다. 한편 어머니는 도러시와 동생에게 두 사람이 얼마나 운이 좋은지 끊임없이 상기시켰기 때문에 도러시는 어렸을 때부터 무척 절제했고, 특히 아버지가 그녀의 관심을 끌려고 특별히 주는 것들, 즉 아이스크림, 생일 선물, 간식 등에 관해 그랬다. 어린 도러시는 동생에게 강한 분노를 느꼈다. 그녀의 주장에 따르면 동생이 태어나서 부모의 관심과 사랑이 희석될 때 느낄 법한 평범한 질투가 아니었다. 동생이 자주 소동을 벌이고 규칙을 어겨도 부모님이 자신과 동생을 똑같이 대했기 때문에 화가 났다. 자신은 착하게 굴어도 상을 받지 못하고 동생은 제멋대로 굴어도 벌을 받지 않는 것이 불공평하게 느껴졌다.

도러시는 공부를 잘했고, 장학생으로 옥스퍼드에 들어가 수학을 공부했다. 그녀는 대학에서도 두각을 드러냈고, 내향적이긴 했지만 잘 적응했다. 옥스퍼드에서 도러시는 〈참여〉하거나 즐기는 것처럼 보일 의무가 없음을 깨달았다. 그녀는 초연하고 무심해졌다. 도러시의 말에 따르면 그녀는 그때 처음으로 〈자신답게〉 행동할 수 있었다. 그럼에도 학생들이 댄스파티에 가거나 숙소에서 즉석 파티를 열면 도러시는 질투심에 사로잡혔다. 그녀는 최우수 등급으로 졸업했고, 박사 과정에 진학해 공부를 계속하다가 젊은 교수를 만나 약혼했다. 도러시의 말에 따르면 그에게 강렬한 감정을 느끼지도 않았고 성적 욕망도 없었지만 아버지가 인정할 만한 괜찮은 젊은이 같아서 결혼을 결심했다. 나중에 도러시의 약혼자는 당분간 일에 집중하고 싶다며 파혼했다. 그가 약혼 관계를 끝낸 진짜 이유는, 자신이 신경 쇠약으로 잠시 요양원에 들어간 적이 있었기 때문이라고 도러시는 생각했다. 그는 도러시가 정신이 불안정하다는 점이 두려웠을 것이다. 도러시는 어차피 결혼할 준비가 안 되었다고 느꼈으므로 그가 파혼해서 마음이 놓였다.

상담실을 처음 찾은 날 도러시는 아주 잘 차려입고서 면접이라도 보러 온 듯 전문가다운 태도로 자신을 소개했다. 따뜻한 날이었지만 실제보다 훨씬 나이 들어 보이는 트위드 정장 차림이었다. 화장은 거의 하지 않았다. 중산층 방문객이 그런 모습으로 찾아오는 일은 흔하다. 그들은 좋은 인상을 주려고, 정신과 의사의 소굴에 자주 들락거릴 듯한 침을 질질 흘리는 미치광이와 분명히 선을 그으려고 애쓴다. 그러나 도러시는 대부분의 사람보다 한 발짝 더 나아갔다. 우리가 자리에 앉기도 전에 그녀가 말했다. 「그럼, 브레이스웨이트 박사님, 어떻게 시작할까요?」

자신이 처한 상황을 통제하려는 욕구가 지나친 젊은 여성이었다. 나는 그녀의 허세에 도전장을 던졌다. 「당신이 원하는 방식으로 시작하면 됩니다.」

그녀는 장갑을 벗어서 발치에 놓아둔 핸드백에 넣으며

시간을 벌었다. 그러고 나서 실질적인 계획에 관해, 상담 빈도와 기타 등등에 관해 상의하기 시작했다. 나는 그녀가 더는 할 말을 짜내지 못할 때까지 계속하게 내버려 뒀다. 그런 상황에서는 침묵이 심리 치료사의 가장 귀한 무기다. 지금까지 침묵을 채우고 싶다는 충동을 이기는 내담자는 만나 보지 못했다. 도러시는 머리카락을 매만지고 치맛자락을 가다듬었다. 움직임이 매우 정확했다. 그런 다음 이제 시작하지 않겠냐고 물었다.

나는 이미 시작했다고 말했다. 그녀는 항변하려 했지만 할 말을 찾지 못했다.

「아, 네. 물론 시작했겠지요.」 도러시가 말했다. 「제 보디랭귀지를 관찰하셨겠군요. 아마 제가 여기 온 이유를 말하지 않고 있다고 생각하시겠죠.」

나는 그럴지도 모른다는 뜻으로 고개를 까딱했다.

「그리고 선생님이 아무 말도 하지 않으면 제가 혼자 재잘재잘 지껄이다가 가장 깊은 비밀을 털어놓을 거라고 생각하시겠죠.」

「당신은 말할 의무가 없어요.」 내가 말했다.

「하지만 제가 한 말을 전부 적어 놓았다가 저에게 반박할 때 쓰시겠죠.」 그녀가 본인의 재치 있는 농담에 웃었다.

가장 다루기 쉬운 부류는 지적인 사람들이다. 그들은 자기 상태를 얼마나 잘 알고 있는지 보여 주는 데 너무 열심이라 말하면서 계속 자신을 평가하는 경향이 있다. 〈제가 또 진짜 문제에서 벗어나 딴 길로 샜군요.〉 그들은 이런 식으로 말한다. 〈표현 방식이 뭔가를 말해 준다고 생각하시겠지요.〉 전부 자신이 나와 동등한 위치에 있음을 증명하기 위해 하는 말이다. 자기 문제를 간파하고 있음을 보여 주려는 것이다. 너무나 뻔한 헛소리다. 자기 상태를 잘 알면 애초에 나를 찾아오지도 않을 것이다. 그들이 깨닫지 못하는 것은, 보통 그들의 지력 — 행동을 끊임없이 합리화하는 것 — 이 문제의 뿌리일 때가 많다는 사실이다.

그러나 이 사례에서는 도러시의 사소한 농담이 많은 점을 드러냈다. 그녀는 비난받으리라고, 심판대에 서리라고 생각했다. 그리고 자발적으로 찾아왔음에도 나를 적으로 보고 있었다. 당시에는 그녀에게 그런 생각을 드러내지 않고 어떻게 진행하고 싶냐는 질문만 반복했다.

「음, 그쪽으로는 선생님한테 생각이 있을 줄 알았는데요.」 그녀가 말했다. 그런 다음 어이없다는 듯 웃으며 말했다. 「그래서 제가 돈을 내는 것 아닌가요?」 중산층 내담자가 너무나도 자주 보이는 태도다. 돈 문제로 한 발 빼는 태도, 자신이 나를 고용했음을 상기시키려는 충동 말이다.

도러시는 어느 모로 보나 스스로 통제하는 데 익숙한 사람처럼 사무실에 들어왔지만 실제로 통제권을 주자 그것을 포기하고 싶어 했다. 또는, 그것으로 뭘 해야 할지 몰랐다. 그 점을 지적했다.

그녀의 반응은 웃음이었다. 「네, 네. 물론 선생님이 절대적으로 옳아요, 브레이스웨이트 박사님. 아주 빈틈없으시네요. 왜 다들 선생님을 그렇게 높이 평가하는지 이제 알겠어요.」(아첨: 주의를 돌리는 또 다른 작전이다.)

상황이 재미있기는 했지만 급속도로 지겨워지고 있었고, 어쨌든 내담자의 기대를 채워 줘서 잘못될 것은 없다. 그래서 나는 그녀에게 무슨 일로 왔는지 물었다.

「음, 그게 문제예요.」 도러시가 말했다. 「그래서 제가 시시한 이야기를 늘어놨나 봐요. 정말 말씀드릴 수 있을지 모르겠어요.」 나는 계속해 보라고 했다. 「그러니까, 저는 미치지 않았어요. 목소리가 들리거나 뭐가 보이지도 않아요. 아버지와 사랑을 나누고 싶은 것도 아니고요. 분명 저보다 더 미친 사람이 많겠죠.」

「그건 두고 봐야 알겠죠.」 내가 말했다.

「검사라도 할게요.」 도러시가 제안했다. 「저는 시험을 아주 잘 보거든요. 잉크 반점으로 하는 그 검사라든지요. 사실 저는 잉크 반점이 전부 나비로 보인답니다.」

「정말요?」 내가 말했다.

도러시가 자기 손을 내려다봤다. 「아뇨, 사실은 아니에요.」

나는 로르샤흐 검사에 전혀 흥미가 없었다. 또 정신과

의사들이 그토록 좋아하는 50분 상담을 지지하지도 않지만 내담자에게 돈과 시간이 흘러가고 있음을 상기시키면 일종의 박차를 가할 수 있다. 심리 치료사의 방에 들어오는 모든 내담자는 분명 마음속으로 돈과 시간이 빠져나가는 장면을 1백 번은 떠올릴 테고, 따라서 치료사를 찾게 된 이유를 언급하지도 않고 돌아가는 일은 생각할 수도 없다. 도러시처럼 실용적이고 과학적인 정신을 지닌 사람은 특히 그렇다. 그녀는 수학을 배웠으므로 자신이 증상을 설명하고 내가 그것을 인간의 행동에 관한 공식에 대입하면 기적적인 치료법이 나오리라고 믿을 가능성이 높았다. 우리는 몇몇 이론 때문에 그런 식으로 생각하는 경향이 있지만 사실 인간의 행동에 딱 맞는 보편적인 공식은 존재하지 않는다. 우리는 개개인으로서 각자 고유한 환경에 시달린다. 우리 존재는 환경과 그에 대한 우리 반응의 총합이다.

도러시는 손목에 차고 있던 남성적인 시계를 흘끔거렸다. 그런 다음 심호흡했다. 「제가 정말 멍청하다고 생각하실 거예요.」 그녀가 말을 시작했다. 「저는 찌부러지는 꿈을 꿔요. 제가 천천히 찌부러지는 꿈이요.」

내가 고개를 끄덕였다. 「꿈이라고요? 나는 꿈에 딱히 흥미가 없는데요.」

「음, 꿈만이 아니에요.」 도러시가 말을 이었다. 「생각도 해요, 멀쩡히 깨어 있을 때 하는 생각 말이에요. 건물에, 차에, 인파에 찌부러질 것 같아요. 가끔은 아주 작은 것에도요. 파리 같은 거요. 지난번에 금파리가 방에 들어왔는데, 파리가 제 몸에 앉으면 찌부러질 것 같다는 생각이 저를 압도했어요.」

도러시는 몇 달 동안 일주일에 두 번 나를 찾아왔다. 그녀는 상황을 통제하려는 노력을 서서히 그만뒀다. 사실 도러시는 곧 자신이 택한 순종적인 역할을 즐기게 된 것 같았다. 다섯 번째인가 여섯 번째로 왔을 때 그녀는 장의자에 앉는 대신 누워도 되냐고 물었다. 나는 원하는 대로 해도 된다고 말했다. 나의 허락은 필요 없었다.

「하지만 앉는 것과 눕는 것 중에 뭐가 더 낫죠?」 그녀가 물었다.

나는 대답하지 않았고, 그녀는 못으로 된 침대에 눕듯이 아주 조심스럽게 몸을 누였다. 나는 장의자에 누웠을 때 더 긴장하는 사람은 처음 봤는데, 몇 주가 지나자 도러시는 사무실에 들어오자마자 신발을 벗고 얼추 나른하게 몸을 쭉 뻗게 되었다.

내가 도러시에 관해 알아야 할 사실은 우리의 첫 대화에 다 있었다. 어렸을 때 부모님이 양쪽에서 그녀를 잡아당겼다. 아버지는 도러시가 응석을 부리며 즐겁게 지내기를 원했고, 어머니는 그녀가 모든 즐거운 경험에 죄책감을 느끼도록 유도했다. 도러시가 두 사람을 동시에 만족시키기란 불가능했고, 자신이 두 외부인에게 끼치는 영향을 지나치게 의식했기 때문에 원하는 대로 행동하는 능력을 개발하지 못했다. 동생에게 분노를 느낀 이유는 동생이 도러시가 하고 싶은 행동을 해도 벌을 받지 않아서였을 것이다.

앞 장에서 다룬 존과 애넷은 이상화된 〈진정한 자아〉를 잃었다고 생각했지만, 그들과 달리 도러시는 그것을 되찾고 싶다는 바람이 없었다. 사실 그녀는 제대로 된 자아 개념을 계발하지 못했다. 내가 계속 유도하자 도러시는 결국 일곱 번째 상담에서 어머니가 죽었을 때 해방감을 느꼈다고 인정했다. 그녀는 정권이 붕괴해서 이제 뭐든 원하는 대로 할 수 있을 듯한 기분이었다고 설명했다. 도러시는 농담처럼 어머니의 죽음을 스탈린의 죽음에 빗댔지만, 곧 부적절한 비유를 한 자신을 — 버릇처럼 — 질책했다.

환경이 바뀐 뒤 행동에 어떤 변화가 생겼는지 묻자 도러시는 전혀 변하지 않았다고 대답했다. 그녀는 어머니의 죽음을 기뻐하는 것처럼 보여서는 안 되었다고 설명했다. 나는 당시 뭘 했으면 좋았을 것 같은지 물었다.

그녀는 구체적으로 대답하지 못했다. 「특별히 하고 싶은 일이 있었던 건 아니에요. 다만 하고 싶은 일이 있었다면 막을 사람이 없었을 거라는 말이죠.」

도러시는 옥스퍼드에서 공부하는 동안 성(性)적으로든 술이나 약물에 관해서든 보통 어른이 되면 해보는 실험에 빠지지 않았다. 담배 한 모금 피워 본 적조차 없었다. 본인의 주장에 따르면 〈사람들이 말하는 쾌락〉을 스스로에게 금지한 것은 아니었다. 도러시에게는 애초에 그런 일들을 시도하고 싶은 욕구가 없었다.

나는 도러시에게 학업 성취에서 즐거움을 느끼는지 물었다. 그녀는 고개를 저었다. 그 모든 것이 그녀에게는 아무 의미도 없었다. 그러나 아버지가 그녀를 자랑스러워하는 데서는 어느 정도 만족감을 느꼈다고 인정했다. 이와 비슷하게 도러시는 짧게 끝난 약혼에 관해서도 자신이 결혼 상대로 적당한 청년을 매혹할 수 있었다는 사실에서 흐뭇함을 느꼈다. 약혼자의 어떤 면이 좋았는지 묻자 겨우 내놓은 대답이라고는 그가 깔끔했고 부적절한 접근을 하지 않았다는 것뿐이었다.

나는 몇 주가 지난 후에야 찌부러질 것 같다는 두려움을 다시 언급했다. 처음에 도러시는 농담이었던 척 넘어가려고 했다.

「제가 너무 멜로드라마처럼 군 것 같아요.」 그녀가 말했다. 「여기 오고부터는 그런 생각을 한 번도 안 했어요.」

그럼에도 나는 끈질기게 파고들었다. 도러시가 진짜 그런 생각을 했다고, 나에게 그 이야기를 할 때 분명히 동요했다고 집요하게 말했다.

「네.」 그녀가 대답했다. 「하지만 저는 건물이 갑자기 무너져서 제가 산 채로 파묻히는 일이 일어나지 않으리란 사실을 아주 잘 알아요.」

나는 앞서 도러시에게 모든 것을 합리화하는 버릇은 어떤 생각이 그녀에게 불러일으키는 감정을 해치는* 길이라고 설명했다. 건물이 무너져서 그녀가 산 채로 파묻힐 가능성이 거의 없다는 사실은 중요하지 않았다. 그녀가 경험하는 공포는 진짜였다.

나는 특히 도러시가 첫날 언급했던 금파리에 관해 물었다. 그녀는 당황한 것 같았다. 건물이나 차가 사람을 찌부러뜨리는 일은 적어도 물리적으로는 가능하지만 금파리는 불가능하다. 도러시는 다시 한번 자신의 두려움을 합리화하려고 했다. 금파리는 수많은 질병을 옮기는 더러운 곤충이다. 나는 맞는 말이지만 당신이 말한 두려움은 그런 것이 아니었다고 대답했다. 도러시는 정신 분석학자를 찾아왔다고 생각했는지 금파리가 하나의 상징일지도 모른다고 넌지시 내비쳤다. 나는 상징에 관심이 없다고 말했다. 모든 것 그 자체에 관심이 있었다. 그녀는 수학에서는 종종 상징이나 대체를 이용해 문제를 해결한다며 반박했다. 나는 도러시가 겪는 문제를 수학으

* 『언세러피』 2쇄에서는 〈해치는defecting〉이라는 오자가 〈왜곡하는deflecting〉으로 수정되었다 — 원주.

로 해결할 수 있었다면 그녀가 직접 그렇게 했을 것이라고 말했다.

물론 문제는 건물이나 금파리가 아니었다. 문제는 외부 세계가 자신을 짓누른다는, 그녀를 억압한다는 도러시의 느낌이었다. 그녀가 그러한 느낌에 대처하는 습관적인 방법은, 자신은 이루고 싶은 욕망이 하나도 없다고 스스로에게 말하는 것이었다. 그러나 도러시는 그 점을 부인했다. 스스로 쌓아 올린 내적 억압 체계가 너무나 효율적으로 확립되어 있었기 때문에 도러시는 그 존재를 인식하지도 못했다. 그녀로서는 스스로 욕망을 억압하고 있다고 생각하기보다 자신은 아무 욕망도 없다고 믿는 편이 더 쉬웠다. 실제로는 외부 세계가 그녀를 짓누르지 않는다고 설득하는 건 아주 간단한 문제였다(고도로 발달한 그녀의 이성에 호소하면 될 일이었다). 설득하기 어려운 부분은 그녀가 느끼는 압박이 외부가 아니라 내부에서 비롯했다는 사실이었다. 도러시는 완전히 억눌려 있었으므로 그녀가 세상에 존재하는 방식 자체가 상상에 불과한 여러 제약에 반응하는 것이었다.

「그러니까 제가 더 자유롭게 살면 더 저다워질 거라는 말씀인가요?」

「〈더 당신답게〉 되어야 한다는 말이 아니에요.」 내가 그녀에게 말했다. 「당신의 자아는 지금의 당신과 별개의 개체가 아닙니다. 문제는 덜 당신다워지는 것, 다른 자아가 되는 것이에요.」

도러시는 잠시 그 말을 곰곰이 생각하는 것 같았다. 나는 아우슈비츠에서 연합군이 풀어 준 후에도 수용소를 떠나지 못했다는 사람들이 떠올랐다. 「하지만 다른 자아가 되면 저는 더 이상 제가 아니잖아요. 다른 사람이 되는 거잖아요.」

나는 그녀가 〈본인〉인 것이 좋았으면 애초에 심리 치료사의 도움을 받으려 하지도 않았을 것이라고 말했다.

내 말을 그 이상으로 이해시키는 것은 목적에 도움이 되지 않았다. 도러시가 — 존재 방식 자체가 남을 기쁘게 해주는 것인 그녀가 — 단지 나를 만족시키기 위해 행동을 바꾼다면 아이러니일 수밖에 없었다. 나는 도러시가 지적인 젊은 여성으로서 스스로 결론에 도달할 수 있음을 알았기 때문에 상담을 종료했다.

마지막이 되어 버린 상담 시간에 나는 도러시에게 스물네 시간 동안 원하는 일은 무엇이든 할 수 있는 허가증을 받았다고 상상해 보라고 말했다. 그녀가 무슨 행동을 했는지 아무도 모르고 어떤 결과도 뒤따르지 않는다고 말이다. 그런 상황이라면 무엇을 하겠느냐고 물었다. 도러시는 그 개념을 이해하려 애쓰면서 상상 속의 허가증을 지배하는 규칙을 명확히 규정하고자 수많은 질문을 던졌다. 수도 없이 안심시킨 뒤에야 도러시는 내 질문을 곰곰이 생각하기 시작했다. 마침내 그녀의 뺨이 발갛게 상기되었다. 도러시에게 무슨 생각을 하고 있는지 물었지만 그녀는 얼굴을 더욱 붉힐 뿐이었다. 나의 목적이 이루어졌다는 증거였다. 도러시는 무슨 생각을 했는지 말할 필요가 없었다. 애초에 그 생각을 떠올리기만 하면 되는 문제였다. 그녀에게는 그것이 진전이었다. 나는 도러시에게 무엇인지는 모르겠지만 그녀가 떠올린 일에 집중하라고 말한 다음 그 일을 실행하면 어떤 결과가 생기는지 물었다.

「아무 일도 안 생겨요.」 도러시가 말했다. 「아무런 결과도 없어요.」

나는 도러시에게 원하는 일은 무엇이든 할 수 있고 무엇이든 될 수 있다고 말했다. 그녀는 큰 짐을 던 듯 보였다. 그녀는 더 이상 도러시이고 싶지 않다고 말했다. 도러시는 고맙다고 인사한 다음 한 번도 본 적 없는 가벼운 발걸음으로 사무실을 나섰다.

처음 이 부분을 읽었을 때는 〈도러시〉가 버로니카와 비슷해서 재미있었다. 브레이스웨이트 박사가 살짝 고친 부분들 때문에 알아차리지 못했던 것이다. 버로니카는 옥스퍼드가 아니라 케임브리지에서 공부했고, 아버지는 공무원이 아니라 엔지니어였다. 그리고 도러시와 동생의 관계에 관한 묘사는 사실과 전혀 달랐다. 버로니카와 내가 여느 자매처럼 친하지는 않았을지 몰라도 버로니카는 내게 어떤 분노도 품은 적이 없었다. 그러나 반대 증거가 슬금슬금 드러났다. 나는 환자가 장의자에 아주 조심스럽게 누웠다는 브레이스웨이트의 묘사가 너무나 버로니카 같아서 소리 내어 웃었다. 버로니카는 도러시와 마찬가지로 말벌과 꿀벌, 나방, 금파리를 항상 지나치게 무서워했다. 게다가 버로니카는 규칙에 관해 지독히도 엄격했다. 그러나 내가 결정적으로 확신한 건 그녀가 특정한 단어를 사용했기 때문이었다. 우리가 어렸을 때 내가 지나치게 흥분하거나 화를 내면 버로니카가 나를 혼내면서 늘 하던 말이 있었다. 「아, 꼭 그렇게 멜로드라마처럼 굴어야겠니?」 버로니카는 그런 말로 나를 위축시켰다. 책에서 도러시가 스스로를 질책할 때도 똑같은 단어를 썼다. 나중에 브레이스웨이트의 상담실이 버로니카가 몸을 던진 육교에서 도보로 몇 분 거리밖에 안 된다는 사실을 알아낸 나는, 버로니카가 그의 주장처럼 〈가벼운 발걸음〉으로 나간 게 아니라 삶을 끝내겠다고 결심하며 나갔다고 확신하게 되었다. 아니, 어쩌면 바로 그 결심이 베로니카의 발걸음을 가볍게 했을지도 모른다. 하지만 상상력이 지나치다는 말을 가끔 듣는 나는 성급히 결론짓고 싶지 않았으므로 다음 날 포일스 서점을 다시 찾았다.

나는 금속 테 안경을 쓰고 페어 아일 문양의 니트 조끼를 입은 진지해 보이는 청년에게 다가갔다. 고객의 취향에 관해 자기가 어떻게 생각하는지 떠벌리고 다닐 유형은 아닌 듯했다. 나는 숨죽인 목소리로 최근에 『언세러피』를 읽었다면서 혹시 콜린스 브레이스웨이트가 다른 책도 썼는지 물었다. 청년은 방금 막 노아의 방주에서 내린 사람 보듯 나를 쳐다봤다. 「다른 책이요?」 그가 대답했다. 「당연하죠!」 그는 따라오라고 고갯짓을 했고 나는 둘이서 공모라도 꾸미는 기분이 들었다. 두 층을 올라가자 심리학 서가가 나왔다. 청년이 선반에서 책을 한 권 꺼내 건네며 〈선정적인 책이에요〉라고 말했다. 내가 시선을 내렸다. 표지에 조각조각 난 인체의 실루엣이 실려 있었다. 제목은 〈당신의 자아를 죽여라〉였다. 그날 오후 일을 하는 내내 밀수품이라도 가지고 있는 기분이었다. 도저히 집중이 안 돼서 브라운리 씨에게 두통이 너무 심하다고, 일찍 퇴근하면 안 되겠냐고 물었다. 나는 집으로 돌아와 방에서 포장을 풀었다. 안타깝지만 내가 보기에는 전혀 말이 안 되는 내용이었으므로 선정적이라고 단언하지는 못하겠다. 내가 지적으로 부족하기 때문이겠지만 이해할 수 없는 문장들을 아무렇게나 섞어 놓은 것 같았고 각 문장은 앞뒤 문장과 전혀 관련이 없었다. 그러나 제목이 오싹했고 나는 책 속에서 브레이스웨이트의 뚜렷한 광기가 어떻게 작동하는지 봤다.

물론 본능적으로 제일 먼저 떠오른 생각은 경찰서에 직접 찾아가자는 것이다. 다음 날 아침, 브라운리 씨에게 전화를 걸어 출근이 조금 늦어질 것 같다고 말했다. 그가 아직도 아프냐고 묻기에 범죄가 발생해서 증인으로 출석해야 한다고 대답했다. 아버지에게는 아무 말도 하지 않았지만, 아침 식사를 할 때 토스트에 버터를 바르면서 나는 해로 로드의 경찰서로 당당하게 걸어 들어가 살인 사건을 신고하고 싶다고 말하는 모습을 상상했다. 증거를 대라고 하면 나는 브레이스웨이트 박사의 책을 카운터에 차분하게 올려놓을 것이다. 「아셔야 할 사실은 이 안에 전부 들어 있어요.」 나는 극적으로 그렇게 말할 것이다.

하지만 엘긴 애비뉴 모퉁이까지밖에 못 갔다. 나는 텔레비전 시리즈 「독 그린 서(署)의 딕슨」의 주인공과 닮은 경관이 카운터 뒤에서 친절한 얼굴에 떠올릴 알쏭달쏭한 표정을 상상했다. 그는 정확히 무슨 말이 하고 싶으냐고 물을 것이다. 어쩌면 그 자리에서 보이지 않는 상사에게 가 의논하거나 칸막이 뒤로 사라져서 동료들에게 밖에 제대로 미친 사람이 왔다고 알릴지도 몰랐다. 나는 그들의 웃음소리를 엿들으며 얼굴이 빨개지는 상상을 했다. 어쨌거나 진짜 증거가 없는 한 내 계획은 불완전하고 결국 창피만 당할 게 뻔했다.

경찰서에 가는 대신 브레이스웨이트 박사와 상담 약속만 잡으면 되는 간단한 문제였다. 나는 전화번호부의 〈각종 서비스〉 항목에서 그의 번호를 찾아냈다. 그런 다음 어느 날 오후에 브라운리 씨가 사무실을 비운 사이 내 자리에서 전화를 걸었다. 어떤 여자가 명랑하게 전화를 받았다. 나는 상담 예약을 잡을 수 있냐고 초조하게 물었다. 「물론이죠.」 그녀가 세상에서 가장 평범한 일이라는 듯이 대답했다. 이름 말고는 아무것도 묻지 않았다. 다음 화요일 4시 30분까지 가기로 했다. 치과 진료를 잡는 것처럼 간단했지만 수화기를 내려놓을 때는 생애 가장 대담한 일이라도 벌이는 기분이었다.

예약 시간보다 딱 한 시간 일찍 초크팜역에 도착한 나는 밖으로 나가 에인저 로드로 가는 길을 물어봤다. 내가 불러 세운 남자가 길을 설명하다가 말을 끊더니 데려다주겠다고 했다. 나는 같이 걸어가면서 그가 이 동네에 왜 왔냐고 꼬치꼬치 캐물을 것도 싫고 잡담조차 나누고 싶지 않았기 때문에 거절했다.

「정말 괜찮아요.」 그가 대답했다. 「저는 오히려 좋죠. 어차피 저도 그쪽으로 가는 길이에요.」 남자는 20대 후반의 잘생긴 청년으로, 방한용 스웨터에 짧은 검정 코트를 걸치고 있었다. 깔끔하게 면도했지만 왠지 비트족 같은 분위기를 풍겼다. 모자는 쓰지 않았고 이마 위로 불룩 솟은 검고 굵은 머리카락이 인상적이었다. 그는 콕 집어 말할 수 없는 억양을 썼는데, 아주 불쾌하지는 않았다. 그때 상황은 전적으로 내가 만든 것이었다. 나는 더없이 무해해 보이는 사람을 여럿 스쳐 보낸 다음에야 그 남자에게 말을 걸었다. 그리고 곤경에 처했던 것이다.

「추행하지 않겠다고 약속할게요.」 그가 그렇게 말하더니 웃으며 덧붙였다. 「물론 당신이 원하지 않는 한 말이죠.」

내가 관목 사이로 끌려 들어가 그 남자에게 당하는 환영이 보였다. 그러면 적어도 브레이스웨이트 박사에게 이야기할 거리는 생기겠지. 상황에서 벗어날 방법이 떠오르지 않았기 때문에 나는 그와 같이 걷기 시작했다. 나의 샤프롱[2]은 나를 건드릴 생각이 없음을 확인해 주듯 코트 주머니에 양손을 깊숙이 찔러 넣었다. 그가 자기 이름을 알려 주고 내 이름을 물었다. 그 정도의 개인 정보 교환은 평범한 일이었으므로 새로운 신원을 시험해 볼 기회를 놓칠 이유가 없었다.

「리베카 스미스Smyth예요.」 내가 대답했다. 「i가 아니라 y를 쓰죠.」

2 과거에 젊은 여성이 사교장에 나갈 때 동행해 보호자 역할을 하던 사람. 대개 나이 든 여성이었다.

나는 엘긴 애비뉴의 라이언스 찻집에 앉아 있을 때 그 이름을 쓰기로 정했다. 그 전에 생각해 낸 이름은 전부 너무 가짜 같았다. 올리비아 커러더스, 엘리자베스 드레이턴, 퍼트리샤 롭슨. 어떤 이름도 진짜 같지 않았다. 그때 길 건너에 세워진 밴 옆면에 페인트로 〈제임스 스미스 앤드 선스, 중앙난방 엔지니어〉라고 적힌 게 보였다. 〈스미스〉야말로 아무도 가명으로 선택하지 않을 지루한 이름이었으므로 목적에 완벽하게 들어맞았다. 그런 다음 철자를 바꾸기로 결정한 순간 설득력 있는 페르소나가 시작되는 느낌이 들었다. 나는 평생 똑같은 설명을 되풀이하느라 지친 사람처럼 〈y를 쓰는 스미스〉라고 무심히 말할 것이다. 그리고 아마 듀 모리에의 소설 때문인지 나는 늘 리베카가 정말 황홀한 이름이라고 생각했다. 입안에서 짤막한 세 음절이 주는 느낌이 좋았고 입술을 벌린 채 숨을 내보내는 무기음으로 끝난다는 점도 좋았다. 내 이름에는 그런 관능적인 즐거움이 없었다. 내 이름은 실용적인 신발을 신는 학급 반장한테나 어울리는, 벽돌 같은 단음절이었다. 이번에만 리베카가 되어 보면 어떨까? 이름의 이미지에 어울리게 살지 못해서 신경 질환이 생겼다고 브레이스웨이트 박사에게 말할 수도 있을 것이다. 나는 욕실 거울 앞에 서서 거울에 비친 나를 향해, 상속녀처럼 손바닥을 위로 한 채 손가락을 살짝 말고 손을 내미는 연습을 했다. 그런 다음 추파를 던지는 듯 보일 만한 미소를 지으며 위쪽을 올려다봤다. 나는 벌써 리베카 스미스 역할을 즐기고 있었다. 이제 그 이름을 처음으로 소리 내어 말했지만 톰(인지 아무튼)은 눈도 깜짝하지 않았다. 그럴 이유가 어디 있을까? 그는 여자들이 un nom d'emprunt(가명)으로 속일 만한 유형이 아니었다.

「무슨 일로 프림로즈힐에 오셨나요, 리베카 스미스?」 그가 말했다.

나는 리베카가 그런 일을 부끄러워하지 않는 사람이라고 정했으므로 정신과 상담이 있다고 대답했다.

그러자 나의 동행은 걸음을 멈추지는 않았지만 적어도 나를 새롭게 평가하는 것 같았다. 그의 아랫입술이 튀어나왔다.「이런 말을 해도 될지 모르겠지만, 그런 유형 같지는 않은데요.」

「그런 유형이요?」 내가 대답했다.

톰은 내 기분을 상하게 했다고 생각한 듯 당황한 표정을 지었다.

「그러니까, 정신 질환자 같지 않다는 건가요?」 내가 말했다.

「음, 그렇게 표현한다면, 네. 정신 질환자 같지는 않네요.」

「저는 3월의 토끼처럼 미쳤다고 분명히 말씀드릴 수 있어요.」 내가 리베카의 가장 의기양양한 미소를 지으며 말했다.

그는 조금도 흥미를 잃은 것 같지 않았다. 「음, 당신은 내가 만나 본 가장 매력적인 3월의 토끼네요.」 그가 말했다.

나는 아무 반응도 하지 않았다. 리베카 같은 여자는 그런 달콤한 말에 익숙할 것이다. 「당신은 무슨 일로 왔죠?」 내가 물었다.

「근처에 제 스튜디오가 있어요.」 그가 말했다. 「전 사진작가거든요.」

「저한테 스튜디오로 와서 포즈를 취해 달라고 하진 않을 건가요?」 내가 물었다. 리베카 연기는 참 재미있었다.

「아쉽지만 그런 사진작가는 아니라서요.」 그가 말했다. 「난 사람이 아니라 물건을 찍어요. 반죽기, 커틀러리 세트, 수프 캔, 그런 것들요.」

「정말 멋지네요.」 내가 말했다.

「켄트Kent 공작쯤은 낼 수 있죠.」 그가 대답했다.

「뭐라고요?」 나는 그가 왕족과 관련 있을지도 모른다는 생각에 깜짝 놀라 물었다.

「켄트 공작. 집세rent 말이에요.」 그 말을 듣고 나는 그가 실없는 압운 속어[3]를 쓰고 있다는 사실을 깨달았다. 그는 적어도 내가 알아차리자 부끄러워할 정도의 염치는 있었다.

3 말하고자 하는 단어와 압운이 비슷한 단어를 대신 쓰는 런던 지역의 속어.

바로 그 순간 버로니카가 몸을 던진 육교를 지나고 있다는 사실을 깨닫자 몸이 떨렸다. 처음 가보는 것이었다. 한 사람의 생을 끝내기에는 시시한 장소였지만 다른 곳도 다 마찬가지였을 것이다.

「추워요?」 톰이 물었다. 그는 분명 세심한 유형이었다.

나는 코트 목깃을 여미며 그를 향해 미소를 지었다. 「갑자기 바람이 불어서요.」

우리는 그 동네의 번화가 같은 곳으로 접어들었다. 톰이 교차로에서 멈추더니 에인저 로드로 가는 길을 가리켰다. 리베카 스미스가 손을 내밀었다. 톰이 그 손을 잡고 만나서 반가웠다고 감상을 말했다.

「나도요.」 그녀가 이렇게 말한 다음 빙그르 돌아서서 걸어갔다.

「여전히 정신 질환자 같진 않아요.」 그가 멀어지는 리베카의 뒷모습에 대고 외쳤다. 나는 톰이 따라와서 전화번호를 묻기를 반쯤 기대했지만 그는 그렇게 하지 않았다. 적당한 시간이 흐른 뒤에(절박해 보이고 싶은 사람은 없으니까) 돌아보니 그는 사라지고 없었다.

에인저 로드는 테라스 주택이 평범하게 늘어선 거리였고, 녹슨 아동용 자전거와 쓰러진 제라늄이 널브러진 좁은 정원이 보도와 주택을 나눴다. 보도에는 병든 나무가 몇 그루 드문드문 서 있었다. 11월의 마지막 나뭇잎이 자기 운명을 알면서도 거부하듯 가지에 처량하게 매달려 있었다. 주택은 음울하고 안에 아무도 살지 않는 듯 보였다. 전체적으로 낡은 느낌이었다. 거리에서 딱 하나 눈에 띄는 특징은 양쪽으로 늘어선 주택의 번지수가 각각 짝수와 홀수로 매겨진 게 아니라 연속적으로 매겨져 일종의 타원을 만든다는 점이었다. 문제의 집 주소도 마찬가지였다.[4] 건물을 둘로 나눴는지 초인종이 위아래로 두 개였다. 문기둥에 핀으로 고정된 〈브레이스웨이트〉라고 적힌 판지만이 거기가 그 악명 높은 정신과 의사의 소굴임을 알려 주는 유일한 표시였다. 상담 시간까지 아직 40분이 남아서 나는 왔던 길을 돌아갔다. 톰과 함께 작은 번화가를 지나칠 때 찻집을 하나 봤었다.

클레이스라는 가게였다. 문 위에 달린 종이 내가 들어섰음을 알렸다. 찻집은 텅 비어 있었는데 화요일 오후 4시가 다 되었다는 점을 생각하면 놀랍지 않다고 하기 어려웠다. 그런 가게의 예상 고객층이 그 시각에 집에서 남편의 귀가에 대비해 바쁘게 감자를 깎고 있을 것 같지는 않았다. 카운터 뒤에서 건장한 여성이 보일 듯 말 듯 한 미소로 나를 맞이하며 내가 가장 눈에 덜 띌 것 같은 안쪽 자리로 들어가는 모습을 지켜봤다. 그녀는 나의 존재가 불편하다는 듯한 걸음걸이로 다가왔다. 클레이라는 옹골찬 이름이 잘 어울리는 사람으로, 골렘 같은 분위기를 풍

4 해당 건물은 아직 남아 있으며 이 공책의 설명과 일치한다. 현 거주자의 사생활을 존중하기 위해 정확한 주소는 밝히지 않는다 — 원주.

졌다. 차 한 포트에다가, 주인의 비위를 맞추려고 스콘과 잼까지 주문했다. 카운터 위에 이 카페에서 파는 빵은 전부 마가린이 아니라 버터로 만든다고 공표하는 포스터가 붙어 있었다. 〈그이는 차이를 **아니까요!**〉 나는 어느새 톰이 차이를 아는 사람일까 생각하고 있었다. 아닐 것 같았다. 아니, 그의 정신은 스콘의 성분보다 더 숭고한 문제를 생각할 것 같았다. 나도 그와 마찬가지였다. 나는 (까맣게 잊는 편이 나을 언젠가의 가정 수업 시간을 제외하면) 평생 스콘을 만들어 본 적이 없고 앞으로 만들 생각도 없다. 가능성은 적지만 만약 내가 남편감을 찾아낸다면 내 남편은 스콘 없이 살아야 할 것이다. 아니면 다른 데서 스콘을 구하든지, 하하. 리베카 스미스가 잘 가꾼 손을 밀가루에 넣어서 더럽히는 장면 역시 상상되지 않았다. 하지만 어쩔 수 없이 만들어야 한다면 리베카는 분명 마가린처럼 질 나쁜 재료를 넣을 생각은 하지도 않을 것이다.

주인이 차를 가져다줬다. 호감을 사려는 나의 시도는 실패한 듯했다. 그녀는 찻잔과 잔 받침을 탁자에 대충 내려놓았고 스콘을 가지고 돌아왔을 때는 거의 던지듯 주는 바람에 나이프가 바닥에 떨어졌다. 나는 그녀에게 고맙다고 말하며 발치를 더듬어 나이프를 주워야 했다. 혹시 내가 부지불식간에 카페의 규칙을 어겨 푸대접을 받는 건가 싶었다. 떠올릴 수 있는 — 나 자신과 주인 모두에게 — 가장 관대한 해석은 내가 낯선 사람이라 특별한 관심을 받지 못한다는 것이었다. 문 위의 종이 다시 울리고 낙타색 코트에 양모 목도리를 두른 나이 지긋한 여성이 들어오자 그런 생각이 더욱 확실해졌다. 그녀는 색색의 깃털로 장식한 남성용 트위드 모자를 멋들어지게 비스듬히 쓴 채 지팡이를 짚고 있었다. 클레이 씨의 태도가 싹 바뀌었다. 그녀가 새로 들어온 손님 — 알렉산더 씨 — 을 어찌나 환영하던지, 나는 클레이 씨가 카운터 뒤에서 나와 바닥에 장미 꽃잎을 뿌렸대도 놀라지 않았을 것이다. 노부인은 항상 앉는 게 분명해 보이는 창가에 자리를 잡았고 정해진 절차인 듯 곧이어 차 한 포트와 빅토리아스펀지케이크 한 조각이 나왔는데, 주인이 그것들을 조심스레 내려놓는 장면을 나는 놓치지 않았다.

나는 가방에서 소설을 꺼내 펼쳤다. 관심을 쏟을 가치가 없는 시시한 소설이었지만 클레이 씨가 그 점을 알아챌 만큼 문학 비평에 관심 있을 것 같지는 않았다. 어쨌든 나는 조금 전까지 내 샤프롱이었던 사람의 말, 내가 전혀 정신 질환자 같지 않다는 말을 골똘히 생각하고 있었다. 보통은 누구든 그런 말을 들으면 기분이 좋겠지만 현재 나의 임무와는 어긋난 평가였다. 그날 아침에는 평소보다 복장에 상당히 신경을 썼고, 브라운리 씨의 사무실을 나설 때 층계참 화장실에 들러 화장도 고쳤다. 잘못된 생각이었다. 정신 질환자는 세인트존스우드의 스티븐스 미용실에서 머리를 하지 않는다. 아이섀도와 어울리는 색깔의 멋진 스카프를 두르지도 않고 피터슨스의 스타킹을 신지도 않는다. 정신 질환자는 멋진 옷차림에 신경 쓸 시간이 없다. 그 상태로 브레이스웨이트 박사를 찾아가면 그가 나를 금방 간파할 것 같았다. 나는 카페 뒤쪽 화장실로 들어가 거울 속 모습을 점검했다. 정신 질환자가 립스틱을 바르지는 않을 듯해 손등으로 닦아 냈다. 손가락으로 마스카라를 눈가에 문대자 몇 주 동안 잠 못 이룬 사람처럼 판다 눈이 되었다. 손을 씻고 머리에서 헤어핀을 뺀 다음 손으로 대충 헝클어뜨렸다. 네커치프도 빼야 했다. 나는 네커치프를 풀어서 코트 주머니에 넣었다. 그런 다음 변기 뚜껑을 닫고 그 위에 앉았다. 가슴이 아팠지만 몸을 숙여 나일론 스타킹(10실링짜리였다) 왼쪽 무릎 바로 아래에 엄지손톱으로 구멍을 냈다. 제정신인 여자라면 절대 용인하지 않을 단정치 못함을 암시하는 완벽한 한 수였다. 나는 자리에서 일어나 세면대 위 거울 속 모습을 살폈다. 지나쳤다. 다락방의 미친 여자 같았다. 제일 가까운 정신 병원으로 끌려가고 싶지는 않았기 때문에 화장지에 물을 묻혀 눈가에 번진 마스카라를 닦아 냈다. 파운데이션도 지워야 했다. 그제야 만족스러웠다. 나는 창백해 보였다. 또는, 스코틀랜드식 생생한 표현에 따르자면 〈핏기가 없〉었다. 물론 남자들은 우리가 매력적인 모습으로 그들 앞에 나타나기 위해 얼마나 고생하는지 전혀 모르지만, 나는 브레이스웨이트 박사가 내가 기울인 정반대의 노력을 알아봐 주기를 바랐다.

물을 내리고 자리로 돌아갔다. 바닥을 끄는 의자 소리에 주인의 시선이 내 쪽을 향했다. 그녀는 화장실에서 완전히 다른 사람이 나오기라도 한 듯 깜짝 놀라 나를 바라봤다. 차는 차갑게 식었고, 나는 전혀 배고프지 않았지만 스콘에 버터와 살구잼을 발라 꾸역꾸역 먹었다. 스콘을 주문해 놓고 먹지도 않으면 얼마나 미친 사람 같을까! 마가린에 속아 넘어가는 무뢰한과 도매금으로 묶이고 싶지 않았으므로 카운터에서 계산을 하려고 기다리면서 그녀의 빵 굽는 솜씨를 칭찬했다.

그녀는 믿을 수 없다는 표정으로 나를 봤다. 내 모습에 한마디 할 줄 알았지만 그녀는 꾹 참고 금전 등록기에 청구 금액을 입력할 뿐이었다. 나는 돈을 내고 그녀가 나에 대한 생각을 좋은 쪽으로 바꾸기를 바라며 잔 받침에 2펜스짜리 동전을 남겨 놓았다.

바깥으로 나가 보니 날이 더욱 흐려져 있었다. 이제 에인저 로드는 황폐하다기보다 위협적으로 보였다. 나는 ○○번지 현관 앞으로 올라가 초인종 두 개 중 밑의 것을 눌렀다. 아무런 대답도 돌아오지 않아 문을 밀어서 열고 좁은 복도로 들어갔다. 한쪽 벽에 자전거가 기대어져 있었다. 계단 난간에 핀으로 고정해 놓은 쪽지가 방문객을 위층으로 안내했다. 계단에 깔린 카펫은 낡았고 카펫을 고정하는 가로대가 여러 개 비어 있어서 올라갈 때 조금 위험했다. 그 층계 꼭대기에서 누군가를 밀어 버리고는 그냥 혼자 미끄러진 거라고 말하기란 얼마나 간단한 일일까. 꿉꿉한 냄새가 났다. 층계참의 문에 달린 간유리 패널에 이렇게 적혀 있었다.

A. 콜린스 브레이스웨이트

그 이름을 보자 나도 모르게 몸서리가 쳐졌고, 갑자기 내 행동이 과연 현명한 걸까 의구심이 들었다. 그때까지는 게임과 별다른 바가 없었지만 이제 그 일이 아주 어두운 색조를 띠기 시작했다. 안에서 타자기를 탁탁 치는 소리가 들렸다. 마음을 안정시켜 주는 익숙한 소리였다. 노크를 하고 작은 대기실로 들어갔다. 책상 뒤에서 나보다 약간 어린 여자가 나를 올려다봤다. 금발이었고 깔끔하게 다림질한 흰색 블라우스를 입고 있었다. 눈은 파랗고 속눈썹에 마스카라를 칠했으며 연분홍색 립스틱을 발랐다. 엉망진창인 내 모습이 굴욕적이었지만 이내 그녀는 이런 광경에 익숙하리라고 생각했다.

「안녕하세요.」 그녀가 경쾌하게 말했다. 「스미스 씨이시죠?」

「네. y를 써요.」 내가 불필요한 말을 덧붙였다. 그녀는 칠칠치 못한 내 모습을 보고도 전혀 당황한 것 같지 않았고 자리에 앉으라고만 했다. 각기 다른 나무 의자 세 개가 창문 아래 벽에 늘어서 있고 탁자에는 잡지 『펀치』와 『프라이빗 아이』가 놓여 있었다. 나는 자리에 앉아서 스타킹에 난 구멍을 감추려고 다리를 꼬았다.

「그럴 때면 정말 미칠 것 같죠.」 그녀가 말했다. 「어제만 해도 새로 산 스타킹의 올이 나갔지 뭐예요.」

나는 전혀 모르는 척하다가 무릎을 내려다봤다. 「아, 몰랐어요.」 내가 말했다. 「정말 성가시네요!」

「제 책상 서랍에 여분의 스타킹이 있어요. 괜찮으시면 드릴게요. 다음에 오실 때 새 스타킹을 주시면 돼요.」 그녀가 어떻게 하겠냐는 듯이 눈을 크게 떴다.

나는 그녀의 제안이 너무 친한 척하는 것처럼 느껴졌다. 왠지 화장도 과해 보였다. 어머니에게는 자기가 봤을 때 지나치게 꾸민 여자들한테 차등적으로 적용하는 별칭이 있었다. 분칠한 여자, 이세벨,[5] 매춘부, 그리고 (언니랑 나한테 안 들린다고 생각할 때는) 창녀. 어머니는 화장을 전혀 하지 않았고, 몸매를 감추는 대신 돋보이게 하는 옷은 그 무엇도 용인하지 않았다. 「알맹이는 버리고 껍데기만 먹는 남자 봤니?」 어머니가 즐겨 하는 말이었다. 어머니의 말은 내 호기심을 부추길 뿐이었다. 이세벨이라는 꼬리표가 붙는 여자는 틀림없이 그 자리에서 가

5 『구약 성서』에 등장하는 이스라엘 왕 아합의 아내로 악한 여자의 대명사로 불린다. 영어식 발음은 〈제저벨〉이다.

장 매혹적인 여자였다. 아버지가 무심코 그런 사람에게 시선을 보내기라도 하면 끝장이었다. 〈창녀〉라는 칭호는 보통 프랑스 배우에게만 썼는데 그런 사람은 배우**인 데다가** 프랑스인이라서 이중으로 비난받았다. 그러므로 나는 토요일마다 클라크스에서 일해 몇 실링씩 벌기 시작했을 때 립스틱과 블러셔를 사면서 나쁜 짓을 저지르는 듯한 쾌감을 느꼈다. 방문 손잡이 밑에 의자를 괴어 놓고 바로 그 이세벨로 변신하면서 저녁 시간을 보냈다. 그런 다음 거울 앞에 서서 진홍색 입술과 창녀같이 색칠한 뺨을 보며 꼼짝도 않고 서 있었다.

나는 접수원의 제안을 예의 바르게 거절하고 『펀치』를 집어 들었다. 그러나 몇 장 넘기다가 잡지를 펼쳐 무릎에 내려놓은 채 멍하니 허공을 바라봤다. 세상일에 관심을 보이면 안 될 것 같았다. 나는 déprimé(의기소침한) 상태여야 했다. 할 수 있는 최소한의 행동은 멍한 표정을 짓는 것이었다. 여분의 스타킹 씨는 분명 나중에 자기 고용주에게 나에 대한 인상을 보고할 것이다. 그녀가 다시 타자를 치기 시작했다. 나는 딸깍딸깍 핑 하는 타자기 소리를 늘 좋아했다. 그러나 지금 타자를 치는 사람은 슬프게도 기술이 부족했기 때문에, 나는 우리 시대의 딱한 경향에 따라 그녀가 사무원으로서의 실력보다 외모 때문에 고용된 모양이라고 결론지었다.

나는 접수원의 책상 위쪽 벽에 주의를 집중했다. 무해

한 꽃무늬로 장식되어 있었는데, 아마도 매주 몇 분 동안 그쪽을 바라볼 반항적인 영혼들을 진정시키기 위해 선택된 벽지일 것이다. 그런데 잠시 후 바닥에서 2~2.5미터 정도 위에 있는 지점의 벽지가 남자 손톱만 한 크기로 찢어졌다는 사실을 알아차렸다. 찢어진 부분이 개의 귀처럼 접혀서 그 밑에 발린 종이가 드러났다. 이상했다. 벽지를 바를 때 찢어졌다면 도배업자가 그 부분을 손보지 않을 정도로 자기 일에 자부심이 없었으리라 생각하기는 힘들었다. 어쩌면 상상력이 부족하다는 증거일지도 모르지만, 나는 도배 작업 이후에 무슨 일로 그 부분이 찢어졌을지 상상이 되지 않았다. 아무튼 혀처럼 말린 종이가 나를 괴롭히기 시작하더니 목이 조여들 정도가 되었다. 호흡이 얕아져서 미리 네커치프를 풀어 두어 다행이라고 생각했다. 접수원에게 같이 벽지의 구멍을 메우자고 하고 싶은 충동이 일었다. 책상 서랍에 여분의 스타킹을 놔둘 정도로 준비성 있는 사람이라면 분명 본드나 셀로판 테이프도 가지고 있을 것이고, 우리 둘 중 하나가 그녀의 책상에 올라서면 찢어진 부분에 수월하게 손이 닿을 것이다. 하지만 내가 아무리 특이해 보이고 싶어도 한계가 있는 법이기 때문에 잠자코 있었다.

브레이스웨이트 박사의 방문이 열리고 서른 살쯤 되어 보이는 여성이 나타나자 나는 주의를 돌릴 대상이 생겨서 반가웠다. 그녀는 날씬했고 무릎까지 내려오는 캐시

미어 원피스 차림이었다. 짙은 갈색 머리는 유행에 맞게 멋지게 손질되어 있었다. 내가 보기에 그녀는 어떤 종류의 정신과 치료도 필요해 보이지 않았다. 오히려 반대였다. 그녀는 문 옆의 옷걸이에서 모피 코트를 내려 서두르는 기색도 없이 입었다. 정신과 의사의 상담실에서 목격되는 일이 전혀 부끄럽지 않은 듯했다. 그녀가 나를 흘깃 봤고 나는 긴장한 표정을 풀지 않았다. 그녀가 밖으로 나가며 말했다.「잘 있어요, 데이지.」

접수원이 경쾌한 목소리로 대답했다.「목요일에 뵐게요, 케플러 씨.」

나는 그렇게 침착해 보이는 사람이 일주일에 한 번도 아니고 두 번이나 브레이스웨이트 박사를 찾아와야 한다는 사실에 깜짝 놀랐다. 틀림없이 병세가 심각한 모양이었지만 거리에서 마주치는 사람들은 그녀를 부러운 눈으로 바라볼 것이다.

내가 자리에서 일어섰지만 데이지는 브레이스웨이트 박사가 나를 만날 준비를 마치려면 몇 분쯤 걸린다고 말했다. 나는 손목시계를 흘끔 내려다봤다. 배 속이 따끔거렸지만 어머니가 자주 썼던 표현처럼 내가 뿌린 씨앗이었다. 이제 직접 그 열매를 거둬야 했다. 몇 분 뒤, 안에서 아무런 신호가 없었는데도 데이지가 내게 들어가면 된다고 했다.

위대하신 나리께서 책상 앞에 앉아 공책에 뭔가를 쓰

고 있었다. 뭐라 적혀 있는지 얼마나 보고 싶던지! 잠시 후 그가 고개를 들고 요란하게 책을 덮더니 일어나서 나를 맞이했다. 그는 목 부분이 벌어진 플란넬 셔츠와 갈색 코듀로이 바지 차림이었다. 갈색 가죽 단화를 신었는데 끈이 풀려 있었다.

「미스 스미스!」 그가 경쾌하게 말했다. 「아니면 미시즈인가?」 그가 손을 내민 채 방을 가로질렀다. 우리는 악수를 나눴고 나는 〈미스〉라고 알려 줬다. 그의 이목구비는 텔레비전에서 봤을 때의 반만큼도 불쾌하지 않았다. 눈이 부리부리하긴 했지만 dans la vraie vie(실제로는) 기민해 보이고 반짝거렸다. 더 젊어 보이기도 했는데, 텔레비전에 나오면 10년은 더 늙어 보이고 5킬로그램은 더 쪄 보인다고들 하지 않는가.

「마음에 드는 자리에 앉아요.」 마술사가 관객에게 카드를 고르라고 할 때처럼 그가 말했다. 상담실은 어질러진 라운지와 비슷했다. 아마 남자의 〈은신처〉 같았다는 말이 더 정확할 것이다. 책상 뒤쪽과 문가 벽에 책이 줄지어 꽂혀 있고 바닥에는 더 많은 책과 서류가 어수선하게 쌓여 있었다. 거리가 내려다보이는 창문에서 응축된 물방울이 뚝뚝 떨어졌다. 일하는 공간임을 알려 주는 요소는 맨 위 서랍이 비죽 열린 녹색 금속 파일 캐비닛뿐이었다. 나는 방을 가로질러 서랍을 닫고 싶은 충동을 억눌렀다. 내가 고를 수 있는 자리는 다 해진 가죽 팔걸이가 달린 의자, 내키지 않는 고리버들 윙백 의자, 또는 등받이에 레이온 담요가 걸쳐진 장의자였다. 버로니카가 그 위에 나른하게 누웠다고 브레이스웨이트가 설명했던 게 바로 그 장의자임을 깨닫자 소름이 돋았다(언니 성격과 전혀 안 맞는 행동이었다. 언니는 평생 뭔가를 〈나른하게〉 한 적이 한 번도 없었다). 방 한가운데에 커피 테이블이 있었고 그 위에는 비우지 않은 재떨이, 부조가 새겨진 목조 담배 케이스, 화장지 한 상자가 놓여 있었다. 그의 책상 앞으로 걸어 들어가 앉아서 도발할까 하는 생각이 스쳤지만 그렇게 하지는 않았다. 대신 장의자 오른쪽 자리에 앉았다. 브레이스웨이트는 내가 그 자리에 앉을 줄 알았다는 듯 고개를 끄덕였다. 그가 책상 뒤에서 나무 의자를 꺼내 와 나를 마주 보고 앉았다. 그러더니 다리를 쭉 펴고 발목에서 다리를 꼬았다. 양말도 신지 않은 맨발이었다. 그가 배 위로 팔짱을 꼈다.

「찾기 어렵진 않았어요?」 그가 물었다.

내가 고개를 끄덕였다. 그는 낯빛이 얼룩덜룩했고 관자놀이가 희끗희끗해지기 시작했다. 브레이스웨이트는 마흔 살이었는데 나더러 나이를 맞춰 보라고 했다면 나는 바로 그 나이를 댔을 것이다.

「자, 스미스 씨.」 그가 이제 일을 시작해야 한다는 듯한 말투로 입을 열었다. 「무슨 일로 왔지?」 브레이스웨이트는 느긋하게 대답을 기다렸다. 그의 시선이 헝클어진 내 머리부터 신발까지 정처 없이 돌아다녔다. 시선이 스타킹에 난 구멍을 지날 때 눈썹을 살짝 움직여 놀랐음을 드러냈기에 나는 10실링의 희생이 헛되지 않았다는 느낌이 들었다.

「어디서부터 시작해야 할지 잘 모르겠어요.」 내가 모호하게 말했다.

그가 팔을 풀고 양손을 폈다. 「무슨 일로 상담 약속을 잡게 되었는지부터 시작해 보면 어때요?」

「좋아요.」 내가 말했다. 나는 그가 특이한 행동에 대처하는 데 무척 익숙하다는 사실을 깨달았다. 어차피 그런 일을 하다 보면 어쩔 수 없다. 예를 들어 평범한 사람이라면 분명 브레이스웨이트 박사의 상담실에서 보내는 시간을 최대한 활용해야 한다고, 지불한 돈에 맞는 가치를 얻어야 한다고 느낄 것이다. 하지만 다시 생각해 보면 평범한 사람은 애초에 그를 찾지도 않을 것이다.

「리베카라고 불러 주시면 더 좋을 것 같아요.」 내가 말했다.

「원하시는 대로.」 그가 대답했다. 「나는 뭐라고 부를 거죠?」 그가 말을 잠시 멈췄다가 몇 가지 선택지를 설명했다. 「공식적인 관계를 유지하고 싶으면 〈브레이스웨이트 박사님〉, 아니면 그냥 〈브레이스웨이트〉라고 해도 좋고. 어머니는 나를 〈아서〉라고 부르셨고 친구들은 〈콜린스〉라고 부르고, 적들은 나를 — 음, 거기까지 가지는 말자고.」 그가 자기 농담에 웃음을 터뜨렸다. 전부 내가 마음을 놓게 하려는 의도적인 대화 같았다. 아니면 경계심을 늦추게 하거나. 「자, 뭐라고 부를 거죠?」

그는 신기하게도 말할 때 한쪽 입꼬리가 더 많이 움직였다.

「음, 박사님이 〈리베카〉라고 부르신다면 나도 〈아서〉라고 불러야 할 것 같군요.」 내가 말했다. 나는 무릎에 놓인 손을 내려다봤다. 전날 저녁에 매니큐어를 발라 잘 관리된 손톱이 나머지 모습과 어울리지 않아 보일 것 같았다. 좋은 특징이었다. 얼마나 미쳤으면 손톱은 그렇게 신경 쓰면서 구멍 난 스타킹을 신고 집을 나설까. 남자는 보통 그런 점을 알아차릴 것 같지 않지만 나는 브레이스웨이트 박사가 아무것도 놓치지 않는다는 인상을 이미 받은 참이었다. 나는 그를 〈아서〉라고 부르기로 한 걸 후회했다. 그 호칭은 부적절한 친밀함을 암시했다. 게다가 내가 그의 어머니와 나를 연관시키거나 모자(母子)와 비슷한 관계를 구축하고 싶어 한다는 인상을 주고 싶지는 않았다. 그건 진실과 더없이 거리가 멀었다. 나는 평생 어머니가 되고 싶다는 갈망을 느낀 적이 없었다. 얼굴은 끈적거리고 무릎은 딱지투성이에다가 시끄러운(항상 지긋지긋한 그 시끄러운 소리) 아이들이 정말 싫다. 끔찍한 출산이나 더러운 성교 과정은 말할 것도 없었다.

브레이스웨이트가 고개를 끄덕였다. 「그럼, 리베카?」

그의 말투는 아주 상냥했지만(어차피 자기 돈이 나가는 게 아니니까) 나는 뭐라도 말해야 한다는 사실을 깨달았다. 정신과 의사를 찾아가서 자기한테 아무 문제도 없는 척하는 건 진짜 제대로 미친 사람밖에 없을 것이다.

「나는…….」 내가 딱 맞는 단어를 찾으려는 것처럼 방을 둘러봤다. 「불안을 **겪고** 있어요.」 내가 말했다. 「아주 극심한 불안이요.」 나는 그 표현이 만족스러웠다.

「아, 불안 말이군!」 브레이스웨이트가 따라 말했다. 「프랑스어 〈mal à l'aise(불안하다)〉에서 온 말이지. 불편하단 뜻이고. 음, 당신을 탓할 수는 없군, 리베카. 요즘 세상 돌아가는 꼴을 보고 불안하지 않을 사람이 어디 있겠어요? 나도 지독하게 불안한데.」

「그 정도가 아니에요.」 내가 말했다. 「나 자신을 잃어버린 것 같아요.」

브레이스웨이트는 그 말에 무척 기뻐하는 것 같았다. 그가 의자에서 벌떡 일어나 연극을 하듯 쿠션을 전부 옆으로 던지기 시작했다. 그러더니 손과 무릎으로 바닥을 짚고 장의자 아래를 살폈다. 그런 다음 문을 열고 데이지에게 외쳤다. 「스미스 씨가 거기 자신을 놓고 왔나? 아니라고?」 그는 대답을 기다리지도 않고 문을 쾅 닫더니 나를 봤다. 「혹시 당신 핸드백에 들어 있진 않을까?」 그가 말했다. 「내게는 여성의 핸드백에 무엇이 들어 있는지가 늘 수수께끼였지. 당신 머릿속에 무엇이 들어 있는지보다 훨씬 더, 하하.」 그가 바닥에 놓인 핸드백을 집어 들었다. 나는 그가 가방에서 화장지로 감싼 쥐 사체를 발견할까 봐 순간 겁에 질렸다. 하지만 그는 가방을 건네며 들여다보라고 손짓할 뿐이었다. 「거기 없어요?」 내가 순순히 걸쇠를 풀고 가방을 들여다보자 그가 물었다.

브레이스웨이트가 모르겠다는 표정으로 자리에 앉았다. 「생각해 봅시다.」 그가 말했다. 「당신의 자아라는 것 말이야, 마지막으로 언제 가지고 있었는지 기억나요?」

나는 그가 나를 놀리고 있다는 느낌이 들어서 그렇게 느낀다고 말했다.

「전혀 아니에요, 리베카. 이건, 자아 상실은 심각한 문제야. 나도 진지하게 묻는 거라고. 마지막으로 언제 가지고 있었다고 생각하지?」

나는 브레이스웨이트 박사와 고작 몇 분 같이 있었을 뿐이지만 그가 감탄을 불러일으키는 유형임을 알 수 있었다. 흐트러진 외모는 오히려 그 사실을 강조할 뿐이었다. 다른 남자들은 위엄을 강조하기 위해 정장과 타이를 착용하지만 그에게는 그런 것들이 필요 없었다. 브레이스웨이트에게는 사람들의 입에 종종 오르내리지만 직접 볼 일은 거의 없는 신비로운 무언가가 있었다. 바로 카리스마였다. 콜린스 브레이스웨이트는 다른 사람을 자기 마음대로 좌지우지할 수 있는 게 분명했다. 무서우면서도 짜릿했다. 케플러 씨가 일주일에 두 시간이나 그와 함께 보내고 싶어 하는 이유를 알 것 같았다.

「잘 모르겠어요.」 내가 그의 질문에 대답했다.

「음, 걱정할 것 없어요.」 그가 경쾌하게 대답했다. 「조금이라도 괜찮은 자아였다면 잃어버리지 않았을 테니까. 안 그래요? 그런 자아는 없는 게 나을지도 모르지.」

나는 뭐라 답해야 할지 몰랐다. 나를 현혹하려는 의도였다면 대성공이었다.

나는 남은 시간 동안 브레이스웨이트에게 나 자신에 관해, 아니, 리베카에 관해 이야기했다. 리베카와 나는 공통점이 많았지만 버로니카와 나의 관계를 숨기기 위해 몇 가지 세부 사항을 바꿔야 했다. (여기서 내가 언니와 전혀 닮지 않았음을 밝혀 두는 게 좋겠다. 언니는 어머니를 닮아 피부색이 어둡고, 발목이 두껍고, 이렇게 말해도 될지 모르겠지만 이목구비가 둔해 보였다. 감히 말해 나도 미인은 아니지만 이목구비가 섬세한 편이다. 버로니카가 댄버스 부인[6]이라면 나는 조앤 폰테인[7]이었다.) 사실을 전부 이야기할 때가 언젠가 오겠지만 그 순간은 절대 아니었다. 그래서 브레이스웨이트 박사에게 어머니는 돌아가셨고 은퇴한 건축가인 아버지와 함께 살고 있다고 말했다. 리베카는 나와 달리 (늘 끔찍할 만큼 외로운) 외

6 대프니 듀 모리에의 소설 『리베카』 속 등장인물로 주인공과 대립한다.

7 히치콕 감독의 영화 「리베카」에서 드 윈터의 두 번째 아내 역할을 맡은 주연 배우.

동이면서 나처럼 배우 에이전시 접수원이라는 시시한 일을 한다고 설정했다.

브레이스웨이트는 그 부분에 관해 별로 묻지 않았다. 사실, 나중에 다시 생각해 보니 그는 그 무엇에 관해서도 질문하지 않았다. 그냥 내 입에서 말이 술술 나왔다. 끝나고 보니 거기 앉아 런던에서 가장 매력적인 여자라도 되는 것처럼 내 이야기를 재잘재잘 지껄인 일이 약간 굴욕적으로 느껴졌다. 그러나 브레이스웨이트는 손목시계를 한 번도 흘끔거리지 않았다. 그는 한순간도 관심을 돌리지 않았다. 누가 나를 그렇게 샅샅이 훑어보는 느낌은 처음이었다. 다른 대화 내용은 거의 기억나지 않고 내 입장의 일관성을 유지하기 위해 엄청난 노력이 필요했다는 사실만 기억난다. 나는 그곳에 찾아간 진짜 목적을 잊었다. 그를 기쁘게 하고 싶다는 생각이 들었다. 그러다가 어느 순간 그가 일어섰을 뿐인데 주문이 깨진 것 같았다. 나는 그 동작을 상담 시간이 끝났다는 뜻으로 받아들였다. 최면에 빠졌다가 깬 듯한 느낌이 들어서 그가 최면을 걸었던 게 아닐까 잠시 생각했다. 나는 소지품을 챙겨서 일어섰다. 다리가 약간 후들거렸다.

브레이스웨이트는 문과 장의자 사이 중간 지대에 서 있었다. 내가 출구를 향해 걸어갈 때 그가 몸을 약간 틀자 왠지 걸음을 멈춰야 할 것 같았다. 우리는 불편할 정도로 가까이 서 있었다. 그가 손을 대지도 않았고 수갑을 채운 것도 아닌데 갑자기 포로가 된 느낌이 들었다.

「만나서 아주 재미있었어요, 리베카.」 그가 말했다. 「다시 오고 싶으면 데이지와 약속을 잡도록 하고.」

나는 넋을 잃었다. 「당신 생각은 어떤데요?」 내가 말했다. 「내가 다시 와야 한다고 생각하세요?」

브레이스웨이트는 아이에게 동전을 던지듯 양손을 번쩍 들었다. 「당신에게 달려 있지.」

「하지만, 날 도울 수 있다고 생각하시나요?」 내가 끈질기게 물었다.

「문제는 당신을 도울 수 있다고 **내가** 생각하느냐가 아니야. 내가 도울 수 있다고 **당신이** 생각하느냐지.」 그가 휘둥그런 눈으로 나를 쳐다봤다. 나는 무력한 느낌이 들었다.

「어쩌면 당신이 날 고칠 수 있을지도 모른다고 생각했어요.」 내가 조용히 말했다.

그가 살짝 코웃음을 쳤다. 「스미스 씨, **리베카**, 여기서 우리는 뭘 〈고치〉는 게 아니에요. 고치는 건 돌팔이나 하는 짓이지. 나도 그런 돌팔이 중 하나라고 생각하는 사람이야 지금도 많지만. 첫째, 애초에 고친다는 생각은 당신한테 뭔가 잘못된 점이, 우리가 아직 밝혀내지 못한 점이 있음을 전제하지. 그리고 둘째, 만일 당신에게 잘못된 점이 있다면 그걸 과연 고칠 수 있을지 의심스럽군.」

「하지만 나을 수 없다면 다시 오는 게 무슨 의미가 있죠?」 내가 말했다.

「그건 내가 아니라 당신이 고민해 볼 문제야.」 그가 대답했다. 「한 가지 말해 두자면, 자신에게 잘못된 점이 있을지도 모른다고 생각한다는 것 자체가 당신이 대부분의 사람보다 훨씬 제정신이라는 뜻이에요.」

그가 옆으로 아주 살짝 비켜서서 나가는 걸 허락하자 나는 문으로 다가갔다. 대기실에서 새로 약속을 잡았다. 데이지가 책상에 놓인 장부에 내 이름을 적고 낮은 목소리로 말했다. 「그럼, 우리 다음 주에 만나요.」

그녀가 〈우리〉라고 말해서인지 아니면 그녀의 은밀한 태도 때문인지 모르겠지만 점잖지 못한 클럽에라도 가입한 느낌이 들었다.

나는 밖으로 나가 잠시 걸음을 멈추고 가로등 기둥의 녹슨 페인트칠을 살피며 수수께끼 같은 문양이라도 찾으려는 듯 고개를 이리저리 갸웃거렸다. 브레이스웨이트 박사가 창가에서 나를 몰래 지켜보고 있을 것 같았다. 내가 정신과 의사라면 분명 환자들이 돌아가는 모습을 지켜볼 것이다. 아버지는 내게 다른 사람의 결함을 알아보는 재능이 있다고 했다.

나는 잠시 그 자리에 서서 가로등 기둥 바로 앞까지 얼굴을 가져가 페인트칠을 만져 보다가 핸드백에서 손톱 손질용 줄을 꺼내 금속을 갈기 시작했다. 브레이스웨이트가 나를 보고 얼마나 정신이 나갔다고 생각할까. 〈불쌍

해라.〉 그가 이렇게 생각하는 모습을 상상했다. 〈정상인처럼 보이려고 애를 썼나 보군.〉 어쩌면 데이지를 창가로 부를지도 몰랐다. 〈저것 좀 봐. 진짜 제대로 미친 환자가 생겼어.〉 잠시 후 나는 한발 물러서서 내 작품을 꼼꼼히 살펴본 다음 결과가 만족스럽다는 듯 고개를 끄덕이고 손톱 손질용 줄을 가방에 넣었다. 그런 다음 어색하게 비틀거리며 거리 끝까지 걸어갔다. 모퉁이를 돌고 나서 따라오는 사람이 없다는 걸 확인한 다음에야 자세를 똑바로 했다. 나 자신으로 돌아오자 마음이 놓였다. 연기를 잘해 낸 스스로가 대견했다. 리베카가 자기 역할을 잘해 낸 것 같았다.

나는 공원을 둘러싼 붐비는 도로에 서 있었다. 집으로 돌아갈 때는 절대 나올 때와 같은 길로 가지 않는 게 나의 습관 — 어쩌면 특이한 점 — 이었다. 왔던 발걸음을 다시 따라가면 왠지 모든 게 헝클어질 듯한 느낌이 들었다. 실타래를 들고 미로에서 빠져나오는 테세우스를 생각하면 항상 그의 발이, 또 다리와 온몸이 실에 걸려서 결국 머리끝부터 발끝까지 칭칭 감긴 채 꼼짝도 못 하는 모습이 떠올랐다. 나는 어느새 에인저 로드의 반대편 끝에 서 있었다. 이상하게 들릴지도 모르지만 프림로즈힐에 가본 적이 없었기 때문에 그 동네에 정말로 언덕이 있을 줄은 몰랐다. 프림로즈힐이라는 지명 자체가 런던과 어울리지 않았고 데번처럼 지루하고 목가적인 전원의 마을 이름 같았다(나는 시골을 혐오한다). 그러나 프림로즈힐은 바로 거기에 있었다. 공원을 둘러싼 길을 따라가자 대문이 나왔다.

5시 45분쯤이었고 하늘은 어두워졌다. 지나가는 차들이 끊임없이 으르렁거리는 소리에 언덕이 박동하는 것 같았다. 펑 터져서 땅 밑의 고름을 뱉어 낼 준비가 된 부푼 배 같았다. 나는 언덕에 이끌렸다. 공원 안의 다른 사람들은 마치 나를 고려해 자리를 잡은 것처럼 균일한 간격으로 떨어져 있었다. 정상으로 향하는 길에서 어떤 남자가 목줄을 채운 검은 개를 산책시키고 있었다. 사람과 개 모두 비계에 올라가는 것처럼 발걸음이 조심스러웠다. 나는 언덕 기슭을 둘러싼 길을 따라 걸었다. 포장로가 아까 내린 이슬비에 젖어 있었다. 어둑한 황혼 속에서 풀이 은색으로 보였다. 전부 활기가 없었다. 지평선의 위치가 엉뚱했다. 언덕은 내 앞에 불쑥 솟아 있었다. 나를 종잇장처럼 접고 싶은 충동이 일었다.

보도 가장자리에서 무언가와 마주쳤다. 길이가 180센티미터 정도였고 페인트를 칠한 나무판 네 장으로 만들어진 물체였다. 처음 두 장은 약 60센티미터 높이에서 땅과 수평을 이뤘고 세 번째, 네 번째 나무판은 첫 번째, 두 번째 나무판과 수직을 이뤘다. 다리 네 개와 버팀목 두 개가 달린 연철 틀이 구조물을 지탱했고 버팀목은 세 번째, 네 번째 나무판을 지면과 수평을 이루는 첫 번째, 두 번째 나무판과 연결했다. 두 쌍의 다리도 철제로 연결되어 있었는데 견고함을 더하기 위해서인 것 같았다. 물론 나는 그 구조물이 벤치라는 사실을 알았다. 평생 벤치를 많이 봤고 그 위에 많이 앉아도 봤다. 그러나 그 순간만큼은 벤치가 웅크리고 앉은 사악한 무언가처럼 느껴졌다. 아무것도 모르는 먹잇감을 덮친 다음 관목 덤불로 허둥지둥 들어가 먹어 치우려고 납작 엎드려 기다리는 게처럼, 아니면 바퀴벌레처럼 말이다. 나는 1분 정도 그 앞에 서 있었다. 그건 허둥지둥 도망치지 않았다. 그냥 벤치일 뿐이었다. 나는 내 생각을 시험하듯 그 위에 앉았다. 가방을 발치에 내려놓고 엉덩이 옆 나무판에 손을 얹었다. 손바닥에 닿는 페인트칠이 거칠었다. 나는 길게, 천천히 여러 번 숨을 쉬었다. 런던이 박동하며 몸속으로 들어오는 느낌이 들었다. 눈을 감고 덜컹거리는 도시의 소리에 귀를 기울였다. 그런 다음 발을 벤치 위에 올리고 팔을 옆구리에 붙인 채 얼굴이 아래를 향하도록 해서 엎드렸다. 울퉁불퉁한 나무판이 허벅지와 가슴을 압박했다. 갈라진 페인트칠이 입술에 닿았다. 머뭇머뭇 혀끝으로 건드려 봤다. 씁쓸한 금속 맛이 났다. 나무판에서는 축축한 숲의 지면 같은 냄새가 났다. 도시의 박동이 더욱 강렬해졌다. 벤치가 나를 들어 올리는 느낌이 들더니 우리는 대도시의 머리 위로 높이 솟구치기 시작했다. 눈을 꼭 감고 옆구리를 꽉 잡았다. 런던의 거리와 빛이 한참 아래에 있었다. 우리는 완만한 호를 그리며 하강하여 빙 돌았다. 정말 황홀했다. 얼마 동안 날아다녔는지 정확히는 모르겠지만 확실히 몇 분은 걸렸다. 그때 어떤 목소리가 들리면서 깊은 잠에서 깨어나는 느낌이 들었다. 눈을 떴다. 어떤 남자가 나를 내려다보고 있었다.

「괜찮아요?」 그가 말했다. 그의 목소리에서 처음 묻는 게 아님을 말해 주는 다급함이 느껴졌다.

내가 힘겹게 일어나 앉았다. 남자 옆에 검은 개가, 래브라도가 있었다. 아까 본 그 남자일지도 몰랐다. 그는 걱정스러운 표정이었다.

「물론 괜찮아요.」 내가 말했다. 「안 괜찮을 이유가 어디 있죠?」

그는 걱정한 이유에 대한 당연한 설명이라는 듯 벤치를 가리켰다. 「누가 당신 가방을 들고 갈 수도 있었어요.」

그건 사실이었다. 「네, 그렇네요.」 내가 말했다. 「감사합니다.」

나는 가방을 들어 무릎에 올렸다. 남자가 고개를 끄덕이더니 좋은 저녁 시간 보내라고 인사했다. 나는 그가 멀어져 보이지 않을 때까지 벤치에 앉아 있었다.

당연한 일이지만 나는 저녁 식사를 놓쳤다. 우리 집에서는 저녁 식사를 6시에 한다. 루엘린 씨가 말없이 음식을 차려 주더니 찬장에 엉덩이를 걸치고 서서 내가 식사하는 모습을 지켜봤다. 수프는 굳이 데워 주지도 않았다.

그녀는 나를 자극하려 애쓰고 있었지만 나는 아랑곳하지 않고 수프를 마지막 한 방울까지 다 마셨다. 루엘린 씨는 잠시 기다렸다가 그릇을 치우고, 식지 않도록 오븐에 넣어 뒀던 로스트포크를 들고 돌아왔다. 브로콜리 — 내가 가장 컨디션이 좋을 때도 싫어하는 채소 — 세 줄기는 병원의 벽 같은 색이었다. 그레이비소스는 시트에 말라붙은 피처럼 얇게 굳어 있었다. 루엘린 씨는 고맙게도 메인 요리를 먹을 때는 옆에 서서 지켜보지 않았다. 나는 고기를 몇 입 먹고 나서 남은 음식은 핸드백에 비웠다. 나중에 화장실에 버릴 것이었다. 자리로 돌아온 루엘린 씨는 내가 그 맛없는 음식을 싹싹 먹어 치운 걸 보고 놀라움을 숨기지 못했다. 그러므로 나의 승리였다. 보상은 블랑망제와 통조림 귤이었다. 블랑망제는 내가 제일 좋아하는 음식이다. 그건 힘들게 씹을 필요가 없다. 블랑망제 한 숟가락을 입에 머금고 있다가, 계류장에서 탁 트인 바다로 미끄러져 가는 작은 배라고 상상하며 목구멍으로 넘기는 게 좋다. 귤은 건드리지 않고 놔뒀다. 형태와 질감이 왠지 외설스러웠다.

나는 루엘린 씨가 돌아오기 전에 얼른 식당을 빠져나가 거실로 갔다. 아버지가 『더 타임스』를 읽다가 고개를 들고 부드럽게 미소를 지었다.

「안녕하세요, 아빠daddy.」 내가 말했다.

내 나이쯤 되는 여자가 아버지를 〈아빠〉라고 부르는

건 역겹다, 나도 안다. 하지만 이상하게 해석하면 안 된다. 그저 습관을 고치지 못했을 뿐이고 이제 와서 달리 부르려고 하면 무슨 선언이라도 하는 것처럼, 우리 사이에 거리를 두려는 것처럼 느껴질 것이다. 게다가 만족스러운 대안이 없다. 〈대드dad〉는 항상 끔찍하게 천한 느낌이 들었다. 입안에서 느껴지는 그 생기 없고 어중간한 음절. 〈아버지father〉는 말로 하면 지나치게 격식을 차린 느낌이다. 그리고 아빠를 이름으로 부르는 건 너무 상스럽다. 다행히 우리가 아직 그 정도로 미국에 물들지는 않았다.

「아, 왔구나.」 아버지가 말했다. 「무슨 일이 생겼나 싶어서 우리 둘 다 걱정하던 참이었는데.」

아버지가 자신과 루엘린 씨를 하나의 개체라도 되는 양 〈우리〉라고 지칭하는 게 정말 싫다. 어쨌든 그녀가 내 행방을 걱정했다는 건 허튼소리였다. 경찰이 내가 합승자동차에 치였다는 소식을 들고 방문하는 것보다 그녀에게 더 기쁜 일은 없으리라 확신한다.

「웬 청년이랑 데이트라도 했나 보구나?」 아버지가 나를 놀렸지만 나는 모욕감을 감췄다. 늦은 시간에 회의가 있어서 브라운리 씨에게 내가 필요했다고 대답했다. 나는 없어서는 안 되는 존재인 척하기 좋아했지만 사실 타자기만 있으면 어떤 바보라도 내 일을 할 수 있다. 아버지는 브라운리 씨가 시간 외 근무 수당을 주면 좋겠다고 말했다. 나는 아버지 맞은편, 격자무늬 천을 댄 안락의자에 앉았다.

아버지의 시선이 무릎에 놓인 신문으로 다시 내려갔다. 십자말풀이를 하는 중이었다. 나는 우리가 같이 보내는 저녁 시간이 즐거웠다. 서로 할 말은 별로 없었지만 우리의 침묵은 편안했다. 그렇긴 하지만 내가 아버지에게 실망스러운 자식이라는 사실을 잘 안다. 아버지는 버로니카를 제일 좋아했다. 나는 아버지가 그 점을 숨기려 최선을 다했다고 감히 말할 수 있다. 가끔 버로니카보다 나를 더 예뻐할 때도 있었지만 아버지가 버로니카를 보는 시선으로 나를 본 적은 한 번도 없었다. 버로니카가 죽자 아버지에게서 모든 에너지가 빠져나갔다. 내가 아버지를 기쁘게 하려고 아무리 애써 봤자 버로니카의 죽음이 아버지를 완전히 무너뜨렸다. 당연하게도 아버지 앞에서는 아무도 〈자살〉이라는 말을 입 밖에 내지 않는다. 버로니카는 사고를 당했다. 그렇지 않다고 암시한다면 버로니카를 욕되게 하는 일일 것이다.

아버지는 인도에서 말라리아에 걸린 이후로 건강이 나빠졌다. 아버지는 엔지니어였고 결혼 직후 어머니와 함께 콜카타로 건너갔다. 아버지는 후글리강의 하우라 다리 건설을 감독했다. 버로니카는 인도에서 태어났고 피부색이 짙었기 때문에 아버지는 버로니카를 〈꼬마 인도인〉이라고 즐겨 불렀다. 어머니는 콜카타를 무척 싫어했고 아버지가 병에 걸려 잉글랜드로 돌아오게 되자 좋아했다. 우리 가족은 어머니가 나를 임신 중이었던 1940년에 귀국했으므로 내 안에도 인도가 아주 약간은 있을 것이다. 어머니는 귀국길에 뱃멀미와 입덧 중에 뭐가 더 힘들었는지 모르겠다고 지치지도 않고 늘 내게 말했다. 어머니는 남은 평생 무슨 일이든 인도를 탓했다. 거리에서 터번 쓴 남자를 보면 곧장 고개를 돌리거나 손수건으로 코를 막았다.

아버지에게 십자말풀이를 도와드릴지 물었다.

「곤경에 빠진 것 같구나.」 아버지가 말했다. 그런 다음 설명을 소리 내어 읽었다.

「허풍.」 내가 말했다. 그건 우리 둘만의 장난이었다. 아버지가 십자말풀이 힌트를 읽어 줄 때마다 나는 〈허풍〉이라고 말했다.

「아홉 글자짜리 단어인데 두 번째 글자는 a, 일곱 번째 글자도 a야.」 아버지는 모든 음절이 어마어마하게 중요하다는 듯이 힌트를 다시 읽었다. 「아픈 프랑스 잼에 빠진 사지(四肢).」 아버지는 십자말풀이의 알쏭달쏭한 법칙을 1백 번쯤 설명해 줬지만 나로서는 벵골어를 듣는 것과 다를 바가 없었다. 퍼즐을 푸는 일은 늘 더없이 헛되게만 느껴졌다. 겨울날 저녁이면 아버지와 버로니카는 몇 시간씩 몸을 숙이고 지그소 퍼즐을 맞추곤 했다. 그림 — 하나같이 웅장한 저택이나 기차역 그림이었다 — 이

상자 뚜껑에 인쇄되어 있었다. 답이 빤히 보이는데 왜 몇 시간이나 허비하면서 모든 조각을 빠짐없이 맞추려는 걸까? 내가 그런 생각을 말할 때마다 두 사람은 어쩔 수 없다는 듯 눈을 굴리고는 말없이 퍼즐 조각을 분류하고 가려냈다. 한번은 두 사람이 자리를 비운 사이에 내가 퍼즐 조각 세 개를 몰래 가지고 나가서 다음 날 학교 가는 길에 하수구에 버린 적도 있었다. 나중에 퍼즐 조각이 모자란다는 사실을 두 사람이 알아챘을 때 나는 끔찍하리만치 부끄러웠다. 퍼즐 조각을 가져갔다고 나를 혼내지는 않았지만 두 사람 다 내가 한 짓임을 알았을 것이다.

아버지는 연금을 받으면서 교각에 관한 책을 써서 수입을 보충했다. 잉글랜드로 돌아온 직후 혼자 재미 삼아서 『인도의 멋진 다리들』이라는 첫 책을 썼다. 원고 집필을 마쳤을 때는 학술 논문으로 발표할 생각이었는데 어느 출판사에서 연락해 와 그런 종류의 책이 팔리는 시장이 있다고 장담하자 아버지는 깜짝 놀랐다. 그 책은 어느 정도 성공을 거뒀고 출판사에서 그럴듯한 말로 한참 구슬린 끝에 아버지는 비슷한 책을 시리즈로 펴냈다. 『아프리카의 멋진 다리들』, 『아메리카의 멋진 다리들』 등등. 아버지는 교각 애호가들 사이에서 일종의 유명 인사가 되었다. 물론 아버지는 그런 성공에 대해 자신을 비하하듯 말했다. 최근까지 아버지는 가끔 토목 공학회를 대상으로 강연했다. 강연은 — 버로니카와 내가 어렸을 때 종종 따라갔다 — 보통 나무 패널을 댄 회의실이나 교회 강당에서 열리는데 참석자는 블레이저와 트위드 차림의 백발 남자들밖에 없다. 아버지가 자기 책을 읽은 여자는 버로니카밖에 없다고 자랑스러운 듯 말했다. 강연은 항상 똑같은 말로 시작했다. 엔지니어와 시인의 차이는, 교각이 엔지니어에게는 수학 문제지만 시인에게는 상징이라는 데 있다는 것이다. 그런 다음 아버지는 자신이 엔지니어라고, 자신이 보기에는 수학 안에 시가 있다고 말을 이었다. 청중은 항상 웅성거리며 아버지 생각에 동의했고 가끔은 몇몇이 박수를 치기도 했다. 나는 아버지가 그러한 갈채에 대한 답례로 겸손한 미소를 띤 채 시선을 바닥으로 내리는 모습이 좋았다. 그러나 근래에는 건강이 나빠져 강연을 할 수 없었다. 우리 집으로 올라가는 계단 두 층은 시련이 되었다. 아버지는 책을 쓸 때마다 이번이 마지막이라고 선언했다. 어차피 이제는 남은 대륙도 거의 없다.

「마멀레이드marmalade!」 아버지가 갑자기 외쳤다. 「사지라고 했으니까 팔arm에도 해당하고, 프랑스어로 〈아픈〉이 〈malade〉잖아. 무슨 말인지 알겠니?」

「네, 그럼요.」 내가 말했다.

아버지가 답을 적고 다음 힌트를 소리 내어 읽기 시작했다. 나는 자리에서 일어나 아버지 뺨에 입을 맞춘 다음 그만 자러 가겠다고 말했다. 우리 아파트는 두 층으로 이뤄져 있다. 아래층에는 현관, 부엌, 식기실, 식당, 거실, 아버지 서재와 화장실이 있다. 위층에는 건물 처마 아래로 침실 세 개, 골방, 욕실이 있다. 루엘린 씨는 원래 버로니카가 쓰던 방을 차지했다. 내 침실은 아버지의 방과 루엘린 씨의 방 사이에 있다. 나는 루엘린 씨에게 내 방에 절대 들어가지 말라고 말해 뒀지만 그래도 항상 문을 잠그고 열쇠를 핸드백에 넣어 가지고 다닌다. 밤에는 두 사람 사이에 이상한 일이 생기지 않도록 내 방문을 살짝 열어 놓는다. 빨랫감은 문밖의 고리버들 바구니에 넣어 둔다.

나는 잠옷으로 갈아입고 화장대 거울 앞에 앉아 남은 화장을 마저 지웠다. 눈가에 가느다란 주름이 드러났다. 주름이 사라지도록 손가락으로 피부를 폈다. 쭈그렁 할멈이 되어 가고 있다. 신선한 과일과 채소를 더 많이 먹어야겠다고 마음먹었다.

브레이스웨이트 I: 어린 시절

아서 콜린스 브레이스웨이트는 1925년 2월 4일 달링턴에서 태어났다. 아버지 조지 존 브레이스웨이트는 성공한 지역 사업가였다. 조지는 1892년에 철도 노동자 집안에서 태어났다. 그는 선조들과 마찬가지로 다부지고 가슴이 두툼했다. 사진을 보면 그는 헝클어진 머리에 검은 눈동자가 강렬한 잘생긴 청년이다. 조지는 제1차 세계 대전 당시 베르됭에서 2년간 복무하며 살아남았지만 1917년에 유산탄을 맞아 서식스의 진료소로 보내졌다. 그곳에서 그는 간호사로 일하던 앨리스 루이즈 콜린스를 만났다.

앨리스는 인근 마을인 에칭엄 성공회 신부의 딸이었다. 그녀는 예쁘지만 세상 경험이 부족한 스무 살이었고 부드러운 갈색 눈동자에 머리는 금발이었다. 조지는 전선에서 겪은 모험과 〈달로〉에서 자란 어린 시절 이야기로 그녀를 즐겁게 해줬다. 두 사람은 이상한 커플처럼 보였겠지만 — 그는 말주변이 뛰어난 북부 남자였고 그녀는 얌전한 런던 인근 카운티 여자였다 — 앨리스가 쉬는 날이면 같이 주변 시골을 돌아다니곤 했다. 조지는 완전히 회복한 다음 전선으로 돌려보내지기 전날 밤에 청혼했다. 앨리스는 너무 소심해서 승낙도 거절도 하지 못했다. 조지는 아직 그녀의 아버지를 만나 보기 전이었다. 「하지만 나를 마음에 들어 하지 않을 사람이 어디 있겠어요?」 조지가 받아쳤다. 불과 몇 주 뒤에 전쟁이 끝났고 조지는 군복 차림으로 에칭엄의 사제관을 찾아갔다. 눈치 빠른 그는 차를 마시는 자리에서 정중한 사윗감 노릇을 하며 자신의 무공에 관해 겸손하게 처신했고(그는 공훈을 세 번이나 인정받았다), 곧 원하던 답을 얻었다. 두 사람은 6주 뒤 동네 교회에서 앨리스 아버지의 주례로 결혼식을 올렸다.

신혼부부는 달링턴으로 돌아가 카트멜테라스 골목에 자리한 집을 빌렸는데 1층에 방 두 개, 2층에 침실 두 개가 있는 빨간 벽돌 테라스 주택이었다. 조지는 클라크스 야드에 철물점을 열었고 2년 뒤에는 유동 인구가 더 많은 스키너게이트의 더 큰 가게로 이전했다. 알고 보니 그는 빈틈없는 사업가였고 나중에는 더럼, 하틀풀, 미들즈브러에 브레이스웨이트 철물점의 지점을 열었다. 아서는 태어난 후 4년 동안 부모님 방에 놓인 요람에서 잤다. 그는 그 시절이 기억난다고 주장했다. 나중에 그가 쓴 책에 따르면 집은 〈온통 어둡고 춥고 축축했고〉 밤이면 그는 옆 침대에서 아버지가 짐승같이 신음하는 동안 자는 척했다. 침대 위 어머니의 곁으로 기어 올라가고 싶은 마음이 간절했지만 그 옆에 누운 〈괴물〉이 두려웠다.

아서는 삼 형제 중 막내였고 그 위로는 조지 주니어(1919년생)와 에드워드 또는 〈테디〉(1920년생으로 앨리스의 아버지에게서 이름을 따왔다)가 있었다. 아서가 학교에 들어갈 무렵 그들 가족은 부유한 동네 코커턴 경계의 웨스틀랜즈 로드에 자리한, 옆집과 한쪽 벽을 공유하는 주택으로 이사했다. 아서는 작은 뒷마당이 내려다보이는 방을 가지게 되었다. 조지는 이야기를 들어주는 사람만 있으면 자신이 비천한 태생을 딛고 이제 〈재력가〉가 되었다고 지치지도 않고 말했다. 그는 상공 회의소와 보수당 클럽에 가입했고 1931년과 1935년에는 총선에도 출마했다.

앨리스는 달링턴 생활에 적응하지 못했다. 얌전한 성격 때문에 친구를 사귀기가 힘들었다. 조지는 아침부터 밤까지 여러 지점을 관리하느라 바빴고 일요일에는 아들들을 데리고 가까운 노스요크 무어스 국립 공원으로 긴 하이킹을 떠났다. 에칭엄에서 주로 교회 활동과 마을 축제에 참여하거나 조용히 책을 읽고 편지를 쓰며 지냈던 앨리스는 북부의 울퉁불퉁한 풍경과 억센 억양이 무서웠다. 그녀는 결혼식 몇 달 후 여동생에게 보낸 편지에 이렇게 썼다. 〈여기는 모든 것이 너무 까매. 나는 까마귀 떼 사이의 참새가 된 기분이야.〉 에너지가 끝없이 넘치고 항상 경쾌했던 조지는 아내의 내향적인 성격을 점점 참지 못하게 되었다. 「나가서 좀 돌아다녀야지, 아가씨.」 그는 아내에게 그렇게 말하곤 했다. 앨리스도 처음 그에게 끌렸던 바로 그 부분을 이제 흠으로 보기 시작한 것 같았다.

조지는 쉬려고 하지 않았다. 그는 고객이 다른 가게로 떠나 돌아오지 않을지 모른다고 주장했다. 앨리스는 1년에 두 번 가족을 만나러 남부로 갔다. 세월이 흐르며 그녀가 남부에서 머무는 시간이 점점 길어졌다. 1935년 여름, 앨리스의 아버지가 뇌졸중으로 쓰러져 침대에서 일어나지 못하게 되자 앨리스는 그런 상황을 핑계 삼아 고향에 더 오래 머물렀다. 그녀는 돌아오지 않았다. 열 살이었던 아서는 어머니의 부재를 뼈저리게 느꼈지만 아버지는 특유의 실용적인 태도로 변화에 대응했다. 입주 가정부 매케이 씨를 고용하여 모든 면을 돌보게 했고, 집안의 일상은 아무 변화 없이 계속되었다.

아서는 대여섯 살 차이 나는 친형들과 별로 가깝지 않았다. 조지 주니어와 테디는 떼어 놓을 수 없을 만큼 친했고 어린 동생에게 거의 관심을 보이지 않았다. 낚시 여행이나 토요일 오후의 〈시내〉 구경에 아서가 따라가면 형들은 동생이 반갑지 않은 짐임을 사사건건 상기시켰다. 1935년이 되자 형들은 학교를 졸업하고 브레이스웨이트 앤드 선스라는 자랑스러운 이름이 붙은 가게에서 일했다. 앨리스는 수많은 편지를 써서 방학 동안 아서를 남부로 보내 달라고 애원했지만 조지 시니어는 찬성하지 않았다. 「그렇게 보고 싶으면 빌어먹을 기차를 타고 오면 되지.」 그 문제에 관해서는 그렇게 말하고 끝이었다. 아서는 아버지의 결정에 토를 달지 않았지만 밤이면 베개에 머리를 파묻은 채 흐느꼈고 어머니를 간절히 그리워하는 동시에 자신을 버린 어머니에게 분노했다.

아서는 날 때부터 수정체 난시가 있었기 때문에 어린 나이에 두꺼운 안경을 쓰기 시작했다. 그는 한동안 무자비하게 괴롭힘을 당했지만 그러든가 말든가 하는 태도로 괴롭히는 아이들에게 맞서기를 즐기는 듯했고, 안경이 수없이 깨지고 난 다음 어느 날부터는 아무도 그를 건드리지 않았다. 그러나 아서는 어머니와 마찬가지로 친구를 사귀기가 힘들었고 외톨이 같은 존재가 되었다. 그는 책으로 관심을 돌려 W. E. 존스의 〈비글스〉 시리즈를 비롯해 대담한 모험담을 즐겨 읽었다. 훗날 그는 피터 브룩 감독의 1963년 영화 「파리 대왕」에서 피기를 연기한 휴 에드워즈를 보고 마치 자신의 어린 시절을 보는 것 같았다고 했다. 〈논리에 관심 없는 사람들에게 논리적으로 설명하려 애쓰는 절망적인 부적격자.〉 노골적인 자기 평가였다. 사실 사진을 보면 그는 뱅뱅 도는 안경만 빼고는 나이에 비해 성숙한 이목구비를 지닌 잘생긴 소년이었다. 그는 10대 후반이 되어서야 자기 이목구비에 맞게 자라기 시작했다.

자수성가한 많은 남자가 그렇듯 조지 브레이스웨이트 역시 정식 교육을 받을 시간이 거의 없었지만 아서는 공부를 잘했다. 축구장이나 운동장에서는 경쟁이 안 될지 몰라도 적어도 교실에서는 뛰어났다. 그는 운동장에서 자기를 괴롭히는 아이들이 기초적인 문장도 못 읽거나 복잡한 나눗셈을 하지 못해 창피당하는 모습을 보며 즐겼다. 그의 정체성은 총명함과 연결되었다. 그는 삼 형제 중 처음으로 중등학교에 진학했다. 열두 살에 아서는 자신이 형들의 그림자에서 벗어났음을 처음으로 인식했다. 이제 〈독립적인 자신〉이 되었다. 아버지는 아들의 학업 성취를 자랑스럽게 여겼다 해도 겉으로 드러내지는 않았다. 성적표를 흘깃 본 다음 〈내 밑에 일하러 들어오면 이런 건 아무 의미도 없어〉라며 거들떠보지도 않았다. 그런 말은 인생에서 자기만의 길을 개척하겠다는 아서의 결심을 더욱 확고하게 해줄 뿐이었다. 그러나 당분간은 토요일마다 아버지 가게의 스키너게이트 지점에서 일할 수밖에 없었다. 그래도 덕분에 적게나마 수입이 생겨 1939년 여름에는 런던을 경유해서 헤이스팅스까지 가는 데 필요한 기찻삯을 모을 수 있었고, 헤이스팅스에서 에칭엄까지 약 20킬로미터는 히치하이크를 해서 이동했다. 어머니는 사제관 뒷문에서 그를 보자마자 털썩 무릎을 꿇고 울기 시작했다. 그런 감정 표현에 익숙하지 않았던 아서는 가만히 서서 어머니를 보고만 있었다. 나중에 그는 어머니가 울음을 터뜨려 당황했다고 썼다. 〈나는 무엇을 예상해야 할지 몰랐던 것 같다. 아직 다른 사람의 시선으로 세상을 보는 능력을 키우지 못한 상태였다.〉 어머니가 무릎을 꿇은 채 그를 끌어안자 아서는 〈어머니가 끌어안은 사람은 내가 아니라 더는 존재하지 않는 또 다른 나〉라고 느꼈다. 그래도 어머니의 머리카락에서 나는 향기 때문에 아서는 예전의 자신으로 돌아갔고, 그곳에서 머무는 동안 어머니가 그런 행동을 바라는 것을 느끼고 〈아기처럼 굴었다〉. 그의 말에 따르면 〈유치한 어린애로 돌아가, 아버지 집에서 그러듯 나를 향한 냉대를 모른 척할 필요가 없어서 즐거웠다. 그제야 나는 집에서도 연기를 하고 있었음을 깨달았다〉.

아서는 어머니가 많이 변했음을 깨달았다. 앨리스는 항상 날씬했지만 그 무렵에는 뼈와 가죽밖에 남지 않은 상태였다. 그리고 종종 딴생각에 잠기고 깜빡깜빡했다. 어머니는 기억력이 나빠진 데 마음이 상해서 스스로에게 장황한 훈계를 늘어놓거나 무생물인 물건을 상대로 제자리에 있지 않았다고 혼냈다. 콜린스 목사는 2년 전에 죽었다. 앨리스는 멀어진 남편에게 그 소식을 전하지 않았다. 그렇게 할 경우 에칭엄에 체류할 표면적인 정당성이 사라지기 때문이었을 것이다.

아서가 달링턴으로 돌아오자 아버지는 그를 해고했다. 아서는 아무렇지도 않았다. 이제 어머니를 만났으니 돈도 별로 필요 없었다. 그는 크라운 스트리트의 공립 도서관에서 책을 빌려 웨스틀랜즈 로드에서 도보로 몇 분 거리인 코커벡강 옆 초원 지대 딘스에서 독서하며 시간을 보냈다. 지극히 행복하고 순수한 여름이었지만 9월에 전쟁이 발발하면서 그런 시절도 끝났다. 조지 주니어와 테디는 즉시 징집되었다. 아서는 1943년에 징집되었지만 시력이 나빠 현역에서 제외되었다. 그 대신 전쟁이 끝날 때까지 의무반 위생병으로 복무했다. 테디는 1944년 6월 6일 노르망디 상륙 작전 당시 골드 비치에서 전사했다. 현역으로 복무하지 않은 아서가 형의 죽음에 책임이 있기라도 한 것처럼 두 조지 모두 그 일로 아서에게 앙심을 품은 듯했다.

전쟁이 끝난 후 아버지로서는 못마땅하게도 아서가 장학생으로 옥스퍼드 대학 철학과에 진학했다. 그가 철학을 선택한 것은 다름 아니라 그 학문의 추상적인 특성이 아버지의 북부인다운 실용주의와 정반대였기 때문이다. 놀라운 일도 아니었지만 그는 이튼이나 해로 출신 학생들과 어울리지 못했다. 아서는 그 무렵 처음으로 가운데 이름을 쓰기 시작했다. 〈아서 브레이스웨이트〉는 절망적일 만큼 북부인 이름 같았다. 하지만 아서 생각에 〈콜린스 브레이스웨이트〉에는 장중한 분위기가 있는 듯했다.

아서는 모음을 단조롭게 발음하는 더럼 억양과 달리 길게 발음하려고 의식적으로 애썼고 어렸을 때 피우던 우드바인 궐련 대신 파이프 담배를 피우기 시작했다. 물론 전부 허세였지만 아서는 모종의 해방감을 느꼈다. 옥스퍼드에서는 자신의 선택에 따라 무엇이든, 누구든 될 수 있었다. 그는 그동안 스스로 생각했던 자신의 모습이 개념에 지나지 않음을 깨달았다. 우리는 어떤 사람을 그들이 처한 환경이나 교류하는 무리와 분리할 수 없다. 그때까지 아서의 정체성 — 혹은 스스로 정체성이라고 생각했던 것 — 은 성장 환경에 대한 반응으로 형성된 것일 뿐이었고, 철학 공부는 자신과 아버지를 구별하려는 얄팍한 시도에 불과했다.

아서의 첫 번째 지도 교수는 아이제이아 벌린이었다. 첫 학기에는 아서의 타고난 지능과 대담함에 좋은 인상을 받았는지 벌린은 그를 관대하게 대했다. 그러다 미클머스 학기 초에 브레이스웨이트가 데카르트에 관한 에세이를 제출했다. 벌린은 몇 문장 읽자마자 아서의 사고가 엉성하고 체계적이지 않으며, 텍스트에 충분히 주의를 기울이지 않고 근거도 없는 주장을 펼쳤다고 거칠게 비판했다. 아마도 제자를 한 단계 끌어올리려는 선의의 시도였겠지만 브레이스웨이트는 제대로 반응하지 않았다. 어쩌면 벌린의 비판에서 아버지의 목소리가 들렸을지도 모른다. 아니면 고집이 너무 세서 남의 말은 아예 듣지 않았을지도 모른다. 스스로 고독한 천재라고 여기며 자란 그는 자기 생각에 대한 비판을 받아들이는 성숙함을 키우지 못했다. 학계에서의 첫 번째 도전이 끝나 가고 있었다. 그 후 몇 달간 아서는 1학년생으로서 아직 독창적인 생각을 하도록 기대받지 않는 상황에 유난히 적응하지 못했다. 또는, 더욱 불안하게도, 아서는 자기 생각보다 아버지와 더 비슷해서 철학 공부에 필요한 추상적인 사고를 쉽게 받아들이지 못했을지도 몰랐다. 어쨌든 그는 1년 반 동안의 고군분투 끝에 학교를 그만두었다. 브레이스웨이트는 그 수치스러운 사실을 아버지에게 털어놓지 않았다. 그는 우선 런던으로 가서 단조로운 직업을 전전했다.

그러던 중 1948년에 아서는 프랑스에서 포도 수확 철을 따라 돌아다니는 일꾼 무리에 들어갔다. 옥스퍼드의 엘리트적인 분위기를 경험하고 나니 육체노동과 노동자들 사이의 동지애가 무척 좋았다. 그는 프랑스어를 배웠고 성적으로 자유로운 환경을 즐겼다. 그의 글에 따르면 그때까지 겪은 성 경험은 혼자 하는 것밖에 없었고 〈끝나고 나면 담배를 피우는 것이 아니라 죄책감과 《발각》될지도 모른다는 두려움만 느낄 뿐이었다〉. 프랑스에서는 산울타리 뒤나 별채 창고에서 성교하는 사람들을 마주쳐도 아무도 신경 쓰지 않는 것 같았다. 그는 약간 실망스럽다는 듯 이렇게 썼다. 〈나는 잉글랜드로 돌아온 다음에야 섹스는 원래 실내에서 하는 것임을 알게 되었다.〉 어쨌거나 그는 잉글랜드로 돌아왔다.

그는 전쟁 중에 복무했던 사우샘프턴 근처 네틀리의 영국 육군 시설에 취직했다. 한때 침상 2천5백 개를 갖춘 넓은 복합 단지였던 그곳은 이제 정신적 상처를 입은 퇴역 군인들의 수용소로 전락했다. 관리 체계는 악몽 그 자체였다. 입원 환자들은 인슐린으로 유도한 혼수상태에 빠져 있었다. 뇌전증 발작을 일으킬지도 모른다는 우려로 병동을 어둡게 유지했기 때문에 의사는 헤드 랜턴을 착용하고 다녀야 했다. 직원은 환자에게 말을 걸면 안 되었고, 그 반대도 마찬가지였다.

브레이스웨이트는 그곳에서 스코틀랜드 정신과 의사 R. D. 랭을 처음 만났다. 랭은 두 사람의 만남을 전혀 기억하지 못했지만 — 기억할 이유가 없었다 — 젊은 잡역부에게 깊은 인상을 남겼다. 그때까지 브레이스웨이트는 〈미친 사람은 미쳤고, 흰 가운을 입은 사람이 제일 잘 알며, 환자를 최우선으로 위한다〉라고 아무 생각 없이 받아들였다. 그러나 랭이 일하는 모습을 지켜보면서 생각이 완전히 바뀌었다. 〈그는 의사처럼 굴지 않았다. 의사처럼 움직이지 않았다. 심지어는 의사처럼 말하지도 않았다.〉 과연 랭의 접근법은 급진적이었다. 그는 환자에게 말할 때 동등한 사람으로 대했고 심지어 치료법에 관한 의견을 묻기도 했다. 간단히 말해 환자를 자유 의지가 결여된 산송장이 아니라 개인으로서 치료했다. 네틀리 생활은 랭과 브레이스웨이트 모두에게 성장의 계기가 된 경험이었다. 랭은 훗날 이렇게 썼다. 〈나는 전두엽 절제술과 정신 병동의 전체적인 분위기는 말할 것도 없고 인슐린과 전기 충격이 사람을 파괴하고 미치게 하는 방법이 아닐지 의심하기 시작했다.〉

브레이스웨이트에게 네틀리는 〈내가 병원 잡역부로 고용된 것이 아니라 정신이 말짱한 사람도 미치게 하는 환경에 입원 환자를 — 그중 범죄를 저지른 사람은 아무도 없었다 — 잡아 두는 감옥의 간수로 고용된 것임을 알게 된〉 곳이었다.

랭은 1953년에 네틀리를 떠났다. 브레이스웨이트는 몇 달 더 근무했지만 그 상황이 자신의 정신 건강에 악영향을 끼치기 시작했음을 깨달았다. 그는 본인이 자기가 일하는 병원의 입원 환자가 되었다고 굳게 믿는 악몽을 꿨다. 그뿐 아니라 밝은 실외 공간이 고통스럽고 위협적이라고 느끼기 시작했다. 그 경험 때문에 그는 옥스퍼드로 돌아가야겠다고 결심했고, 실험 심리학 대학 내에 1947년 설립된 심리학, 철학, 생리학 과정에 입학 허가를 받았다. 그는 공부를 하면서 자신의 인간관계를 새롭게 볼 수 있었다. 브레이스웨이트는 회고록 원고 〈나의 자아와 타인들〉에 이렇게 썼다. 〈아버지는 참전 경험담이 잡지 『보이스 오운』에 실린 모험담이라도 되는 것처럼 여기저기서 포탄이 터지고 — 푸슝! — 사람들의 팔다리가 떨어져 나가고 진흙과 피와 내장으로 된 수렁에 무릎까지 빠지고 사방팔방에서 총알이 날아다녔다고 이야기했다. 그러나 나는 어렸을 때도 그 허세가 아버지의 트라우마를 감추는 가면이며, 아버지가 가만히 앉아 있지 못하는 것 — 가만히 **있지** 못하는 것 — 은 말하자면 자신을 쫓는 악령으로부터 달아나려는 것이라고 굳게 믿었다.〉

조지 브레이스웨이트는 예순다섯 번째 생일날 재규어 마크 VII를 몰고 노스요크 무어스 국립 공원으로 가 촙게이트 마을의 여관 벅 인에서 비터맥주 1파인트와 위스키를 마셨고, 다시 차를 타고 약 6킬로미터를 달려 팽데일벡으로 가서 아들이 전쟁터에서 가지고 돌아온 엔필드 넘버 2를 입에 물고 방아쇠를 당겼다. 유서는 남기지 않았다. 조지 주니어는 곧장 가업을 팔아넘겼고 5년도 안 되어 술을 진탕 마시다 죽었다. 그로부터 10년이 지난 후에도 브레이스웨이트는 형에게 동정심을 느낄 수 없었다. 〈그는 깡패였고, 침몰하는 배의 돛대에 깃발을 박았음을 너무 늦게 깨달았다.〉

브레이스웨이트는 가끔 어머니를 찾아갔다. 앨리스는 여동생과 함께 살면서 만족하는 듯 보였는데, 시간이 지날수록 아들에 관한 기억을 점점 잃었다. 며칠 혹은 몇 주 동안 침대에서 일어나지 않을 때도 많았다. 결국 앨리스가 아서를 전혀 알아보지 못하게 되자 그는 발길을 끊었다. 그는 속으로 슬펐을지 몰라도 겉으로 드러내지는 않았다. 〈어머니는 사실상 죽었다. 한때 어머니의 것이었던 육체에 다른 누군가가 살고 있다면 내가 신경 쓸 이유가 무엇인가?〉 앨리스는 1960년에 사망했다. 이모의 간청에도 브레이스웨이트는 장례식에 참석하지 않았다.

두 번째 비망록

앞서 버로니카도 그랬듯 나는 열 번째 생일날 5년짜리 일기장을 선물로 받았다. 빨간 모조 가죽 표지에 걸쇠 잠금장치가 달린 작고 뚱뚱한 공책이었다. 그날 밤 침대 가장자리에 걸터앉아 손으로 그 무게를 가늠해 볼 때가 되어서야 나는 잠금장치의 중요성을 깨달았다. 그건 내가 비밀을 품어도 될 만큼 컸다고, 가족에게 말하고 싶지 않은 생각을 할 만큼 나이가 들었다고 인정받았다는 뜻이었다. 물론 말도 안 되는 소리였다. 기억하는 한 나는 늘 더럽고 사악한 생각을 했다. 하지만 그 작은 자물쇠는 이제 정식으로 그래도 된다는 허가증인 셈이었다. 내가 그런 생각들을 기록하고 가둬 둘 공책이 여기 있다.

참 신기한 게, 내가 아는 한 남자애한테는 이런 일기장을 선물로 주지 않는다. 남자는 단순한 생물이다. 그들은 떼 지어 다니며 소리를 지르고 싸우거나 공을 쫓아다니지만 — 떠들썩하게 **존재**하지만 — 우리 여자는 모르는 척 새치름하게 앉아서 분노를 키운다. 남자는 비밀이 필요 없다. 전부 그냥 쏟아져 나온다. 여자는 자기 생각을 혼자 담아 두도록 요구받는다. 나의 열 살짜리 자아는 무릎에 놓인 새 일기장을 열면서 그 모든 사실을 어렴풋이 인식하고 있었다. 일기장은 왼쪽 면 네 부분, 오른쪽 면 세 부분으로 나뉘어 있었다. 내 인생의 하루하루에 각각 할당된 공간은 너비가 손가락 두 마디만 했다. 비밀을 품어도 된다는 허가증을 받았을지언정 비밀이 너무 많으면 안 되는 것 같았다. 내 멋진 새 일기장은 덫이 분명했다. 그 안에 비밀을 털어놓게 하려고 선물한 것이다. 내가 버로니카의 일기를 읽었듯이 당연히 어머니가 내 일기를 읽으리라고 생각했다(실핀을 넣고 돌리기만 하면 자물쇠를 딸 수 있다).

언니의 일기는 처음부터 끝까지 건전했다. 언니는 학교 성적(늘 뛰어났다), 읽고 있는 책에 관한 생각(항상 긍정적이었다), 가족에 대한 감정(항상 애정이 넘쳤다)을 기록했다. 버로니카가 완전한 진실을 말하고 있지 않을지도 모른다는 생각, 더 음침하고 악의적인 마음을 감추고 있을지도 모른다는 생각은 전혀 들지 않았다. 알다시피 버로니카는 착했다. 나는 언니의 일기장을 읽었다는 사실을 숨기려고 크게 애쓰지도 않았다. 순수한 언니는 누군가가 그런 식으로 믿음을 배신할 만큼 나쁘리라고 생각도 못 했을 것이다. 나는 언니처럼 순진하지 않았다. 일기장을 채우고 싶은 마음이 사라졌지만 아무것도 쓰지 않으면 종이에 적을 수도 없을 만큼 사악한 생각을 하고 있다는 증거로 여겨지리란 사실을 깨달았다. 그래서 속표지의 개인 정보란을 채운 다음 작업을 시작했다. 처음 쓴 내용은 다음과 같았다.

1951년 6월 10일 토요일

오늘은 나의 열 번째 생일이고 이 일기장을 받았으니 앞으로 5년 동안 내 생각과 감정을 충실하게 기록하도록 노력해야겠다. 새 원피스도 받았으니 내일 입어야지. 우리는 오늘 오후에 리치먼드 공원에 갔는데 아빠가 아이스크림을 사주셨다. 날씨는 좋았지만 나중에는 구름이 덥이더니 비가 조금 와서 나무 밑으로 피해야 했다. 엄마는 우산을 가져와써야 한다고 말했다.

2년 동안 비슷비슷한 내용이 이어졌다. 매일 그날의 날씨에 관한 언급으로 시작했다. 그런 다음 학교에서 무슨 일이 있었는지, 우리가 뭘 먹었는지, 또 일요일에는 버로니카와 내가 부모님과 어디로 산책을 갔는지 성실하게 적었다. 몇 달 동안은 탐조에 빠져서 관찰한 새의 종을 기록하기도 했다. 누군가가 그 지루한 헛소리를 읽고서 내가 세상에서 가장 재미없는 애라고 결론짓는다 해도 정말 할 말이 없었다. 그러나 내 일기는 허구의 작품이었다. 나는 소설가처럼 인물을 하나 만들어 냈는데, 전부 단 한 명의 독자를 위해서였다. 내가 쓴 일기가 사실이 아니었다는 뜻은 아니다. 적어도 내가 기억하는 한 실제로 일어난 일들이었다. 단지 그것들을 하나로 합치면 잘못된 인상이 생길 뿐이었다. 진실은 적은 내용이 아니라 빠뜨린 내용에 있었다.

열두 살 생일 이후로 일기가 점점 줄어들었다. 그만 써야겠다고 결심한 기억은 없다. 아마 지겨워졌었나 보다. 어느 날 저녁 식사를 마친 후 어머니가 아무렇지 않은 말투로 아직 일기를 쓰는지 물었다. 「물론이죠.」 나는 어머니가 반박하지 못할 걸 알았기에 사랑스럽게 대답했다. 「잘하고 있구나.」 어머니가 말했다. 「뭐든 적는 게 중요해. 나이가 들면 정말 많이 잊어버리거든.」 하지만 어린 시절에 썼던 일기를 다시 읽으면서 1952년 10월 20일에 열한 살의 내가 검은다리솔새를 봤다는 사실을 떠올려 봐야 아무 감흥도 없다. 뭔가를 적는 것은 그 일에 중요성을 부여하는 것이지만, 대부분의 일은 관련된 사람에게도 별로 중요하지 않기 때문에 그걸 기록하는 행위는 허영에 불과하다.

하지만 이제는 다르다는 느낌이 든다. 내 인생이 더 중요해졌다고 생각하지는 않지만 요즘은 방문을 안전하게 잠그고 다니기 때문에 스스로를 검열할 필요가 없어졌다. 저속한 말이나 더러운 생각을 적고 싶으면 얼마든지 그렇게 해도 된다. 어차피 솔직하지 않다면 일기를 쓰는 게 무슨 소용일까? 지금까지 적은 내용을 다시 읽어 보니 내가 아직도 예의범절이라는 관념에 매여 있는 건 아닐까 싶은데, 잘 모르겠다. 어깨 너머에서 어머니가 보고 있는 것만 같아 스스로를 억누르고 있는 건 아닐까. 이제부터는 아무것도 숨기지 않겠다는 말밖에 할 수가 없다.

[다음 두 면은 찢겨 나감]

자살은 우리 모두를 미스 마플[8]로 만든다. 우리는 단서를 찾으려고 할 수밖에 없다. 당연히 과거에서 단서를 찾으려 한다. 문제의 인물에게 남은 건 과거밖에 없으니 말이다. 이미 말했듯이 누구든 버로니카는 절대 그런 짓을 할 사람이 아니라고 생각했을 것이다. 단지 끔찍할 만큼 둔감한 인간이라는 이유 때문에라도 말이다. 우리는 자살자를 무모하고 과격하고 괴로움에 시달린 존재라고 생각한다. 버로니카는 그 무엇에도 해당하지 않았다. 적어도 겉으로는 그렇게 보이지 않았다. 그러나 버로니카가 세상에 내세운 이미지는 내가 어린 시절 일기장에 만들어 낸 이미지만큼이나 허구였을지도 모른다. 언니가 자물쇠와 열쇠로 꼭꼭 숨겨 둔 또 다른 버로니카가 있었을지도 모른다. 버로니카 같은 사람이 브리지어프로치의 육교에서 뛰어내리면 우리는 그를 새롭게 평가하지 않을 수 없다. 그 사람은 갑자기 더 흥미로워진다. 그리고 돋보기를 들이대기 시작하면 더없이 무해한 사건도 새로운 복잡성을 띨 수 있다.

자랑스러운 말은 아니지만 나는 언니가 〈신경 쇠약〉이라는 소식을 듣고 남몰래 만세를 불렀다. 당시 버로니카는 스물세 살이었고 케임브리지에서 박사 과정을 막 시작한 참이었다. 언니는 최우수 등급으로 졸업하고 턱이 각진 특별 연구원과 약혼했는데, 그 사람과의 메스꺼울

8 애거사 크리스티의 소설 속 등장인물.

정도로 조화로운 관계를 즐기는 것 같았다. 언니는 약혼 몇 주 전 일요일 점심 식사 때 그 얼간이를 데려왔다. 그 자체만으로도 전대미문의 사건이었지만 피터가 아버지에게 잠깐 서재에서 이야기를 나눌 수 있겠냐고 하자 나는 훨씬 더 불길한 일이 일어나고 있다는 걸 깨달았다. 남자들이 이야기를 나누는 동안 버로니카와 나는 거실에 말없이 앉아 있었다. 내가 비난하는 눈길을 보냈지만 언니는 시선을 피했다. 루엘린 씨가 술잔과 크리스털 셰리 디캔터를 꺼내왔는데, 크리스마스부터 다음 크리스마스까지 평상시에는 식당 찬장에 가만히 놓여 있는 것이었다. 그래서 나는 루엘린 씨가 미리 언질을 받은 게 아닐까 생각했다. 분명 셰리를 대접해야겠다고 자기 마음대로 생각하지는 않았을 것이다. 10분도 안 돼서 남자들이 거실로 나왔다. 버로니카가 자리에서 일어나 기대에 찬 표정으로 아버지를 봤다. 아버지는 미소를 지었고, 그때까지 우리 가족 사이에서 유례가 없었던 정도의 애정을 드러내며 버로니카를 끌어안았다. 그런 다음 피터를 우리 가족의 일원으로 환영한다고, 두 공모자가 앞으로 행복하기를 바란다고 짤막하게 말했다. 두 사람은 잡지 『태틀러』에 두 면에 걸쳐 실릴 사진이라도 찍는 것처럼 장의자에 같이 앉았고 버로니카는 자기 무릎에 놓인 피터의 통통한 손을 꽉 잡았다. 아버지는 루엘린 씨에게 셰리를 같이 마시자고 강력히 권했고 루엘린 씨는 예의에 어긋나지 않을 정도로만 망설인 끝에 승낙하더니 곧 로스트 비프에 양념을 바르러 바쁘게 부엌으로 향했다.

나는 언니의 약혼 소식에 기뻐해야 했겠지만 언니가 단지 나를 이기기 위해 약혼했다는 생각을 떨칠 수 없었다. 언니는 학계를 정복했을 뿐 아니라 이제 나무랄 데 없이 적당한 남편감까지 얻었다. 그러므로 언니가 〈신경쇠약〉에 걸렸다는 소식이 들려왔을 때 고소하다는 생각밖에 떠오르지 않은 것도 내 잘못이라고만은 할 수 없었다. 드디어 언니의 그럴듯한 겉모습에 금이 가기 시작했던 것이다.

어느 일요일 아침, 아버지와 나는 버로니카가 갇혀 있던 케임브리지 외곽의 요양원으로 차를 몰고 갔다. 가는 내내 대부분 침묵이 흘렀다. 아버지는 불도 붙이지 않은 파이프를 꽉 물고서 습관적으로 교통 법규를 지키며 운전했다. 아버지는 버로니카가 대단한 성취를 거두느라 너무 지친 게 분명하다는 의견을 내놓았다. 나는 하트퍼드셔의 밋밋한 풍경에 시선을 고정했다. 환자가 토사물과 대소변으로 더러워진 환자복만 입은 채 벽에 쇠고랑으로 묶여 있고, 등골이 오싹해지는 비명이 공기를 찢는 정신 병원의 이미지를 떠올리고 있었다. 건장한 감시관이 기름투성이 가죽조끼를 입고 복도를 순찰하면서 엎드려 설설 기는 불쌍한 환자들을 가끔 구타하겠지. 나는 버로니카가 긴장형 조현병 탓에 침을 질질 흘리면서 주변에서 어떤 소동이 벌어지는지 까맣게 모른 채 숨죽인 목소리로 알아듣지도 못하게 수학 공식을 중얼거리는 모습을 그려 봤다. 그리고 마찬가지로 병실에 갇혀 구속복으로 묶인 채 매트리스도 없는 널빤지 침대에서 몸부림치는 내 모습을, 다리 사이를 지나는 끈이 주는 은밀한 희열을 상상했다. 그러한 구속이 주는 즐거움을 버로니카는 분명 모르겠지.

벌링턴 하우스 진입로에 차가 멈춰 섰을 때 얼마나 실망했는지 모른다. 그곳은 정신 병원이라기보다 소설 『리베카』에 나오는 맨덜리 저택에 가까웠다. 주랑 현관 앞 자갈길에 차가 멈춰 섰을 때 나는 맥스 드 윈터가 깡총거리는 스패니얼 몇 마리를 발치에 달고서 달려 나와 우리를 맞이해 주지는 않을까 반쯤 기대했다. 그래도 겉으로 보이는 모습과 다를 수 있어. 나는 속으로 말했다. 저 안에서 어떤 끔찍한 일이 벌어지는지 누가 알겠어? 싱싱한 과일은 아무리 심란한 마음도 낫게 하는 법이므로 아버지는 포트넘 앤드 메이슨에서 과일 바구니를 주문해 가져갔고, 나더러 뒷좌석에서 그걸 꺼내 오라고 했다. 아버지가 초인종을 울린 다음 우리는 걸인으로 오해받지 않으려고 문에서 적당히 떨어져 섰다. 골반이 넓고 머리를 깔끔하게 묶은 여자가 나오자 아버지가 용건을 설명했다. 그녀가 체스 판 모양의 타일이 깔리고 넓은 층계가 있는 현관홀로 우리를 안내하더니 방명록에 서명해 달라고 했고 나는 가명으로 서명했다. 그런 다음 수간호사가 복도를 지나 커다란 응접실로 우리를 안내했는데 프렌치 윈도 너머로 테라스와 경사진 잔디밭이 이어졌다.

버로니카는 가죽 안락의자에 앉아 책을 읽고 있었다. 나는 버로니카가 우리가 온다는 사실을 알고 일부러 그런 포즈를 취하고 있었다는 인상을 받았다. 우리를 보자 버로니카는 깜짝 놀란 척 자리에서 일어나 성큼성큼 방을 가로질렀다. 언니는 크림색 블라우스에 양모 치마를 입고 플랫 슈즈를 신고 있었다. 아쉽지만 토사물이나 대소변으로 옷을 더럽힌 것 같지는 않았다. 그래도 살이 빠져서 눈이 푹 꺼진 모습을 보니 흡족했다.

버로니카가 양손을 뻗었다. 「아빠!」 언니가 말했다. 「정말 여기까지 안 오셔도 되는데. 아시겠지만 전 괜찮아요. 정말 아무것도 아닌 일로 괜한 소동을 벌였어요.」

나는 과일 바구니를 꽉 잡고 아버지 뒤에 숨었다.

「너도 왔구나!」 버로니카가 나를 보고 말했다. 언니가 한 손을 내밀었고 나는 그 손을 잠시 잡았다.

언니 뒤에서 잘생긴 약혼자가 나타났다. 그는 아버지와 굳은 악수를 나눴고 내 이름을 부른 다음 프랑스인이라도 되는 것처럼 양쪽 뺨에 입을 맞췄다. 「정말 잘 지내고 있는 것 같지 않습니까?」 그가 선언했다. 「금방 다시 일어설 겁니다.」

「사실 난 여기가 좋아요.」 버로니카가 말했다. 「살짝 미친 척하면서 여기 좀 더 머물까 봐요.」 버로니카가 광기를 보여 주려는 듯이 한쪽 입꼬리로 혀를 내밀고 눈을 굴렸다. 우리 모두 웃음을 터뜨렸다.

안락의자를 끌어오는 등 한참 소란을 피운 끝에 우리 네 사람은 작은 커피 테이블 주변에 대충 둥글게 앉았고 나는 테이블에 과일 바구니를 올려놓았다. 버로니카가 다가와 뭐가 들어 있는지 살피면서 에덴동산의 이브처럼 과일 이름을 하나하나 말했다. 누가 보면 버로니카가 파인애플을 한 번도 본 적 없는 줄 알았을 것이다.

「너무 야위었구나, 버로니카.」 아버지가 말했다. 「그래서 이런 일이 생긴 거야, 분명.」 그러고는 얼간이를 향해 고개를 돌렸다. 「버로니카가 잘 먹도록 보살펴 주겠지, 자네?」

「물론이지요.」 버로니카가 도살을 앞두고 살을 찌워야 하는 가축이라도 된다는 듯이 그가 대답했다.

나는 응접실을 둘러봤다. 파자마 위에 실내복 가운을 걸친 청년이 창가에 앉아서 책을 읽고 있었다. 그는 그 소동을 전혀 모르는 것 같았다. 그가 평복 차림으로 카페 구석에 앉아 있었다면 아무도 미친 사람이라고 생각하지 않았을 것이다. 아버지가 요양원 음식에 관해 피터에게 묻는 동안 나는 자리에서 일어나 방을 한 바퀴 돈 다음 일부러 프렌치 윈도 앞에 멈춰 섰다.

「나가셔야죠.」 내가 청년에게 말했다. 우리 어머니가

했을 법한 짜증 나는 말이었다.

그가 천천히 고개를 들었지만 나를 제대로 보는 것 같지는 않았다. 나는 발목 부근에서 다리를 꼬고 서 있었다.

「날씨가 정말 좋아요.」 내가 설명하듯 말했다.

그가 어렴풋이 창 쪽으로 시선을 돌렸다. 「네.」 그가 말했다. 「그런 것 같군요.」

나는 의자를 끌고 가서 우리 가족을 등지고 앉았다. 어차피 내가 자리를 비운 것도 모르는 듯했다. 청년이 자리에 앉은 채 무슨 말을 속삭이려는 것처럼 몸을 앞으로 기울였다. 책이 바닥으로 떨어졌다. 프랑스어로 쓰인 책이었다. 얼마나 짜릿했는지! 그는 겉보기에 명백히 미친 것 같지는 않았는데, 뭐 때문에 〈입원〉했냐고 물어보면 실례가 될 듯했다. 그에게는 낭만주의적인 분위기가 있었다. 어쩌면 실연해서 병이 났을지도 몰랐다.

그에게 내 이름을 알려 줬다. 「저기 저 사람이 제 언니예요.」 내가 속삭였다. 「신경 쇠약이죠.」

「아, 버로니카 말이군요.」 그가 눈에 띄게 활발해져서 대답했다. 「좋은 사람 같아요.」

「네.」 내가 말했다. 「하지만 마음이 아주 불안정해요.」

「케임브리지에 다닌다고 들었는데요.」

「아, 언니가 그렇게 말했어요?」 내가 슬프게 고개를 저으며 말했다. 「언니 말은 하나도 믿으시면 안 돼요.」

청년이 모여 있는 우리 가족을 흘깃 봤다. 「약혼자는

요?」 그가 말했다.

「약혼자라뇨? 의사예요. 개인 주치의죠. 저희 아버지가 백만장자거든요.」

그가 멍하니 나를 바라봤다.

「당신 이름을 안 가르쳐 주셨어요.」 내가 말했다.

「간호사이신가요?」 그가 의심스럽다는 듯 물었다.

「아니요.」 내가 말했다. 「저는 밖에서 왔어요.」

「로버트입니다.」

「음, 〈로베르〉.」 나는 프랑스식으로 발음했다. 「잠깐 테라스를 한 바퀴 도는 건 어때요?」

그가 어깨 너머를 흘끔거렸다. 「그래도 되는지 모르겠네요.」

내가 자리에서 일어섰다. 「음, 저는 테라스를 한 바퀴 돌아야겠어요.」

나는 그가 일어나 따라올 줄 알았지만 그는 바닥에 떨어진 책을 주울 뿐이었다. 내가 프렌치 윈도의 손잡이를 덜컹덜컹 흔들었다. 잠겨 있었다. 손잡이를 잠시 내려다보다가 다시 시도해 봤다. 단지 그에게 보여 주기 위해 복도를 지나 현관문으로 나간 다음 건물을 빙 도는 건 너무 번거로운 일이었다.

「어차피 흐려지고 있네.」 내가 말했다.

로버트는 내 말을 들었다는 티를 내지 않았다. 그는 책으로 관심을 돌렸지만 거꾸로 들고 있었다. 나는 가족들에게 돌아갔지만 내가 자리에 앉을 때 아무도 나를 보지 않았다. 50대 중반쯤 되어 보이는 의사가 가족들에게 이야기하고 있었다. 그는 혈색이 좋고 입가에 면도를 하다 베인 작은 상처가 있었다. 의사는 버로니카가 푹 쉬기만 하면 된다고 말했다. 두세 달만 지나면 예전의 그녀로 돌아갈 거라고 말이다. 이런 일은 과로하는 젊은 여성에게 흔히 일어난다고도 했다. 〈이런 일〉이 뭔지 불분명했지만 나는 묻지 않았고 아버지도 마찬가지였다. 버로니카는 과로가 자랑스럽다는 듯 지극히 행복한 미소를 지었다.

돌아가는 길에 아버지는 아까 지나왔던 여관에 들러 늦은 점심을 먹자고 했다. 기분이 나아진 듯 보였다. 아버지는 스테이크와 키드니푸딩을 먹고 맥주를 반 파인트 마셨다. 나는 포크촙, 그리고 엉덩이에 살이 0.5킬로그램은 붙을 정도로 버터를 듬뿍 바른 햇감자를 먹었다. 우리는 주위 상황에 관해 지나가듯 몇 마디 언급했을 뿐 그 외에는 아무 말 없이 식사했다. 아버지와 나는 항상 서로 할 말이 별로 없었지만 우리의 유대감은 바로 침묵 속에 있었다. 우리는 의미 없는 잡담으로 시간을 때울 필요가 없었다. 나는 식당을 둘러보며 다른 손님들이 우리를 연인으로 착각하지 않을까 생각했다.

당시에는 그 모든 일을 그다지 중요하게 여기지 않았다. 런던을 벗어났다는 것 말고는 주목할 만한 점이 없었다. 얼간이가 예상했듯이 버로니카는 몇 주 만에 다시 일어섰다. 그때 이후로 아무도 그 일을 입 밖에 내지 않았다. 그러나 버로니카가 죽고 나니 그 일이 앞으로 벌어질 일의 전조가 아니었을까 생각하지 않을 수 없었다. 내 생각에 우리는 현재를 설명하기 위해 과거를 면밀히 살피는 경향이 있다. 잘은 몰라도 그렇게 과거를 샅샅이 뒤지는 작업이 음흉한 정신 의학 기술의 기둥이다. 수염을 기른 신비한 의사만 해독할 수 있는 단서가 거기에 묻혀 있다.

브레이스웨이트 박사는 수염을 기르지 않았고 지금까지는 내 숨겨진 보물에 거의 관심을 보이지도 않았다. 고백하자면 그를 처음 찾아간 이후 나는 스스로가 소름 끼칠 만큼 똑똑하다고 생각했다. 그는 내가 리베카라고 완전히 믿는 듯했다. 그러나 일주일 사이에 나는 내 계획에 결함이 있음을 깨달았다. 브레이스웨이트라는 강렬한 인물을 직접 봤을 뿐 실질적으로 아무것도 발견하지 못했던 것이다. 리베카 스미스는 단순히 어딘가 아프다는 모호한 느낌이 아니라 그 이상의 무언가로 무장해야 했다. 나는 리베카에게 자기 파괴적인 성향을 부여하기로 했다. 우리가 나눌 대화를 일주일 내내 머릿속으로 그려 봤다. 잠들면 콜린스 브레이스웨이트의 꿈을 꿨고 일어나자마자 떠오르는 사람도 그였다.

장난스러운 연기는 끝이다. 스타킹을 찢거나 머리카

락을 헝클어뜨려서도 안 된다. 이제부터 가능하면 진실만을 말할 것이다. 나는 리베카의 두 번째 방문을 준비하며 약간 즐거웠다. 코트 주머니에서 깔끔한 스카프를 다시 꺼냈다. 화장은 흠잡을 데 없었다. 브라운리 씨 사무실 밖의 층계참 화장실에서 거울 속 모습을 살펴보니 꽤 잘나가는 사람 같았다. 내 임무가 그토록 중대하지만 않았다면 나는 모든 일을 약간 장난처럼 생각했을 것이다.

열차를 타고 초크팜으로 향하는 길에 연회색 정장 차림의 남자가 내게 미소 지었다. 나는 평소처럼 시선을 피하는 대신 마주 봤다. 리베카라면 그럴 것이다. 그는 전혀 당황하지 않았다. 아주 점잖아 보이는 남자였다. 40대쯤이었고 관자놀이의 머리카락이 약간 희끗희끗했다. 한 팔에는 레인코트를 걸치고 오른손에는 『더 타임스』를 한 부 들고 있었다. 그의 시선이 내 무릎에 잠시 머물더니 천천히 몸을 타고 얼굴까지 올라왔다. 그의 입가에 수수께끼 같은 미소가 맴돌았다. 그가 한쪽 눈썹을 치켜올렸다. 나는 손으로 얼굴을 만지며 달아오른 뺨을 숨겼다. 차량 끝으로 시선을 돌렸지만 내내 나를 보는 그의 시선이 느껴졌다. 이런 식으로 밀회가 시작되는 걸까 싶었다. 내릴 역이 다가오자 그 남자 쪽을 흘깃 봤다. 실망스럽게도 그는 신문에 푹 빠져 나를 잊은 듯했다. 내가 내릴 때도 고개를 들지 않았다. 내가 게임을 제대로 하지 못했구나 싶었다. 그럼에도 잠시나마 우리가 비밀스럽게 서로를 이해하기라도 했던 것처럼 전율이 흘렀다. 그 남자는 나중에 아내 옆에 누워 리베카를 생각할지도 몰랐다.

홍수도, 화재도, 내가 생각한 그 어떤 잡다한 재난도 발생하지 않았기 때문에 나는 다시 한번 약속 시간보다 한참 전에 에인저 로드 근방에 도착했다. 지난번처럼 찻집 문 위에 달린 종이 나의 도착을 알렸다. 손님이라곤 필박스 모자를 쓴 채 반쯤 남은 초콜릿에클레르를 슬프게 바라보는 젊은 여성밖에 없었다. 그녀는 에클레르가 반밖에 남지 않아서, 아니면 애초에 반쪽을 먹은 일이 후회되어서 의기소침한 것 같았다. 창가 자리가 비어 있었지만 나는 안쪽의 내 자리로 가서 앉았다. 지난번과 마찬가지로 차 한 포트와 스콘과 잼을 주문했다. 스콘을 먹고 싶진 않았지만 지난번에 그 집의 빵 굽는 솜씨를 칭찬했기 때문에 주문하지 않으면 이상할 것 같았다. 클레이 씨는 내가 주문한 차와 스콘을 가져와 보일 듯 말 듯 억지로 미소 지으며 포크와 나이프를 떨어뜨리지 않고 무사히 테이블에 내려놓았다. 나는 내 머릿속에서 이미 알렉산더 씨의 지정석이 된 자리에 앉고 싶었는데, 창밖을 내다보고 싶다는 모호한 바람 때문이 아니라 톰(인지 아무튼)이 스튜디오로 가는 길에 찻집 앞을 지나기를 남몰래 기대했기 때문이다. 사실 화재나 홍수, 역병 때문에 지각할 수도 있다고 생각해서가 아니라 그와 어떻게든 만날 수 있을지 모른다는 희망을 품었기에 일찍 출발했다는 점을 인정하지 않을 수 없었다. 스콘을 억지로 삼키며 창문에서 시선을 떼지 않았지만 그는 나타나지 않았다. 어차피 그가 나타나도 뭘 어떻게 해야 할지 몰랐다. 필박스 모자를 쓴 사람이 일어나 나갔다. 내 자리에서는 그녀가 에클레르를 다 먹었는지 아닌지 보이지 않았지만 나는 그녀가 무서운 클레이 씨의 못마땅한 시선을 피하기 위해서라도 다 먹었으리라고 상상했다. 약속 시간이 다가오자 돈을 내고 지난번처럼 카운터 찻잔 받침에 2펜스를 놔뒀다.

길을 건너려고 할 때 누가 리베카를 부르는 소리가 들렸다. 그 소리가 두 번째로 들린 다음에야 고개를 돌렸다. 톰이 오른손을 들어 인사하며 다가오고 있었다.

「리베카.」 그가 내 앞에 멈춰 서며 한 번 더 말했다. 그의 이름을 확실히 몰랐던 나는 미소로 답했다. 안에서 클레이 씨가 그 장면을 지켜보고 있지 않기만을 바랄 수밖에 없었다.

「음, 정신 병원으로 실려 가지는 않았네요?」 그가 물었다.

「그렇네요.」 내가 건조하게 대답했다.

그가 잠시 말을 멈췄다가 이렇게 말했다. 「솔직히, 정말 행복한 우연이에요. 언제 저랑 술 한잔 하실 수 있을지 궁금했거든요.」 그는 그 말이 식도에 계속 걸려 있었는데 지나가던 사람이 등을 치는 바람에 튀어나온 것처럼 불쑥 내뱉었다.

나는 그의 대담함에 깜짝 놀랐다는 표정으로 그를 바라봤다. 정말 잘생긴 남자였다. 그가 손으로 턱을 쓸었다. 면도를 하지 않은 듯했고 턱 군데군데 검은 수염 그루터기가 보였다. 아버지는 매일 아침 반드시 면도를 했다. 어렸을 때 욕실 스툴에 서면 아버지는 깔끔하게 다듬은 포니테일 같은 작은 면도 붓으로 내가 자기 얼굴에 비누칠을 하도록 허락해 줬다. 나는 아버지가 피부를 팽팽하게 만들며 짓는 표정을 따라 했고, 아버지가 목에 면도칼을 가져가면 점점 커지는 긴장감 속에서 그 모습을 지켜봤다. 드문 일이었지만 가끔 피가 나면 아버지는 가볍게 혀를 차고 내게 상처를 닦을 플란넬 천을 달라고 할 뿐이었다. 나중에 아버지가 세수를 하면 세면대 물이 치과에서 쓰는 구강 세정제처럼 분홍색으로 변했다. 나는 몇 년 동안이나 구강 세정제에 피가 섞여 있는 줄 알고 사용을 거부했다.

「어때요?」 톰이 말했다.

「안 될 이유도 없죠.」 내가 최대한 무심하게 말했다.

「아주 좋아요.」 그가 말했다. 거리 끝에 펨브리지 캐슬이라는 술집이 있었다. 「6시 30분에 만날까요?」

나는 런던의 술집에 한 번도 안 가봤다고 인정할 수가 없었기 때문에 고개를 끄덕여 동의했다. 아니, 리베카가 그렇게 했다.

「그럼 거기서 봐요.」 톰은 그 모든 게 더없이 흔한 일이라는 듯 말했다. 그가 코트 주머니에 손을 넣고 성큼성큼 걸어갔다. 벌써 다른 생각을 하는 것 같았다.

데이지가 경쾌하게 나를 맞이했다. 그녀는 다른 이들이 겪는 불안을 전혀 모르고 사는 싹싹한 사람들 중 하나다. 겉보기에 남자들이 너무나 매력을 느낄 법한, 조금도 위협적이지 않고 소녀다운 부류지만 그런 이유로 그녀를 고깝게 본다면 너무 불공평한 일일 것이다. 나는 자리에 앉으면서 내게도 친구가 있다면 데이지 같은 사람이면 좋겠다고 생각했다. 데이지는 나를 비웃거나 놀리지 않을 것이다. 그녀는 내게 스타킹을 빌려주고 아무것도 묻지 않을 것이다. 같이 영화를 보러 가면 내가 영화를 고르게 해줄 것이고, 차를 마실 때는 〈각자 내자〉라고 말하겠지. 나는 어느새 결혼도 하지 않은 채 70대가 된 우리가 초라한 시골 호텔에서 돈을 나눠 낸 다음 각자 상대방에게 삶을 낭비한 자신을 경멸하는 모습을 그려 보고 있었다. 그렇다 해도 당장의 임무를 고려하면 그녀와 동맹을 맺어야겠다는 생각이 들었다. 그래서 그녀의 카디건을 칭찬했다(사실은 민트그린색이고 보기 흉했다). 데이지가 타자를 치다 고개를 들었고 나는 그녀가 타자 소리 때문에 내 말을 듣지 못했다고 생각해 한 번 더 말했다.

데이지는 아주 기분 좋은 투로 고맙다고 말했지만 옷에 관한 자세한 정보는 언급하지 않았다. 그런 대화의 일반적인 관습과 달리 내 복장에 관한 칭찬으로 답하지도 않았다. 그럼에도 나는 말을 이었다.

「혹시 히턴스 옷은 아니겠죠?」 아닌 게 확실했지만 내 말은 바라던 효과를 냈다.

「세상에, 아니에요.」 그녀가 말했다. 「『저널』에 실린 도안을 보고 직접 떴어요.」

「솜씨가 정말 좋으시네요!」 내가 말했다.

「원하시면 도안을 빌려드릴게요.」

「아쉽지만 저는 뜨개질을 잘 못 해서요.」 나는 그렇게 말한 다음 엉뚱한 말을 덧붙였다. 「뜨개질을 잘했다면 정신과 의사가 필요 없었을지도 모르죠.」

데이지가 내게 보내는 미소에는 동정이 살짝 담겨 있었다. 그녀는 다시 타자를 치기 시작했다. 나는 미친 사람이라고, 그러니까 그렇게 어리석은 말을 해도 데이지가 그러려니 할 거라고 생각하며 스스로를 위로했다. 그렇다 해도 리베카를 내 수준으로 끌어내린 일이 부끄러웠다. 데이지처럼 심리적으로 안정된 사람은 나 같은 멍청이와 절대 친구가 되지 않을 것이다. 스타킹과 뜨개질 도안을 빌려주겠다고 한 것도 친해지고 싶어서가 아니라 내가 앞으로 여기 자주 올 테니 그것들을 돌려줄 기회가 아주 많으리라는 이유에서 비롯한 것이다.

데이지 어깨 위쪽의 찢어진 벽지는 아직도 손보지 않은 상태였다. 조금 더 커지지 않았나 생각하며 그 부분을 빤히 봤다. 삼각형 비슷한 모양의 종이가 창백한 혀처럼 늘어져 있었다. 아무것도 숨기지 않기로 결심했으므로 그때 무슨 생각을 했는지 다 적어야 한다. 나는 혀를 은밀한 곳에 가져다 대는 관행(성적 관행 말이다)에 관해 읽은 적이 있었다. 진짜인지 아닌지는 모른다. 다른 사람의 성기 근처에 내 입을 가져다 댄다니, 분명 그보다 더 놀라운 일은 없을 것이다. 하지만 나는 가끔 혼자 즐길 때 가운뎃손가락 끝을 적신 다음 그게 바로 그 관행을 실천하는 작은 혀라고 상상한다. 그 이야기를 들려주면 브레이스웨이트 박사가 얼마나 좋아할까 생각해 봤다. 잘 알려져 있듯이 정신과 의사는 섹스에 집착하니 말이다. 그런 생각을 하다 혼자 낄낄거렸다. 데이지가 일을 하다 말고 고개를 들었다. 그녀는 아까처럼 안됐다는 듯 미소를 지었다. 다들 알겠지만 정신 질환자는 아무 이유도 없이 웃는 경향이 있다.

상담실 문이 열리고 케플러 씨가 나왔다. 그녀가 모피 코트를 입으면서 나를 봤다. 우리는 눈이 마주쳤지만 그녀의 표정은 변하지 않았다. 정신과 대기실에서 잡담을 나누는 일은 상식에 맞지 않을 것 같았고, 나는 신출내기였으므로 먼저 에티켓을 어기고 싶지는 않았다. 지난번처럼 잠시 시간이 지난 다음 데이지가 내게 들어가도 된다고 말했다.

브레이스웨이트 박사는 창가의 장의자 가운데에 앉아

양팔을 등 뒤로 젖힌 채 다리를 꼴사납게 벌리고 있었다. 그는 나를 보고 상냥하게 인사했지만 일어나지는 않았다. 내가 그의 앞에 서자 그는 자리에 앉으라며 방을 가리켰다. 나는 여러 선택지를 가늠해 볼 뿐 그대로 서 있었다. 브레이스웨이트가 나를 관찰했기 때문에 무슨 검사라도 받는 기분이 들었다.

「무슨 문제라도 있어요?」 잠시 후 그가 물었다.

「내 자리에 앉아 계시는데요.」 내가 대답했다.

「내가?」 그가 순진하게 말했다.

「그렇다는 거 알잖아요.」 내가 말했다. 「날 쫓아내려고 그러시는군요.」

나는 리베카가 생각을 그대로 말하는 사람이라고 정했다. 그런 면에서 그녀는 나와 정반대였다. 나는 무슨 생각이 떠오르면 혼자 간직한다. 가끔은 예의를 지키기 위해서지만(입 밖에 내면 안 되는 것들이 존재한다) 또 가끔은 말을 하면 수를 보여 주는 느낌이 들어서다. 나 자신을 드러냄으로써 상대방을 유리하게 할 수도 있다. 아무튼 감히 말하자면 사람들은 내가 정말로 무슨 생각을 하는지 별로 알고 싶어 하지 않는다. 브라운리 씨가 회의 때문에 급히 나가면서(항상 늦는다) 자신이 어때 보이냐고 묻는 건, 내가 셔츠가 정장과 어울리지 않는다거나 타이에 수프 흘린 자국이 있다고 말해 주기를 바라서가 아니다. 브라운리 씨는 아주 잘생겼다고 말해 주기를 바라고 그래서 나는 그렇게 한다. 하지만 리베카 스미스는 그러지 않는다. 리베카는 그에게 지저분한 걸인 같다고 말할 것이다. 하지만 그러고 보면 리베카는 애초에 브라운리 씨 밑에서 일하지 않을 것이다.

「당신을 쫓아낸다고.」 브레이스웨이트가 내 말을 따라 했다. 「흥미로운 표현이군. 무슨 뜻인지 설명해 주실까?」

나는 방 한가운데에 그대로 서 있었다. 「먼저 내 자리부터 돌려주세요.」 내가 말했다.

그는 굳은 결의가 인상적이라는 듯한 표정을 짓더니 자리에서 일어나 얼마든지 앉으라고 손짓했다. 내가 장의자에 앉자 그가 질문을 반복했다. 나는 내 말뜻은 더없이 명백하다고, 그가 계속 내 말을 전부 분석하려 든다면 우리는 어디에도 이르지 못할 거라고 대답했다.

「어디에 가고 싶은데?」 그가 말했다.

브레이스웨이트는 내 눈을 빤히 보며 가만히 서 있었다. 나는 가방을 뒤져서 담배를 꺼내 불을 붙였다. 그는 불편해 보이는 고리버들 의자에 앉았다. 나는 브레이스웨이트가 맨발임을 그제야 눈치챘다. 그는 발목 근처에서 다리를 꼬고 기다렸다.

「음, 나도 정확히 모르겠어요.」 내가 결국 말했다.

「어딘가에 가고 싶긴 하고?」

「그렇지 않다면 여기 오지 않았겠죠.」 내가 말했다.

「하지만 아까 들어왔을 때, 지난번에 딱 한 번 앉았다는 이유만으로 당신 자리라고 생각한 곳에 내가 앉아 있는 걸 보고 불편해했지. 다른 사람이라면 거리낌 없이 다른 자리에 앉았겠지만 당신의 본능은 예전에 앉았던 곳으로 돌아가려는 것이었어.」 브레이스웨이트가 잠시 말을 멈췄다가 양손을 들었다. 「인정해요. 난 당신을 쫓아내려고 했어, 리베카. 당신을 쫓아내는 게 내 일이지. 당신은 병이 있고, 그걸 없애고 싶다면 뭔가를 바꿔야 하잖아. 하지만 당신은 같은 절차와 습관을 고수하려 하는군. 바로 그것 때문에 힘들다는 사실을 알면서도 말이야. 당신이 고집할수록 그런 행동은 더욱 깊게 뿌리내릴 거야. 그 장의자를 특별히 좋아하는 것 같지는 않지만 — 사실은 빌어먹게 불편한 의자야 — 그럼에도 당신은 새로운 자리에 앉아 보는 대신 아는 곳으로 돌아가려 하지.」

사실이었다. 장의자는 유난히 불편했다. 엉덩이를 슬며시 파고드는 스프링이 느껴졌다. 그가 일어나더니 내게도 일어나라고 했다. 나는 가만히 있었다. 그의 평가에 정곡을 찔린 기분이 들긴 했지만 브레이스웨이트의 말을 따른다면 그가 옳다고 인정하는 셈이었다. 리베카 스미스는 타인에게 휘둘리는 사람이 아니었다. 나는 지금 앉은 자리가 더없이 만족스럽다고 말했다.

「다른 자리에 앉으면 더 만족스러울지 아닐지 어떻게 알지?」

잠시 그의 눈을 마주 봤다. 「무슨 말인지 알겠어요.」 내가 말했다. 「하지만 나를 억지로 움직이게 하는 게 당신 목적에 도움이 될 것 같지는 않군요.」

브레이스웨이트 박사는 내게 아무것도 강요하지 않는다고 설명했다. 단지 선택을 제안할 뿐이었다. 제안을 받아들이고 싶지 않다면 그건 내 마음이었다. 잠시 후 그가 어깨를 으쓱하더니 바닥에 다리를 꼬고 앉았다. 그는 부리부리한 눈으로 나를 빤히 봤고 수수께끼 같은 표정을 지었다. 그는 아무 말도 하지 않았다. 그런 상황에서는 몇 초도 영원처럼 느껴질 수 있다. 시계의 도움이 없으면 시간이 얼마나 지났는지 알 수가 없다. 나는 모든 걸 의식하기 시작했다. 브레이스웨이트의 코에서 삐져나온 코털, 그의 옆에 깔린 닳아 빠진 깔개 위 파스닙 모양의 얼룩, 그의 어깨 너머 문기둥 위 기포가 불룩한 페인트칠, 멀리서 주전자 물이 끓는 듯 희미하게 〈쉿쉿〉 하는, 아마도 창문 아래 철제 난방기에서 나는 소리, 아래층에서 올라오는 어렴풋한 풀 내음. 나는 그가 최면을 거는 게 아닐까 생각하기 시작했다. 최면에 빠지면 이런 기분일까. 시간이 어마어마하게 느려지는 것 같았다. 확실히 내 의지가 빠져나가 그의 의지와 합쳐지는 느낌이 들었다. 시선을 브레이스웨이트의 얼굴로 돌리자 그는 거의 알아보기 힘들 만큼 살짝 입술을 움직여 꾹 다물었다. 나는 그가 그 작디작은 움직임으로 전하는 뜻을 이해했다. 브레이스웨이트는 필요하다면 얼마든지 아무 말도 하지 않을 수 있으며 내가 자리를 바꿀 때까지 그렇게 할 작정이라는 뜻을 전달하고 있었다. 우리 둘 다 지금이 바로 그런 상황이며 내가 움직일 때까지 막다른 상태가 계속될 것임을 알았다.

나로서는 저항하고 싶지 않았지만 리베카 스미스라면 그렇게 쉽게 휘둘리는 상황을 받아들이려 하지 않을 것이었다. 그녀는 더 단호한 사람이었다. 하지만 대안이 없었다. 나는 자리에서 일어나 방을 살펴봤다. 나의 본능은 고리버들 의자에 앉으려는 것이었지만 생각을 고쳤다. 고리버들 의자는 안락한 껍데기였다. 브레이스웨이트는 내가 나 자신을 봐주려 한다고 해석할 듯했다. 대신 제일 안 끌리는 쪽을 택했다. 지난번에 브레이스웨이트가 앉았던 등받이가 곧은 의자였다. 의자는 그의 오른쪽 어깨 뒤로 약간 떨어진 곳에 있었다. 당연히 그가 자리에서 일어나 내가 비워 준 장의자에 앉으리라 생각했지만 그는 그렇게 하는 대신 단순히 뒤돌았고, 그래서 이야기를 기다리는 아이처럼 내 발치에 앉은 셈이 되었다. 그가 얼마나 똑똑한지 깨달았다. 그게 정확히 그가 원한 결과였다. 내 자리가 더 높았기 때문에 나는 순간적으로 지배력을 얻었다고 느꼈다. 다음 순간 그가 앉은 자리에서 내 치마를 올려다볼 수 있으며 바로 그런 이유 때문에 등받이 곧은 의자에 앉도록 나를 조종했을 가능성이 크다는 사실을 깨달았다. 나는 양쪽 다리를 오른쪽으로 기울이고 발목과 무릎을 더욱 딱 붙였다.

「이제 우리 둘 다 편안하게 앉았으니 게임을 해볼까요?」 그가 말했다.

「난 게임을 좋아하지 않아요.」 내가 대답했다.

「이건 좋아할 거야.」 그가 단호하게 말했다. 「제일 어렸을 때의 기억을 말해 줘요. 그럼 내 기억도 말해 주지.」

「내가 당신 이야기를 듣고 싶지 않다면요?」

그가 묘한 표정을 지었다. 나는 환자로서 신용을 쌓으려면 그에게 뭔가를 제공해야 한다는 사실을 깨달았다. 아무 말도 하지 않으면서 한 시간에 5기니를 지불하는 건 말이 되지 않았고 솔직히 정신과 의사를 찾아가는 나르시시스트라면 어린 시절 이야기를 재잘재잘 지껄이면서 더없이 행복하기만 할 것이다.

「까다롭게 굴려는 건 아니에요.」 내가 더 싹싹한 어조로 말했다. 「하지만 가장 어렸을 때의 기억이 뭔지 어떻게 알죠? 그러니까, 기억은 좀 뒤죽박죽이잖아요. 안 그래요?」

「당신이 하는 이야기 자체가 중요하지 그게 정말 최초의 기억이냐 아니냐는 중요하지 않아. 당신 지적이 맞아. 당신이 어떻게 알겠어? 중요한 건 그 일이 당신 마음에 새겨졌다는 사실이지. 이미 떠올린 게 있어 보이니까 괜한 지랄은 그만두고 뭔지 말해 봐.」

나는 그의 표현에 충격받지 않은 척했다. 리베카는 세상 물정을 잘 안다. 게다가 언제나 그렇듯 그의 말이 옳았다. 사실 끔찍했던 일이 이미 머릿속에 떠오르고 있었다. 나는 자신을 너무 많이 드러내지 않으려 조심했지만 거짓말에 재능이 없었으므로 즉석에서 뭔가를 꾸며 낼 수는 없었다. 어차피 브레이스웨이트 박사가 환히 꿰뚫어 볼 것이다.

아마 서너 살 때였을 거라는 말로 이야기를 시작했다. 어머니와 나는 울워스 슈퍼마켓에 있었다. 과자가 진열된 통로를 지나갈 때 나는 여러 모양이 섞인 젤리를 한 봉지 사도 되는지 물었다. 어머니는 입맛만 버린다며 안 된다고 했다. 그런 다음 나를 데리고 가게를 돌아다녔다. 내가 빨간 웰링턴 부츠를 신고 장갑을 끼고 있었으니 아마 겨울이었을 것이다. 장갑에 달린 끈이 내 더플코트 소매 밖으로 나와 허벅지 근처에서 달랑거렸다. 리놀륨 바닥은 미끄럽고 진흙투성이였다. 가게 안쪽 수예용품 코너에 도착했을 때 나는 울기 시작했다. 젤리를 먹고 싶었다. 평생 무언가를 그토록 원한 적이 없었는데 내 부탁을 거절하다니, 어머니가 이유 없이 잔인하게 구는 것만 같았다. 나는 큰 소리로 울었다. 우리 어머니가 인정머리 없는 폭군이라는 사실을 다른 손님들에게 알리고 싶어 엉엉 울었다. 사람들이 쳐다봤다. 공개적인 장소에서 소동을 피우는 일은 뭐든 싫어했던 어머니는 몸을 숙이고 나를 달래면서 동시에 내 팔 뒤쪽 살을 꼬집었다. 그래봤자 울음소리만 커질 뿐이었다. 어떤 여자가 걸음을 멈추고 괜찮냐고 물었다. 어머니는 나를 꼬집는 손가락에 더욱 힘을 줬다. 이길 수 없는 싸움이었다. 울음이 잦아들었다. 어머니는 재봉 도안집으로 관심을 돌렸고 나는 어머니 발치에 서서 팔 뒤쪽을 문질렀다.

나는 곧 자리에서 빠져나가 과자 통로로 돌아갔다. 발끝으로 서서 진열대로 손을 뻗었다. 젤리를 한 줌 집어서 입에 넣었다. 그런 다음 한 줌 더 집어서 이번에는 코트 주머니에 쑤셔 넣었다. 다른 사람 눈에 내가 안 보인다고 생각했던 게 분명하다. 세 번째, 네 번째로 손을 뻗었을 때 옆에 한 쌍의 다리가 나타났다. 고개를 들었더니 어떤 남자가 엄한 표정으로 나를 보고 있었다. 그는 내게 주머니에 몰래 집어넣고 있는 젤리를 살 생각이냐고 물었다. 정확히 그렇게 말했는지는 모르겠지만 대충 그런 뜻이었다. 나는 대답하지 않았다. 대신 손에 쥔 젤리를 입에 밀어 넣었다. 대부분 축축한 바닥에 떨어졌다. 내가 떨어진 젤리를 주우려고 몸을 쭈그렸다. 남자가 내 손목을 잡고 일으켰다. 엄마는 어디 있냐고 그가 물었다. 나는 모른다고 했다. 그리고 나를 불쌍하게 여겨 주기를 바라며(그의 말투는 인정이 없지 않았다) 고아라고 했다. 남자는 내 손을 잡고 가게 안쪽 사무실로 데려갔다. 축축한 톱밥 냄새가 나는 복도를 지나야 했다. 다시는 거기서 못 나올 듯한 느낌이 들었다. 남자가 나를 들어 올려 겨자색 의자에 앉혔다. 종이가 널브러진 책상이 하나 있었다. 사무실의 사방 벽 앞에는 텅 빈 마분지 상자가 잔뜩 쌓여 있었다. 남자가 이름을 물었고 나는 아직 어려서 가명을 꾸며낼 주변머리가 없었기 때문에 본명을 말했다. 그가 사무실에서 나갔다. 나는 도망칠까 생각했다. 책상 위쪽 높은 곳에 작은 창이 나 있었다. 쌓여 있는 마분지 상자 위로 올라가면 어떻게든 빠져나갈 수 있을 것 같았다. 하지만 멀리 가기 전에 붙잡힐 게 뻔했다. 그래서 가만히 앉아 내가 맞이할 운명을 기다렸다. 나는 감옥에 갇혀서 두 번 다시는 가족을 만나지 못할 줄 알았다.

몇 분 뒤 어머니가 사무실로 안내받아 들어왔다. 그러고는 내가 일으킨 말썽에 대해 연신 사과했다. 어머니가 내 손을 잡자 나는 의자에서 미끄러져 내려오며 이제 시련은 다 끝났다고 생각했다. 하지만 그렇지 않았다. 남자는 어머니에게 내가 도둑질하는 모습을 봤다고 설명하더니 내게 주머니를 뒤집어 보라고 했다. 나는 소변이 마려워서 무릎을 딱 붙이고 있었다. 그가 손바닥을 내밀자 나는 주머니 속 내용물을 순순히 꺼내 놓았다. 감히 어머니를 볼 수가 없었다. 색색의 작은 정육면체 젤리는 주머니 안쪽에서 나온 솜먼지로 뒤범벅되어 있었다. 어머니가 다시 사과했다. 어머니는 내가 이런 짓을 한 적이 한 번도 없다고 말했다. 그런 다음 내 손목을 아프도록 꽉 붙잡고 문 쪽으로 끌고 가기 시작했다. 남자가 어머니를 막아섰다.

「죄송하지만 물건값을 주셔야겠는데요.」 그가 말했다. 「따님의 더러운 주머니에 들어갔다 나온 걸 팔 수는 없잖아요, 안 그래요?」 그가 약간 웃었다.

어머니는 자기 딸의 주머니 속이 더럽다는 비난에 크게 화가 난 게 분명했다. 어머니가 말없이 지갑을 꺼내더니 그가 요구하는 대로 2펜스를 냈다. 그러자 남자는 배급 수첩의 쿠폰도 내야 한다고 했다. 어머니가 항의했지만 남자는 도둑질은 도둑질이고 암거래는 또 다른 문제라고 주장했다. F. W. 울워스가 암거래에 가담할 수는 없다고 말이다. 어머니가 배급 수첩을 건네자 남자가 쿠폰을 잘라 낼 가위를 찾기 시작했다. 그는 결국 가위를 찾지 못했는데, 하고 싶은 말은 충분히 전달했다고 생각했는지 배급 수첩을 그대로 돌려줬다. 가게 밖으로 나오자 어머니가 나를 골목길로 데려가 팔을 붙잡고 엉덩이를 때렸다. 그날 저녁 식사 때 어머니는 아버지에게 무슨 일이 있었는지 자세히 들려주면서 얼마나 굴욕적이었는지 무척 강조했다. 아버지는 부드러운 목소리로 어머니를 화나게 하면 안 된다고 나를 타일렀다. 다음 날 밤 침대에 자러 갔더니 베개 밑에 종합 젤리 한 봉지가 놓여 있었다.

그 사건 직후에 고삐가 마련되었다. 가느다란 흰색 가

죽끈으로 만든 물건으로, 내 가슴에 딱 맞고 말의 굴레처럼 뒤에서 잡을 수 있게 되어 있었다. 엄마가 고삐를 마련한 건 분명 내가 도망칠까 봐 걱정되어서라기보다 두 번 다시는 나 때문에 창피당하고 싶지 않아서였다. 그 뒤 몇 년 동안 나는 무모한 행동을 할 때마다 〈울워스 소동을 되풀이하고 싶은 건 아니잖아, 안 그래?〉라는 경고를 받았다. 우리 가족끼리의 은어로 무척 자주 사용되었기 때문에 기원은 잊혔다. 그 말은 예상치 못한 결과를 불러올 수 있는 행동에 대한 포괄적인 경고였다. 학교에서 그 표현을 썼을 때 친구들이 당황하는 모습을 보고서야 그게 일반적인 관용 어구가 아니라는 걸 깨달았다.

무엇보다 내게 가장 오랜 영향을 준 건 바로 고삐였다. 어머니의 의도는 나를 제압하는 것이었을지 몰라도 고삐는 전혀 다른 효과를 가져왔다. 나는 고삐를 매고 목줄을 찬 개처럼 제지당하는 일이 무엇보다도 좋았다. 외출할 때마다 어머니에게서 일부러 몇 걸음 떨어졌고 그러면 어머니는 어쩔 수 없이 〈울워스 소동〉이 어쩌고 중얼거리며 나를 묶었다. 그렇게 묶여서 제지당할 때면 소변이 마려운데 화장실에 갈 수 없을 때처럼 다리 사이가 욱신거렸다. 나중에 〈전율〉이라는 단어를 배웠는데 그 느낌을 완벽하게 표현하는 말이었다.

그러던 어느 날 어머니가 이제 더는 고삐가 필요 없다고 선언했다. 다 큰 여자애한테 쓸 물건은 아니었다. 「도망치다가 버스에 치이고 싶으면 그렇게 해.」 어머니가 말했다. 당시에도 나는 어머니가 정말 내 운명에 무관심해진 게 아니라 구속당하는 즐거움을 누리지 못하게 하려고 그러는 거라고 생각했다.

나는 그 시시한 이야기를 하면서 푹 빠져들었다. 이야기가 이어지는 동안 브레이스웨이트 박사는 꼼짝도 하지 않았다. 그의 시선이 나를 떠나지 않았지만 나는 전혀 의식하지 않고 있었다. 이야기가 끝나자 기절했다가 깨어난 기분이었고, 합리적인 사람들이 브레이스웨이트의 사무실에 한 시간 동안 앉아 있는 특권을 누리기 위해 기꺼이 5기니씩 내는 이유를 처음으로 이해했다. 내가 한 이야기가 내게 특별히 중요하지는 않았다. 나는 〈정신이 들자마자〉 그렇게 말했다. 나를 너무 많이 드러낸 기분이 들었고 브레이스웨이트가 내 이야기에 온갖 지나친 의미를 부여할 것만 같았다. 내 생각은 틀리지 않았다. 그는 고삐에 관해 더 이야기해 보라고 했다.

「얘기할 게 없어요.」 내가 말했다. 사실 고삐가 아직도 식기실 벽에 걸려 있다는 말은 일부러 빼먹었다. 또 고삐를 빼앗긴 다음 몇 년 동안 망아지 놀이를 한다는 핑계로 버로니카한테 고삐로 묶어 달라고 했다는 말도 빠뜨렸다. 솔직히 말하자면 아직도 고삐를 갈망한다.

브레이스웨이트는 강요하지 않았다. 시비조였던 말투가 부드러워졌다. 목소리에 서 있던 날도 사라졌다. 「흥미로운 단어를 쓰는군.」 그가 말했다. 「〈구속〉당한다. 아주 흥미로운 단어야. 왜 구속당하는 일을 즐겼다고 생각하지?」

「즐겼다고 말한 적 없는데요.」 내가 대답했다. 「어린 시절 경험을 이야기한 것뿐이에요. 대단한 이야기도 아니었고요.」

「하지만 나한테 들려줘야겠다고 생각한 이야기지.」 브레이스웨이트가 말했다.

나는 끔찍하리만치 노출된 기분이었다.

「〈구속당하는 즐거움을 누리지 못하게 하려고.〉」 그가 다시 말했다. 「이렇게 말해도 될지 모르지만 아주 멋진 표현이었어. 일기나 뭐 그런 데다가 당신 생각을 적어 볼 생각은 안 해봤나?」

그가 내 표현을 마음에 들어 하자 속으로 몰래 기뻐했다. 「그런 쪽으로는 야망이 없어요.」 대신 나는 다음 사례집에 그 이야기를 써도 된다고 말했다.

브레이스웨이트는 그 교묘한 말을 무시했다. 「다른 사람이 읽고 싶어 할 거라는 말이 아니야.」 그가 말했다. 「하지만 일기를 쓰는 게 좋은 연습이 될지도 모르지.」

나는 담뱃갑에서 담배를 꺼내 불을 붙이고 연기를 빨아들였다.

「당신 어머니는 특이한 분 같군.」 그가 말했다. 「어머니와 친했나?」

「어렸을 때는 선택의 여지가 별로 없잖아요, 안 그런가요?」 내가 대답했다.

브레이스웨이트는 흥미로운 대답이라고 말했다.

「어머니는 내가 열다섯 살 때 돌아가셨어요.」 내가 설명했다.

「그 이야기를 해볼까?」

나는 우리가 위험한 영역에 들어서고 있음을 깨닫고 시간이 거의 다 되지 않았냐고 항변했다. 브레이스웨이트가 자기는 시간에 신경 쓰지 않는다고 말했다.

어머니의 죽음을 둘러싼 정황을 설명하는 건 안 될 일이었다. 그 이야기는 너무 특이하기 때문에 버로니카와 나의 관계가 드러나지 않을 수 없었다. 우리가 데번에서 휴가를 보낼 때 일어난 일이었다. 아버지는 그 지역을 잉글랜드의 리비에라라고 불렀는데 그래 봤자 더 시시하게 느껴질 뿐이었다. 어머니와 나에게는 공통점이 하나 있었는데 바로 둘 다 휴가를 정말 싫어한다는 점이었다. 나는 항상 〈뭐라도 해야〉 한다는 아버지의 고집이 피곤했고 어머니는 호텔 음식부터 시트의 청결도와 크림티 가격까지 사사건건 트집을 잡았다. 아버지는 어머니의 불만을 멋대로 무시했고 나는 즐거운 척했다.

화창하지만 바람이 부는 날이었다. 우리는 바바컴의 절벽을 산책하는 중이었다. 버로니카와 아버지가 좁은 오솔길을 돌아 사라졌다. 두 사람은 그 지역의 지리적 특징에 관해 대화했고 나는 그 소리가 듣기 싫어 일부러 걸음을 늦췄다. 몸을 움직이는 일은 뭐든 싫어하던 어머니가 몇 미터 앞에서 걷고 있었다. 절벽 위 좁은 길에서 누군가를 뒤따라갈 때 그 사람을 절벽 너머로 밀어 버리고 싶다고 생각하지 않기란 불가능하다. 내가 바로 그런 상상(등에 닿는 단단한 두 손)을 하고 있을 때, 어머니가 내가 잘 따라오는지 확인하려 뒤돌다가 발목을 삐끗했다. 균형을 되찾으려 잠시 팔을 휘저었지만 소용없었고 어머니는 결국 등을 아래로 향한 채 절벽에서 떨어졌다. 그때 어머니 얼굴에 떠오른 건 겁에 질린 표정이 아니라 피곤하고 실망한 표정, 내가 사람들 앞에서 어머니를 창피하게 할 때마다 짓던 표정이었다. 아주 짧은 시간에 사람의 마음에 얼마나 많은 생각이 스칠 수 있는지 참 놀랍다. 어머니가 균형을 잃은 순간부터 뒤로 떨어지기 시작한 그 잠깐 사이에 나는 어머니를 구하려 했다가는 나 역시 끌려가 떨어질 가능성이 가장 크다는 결론에 다다랐다. 그래서 가만히 서서 보고만 있었다. 자기 보호 본능 때문이라기보다 너무도 우아하지 못한 죽음을 맞이하게 되리란 생각이 들어서였다. 나는 절벽 아래로 떨어져 산산이 부서진 어머니의 몸이 아니라 나의 몸을 상상하고 있었다. 치마가 허리 위로 아무렇게나 올라가서 속바지가 드러나고 우연히 지나가던 남학생이 싱글거리며 구경하겠지. 나는 당시 시인 키츠에게 푹 빠져 있었고 키츠가 그랬듯 평온한 죽음과 반쯤 사랑에 빠져 있었다. 나는 스물다섯 살이 되기 전에 자살하겠다고 결심했다. 내가 선택한 때에 선택한 곳에서 죽을 생각이었지 데번의 절벽에서 꼴사납게 추락할 생각은 없었다(그런 죽음에 무슨 시가 있단 말인가?). 내가 정한 방법은 주머니에 돌을 가득 넣고 수평선에 시선을 고정한 채 바닷속으로 천천히, 결연히 걸어 들어가는 것이다. 그러고 나면 내 존재의 흔적이라고는 파도에 흔들리는 옥색 스카프밖에 남지 않을 것이다.

한동안 꼼짝도 않고 서 있다가 목격자가 있는지 주변을 둘러봤다. 오솔길에는 아무도 없었다. 조심스럽게 앞으로 걸어가서 절벽 아래를 내려다봤다. 어머니는 양팔을 옆구리에 붙인 채 저 아래 바위에 똑바로 누워 있었다. 옷을 다 입고 있다는 점만 빼면 일광욕을 즐기는 것 같았다(어머니는 일광욕을 질색했지만 말이다). 돌아가신 게 확실했다. 나중에 나는 아주 침착하게 굴었다는 말을 들었다. 나는 소리쳐 도움을 청하지 않았다. 그래 봤자 무슨 소용이 있었을까? 절벽 길을 따라 달려서 내 목숨까지 위험에 빠뜨리지도 않았다. 대신 잰걸음으로 걸어가서 벤치에 앉아 기다리는 아버지와 버로니카를 찾아냈다. 아버지가 어머니는 어디에 있냐고 물었고, 그래서 내가 사실대로 대답했다. 아버지가 믿을 수 없다는 표정으로 나를 보더니 어찌나 위험하게 절벽 길을 달려가던지 나는 서둘러도 소용없다고 소리칠 뻔했다. 돌아온 아버지의 얼굴에 핏기가 하나도 없었다. 아버지는 버로니카와 나를 붙잡고 걸었는데 내 손목을 어찌나 세게 잡던지 내게 잘못이 있다고 생각하는 것만 같았다. 버로니카가 울음을 터뜨렸고 그 상황에서는 그게 적절한 행동 같아서 나도 언니를 따라 숨을 헐떡이며 흐느꼈다. 경찰은 내가 무슨 일이 있었는지 설명하자 납득한 것 같았다. 이후 사인 신문 때 내가 똑같은 이야기를 반복하자(그때쯤 되니 생각할 필요도 없이 말이 술술 나왔다) 끔찍한 뿔테 안경만 아니면 매력적이었을 중년 여성 치안 판사가 내게 아주 모범적으로 행동했다고, 벌어진 일을 두고 자신을 탓하지 말라고 했다. 나는 시선을 내리깔고 진지하게 고개를 끄덕였다.

버로니카와 내가 휴가를 끝내고 세인트폴 학교로 돌아갔더니 급우들 사이에서 내 지위가 크게 올라가 있었다. 나는 보통 〈했다〉는 여자애들이나 받는 선망의 눈길을 받았다. 오즈번 교장 선생님이 버로니카와 나를 교장실로 부르더니 수업을 쉬고 싶으면 그래도 되지만 불행한 사고를 핑계로 학업을 게을리해서는 안 된다고 말했다. 선생님은 언니를 보며 이렇게 말했다. 「특히 너 말이야, 버로니카. 네게 거는 기대가 무척 크단다.」

말할 필요도 없겠지만 우리는 집에서 그 일을 절대로 입 밖에 내지 않았다. 아버지의 방침은 아무 변화도 없다는 듯이 행동하는 것이었다. 어머니 옷은 지금까지도 옷장에 걸려 있고 화장대도 어머니가 마지막으로 놔둔 상태 그대로다. 내 마음대로 할 수 있었다면 전부 태워 버렸겠지만 아버지는 그런 물건의 존재에서 구슬픈 즐거움을 얻는 듯했다. 한두 번쯤 방문 너머로 아버지를 몰래 훔쳐본 적이 있는데 어머니 자리에 앉아 여러 물건을 어루만지고 있었다. 나는 아버지의 불행이 전부 내 탓인 것만 같아 엄청난 죄책감을 느꼈다.

그런 사정을 털어놓을 수는 없었기 때문에 나는 브레이스웨이트 박사에게 어머니가 옥스퍼드 스트리트에서 버스에 치였다고 말했다. 7번 버스에. 나는 7번 버스가 옥스퍼드 스트리트를 지나는지 아닌지 전혀 몰랐지만 자세한 정보를 덧붙이면 이야기에 신빙성이 더해질 것 같았다. 브레이스웨이트가 버스를 타고 다닐 것 같지는 않았다.

「7번 버스?」 그가 말했다.

「음, 7번이었는지 확실히는 몰라요. 난 거기 없었거든요. 주변을 살피지 않고 보도에 내려서다가 그렇게 되셨다는 것 같아요.」

「그렇게 속상해 보이지는 않는군.」

「10년 전 일이니까요.」 내가 말했다.

「그 당시에는?」 그가 물었다.

「무슨 뜻이죠?」

「그 당시에는 속상했나?」

「그랬겠죠. 기억이 안 나요.」

브레이스웨이트가 1분 정도 나를 빤히 봤다. 나는 그가 내 말을 한마디도 믿지 않는다고 확신했다. 왜 믿겠는가?

다리를 꼬고 앉아 있던 그가 눈에 보이지 않는 줄에 의해 위로 당겨진 꼭두각시처럼 자리에서 일어났다. 나는 그 행동을 시간이 다 되었다는 신호로 받아들였다. 브레이스웨이트는 내가 말없이 소지품을 챙겨 나가도록 내버려 뒀다. 다음 주에 다시 와야 하는지 물을 필요도 없을 것 같았다.

보도로 나온 나는 지난주에 했던 기괴하고 바보 같은 행동을 되풀이할 필요가 없다고 느꼈다. 브레이스웨이트에게 내 정신이 건전하지 않다는 확신을 충분히 줬다는 생각이 들었다. 그래도 잠깐 멈춰 서서 내 작품을 점검했다. 장갑을 벗고 손가락 끝으로 가로등 기둥에서 내가 연마한 부분을 쓸어 봤다. 적당히 매끄러웠다. 바로 그때 거리가 기울어지기 시작했다. 처음에는 보도가 부풀어 오르듯 살짝 너울거렸을 뿐이다. 그래도 내가 균형을 잃지 않으려고 가로등 기둥에 손바닥을 붙이고 발에 힘을 줄 수는 있을 정도로 흔들렸다. 그러다가 더 심하게 기울어지기 시작했다. 처음에는 왼쪽으로, 그다음에는 오른쪽으로 기울었다. 한 발짝 다가가 양팔로 가로등 기둥을 꽉 끌어안을 수밖에 없었다. 눈을 감고 쇠기둥에 뺨을 눌렀다. 당황할 필요 없어. 혼잣말을 했다. 지나갈 거야. 그리고 정말로 지나갔다. 소동은 시작할 때처럼 금방 가라앉았다. 눈을 떴다. 키보다 가로 길이가 더 긴 여자가 못마땅한 표정으로 나를 보고 있었다. 그녀는 넉넉한 허리둘레 덕에 안정적이어서 흔들리지 않은 게 틀림없었다. 나는 가로등 기둥 뒤에서 조심스럽게 나와 인사했다. 그녀는 대답하지 않았다. 아마 내가 취했다고 생각했을 것이다.

나는 프림로즈힐 쪽으로 걸어갔다. 어머니는 창녀들이나 실외에서 담배를 피우는 거라고 했지만 그 격언을 무시하고 담배를 꺼냈다. 담배를 피우기 시작하고부터 흡연이 그 무엇보다 좋았다. 흡연은 베일이다. 나는 흡연의 모든 면을 사랑한다. 장갑 낀 손가락으로 담뱃갑을 톡톡 쳐서 담배를 꺼내는 일, 라이터의 금속이 철컥거리는 소리, 론소놀 라이터 기름의 톡 쏘는 냄새, 연기를 처음으로 깊이 빨아들이는 순간과 내뱉었을 때 푸른 깃털처럼 나부끼는 연기, 필터에 약간 야하게 묻은 립스틱, 검지와 중지 사이에 담배를 끼우고 있을 때의 안락한 즐거움. 나는 여자가 담배 피우는 모습을 보는 게 좋다. 담배 피우는 여자는 절대 외롭지 않다, 고독하다. 관능적이고 세속적이다. 남자는 담배 피우는 법을 모른다. 남자에게 흡연은 화장실에 가거나 버스를 타는 것처럼 실용적인 일이다. 남자의 경우 흡연은 늘 다른 활동의 부수적인 활동이고, 그 자체만 행하지 않는다. 나는 톰(인지 아무튼)이 담배 피우는 모습을 본 적이 없다. 나는 그가 가느다란 러시아 담배를, 어쩌면 파이프 담배를 피울 거라고 상상해 봤다. 일부 젊은 남자들이 지적인 분위기를 풍기려고 그러듯 말이다. 그러나 톰은 그런 겉치레가 필요 없을 것이다. 뭐라고 했더라? 행복한 우연. 그 말은 튀어나올 순간을 기다리며 숨어 있었던 것처럼 그의 혀에서 미끄러져 나왔다. 마지막 음절을 발음할 때는 그가 내 눈을 똑바로 바라봤다. 작은 심벌즈가 부딪치는 것 같았다. 그것도 행복한 우연이었을까? 아니면 그가 그 표현을 썼다는 사실 자체가 정반대의 상황을 암시하는 것이었을까? 그가 유창하고 유혹적인 말로 무장한 채 나를 기다리고 있었다고? 행복한 우연이라는 말에 누가 저항할 수 있을까?

길모퉁이에 공중전화가 있었다. 나는 저녁 식사 시간에 맞춰 들어가지 못한다고 알리려 집으로 전화를 걸었다. 늘 그렇듯 루엘린 씨가 전화를 받았다. 우리 집에는 전화기가 두 대인데 하나는 아버지 책상 위에, 하나는 복도에 있다. 루엘린 씨는 어디에 있든 항상 벨이 두 번 울리기 전에 받는다. 나는 그녀에게 저녁 식사 시간에 맞춰 들어가지 못하니 아버지에게 기다리지 마시라 전해 달라고 부탁했다. 물론 식사를 준비하고 내놓는 사람은 루엘린 씨이기 때문에 그 정보는 그녀에게 더 필요했지만, 나는 그녀가 소식을 들어야 할 독자적인 상대가 아니라 단순한 통로인 것처럼 대하면서 유치한 만족감을 느꼈다. 그녀는 냉대를 눈치챘을 것이다. 아버지와 직접 통화하면 늦는 이유를 설명해야 한다는 의무감이 들 것 같았다. 「오, 잘됐다. 잘했구나, 애야.」 내가 유아용 변기에 볼일 보기를 성공한 한두 살짜리 애라도 되는 듯 아버지가 그렇게 대답하는 장면을 상상해 봤다. 아버지는 나중에 〈어땠냐〉고 머뭇머뭇 물을 것이다. 아버지는 항상 내게 멋진 청년을 만났냐고 묻는데, 내가 다른 남자 품에 안기는 일을 아버지가 너무 좋아하는 듯해 가슴이 아프다.

수화기를 내려놓고 지문을 깨끗이 닦은 다음에야 톰과 어떻게 될지 생각하기 시작했다. 공원을 따라 천천히 길을 꺾었다. 나는 결과를 생각하지도 않고 톰의 초대를 받아들였다. 동쪽 경계 주변을 천천히 돌면서 내가 어떤 모욕을 당할지 곰곰이 생각해 봤다. 내 왼쪽에 있는 관목 수풀로 톰이 나를 끌고 들어가 다리를 억지로 벌리는 장면을 상상했다. 그처럼 잘생긴 남자라면 수많은 상대의 다리를 벌려 봤을 것이고, 그에게 자진해서 다리를 벌린 닳아빠진 여자도 있었을 것이다. 멜러스와 함께 타락하는 불쌍한 콘스턴스 채털리를 생각했다. 내가 견딜 수 있는 일에는 한계가 있었다. 세인트폴 학생들은 종종 남자 성기에 관해 신나게 떠들었는데, 주로 크기 이야기였다.

그런 주제를 매번 피할 수는 없었고, 이야기를 듣고 머릿속에 떠올린 이미지를 매번 떨쳐 낼 수도 없었다. 나는 크기가 어떻든 여자가 남자에게 은밀한 부위를 범해지고 싶어 하는 이유를 이해할 수가 없다. 내 생각에 성행위 중 그 부분은 오로지 남자의 만족을 위해서만 이뤄지고 여자는 나중에 혼자 알아서 끝내야 하는 것 같다.

그러나 그런 걱정을 하기 전에 난처하기는 마찬가지일 대화를 먼저 걱정해야 할 것이었다. 나중에 밝혀지겠지만 나는 대화라는 활동에 소질이 없다. 요령을 배우려고 가끔 공공장소에서 남들 대화를 엿들은 다음 방으로 돌아와 음계를 연습하는 아이처럼 똑같은 구절을 혼자 되풀이해 보지만 효과가 없다. 어머니 때문이다. 「빈 수레가 요란한 법이야.」 어머니는 늘 그렇게 잘라 말했고 나는 당연히 교훈을 받아들였다. 말하기를 좋아하는 사람은 항상 〈수다스럽다〉라고 평가 절하 되었는데, 어린 나에게 그건 이무깃돌이나 주정뱅이가 연상되는 형용사였다.

공원을 한 바퀴 돌고 났을 때 나는 톰의 초대를 받아들인 일을 크게 후회하고 있었다. 지난주에 하늘을 날았던 벤치로 갔다. 아무리 한참을 바라봐도 평범한 벤치일 뿐 그 무엇과도 비슷하지 않았다. 관목 덤불로 도망칠 낌새도 그럴 능력도 없어 보였다. 생명이 없는 물체일 뿐이었다. 리베카가 내 멍청한 생각을 놀렸다. 「그냥 벤치잖아,

바보야!」 그녀가 비웃으며 말했다. 나는 리베카가 옳다고 대답했다. 나는 바보였다. 나를 괴롭히는 사람들 앞에서 그들 말이 옳다고 인정하면 그쪽에서 무장을 해제하는 경우가 많다는 사실을 나는 오래전에 배웠다. 우리는 같이 앉았다. 리베카가 톰은 자기가 상대하겠다고 했다. 어차피 그가 초대한 사람은 그녀였다. 내가 할 일은 입을 다물고 앉아 일을 망치지 않는 것밖에 없었다. 나는 진지하게 고개를 끄덕였다. 누군가의 다리가 억지로 벌려진다면 내가 아닌 리베카의 다리일 것이다.

포장된 길이 잉크처럼 번득였다. 나는 그 길에 발을 내딛고 허리까지, 어깨까지 천천히 가라앉다가 마침내 머리까지 집어삼켜져 흔적도 남지 않는 내 모습을 상상했다. 검은 개를 데리고 나온 남자가 다가와 우리 앞에 멈췄다. 개가 벤치의 금속 다리 앞에서 다리를 들었고 곧이어 오줌이 줄기를 이뤄 내 신발 쪽으로 흘러왔다.

「이제 시원하지?」 그가 말했다.

리베카는 나라면 얼굴을 붉혔을 말로 대응했다. 남자는 고개를 젓고는 혼자 중얼거리며 갈 길을 갔다.

나는 7시가 되기 20분 전에 펨브리지 캐슬에 도착했다. 안에서 만날지 앞에서 만날지 톰이 정확히 말하지 않았지만 그는 문 앞에 없었고 나는 일부러 10분 늦게 도착했으므로 그가 안에서 기다리나 보다 생각했다. 그때까지 가본 술집은 데번이나 하트퍼드셔의 품위 있는 시골

여관밖에 없었다. 내 상상 속 런던 술집 내부는 곤드레만드레 취한 매춘부와 부두 인부, 알코올 의존자, 성 소수자가 득시글거리며 다들 한없이 음탕한 짓을 하는, 히로니뮈스 보스의 그림과 비슷한 모습이었다. 그러나 리베카 스미스처럼 현대적이고 독립적인 여성이라면 그런 곳에 거리낌 없이 들어갈 것이다. 나는 숨을 깊이 들이마시고 허리를 편 다음 문을 밀어서 열었다.

내부 조명은 적당히 밝았다. 가구와 비품은 짙은 색 나무로 만들어져 있었다. 문 오른쪽 테이블에는 헌팅캡을 쓴 남자가 1파인트짜리 맥주와 펼쳐진 신문을 앞에 놓고 앉아 있었다. 핀스트라이프 정장 차림의 남자 두 명이 바 앞에 나란히 서서 위스키 잔을 들고 숨죽인 목소리로 대화를 나눴다. 또 건설 노동자 세 명이 더러운 손에 맥주잔을 든 채 기둥을 둘러싸고 있었다. 톰은 어디에도 보이지 않았다. 술집 주인은 카운터 뒤에서 신문 위로 몸을 숙이고 있었다. 그때까지 아무도 나의 존재를 알아차리지 못했으므로 뒤돌아 밖으로 나가서 기다릴 수도 있었지만, 곧이어 문이 닫히는 소리에 주인이 내 쪽을 봤다. 그는 여자가 동행도 없이 자기 가게에 들어오는 데 익숙한 듯 무표정했다. 그러자 마음이 놓였고, 그가 적어도 멀리서 봤을 때는 잘 다려진 셔츠를 입고 있다는 사실도 나를 안심시켰다. 나는 손목시계를 흘깃 본 다음 그의 시선을 의식하면서 오른쪽 벽 앞에 놓인 긴 의자에 자리를 잡았다. 발치에 가방을 내려놓고 마음이 아주 편하다는 인상을 주려고 천천히 장갑을 벗었다. 이제 바에 선 두 남자와 거리가 가까워져서 대화 내용이 들렸는데, 근처의 부동산 거래에 관해 이야기하는 중이었다. 둘 중 키가 작은 남자는 혈색이 좋았다. 주머니 시계에 달린 체인이 그의 배를 가로질렀다. 내가 그의 시야 안에 앉았기 때문에 그가 내 쪽으로 고개를 살짝 숙였다. 그러자 그의 동행이 뒤돌아봤고, 대놓고 평가하는 눈빛으로 나를 살피더니 썩 괜찮다는 듯이 눈썹을 살짝 치켜올렸다. 그는 동행을 향해 다시 고개를 돌려 뭐라고 말했지만 내게는 들리지 않았다. 정수리가 따끔거렸다. 어쩌면 두 사람은 내가 손님을 구하고 있다고, 장갑을 벗는 행동이 스트립쇼의 신호탄이라고 생각했을지도 몰랐다. 몇 분 뒤에 주인이 볼을 부풀려 과장되게 숨을 내쉬면서 바 옆쪽 해치를 들어 올려 열고 내 자리로 다가왔다.

「뭘 드릴까요?」 그가 물었다. 그의 말투는 친절하지도 적대적이지도 않았다.

나는 친구를 만나러 왔다고 했다.

그가 자기 가게는 대합실이 아니라고 말했다.

「네, 물론이죠.」 내가 대답했다. 그러고는 파리 사람들이 마신다는 진피즈를 주문했다.

술집 주인이 킥킥 웃더니 〈G와 T〉[9]면 되겠냐고 물었다. 나는 그것도 아주 좋다고 말했다. 바 앞에 선 남자들이 우리의 대화를 흥미롭게 듣고 있었다. 주인이 자리로 돌아가자 혈색 좋고 키 작은 남자가 진피즈도 못 만드냐며 주인을 놀렸다.

「잉글랜드에서는 1902년에 제정된 주류 판매법 19조 2항에 따라 진피즈 판매가 금지되어 있다고.」 그가 쏘아붙였다.

「이걸 다시 채우는 것도 법으로 금지되어 있나?」 남자가 잔을 내밀며 말했다.

가벼운 풍자극이라도 하듯 모든 대화가 과장되고 우스꽝스러운 말투로 이뤄졌다. 주인이 두 사람의 잔을 채운 다음 내가 주문한 술을 만들더니 보란 듯이 쟁반에 담아 가져왔다.

「2실링 6펜스입니다, 레이디 먹.[10]」 그가 말했다. 내가 특별 대우를 받고 있지만 자신이 특별히 애쓰는 건 아니라고 말하는 듯했다. 무례한 별명이라도 일단 별명을 붙여 주는 건 상대를 받아들인다는 뜻이다. 나는 한 번도 별명으로 불린 적이 없었으므로 기뻤다. 그래서 주인에게 3실링을 주며 잔돈은 가지라고 말했다.

「고맙군요.」 그가 말했다. 「계속 그렇게만 하면 그 빌어먹을 진피즈를 만들어 드리죠.」

9 진과 토닉이라는 뜻.

10 Lady Muck. 특별 대우를 받아야 한다고 생각하는 여자를 비꼬는 표현.

나는 훈훈함을 느꼈다. 나중에 펨브리지 캐슬의 단골이 되어 모두에게 레이디 먹으로 통하는 모습을 그려 봤다. 주인은 내게 진피즈를 만들어 줄 것이고, 진피즈는 펨브리지 캐슬에서 레이디 먹으로 통하다가 나중에는 런던 전체에서 그렇게 통할 것이다. 나는 『우먼스 저널』에 〈레이디 먹, 쓰다〉라는 제목의 칼럼을 기고하여 에티켓과 예술, 패션에 관한 지혜를 널리 퍼뜨리겠지. 영화 시사회와 웨스트엔드 뮤지컬에 초대받고, 로런스 올리비에와 저녁 식사를 하고, 그와 une liaison(관계)이 있다는 소문이 돌 것이다.

나는 부글부글 올라와 터지는 토닉 거품을 바라봤다. 버로니카가 옆에 있었다면 그 과정을 과학적으로 설명하려 들었을 것이다. 주인이 지켜보고 있었으므로 술을 한 모금 마셨다. 혀를 콕콕 찌르는 거품이 제일 먼저 느껴졌다. 그다음 방울다다기양배추를 너무 익혔을 때처럼 신맛이 뒤따랐고, 그걸 삼키자 목구멍이 타는 것 같았다. 불쾌함에 가까웠고 기침이 났다. 하지만 나는 런던 술집에서 진토닉을 마시고 있었을 뿐이고 (그때까지는 아직) 아무 참사도 일어나지 않았다.

사람이 점점 많아졌다. 주인은 건설 노동자 세 명을 위해 맥주를 따르고 있었는데 억양을 들으니 셋 다 웨일스인이었다. 맥주를 기다리는 동안 셋 중 덩치가 제일 큰 남자가 나를 대놓고 멀뚱멀뚱 바라봤다. 183센티미터가 넘는 거구였고 어깨는 크고 둥글고 배가 툭 튀어나와 바지 윗부분을 가렸다. 그가 턱을 가슴에 붙이고 세인트버나드처럼 입을 반쯤 벌린 채 나를 봤다. 나는 시선을 피했다. 문이 열릴 때마다 그런 짐승들 틈에 나를 내팽개쳐 둔 톰을 저주했다. 그중 한 명이 나를 〈어떻게 해보려고〉 다가오는 일은 시간문제 같았다. 하지만 내가 가게 안의 유일한 여자인데도 아무도 수상쩍은 찬사를 보내지 않는다면 어떨까. 어느 쪽이 더 모욕적일까.

브라운리 씨의 사무실 책상 앞에 앉아 일하면서 알게 된 한 가지는, 누군가가 유혹하고 싶어 할 만큼 내가 못생기지도 예쁘지도 않다는 사실이었다. 남자가 못생긴 여자를 유혹하는 건 상대가 안쓰럽기 때문이고, 또 못생긴 여자라면 칭찬을 진지하게 받아들일 만큼 어리석지 않다는 걸 알기 때문이다. 못생긴 여자는 자신이 못생겼다는 사실을 안다. 남자가 예쁜 여자를 유혹하는 건 자신의 용기를 시험하기 위해서다. 그들은 예쁜 여자가 당연히 자신을 못 본 척하리라는 걸 안다. 다만 세월이 흘러 그저 그런 아내, 그저 그런 자식들과 집에 처박혀 있을 때 전에 한번 도전이라도 해볼걸 하고 후회할까 봐 무모한 시도를 하는 것이다. 그러나 못생긴 여자가 자신이 못생긴 줄 알듯이 예쁜 여자는 자신이 예쁜 줄 안다. 못생긴 여자는 맨 처음 진지하게 접근하는 남자를 붙잡는 것 말고 대안이 없지만 예쁜 여자는 또 다른 딜레마가 있다.

구혼자가 마르지 않는 우물인 줄 알고 남자를 못 본 척하는 데 익숙하다가 어느 날 정신을 차려 보면 갑자기 더는 예쁘지 않은 서른 살이 되어 있고 비참한 노처녀로 평생을 살게 되는 것이다. 남자는 그런 딜레마가 없다. 예쁜 여자가 자신이 예쁜 줄 알듯이 잘생긴 남자도 자신이 잘생긴 줄 안다. 그러나 못생긴 남자는 자신이 못생긴 줄 모르는 것 같다. 나는 정말 추한 남자가 자연의 질서를 거스르는지도 모르고 정말 예쁜 여자에게 다가가는 상황을 종종 봤다. 그렇게까지 자신을 모르다니 기괴해 보일지도 모르지만, 사실은 우리 여자들이 그런 남자들을 부추기기도 한다. 예쁜 여자가 끔찍한 호문쿨루스의 품에 안긴 모습을 몇 번이나 봤는지 기억도 나지 않는다. 하지만 반대 경우는 본 적이 없다. 간단히 설명할 수 있다. 예쁜 여자에게 최악의 저주는 멍청하다고 여겨지는 것이다. 예쁜 여자가 짝을 만나려면 예뻐 보이기만 하면 된다고들 생각한다. 그러나 내 경험상 두뇌와 아름다움 사이에는 상관관계가 없다. 나는 예쁘면서 지적인 대화를 얼마든지 나눌 수 있는 여자도 봤고 정신이 외모만큼이나 한없이 부족한 못생긴 여자도 봤다. 호문쿨루스의 품에 안긴 예쁜 여자는 다름 아니라 온 세상을 향해 자신이 얼마나 똑똑한지 보여 주려는 것이다. 그러면 세상은 그와 그녀를 감탄스러운 눈길로 바라본다. 하지만 내가 보기에는 잘생긴 남자를 선택할 수 있는데도 못생긴 남자를 선택하는 것이야말로 멍청함의 가장 좋은 증거다. 반대로 못생긴 여자가 잘생긴 남자의 품에 안겨 있으면 사람들은 보통 남자를 불쌍히 여긴다. 우리는 그녀가 뻔뻔하게도 자신에게 어울리지 않는 상대를 얻었다며 혐오의 시선으로 바라볼 것이다.

나는 남자의 유혹을 받을 만큼 못생기지도 않았고 예쁘지도 않다. 평범하게 생긴 편이고, 나 같은 여자에게 가벼운 만남은 품위를 손상하는 장난도, 이카로스처럼 태양을 향해 날아가는 도전도 아니다. 평범한 여자에게 수작을 거는 일은 위험하다. 유혹을 진지하게 받아들일지도 모르기 때문이다 — 실제로 우리는 진지하게 받아들일 것이다. 불쌍한 남자가 알아차리기도 전에 배 속에는 아이가 자라고 있을 것이고 등기소에서 만날 약속이 황급히 잡힐 것이다.

그렇기 때문에 나를 대하는 톰의 태도가 더욱 이상하게 느껴졌다. 말할 필요도 없이 나는 우리의 짧았던 첫 대화를 끝도 없이 면밀히 분석했는데 누가 어떻게 봐도 그가 나를 유혹하고 있다는 결론을 피할 수가 없었다. 역에서부터 데려다주겠다고 고집을 피운 행동은 얼핏 순수하다고 해석할 수도 있지만 나를 추행할 생각이 없다고 장담한 부분은 그렇지 않다. 그런 말을 하려면 먼저 추행이라는 생각 자체가 머릿속에 떠올랐어야 한다. 게다가 톰은 그 생각을 혼자 간직하지 않고 교활하게도 행동에 옮길 의도가 없다는 말로 위장해 내 머릿속에 심어 줬다. 물론 그 모든 대화는 명랑한 분위기에서 이뤄졌다. 언제든 농담인 척 슬쩍 넘어갈 수 있었지만 바로 그렇기 때문에 유혹적인 대화에 농담이 빠지지 않는다. 나는 유머 감각이 없다. 대화에 재치 있는 말을 끼워 넣을 만큼 생각이 빠르지 않은 데다 농담을 말 그대로 받아들이는 멍청한 경향이 있다. 내가 유혹의 기술을 연마했더라면 그에게 추행당하는 것보다 더 바라는 일은 없다고 — 물론 익살맞게 — 받아쳤을 것이다. 그랬다면 둘 다 웃어넘겼을 것이고 그로써 우리가 어떤 협약을 맺었지만 진지하지는 않다는 증명이 되었을 것이다.

톰이 내게 유혹적으로 접근했다는 사실을 인정한다면 그가 왜 그랬는지 설명이 필요하다. 톰은 의문의 여지 없이 잘생겼고(생각하면 할수록 그는 더 잘생겨진다) 나는 평범하다. 사실은 이렇다. 톰은 나를 유혹하지 않았다. 그는 리베카를 유혹했고 리베카는 평범하지 않다. 리베카는 예쁘다. 그녀는 유혹당하는 데 익숙하고 아무도 그녀가 그런 접근을 진지하게 받아들이리라 생각하지 않는다.

나는 핸드백을 열고 립스틱과 콤팩트를 꺼냈다. 안에서 퀴퀴한 냄새가 풍겼다. 얼른 화장을 고쳤다. 예쁜 사람이 되려면 예쁜 사람이 하는 수고를 들여야 한다. 기둥을 둘러싼 남자 중 하나가 친구들을 쿡쿡 찌르는 모습이 시야 끝에서 얼핏 보였다. 내가 문 쪽으로 고개를 돌렸을 때 마침 문이 열렸다. 톰이 아니었다. 남자 두 명과 유행에 따라 머리카락을 짧게 자른 여자 한 명이 팔짱을 끼고 들어왔다. 그녀는 파란색과 흰색 줄무늬 겉옷에 토레아도르팬츠를 입고 있었고 평범한 편이지만 말괄량이처럼 익살을 떨면서 신체적인 결점을 보완하는 유형이었다. 세 사람은 끊임없이 웃음을 터뜨렸는데 자기들이 얼마나 유쾌한지 보여 주려고 일부러 그러는 게 분명했다. 세 사람은 술집 주인의 이름(해리)을 부르며 인사한 다음 술을 주문했다. 그들이 내 옆자리에 앉은 후에도 대화 소리는 작아지지 않았다. 여자가 내 맞은편에 앉았다. 두 남자 중 한 명이 약간 안됐다는 눈빛으로 나를 보며 고개를 끄덕여 인사했다. 나는 거의 마시지도 않은 술을 보며 뻣뻣하게 앉아 있었다. 나를 고독한 알코올 의존자라고 생각하는 것과 본체만체하는 것 중 뭐가 더 나쁠까 생각해 봤다. 결론은 후자였다. 옆자리 사람들이 어찌나 친밀하게 잡담을 나누던지 나는 울음이 터질 것만 같았다. 편안하고 익숙해 보이는 모습이 얼마나 부럽던지. 또 상상할 수 있는 모든 불행이 그들에게 닥치길 얼마나 바랐는지. 나는 여자 쪽으로 몸을 숙이고 지금은 인기가 많을지 몰라도 어떤 남자도 그녀처럼 닳아빠진 사람과 결혼하지 않을 거라고 속삭이고 싶은 유혹을 느꼈다. 그녀는 우리와 마찬가지로 말라빠진 빈껍데기만 남아 죽을 것이다.

그때 톰이 나타났다. 그를 보자 너무나 마음이 놓여 늦어서 화났던 마음마저 순식간에 증발해 버렸다. 톰은 사과도 없이 목마르다고 했다. 뭘 마시고 있냐고 묻더니 자기가 대답했다. 「아, 진이군요! 〈엄마의 타락〉이라고도 하죠. 둘이서 잔뜩 취해 볼까요?」 그가 사과하지 않는 걸 보니 내가 약속 시간을 잘못 알았나 싶었지만 톰이 어울리는 보헤미안들은 시간 지키는 걸 구제할 수 없을 만큼 〈구식〉이라고 생각할 가능성이 더 컸다. 나는 구식으로 굴지 않겠다고 결심했다. 리베카 스미스는 구식이 아니었다. 그가 여기 왔다는 사실이 중요했다. 나는 무시당하지 않았고, 이제 야만스러운 건설 노동자의 원하지도 않는 접근으로부터도 옆자리 사람들의 안됐다는 표정으로부터도 안전했다.

톰이 바에 간 사이 나는 진을 한 모금 더 마셨다. 평소 나는 어머니가 〈악마의 음료〉라고 부르는 술을 거의 마시지 않았다. 남자가 술에 취하는 건 단지 얼굴을 찌푸릴 만한 일이지만 술 취한 여자는 타락의 정의 그 자체며 어떤 불행을 자초해도 동정받지 못한다. 어머니가 술을 입에 대지도 않는 사람은 아니었지만(술을 절대 안 마시는 사람은 어느 모로 보나 주정뱅이만큼이나 의심스럽다) 사람들과 어울리면서 어쩔 수 없이 셰리를 한잔해야 할 때마다 항상 첫 단어를 무척 강조하며 〈저는 아주 조금만 주세요〉라고 말하고는 의미심장한 눈빛으로 아버지를 쳐다봤다. 어머니가 돌아가신 후 아버지는 크리스마스 때마다 버로니카와 나에게 셰리를 작은 잔에 한 잔씩 줬다. 그 맛없는 음료가 악마 같은 행동을 초래할 수 있다니 믿기 어려웠다.

두 번째 모금은 첫 모금보다 맛이 조금 나았지만 그래도 어떻게 하면 사람이 이런 걸 자발적으로 들이켤 수 있는지 이해하기 힘들었다. 톰이 바에서 돌아왔을 때 자기가 마실 맥주뿐 아니라 내가 마실 진까지 더 사 온 걸 보고 나는 경악했다. 그는 두 술잔을 테이블에 내려놓고 맞은편 의자에 앉았다. 우리는 잔을 부딪쳤다. 「건배.」 내가 말했다. 그가 내 말을 따라 했는데 말투를 들어 보니 고풍스러워서 재미있다고 생각하는 게 분명했다. 나는 무의식적으로 장난을 친 스스로를 칭찬했다. 그는 종일 밭일이라도 하다 왔나 싶을 정도로 맥주를 벌컥벌컥 마셨다. 나도 의무감에 진을 한 모금 마셨다. 사전 준비가 끝나자 톰은 반쯤 빈 잔을 탁자에 내려놓고 음모라도 꾸미듯 내 쪽으로 몸을 숙였다.

「자, 리베카 스미스.」 그가 말했다. 「당신에 관해서 말해 봐요.」 톰이 커다란 양손으로 자기 턱을 감싸고 눈썹을 치켜올렸다. 그의 머리카락은 굵고 무척 매끄러웠다. 손가락 바깥쪽에 검은 털이 나 있었다. 누군가가 경찰에게 톰의 생김새를 설명해야 한다면 〈털투성이〉라는 표현을 반드시 쓸 것이다. 나는 그에게 그리스인의 피가 섞인

게 아닐까 생각했다.

본능적으로 떠오른 대답은 할 이야기가 별로 없다는 것이었지만 리베카 스미스라면 절대 그런 김빠진 대답을 내놓지 않을 것이다. 리베카는 맛있다는 듯 술을 한 모금 마셨다.

「음, 내가 정신 질환자라는 건 이미 알잖아요.」 그녀가 말했다.

「네, 하지만 어떤 종류인지는 모르죠.」

「그냥 평범한, 흔한 종류예요.」

「아.」 그가 말했다. 「조금 더 이국적인 종류면 좋겠다고 생각하고 있었는데요. 브라질너트나 아몬드라든가, 껍질을 까지 않은 땅콩도 좋고요.」[11]

「실망하게 해서 미안해요.」 리베카가 말했다. 「난 개암에 더 가깝거든요.」 나는 이런 재치 있는 대답이 절대 떠오르지 않는다.

「개암이 뭐가 어때서요.」 그가 말했다. 「사실 난 개암이라면 사족을 못 쓰거든요.」

나는 그가 아직 견과류 이야기를 하는지 다시 나를 유혹하는지 알 수 없었다. 대화가 잠시 멈췄다. 평소라면 시시한 날씨 이야기로 침묵을 메우려고 했겠지만 리베카가 내게 잠자코 있으라고 했다. 상황을 주도할 사람은 톰

11 영어로 〈nut(정신 질환자)〉가 〈견과〉를 뜻하기도 한다는 점을 이용한 말장난.

이었다. 나는 두 번째 잔을 마시기 시작했다. 첫 잔보다 맛이 괜찮았다. 나는 담배에 불을 붙이고 의자에 기대앉았다. 그런 다음 연기가 흘러나오도록 가만히 내버려 뒀다.

「하지만 정신 질환자라는 게 직업일 리는 없잖아요.」 톰이 말했다.

대화를 나눌 수밖에 없었기 때문에 리베카는 톰에게 브라운리 씨의 사무실에서 무슨 일을 하는지 다 들려줬다. 물론 뻔뻔스러울 정도로 미화한 이야기였다. 리베카의 삶은 시사회와 칵테일파티의 끝없는 연속이었다. 그녀는 로런스 올리비에를 〈래리〉라고 부르면서 정말 매력적인 남자라고 했다. 또 며칠 전만 해도 리처드 버턴과 클레어 블룸이 참석한 파티에 갔는데 다들 마리화나를 피워 댔다고 말도 안 되는 소리를 늘어놓았다. 나중에는 흥청망청 난잡한 난장판이 되었고 리베카는 해가 뜰 때쯤에야 하이드 공원을 가로질러 집까지 걸어갔다. 리베카는 그런 허풍을 끝도 없이 늘어놓다가 잠시 말을 멈추고 진을 벌컥벌컥 마셨다. 진과 허풍이 전부 바닥났을 무렵 나는 리베카가 나와 관련이 있다는 사실이 부끄러워졌다. 그러나 톰은 확실히 깊은 인상을 받은 듯했다. 그는 정말 놀라운 사람이었다. 갈색 눈은 습기가 엷게 덮인 것처럼 반짝거렸다. 나는 옆자리의 말괄량이가 감탄하며 그를 바라본다는 사실을 알아차렸다. 톰은 그녀의 샤프롱 둘보다 훨씬 잘생겼다.

내가 어렸을 때 대죄라고 배운 것 중 두 가지는 빤히 쳐다보기와 질문하기였다. 그러나 적어도 질문하기는 내가 배운 것만큼 무례하지 않다는 사실을 알게 되었다. 사실 지금 같은 사교적인 상황에서는 질문하기가 의무에 가까웠다. 그래서 물었다. 「당신은요?」

톰이 어깨를 으쓱했다. 습관적인 몸짓 같았지만 어떤 의미든 될 수 있었다. 지금은 〈음, 그렇게 흥미롭진 않지만 질문을 받았으니 대답하자면〉쯤 되는 의미였다. 그는 자신이 〈블랙컨트리〉라고 이름 붙인 작은 마을 출신이라고 했다. 아버지는 전쟁 때 돌아가셨다. 어머니는 교사였다. 그에게는 여동생이 두 명 있었다. 그는 열두 살 때 브라우니라는 상자형 카메라를 받은 순간부터 사진가가 되고 싶었다. 그래서 런던으로 왔다. 지금 하는 일이 원하던 일은 아니지만 노는 것보다는 나았다. 그가 선빔 믹스매스터 광고를 본 적이 있냐고 물었다. 리베카는 『우먼스 저널』에서 봤다고 살짝 거짓말했다. 톰은 별것 아니라는 듯 어깨를 으쓱했는데 사실은 무척 자랑스러워하는 티가 났다. 「내가 그 광고 사진을 찍었거든요.」 그가 말했다.

「정말 대단하네요.」 그녀가 말했다.

「봉 비방 수프 광고 사진도 찍었어요.」

나는 상당히 깊은 인상을 받았다. (수프처럼 시시한 대상이라 해도) 『우먼스 저널』에 실린 사진을 찍은 남자와 함께 있다고 생각하자 가슴이 두근거렸다.

「다음 주에 패션 사진 촬영 때문에 누굴 좀 만나기로 했어요.」 톰이 말했다. 「그쪽이 돈이 되죠.」

「여자도 따르고요.」 리베카가 장난꾸러기처럼 말했다.

톰이 잔을 비웠다. 그의 어깨 너머를 보니 술집에 사람이 가득 차 있었다. 사람들이 회전목마를 탄 것처럼 빙글빙글 돌았다. 시끄러운 대화 소리 때문에 귀가 멀 것만 같았다. 톰이 의자를 밀며 일어섰다.

「같은 걸로.」 그가 내 잔을 가리키며 말했다. 질문이라기보다 진술에 가까웠다. 그래도 진은 처음보다 맛이 나았다. 진이 좋아지는 기분이었다.

톰이 자리를 비운 사이 얼른 화장을 고쳤다. 콤팩트 거울 속에서 나를 마주 보는 얼굴은 그렇게 끔찍하지 않았다. 입술을 O 자로 만들고 립스틱을 다시 칠했다. 콤팩트를 탁 닫고 보니 옆자리 남자가 나를 지켜보고 있었다. 리베카가 그에게 오만한 눈빛을 보내자 남자가 고개를 돌렸다.

톰이 술을 들고 돌아왔다. 그가 자리에 앉아 맥주를 한 모금 마시자 윗입술에 거품이 애벌레처럼 길쭉하게 묻었고, 혀끝이 나와 그걸 핥더니 입꼬리에서 잠시 머뭇거리다가 깜짝 놀란 생쥐처럼 쏙 들어갔다. 톰이 이제까지와는 달리 진지한 태도로 말을 다시 시작했다.

「그래서요.」 그가 말했다. 「그 남자는 어때요?」

나는 누구를 말하는지 아주 잘 알았지만 모르는 척했다. 「누가 어때요?」

「브레이스웨이트.」 톰이 말했다. 「위대한 콜린스 브레이스웨이트 말이에요.」

나는 그때까지 우리가 나눈 대화가 서문에 불과했던 것 같아 기분이 나빴다. 그 질문이야말로 그가 내게 술을 마시자고 한 진짜 동기인 듯해서 말이다. 「왜 묻죠?」

톰은 근처에서 브레이스웨이트를 가끔 봤다고 설명했다. 「신기한 사람이에요.」 그가 말했다. 「온갖 이야기가 들려오거든요.」

「예를 들면요?」

또다시 으쓱. 「잘 알잖아요, 흔한 이야기죠. 여자, 파티, 마약.」

리베카가 그런 주제에는 관심 없다는 듯 얼굴을 찌푸렸다. 「그 사람한테 그렇게 관심이 많으면 직접 만나 보지 그래요?」 그녀가 말했다.

톰이 자기 잔을 흘깃 내려다봤다. 그가 뭐라고 중얼거리기 시작했지만 문장을 끝맺지 못하고 말을 흐렸다. 그러더니 맥주를 더 마셨다.

「뭐라고요?」 리베카가 말했다.

「음.」 그가 말했다. 「난 그럴 이유가 진짜 없어요.」

「나 같은 정신 질환자가 아니라는 건가요?」

「음, 당신도 진짜 정신 질환자는 아니잖아요, 안 그래요? 그러니까 제대로 된 정신 질환자는 아니라고요.」 그가 말했다. 「말하자면, 요즘은 정신과 의사 앞에 앉아 무슨 꿈을 꿨는지 미주알고주알 말하는 게 유행이잖아요. 그 정신과 의사가 브레이스웨이트라면 더욱 그렇죠.」

「그는 꿈이 어쩌고저쩌고하는 말을 전혀 안 믿어요.」 내가 말했다. 왜인지 그를 변호해야 할 것 같았다.

「아, 그래요?」 톰은 정보를 더 얻고 싶어 눈을 반짝였다. 「그럼 뭘 믿죠?」

「나도 모르죠. 하지만 브레이스웨이트가 지금까지 내가 만나 본 그 누구와도 다르다는 건 알아요.」 대화의 주제가 바뀌면서 우리 사이의 들뜬 분위기가 망쳐진 것 같아 짜증이 났다. 나는 진을 한 모금 마셨다. 「당신은 나보다 브레이스웨이트한테 관심이 더 많은 것 같네요.」

「전혀 아니에요.」 그가 말했다. 「난 당신한테 더없이 관심이 많아요, 리베카.」

내가 담배에 불을 붙이고 그의 얼굴에 연기를 내뱉었다.

그가 술을 더 가져왔다. 톰은 어떤 사진을 찍는지 이야기하는 편이 더 안전하다고 결론지은 모양이었다. 진공청소기, 커틀러리 세트, 중앙난방식 보일러 등이었다. 보일러 촬영이 특히 까다로웠다고 했다. 보일러를 흥미로워 보이게 촬영하기란 어려웠다. 그쯤 되자 나는 집중하기가 힘들었다. 리베카가 되어야 한다는 사실도 자꾸 까

먹었다. 있는 그대로의 내가 아니라 리베카가 되려면 노력이 훨씬 많이 필요했다. 하지만 결정을 내리는 사람이 나였다면 애초에 거기 가지도 않았을 것이다. 사람들은 그렇게 살았다. 술집에 앉아 맥주와 진을 마시며 서로의 이야기를 들었다. 흥미로운 척 듣고 있다가 자기 차례가 되면 말했다. 그게 다 무슨 소용인지 이해하기 힘들었다. 보아하니 건설 노동자들은 확실히 동료의 말에 흥미가 전혀 없었다. 그들은 맥주를 퍼마시러 왔지만 그래도 대화 비스름한 무언가는 해야 한다는 의무감을 느꼈을 뿐이다. 옆 테이블에서 오가는 재치 넘치는 대화는 가운데 끼여 앉은 여자의 호감을 교회 축제 경품처럼 두고 두 청년이 겨루는 마상 시합에 불과했다. 문 바로 옆자리의 남자는 아직도 신문을 보고 있었다. 그는 내내 맥주 한 잔을 앞에 두고 말없이 앉아 있었다. 그가 부러웠다.

톰이 무슨 이야기를 하고 있는지 놓쳤다. 그를 바라봤다. 입술이 계속 움직였지만 그의 말이 주변 소음에 묻혔다. 나는 파우더 룸에 가려고 일어섰다. 톰이 술집 반대편 문을 가리켰다. 나는 머리를 얻어맞은 사람처럼 비틀비틀 움직였다. 마찬가지로 머리를 얻어맞은 것처럼 멍하기도 했다. 나는 소호 근처에서 보도 왼쪽 끝부터 오른쪽 끝까지 비틀거리며 걷는 남자들을 자주 봤다. 그들이 정말 취했다기보다 나름의 이유로 취한 척하는 거라고 항상 생각했었다. 확실히 틀린 생각이었다. 내가 정확히 같은 모습으로 술집에서 비틀거리고 있었으니 말이다. 나는 술에 취했음을 깨닫고 공포에 질렸다.

여자 화장실 문을 겨우 밀어서 열었다. 칸 하나와 세면대 하나가 있었다. 기절할 것 같아 벽에 몸을 기댔다. 그러다가 내가 구역질하는 게 느껴지더니 블라우스 앞면에 토해 버렸다. 별건 없었다. 누리끼리한 점액질과 클레이스에서 억지로 먹은 스콘 약간. 나는 세면대에 달라붙었다. 고리에 작은 수건이 걸려 있었다. 나는 머리가 맑아져서 다행이라고 생각하며 세면대에서 수건을 적셔 블라우스를 닦아 내기 시작했다. 스콘 부스러기는 쉽게 닦였지만 점액질은 수건으로 아무리 문질러도 섬유 사이로 더 깊이 스며들 뿐이었다. 1파운드 15실링이나 주고 산 블라우스를 망쳤다. 바로 그때 두 번째 파도가 몰려와 토사물이 입안에 고였다. 최대한 삼켜 봤지만 그래 봤자 다시 구토가 치밀 뿐이었다. 옆자리의 말괄량이가 들어왔을 때 나는 입가에 침을 실처럼 늘어뜨린 채 세면대 위로 몸을 숙이고 있었다. 그녀는 칭찬해도 좋을 만큼 사무적으로 행동했다. 그녀가 설명하길, 내 남자 친구한테서 내가 자리를 비운 지 좀 되었으니 가서 괜찮은지 확인해 달라고 부탁받았다고 했다. 나는 그 굴욕적인 상태에서도 그녀가 톰을 내 남자 친구라고 말해 짜릿했다. 그녀가 나를 일으켜 세우고 입을 닦아 줬다. 그런 다음 나더러 완전히 엉망진창이라고 했다. 나는 슬프게 고개를 끄덕이고 울기 시작했다. 옆자리 여자는 울 필요 없다고, 이런 일은 아주 멀쩡한 사람들에게도 일어난다고 말했다. 나는 아이처럼 서 있었고 옆자리 여자가 내 블라우스의 단추를 풀어서 벗겼다. 그러고는 블라우스를 뒤집더니 다시 입으라고 했다. 우리는 안쪽으로 들어간 단추를 조금 어렵게 채웠다. 「남자들은 이런 거 절대 못 알아차려요.」 그녀가 말했다. 그런 다음 내 머리카락을 넘겨 주더니 얼굴은 멀쩡하다고 했다. 아까 그녀를 나쁘게 생각했던 스스로를 나무랐다. 그녀가 내 손을 잡고 술집으로 다시 데려갔다. 톰이 내게 괜찮냐고 물었다. 나는 괜찮다고, 하지만 시간이 늦었으니 그만 집에 가야겠다고 말했다. 그는 맥주를 마저 비운 다음 내 팔꿈치를 잡고 붐비는 술집을 나섰다. 그러고는 나를 택시에 태워 보냈다가 다시 달려와서 창문을 두드렸다. 기사가 차를 세웠다. 나는 겨우겨우 창문을 내렸다. 그가 전화번호 묻는 걸 깜빡 잊었다고 했다. 나는 순순히 가르쳐 줬다. 리베카라는 사람은 정말 대단한 것 같았다.

브레이스웨이트 II: 옥스퍼드

〈콜린스 브레이스웨이트〉라는 인물이 본격적으로 만들어진 시기는 옥스퍼드에 다시 다닐 무렵이다. 스물여덟 살이 된 브레이스웨이트는 대부분의 동료 학생보다 나이도 많고 세상 물정도 잘 알았다. 그는 프랑스에 살아 봤고, 인생을 살짝 엿봤으며, 가장 중요하게도 네틀리를 경험했다. 이제 그는 사립 학교 출신 또래들과 어울릴 필요를 느끼지 못했고 길게 끄는 북부 억양과 거친 매너를 오히려 과장했다. 바로 그 시기에 브레이스웨이트는 훗날 그토록 자주 언급되는 특이한 말버릇이 생겼다. 그는 발표하거나 책을 소리 내어 읽을 때 중요하지 않은 단어를, 주로 전치사나 관사를 강조한 다음 한참 쉬었다. 그를 가르쳤던 어느 교수는 이렇게 말했다. 〈복도를 따라 걸어가는 술주정뱅이처럼 문장이 한 절에서 다음 절로 비틀거렸다.〉 그 효과는 〈우스우면서도 매혹적〉이었다. 물론 일부러 그러는 것이었다. 브레이스웨이트는 말투를 살짝 바꿈으로써 청자를 기만하는 방법을 발견했던 셈이다. 심리학은 영문학과 함께 여전히 〈가벼운〉 학문으로 여겨졌고 학생은 대부분 여성이었다. 브레이스웨이트는 새로운 힘을 이용해 여자들을 성공적으로 유혹했다. 전쟁이 끝나자 도덕관이 느슨해졌고 옥스퍼드 여학생들은 성과 계급에 관한 부모 세대의 관념에서 벗어나기 시작했다.

브레이스웨이트는 처음부터 중심이었다. 북부 출신인데다 노동 계급이라는 참신함 덕분에 전통적인 구애 절차를 따르지 않아도 되었으므로 특별히 노력할 필요도 없었다. 훗날 BBC 라디오 프로듀서로 성공한 세라 치점은 브레이스웨이트의 미심쩍은 매력에 빠졌던 이들 중 하나였다. 「그는 대체로 여자에게 관심이 없었고 여자를 무시했어요.」 그녀는 내게 이렇게 말했다. 「하지만 그래서 왠지 더 매력적이었죠.」[12] 어느 친구의 하숙집에서 열린 특히 열광적이었던 파티가 끝난 다음 그는 치점에게 섹스하러 자기 방으로 가자고 했다. 「그 단어를 실제 육성으로 들은 건 그때가 처음이었어요.」 그녀는 이렇게 회상했다. 「당연히 따라갔죠. 당시에는 자유로워지는 기분이었어요. 그는 우리더러 부모님께 배운 중산층의 실없는 구애 절차를 정말로 극복했는지 증명하라며 도전했죠. 브레이스웨이트는 관계가 끝난 후 상대에게 아무 관

12 저자와 2020년 1월 17일 진행한 전화 인터뷰 중에서 — 원주.

심도 없다고 확실히 말했지만 상대는 그를 계속 찾아갔어요. 어차피 그의 침대에 기꺼이 뛰어들 사람이 수없이 많다는 사실을 알았으니까요.」 또한 치점의 고백에 따르면 브레이스웨이트는 상대를 성적으로 기쁘게 하는 법을 알았다. 그에게는 비슷비슷한 배경을 지닌 옥스퍼드 청년들에게서 느꼈던 짜증 나는 소심함이 전혀 없었다.

세라 치점은 1년 정도 브레이스웨이트를 만나다 말다 했는데, 두 사람 다 서로를 결코 연인으로 생각하지 않았다. 돌아보면 폭력적인 관계에 가까웠지만 당시 치점은 그에게 완전히 빠져들었다. 「누구든 — 남자든 여자든 — 그의 궤도에 들고 싶어 했어요.」

브레이스웨이트는 매월 둘째 일요일에 자기 집에서 모임을 열었다. 그 모임은 영화 「풋볼 대소동」 속 그라우초 마크스가 맡은 배역의 이름에서 따와 왜그스태프 클럽이라고 불렸는데, 극 중 그라우초 마크스는 헉슬리 대학 학장으로 임명된 후 「(그게 뭐든) 난 반대야」라는 노래를 부르며 나이 든 교수들을 놀린다. 회동은 매번 브레이스웨이트와 아직 의식을 잃지 않은 사람들이 그 노래를 엉망진창으로 부르며 끝났다. 클럽 이름은 파괴와 저항이 본질인 그의 지적 입장을 잘 요약했다. 브레이스웨이트는 상대방이 무슨 주장을 하든 반대하거나 더욱 극단적인 입장을 취했다. 이번 주 입장과 다음 주 입장이 모순되어도 전혀 거리끼지 않았다. 따라서 그가 실제로 무엇을 믿는지는 아무도 알지 못했다. 사실 그는 아무것도 믿지 않았다. 그는 믿을 가치가 있는 대상은 〈지금 여기〉밖에 없다며 〈지금 여기〉라는 것은 일시성이 본질이라고 말했다. 존재를 덧없고 무의미한 것으로 인식해야 했다. 그 외에는 전부 일종의 자기기만일 뿐이었다.

왜그스태프 클럽 모임은 브레이스웨이트가 제안한 텍스트를 중심으로 이뤄졌다. 다양한 전공의 학생과 일부 새내기 교수까지 참석했다. 독본은 당시 브레이스웨이트가 무엇에 빠져 있느냐에 따라 철학, 문학, 또는 심리학 영역에서 가져왔다. 상당한 맥주와 위스키가 소비되었고 토론은 새벽까지 이어졌다. 브레이스웨이트가 텍스트를 소리 내어 읽은 다음 반응을 끌어냈다. 남녀 모두 참석했지만 세라 치점의 말에 따르면 여자들은 진지한 표정으로 고개를 끄덕이기 위해 그 자리에 있었을 뿐 아무도 여자가 자기 생각을 말하기를 기대하지 않았다. 브레이스웨이트가 다른 사람의 의견을 인내심 있게 듣는 척하다가 평결을 내리면 항상 그것이 정설로 채택되었다. 참석자들은 브레이스웨이트와 얼마나 비슷한 의견을 냈느냐에 따라 자신이 모임에 얼마나 성공적으로 기여했는지를 가늠했다. 치점의 말에 따르면 다들 〈하나같이 한심했다〉.

브레이스웨이트에게 그러한 동인(同人)들은 있었지만 친한 친구는 거의 없었던 듯하다. 가장 가까운 사람은 던

페름린에 일반의 아버지를 둔 영문과 학생 스튜어트 머캐덤이었는데, 그는 브레이스웨이트가 유일하게 존중하는 사람 같았다. 머캐덤은 훗날 소설을 두 편 발표했고(첫 작품 『갇힌 인생』에는 확실히 친구 브레이스웨이트에게서 영감을 받아 만든 인물이 등장한다) 이후 세인트앤드루스 대학에서 일했다. 그는 세라 치점과 마찬가지로 브레이스웨이트와의 관계에 복합적인 감정을 품고 있었다. 나는 2020년 2월, 앤스트러더에 있는 그의 자택에서 머캐덤을 만났다. 「물론 나쁜 놈이었죠.」 그는 이렇게 회상했다. 「우리보다 나이가 많았고 그 점을 이용했어요. 하지만 그가 어떤 일에 관해 의견을 구하면 선택받은 사람이 된 것 같았지요. 그는 도전받기를 좋아하지 않았지만 배짱 좋게 달려들면 상대방을 존중했습니다.」 한번은 특히나 길고 가혹했던 일요일 밤 모임이 끝난 뒤 브레이스웨이트가 영국 낭만주의 시인들의 전통이 퇴폐적이라며 욕을 퍼부었다. 그러자 머캐덤이 술에 취한 채 셸리의 시 「잉글랜드 남자들」을 일부 암송했다. 암송이 흐지부지 끝나자 정적이 흘렀고 자리에서 일어난 브레이스웨이트가 비틀비틀 방을 가로질러 머캐덤에게 다가갔다. 머캐덤은 그가 자신을 끌어안을지 한 대 때릴지 알 수 없었다. 브레이스웨이트는 끌어안지도 때리지도 않고 말하자면 헤드록을 걸었는데, 공격으로도 애정으로도 해석할 수 있었다. 그것이 바로 브레이스웨이트가 취하는 제스

처의 원형이었다. 그가 당신 편인지 아닌지는 결코 알 수 없지만 약점을 간파당하는 순간 끝장이었다.

이성 관계와 관련해 머캐덤은 브레이스웨이트를 딱 한 마디로 묘사했다. 파렴치한. 「그는 감히 아무도 하지 않는 말을, 보통 남자라면 뺨 맞을 만한 말을 했습니다. 하지만 특유의 방식이 있었지요. 무엇보다도 여자들은, 적어도 몇몇 여자들은 거기에 넘어갔습니다.」 브레이스웨이트는 거절당하면 그냥 웃어넘기고 다른 데로 관심을 돌렸다. 머캐덤은 친구가 여성에게 끼치는 힘을 어느 정도 시샘했다고 인정했지만 그의 수법을 따라 할 배짱은 전혀 없었다. 브레이스웨이트는 회고록에서 페미니즘에 관한 독특한 생각을 이렇게 설명했다. 〈여성은 동등하게 **대우**받기를 바라지 않는다. 그들은 **실제로** 동등하다. 사실 많은 면에서 여성은 우리보다 낫다. 여성은 남성과 마찬가지로 솔직하게 대우받을 권리가 있다. 아이스크림이 먹고 싶은데 바나나를 달라고 하면 안 된다. 누군가와 섹스하고 싶은데 왜 시 낭송회에 초대하는가?〉

그러나 그처럼 야만적인 신조에도 단 하나의 예외가 있었던 듯하다. 훗날 1962년에 『레드 루스터』 외설죄 재판에서 이언 스톳을 성공적으로 변호한 런던의 법정 변호사 앤드루 트러벨리언의 딸 앨리스 트러벨리언이었다. 앨리스는 예쁘고 대단히 똑똑한 사람이었고 해머스미스의 세인트폴 여학교에서 항상 학급 상위권 성적을 냈다.

옥스퍼드에서 그녀는 생계를 걱정할 필요가 없는 여학생들이 가장 선호했던 학문인 영문학을 전공했다. 앨리스는 진지하고 꿈 많은 소녀였고, 키츠의 시와 스펜서의 「요정 여왕」, 라파엘 전파 화가를 좋아했다. 어느 화창한 오후, 베일리얼 칼리지 바깥 잔디밭에서 머캐덤이 브레이스웨이트에게 그녀를 소개했다. 그가 평소와 달리 앨리스를 정중히 대하며 출신지와 전공까지 묻는 것을 보고 머캐덤은 깜짝 놀랐다. 평소와 같은 허세는 전혀 없었다. 머캐덤은 개별 지도를 받으러 가야 했고, 한 시간 뒤에 돌아왔을 때 여전히 대화에 푹 빠져 있는 두 사람을 보고 깜짝 놀랐다. 그는 브레이스웨이트가 누군가를 그렇게 배려하는 모습을 본 적이 없었다. 심지어 평소의 거친 말투까지 부드러워진 듯했고, 앨리스가 런던과 가족 별장이 있는 콘월에서 자란 어린 시절에 관해 이야기할 때는 진지하게 고개를 끄덕였다. 처음에 머캐덤은 아주 재미있다고 생각했다. 거친 짐승이 평소라면 일부러 상스럽게 굴어서 충격을 주거나 모욕할 법한 특권층 여성에게 길들여지다니. 그가 농담처럼 그렇게 지적하자 브레이스웨이트는 앨리스가 〈그냥 아가씨일 뿐〉이라며 그의 말을 일축했다. 그러나 나중에 머캐덤은 두 사람을 소개한 일을 크게 후회하게 된다.

1955년 트리티니 학기 중에 브레이스웨이트와 앨리스는 종종 같이 산책을 하거나 술집에서 간단히 점심을 먹었다. 그는 엄격한 기사도를 발휘했다. 앨리스는 절대 왜그스태프 클럽에 초대받지 못했다. 브레이스웨이트는 분명 삶의 각 구획에서 선택했던 상반되는 페르소나들을 조화시킬 수 없었을 것이다. 그해 여름, 브레이스웨이트는 트루로 근처 트러벨리언가(家) 소유지에서 주말을 보내기까지 했다. 그와 앨리스는 방을 따로 썼고 그는 그녀의 부모님뿐 아니라 남동생 앤서니에게도 정중하게 굴었으며 앤서니와 함께 테니스도 치고 시에 관한 이야기도 나눴다. 간단히 말해 그는 앨리스의 가족에게 환심을 사기 위해 할 수 있는 모든 일을 했다. 가을 학기가 시작하자 브레이스웨이트는 주말에 앨리스를 데리고 노스요크 무어스 국립 공원에 갔다. 특이하게도 두 사람은 벅 인 — 조지 브레이스웨이트가 자살한 날 들렀던 바로 그 술집이 딸린 여관 — 에 묵었고 마침내 거사를 치른 장소도 그곳이었다. 결혼 이야기가 나오지는 않았지만 앨리스는 분명 브레이스웨이트의 구애가 결국 청혼으로 이어지리라 느꼈을 것이다. 성 관념이 느슨해지고 있었지만 아직도 대부분의 여성은 결혼 첫날밤까지 동정이거나 약혼자와의 경험밖에 없었다. 그러나 무어스에 다녀온 후 브레이스웨이트의 열정이 식었다. 그는 앨리스에게 그녀와, 아니 그 누구와도 결혼할 생각이 없다고 했다. 앨리스에게 달리 생각할 여지를 준 적도 없다고 했다. 앨리스는 모욕당했다. 크리스마스이브에 앨리스는 런던 자택에서

약을 잔뜩 삼켰다. 밝혀 둬야 할 점은, 사실 미적지근한 자살 시도였고 그녀는 입원 이틀 만에 회복했다는 사실이다. 그러나 그로써 앤드루 트러벨리언은 브레이스웨이트가 적으로 돌린 최초의 유력자가 되었다.

브레이스웨이트는 〈나의 자아와 타인들〉 원고에서 마흔 페이지에 걸쳐 옥스퍼드 시절을 이야기하는데, 대부분 성과 관련한 영웅담이지만 앨리스 트러벨리언은 한 번도 언급하지 않았다. 그녀는 멀쩡하게 회복하여 1960년에 프레드릭 드러먼드라는 젊은 사무 변호사와 결혼했다. 두 사람은 네 명의 자녀를 뒀고 2016년에 앨리스가 사망할 때까지 부부였다. 브레이스웨이트의 행동을 사이비 정신분석을 통해 설명하기는 쉬울 것이다. 그러한 분석은 앨리스 트러벨리언이 그의 어머니와 이름이 같았고 외모와 성격도 어느 정도 비슷했다는 사실을 지적할 것이다. 브레이스웨이트가 고전 속 오이디푸스처럼 어머니와 관계를 맺고 싶었다거나 어린 자신을 버린 어머니에게 무의식적으로 벌을 주려 했다고 말이다. 그러나 진실은 아마 더욱 괘씸할 것이다. 스튜어트 머캐덤은 앨리스의 자살 시도 소식을 듣고 브레이스웨이트에게 위로의 말을 건넸다. 그러나 친구의 대답은 그를 오싹하게 했다. 「이거야말로 궁극이지, 안 그래?」 그가 말했다. 「여자가 나 때문에 자살을 시도하게 한 거 말이야.」 머캐덤은 그가 그 말을 얼마나 심술궂은 투로 했는지 아직도 기억한다. 머캐덤은 관계를 확실하게 끊을 용기는 없었지만 그때부터 최선을 다해 그와 거리를 뒀다.

브레이스웨이트는 1956년에 최우수 등급으로 졸업했다. 그는 졸업식에 참석하지 않았고 기회만 있으면 누구에게나 자신은 그렇게 번지르르한 겉치레에 아무 가치도 두지 않는다고, 필요한 최소한의 공부를 했을 뿐이라고 딱 잘라 말했다. 사실 말도 안 되는 소리였다. 당시 심리학 교수였던 조지 험프리 박사는 브레이스웨이트의 재능을 일찌감치 알아봤다. 브레이스웨이트가 다른 학생들과 달랐던 점은 바로 권위와 통념에 반감을 품고 있었다는 것이다. 인습을 타파하려는 성향이 반사적인 반응이었다고 해도, 그에게는 확실히 누구도 생각하지 못하는 것을 생각하는 능력이 있었다. 험프리 교수는 이렇게 적었다. 〈그는 분명 내가 9년간 해당 학부를 맡으며 만난 학생 중 재능이 가장 뛰어났다.〉 브레이스웨이트에게 공부를 계속하라고 설득한 사람이 바로 그였다. 브레이스웨이트가 옥스퍼드의 엘리트적인 분위기에서 3년이라는 시간을 더 보내기로 한 선택이 그와 어울리지 않아 보일지도 모른다. 그는 회고록에서 그 결정에 관해 언급하지 않고 넘어간다. 그러나 사실 학위는 땄어도 할 수 있는 일이 없었고 그는 돈이 없었으며 옥스퍼드는 그에게 가정에 가까운 무언가를 제공했다. 캠퍼스에서 그는 거물이었다. 사람들은 그를 존중했고 그와 자려는 사람이 끊이지 않았다.

같은 해 5월 어느 주에 존 오즈번의 「성난 얼굴로 돌아보라」가 런던 로열 코트 극장에서 처음으로 상연되었고 콜린 윌슨의 실존주의 문학 탐구서 『아웃사이더』가 출간되었다. 오즈번은 런던 중산층 부모 밑에서 태어나 서리에서 자랐다. 스물여섯 살의 윌슨은 레스터 노동 계급 출신이었고 잡일을 전전하다가 국립 도서관에서 『아웃사이더』를 썼으며 알려진 바로는 햄프스테드 히스 공원에서 노숙했다. 오즈번과 윌슨은 만난 적이 없었지만 『데일리 익스프레스』의 헤드라인 덕분에 성난 젊은이들의 시대가 밝았다. 두 사람 모두 전후 세대를 대변하는 목소리로 칭송받았다. 이후 존 브레인, 앨런 실리토, 스탠 바스토, 그리고 (성난 젊은이 중 유일한 여성) 실라 딜레이니 등 노동 계급 작가들이 잉글랜드 북부의 삶을 그린 소설이나 영화가 쏟아져 나왔다. 성난 젊은이라는 깃발 아래 뭉친 작가들에게 실제로 공통점이 얼마나 많았든 그러한 움직임이 기존 영국 문화의 전통에 대한 공격이었다는 점에는 의문의 여지가 없었다.

「성난 얼굴로 돌아보라」와 『아웃사이더』는 브레이스웨이트에게 상당한 영향을 끼쳤다. 그는 회고록에서 『아웃사이더』를 읽은 경험을 이렇게 설명했다. 〈단점도 있지만 전율을 불러일으키는 작품이 나왔다는 사실에는 의심의 여지가 없었다.〉 그는 즉시 윌슨에게 편지를 보내 만남을 요청했다. 아무 거리낌 없이 스스로를 〈이 시대의 가장 중요한 사상가〉라고 선언했던 윌슨은 그의 요청을 받아들였다.

2주 후 브레이스웨이트는 히치하이크로 런던까지 가 소호의 그리크 스트리트에 있는 스리 그레이하운즈 술집에서 윌슨을 만났다. 윌슨의 친구 빌 홉킨스와 머슈언 출판사 편집자 에드워드 시어스도 같이 나왔다. 윌슨은 사람들의 관심과 찬탄을 받는 데 익숙했고 옥스퍼드 졸업생에 지나지 않았던 브레이스웨이트에게서 마땅한 존경을 기대했다. 처음 만나 악수하고 좌중에 술이 한 잔씩 돌고 나자 브레이스웨이트가 윌슨의 작품을 비판하기 시작하더니 그더러 막연한 영성 사상과 구식 도덕관념의 노예라며 비난했다. 윌슨이 아웃사이더이기는커녕 기존 사고방식을 떠받치고 있다는 것이었다. 무리에서 우두머리가 되어야 직성이 풀리는 브레이스웨이트의 성격이 윌슨이라는 사람과 그의 책에 대한 존경심을 덮어 버렸다. 윌슨은 테이블 맞은편에서 잠시 상대를 보며 그를 평가했다고 한다. 「당신 책은 가져왔습니까?」 윌슨이 물었다. 브레이스웨이트는 자기가 책을 쓰면 『아웃사이더』보다 훨씬 나을 것이라고 큰소리쳤다. 홉킨스가 끼어들어 한 잔 더 마시자고 제안했다. 모임은 몇 시간 동안 이어졌고,

중립적인 화제에 관해 이야기할 때는 분위기가 적당히 좋았지만 동시에 지적 발정이 줄곧 잠복해 있었다. 결국 윌슨은 브레이스웨이트가 파괴에만 열중하는 허무주의자에 지나지 않는다고 비난했다. 브레이스웨이트는 허무주의자가 맞는다고, 하지만 윌슨처럼 짜증 나는 노처녀인 것보다는 낫다고 응수했다. 윌슨은 브레이스웨이트에게 옥스퍼드로 꺼지라고 했다. 브레이스웨이트가 윌슨의 옷깃을 움켜잡았고 그 과정에서 맥주를 몇 잔이나 쏟았지만 서로 주먹을 제대로 날리기도 전에 주변에서 두 사람을 떼어 놓고 브레이스웨이트를 쫓아냈다. 길거리에서 〈약해 빠진 런던 기둥서방들〉을 고래고래 욕하는 그의 목소리가 들려왔다. 수년 후 윌슨은 『업저버』에 『언세러피』 서평을 실어 그 책은 (무엇보다도) 〈삼류 정신의 힘없는 분출〉이라고 말함으로써 복수했다.

바로 그 여행 도중 브레이스웨이트는 슬론 스퀘어의 로열 코트 극장에서 오즈번의 연극을 봤고, 정치에는 별로 관심이 없었음에도 분노하는 주인공 지미 포터에게서 자신의 일부를 봤다. 그러나 더욱 중요하게도, 브레이스웨이트는 그때부터 무대와 무대 위의 사람들에게 매료되기 시작했다. 달링턴에서 자랄 때 브레이스웨이트 가족은 연극과 거리가 멀었고 옥스퍼드 연극부는 그가 경멸하는 상류 중산층 딜레탕트의 세상이었다. 그는 연극 자체가 쇠약하다고 생각했다. 그러나 「성난 얼굴로 돌아보라」에서 그는 본능적으로 끌리는, 자신이 아는 세상에 관한 연극을 발견했다. 상연이 끝난 후 그는 근처의 폭스 앤드 하운즈 술집에 갔다가 지미 포터를 연기했던 케네스 헤이그를 발견했다. 브레이스웨이트는 이렇게 썼다. 〈정말 신기했다. 30분 전만 해도 나는 케네스 헤이그가 지미 포터가 **되어** 무대 위에서 마구 고함치는 모습을 보고 있었다. 그러나 술집에서 그는 내가 아는 억양으로 사근사근 말했다[헤이그는 사우스요크셔의 멕스버러 출신이다]. 어떤 연기가 더 진짜일지 궁금했다.〉

브레이스웨이트는 활기를 되찾고 옥스퍼드로 돌아왔다. 상처만 남은 콜린 윌슨과의 만남은 그에게 아무런 영향도 끼치지 못했다. 그에게는 분쟁이 낙이었고 다른 사람이 자신을 높이 평가하는 건 별 의미가 없었다. 영국에서 무언가가 변하고 있다는 느낌, 문화가 전통 사상의 예속에서 벗어나고 있다는 느낌이 들었다. 계급 시스템의 경직성이 줄어들고 있었다. 간단히 말해, 새로운 생각을 품은 북부 중등학교 출신 소년이 계급 상승을 이룰 때가 무르익었다. 그가 런던에서 마주친 격변의 조짐이 아직 옥스퍼드까지 흘러들지는 않았지만 갑갑한 분위기와 항상 일정하던 학생 인구 통계가 흔들리기 시작했다. 왜그스태프 클럽은 과거가 되었다. 그는 알랑거리는 신봉자들을 거느리는 데 더는 관심이 없었다. 브레이스웨이트는 다른 일에 마음을 빼앗겼고, 몇 주마다 히치하이크로 런던에 가서 켄징턴에 있는 스튜어트 머캐덤의 좁은 아파트 바닥에서 잤다. 머캐덤은 채링크로스 로드의 서점에서 일하며 첫 소설을 쓰고 있었다. 그의 설명에 따르면 브레이스웨이트는 연락도 없이 종종 취한 채 나타나서는 자기한테 줄 맥주도 없냐며 투덜거렸다. 그는 머캐덤의 아파트에 있는 음식을 마음대로 먹고 치우지도 않았다. 머캐덤이 일하러 갈 때는 브레이스웨이트가 아파트에 드나들 수 있도록 열쇠를 줬다. 그가 귀가했을 때 브레이스웨이트가 문을 잠가 놓은 채 여자와 함께 머캐덤의 침대에 누워 있었던 적이 한두 번이 아니었다. 머캐덤이 불평하자 브레이스웨이트는 열쇠를 하나 더 만들라고 말할 뿐이었다. 결국 머캐덤은 새집으로 이사할 수밖에 없었다. 그는 옛 친구를 우연히 마주칠까 봐 몇 년이나 걱정했지만 두 번 다시는 브레이스웨이트를 보지 못했다. 「자신을 참아 줄 만큼 멍청한 다른 사람을 발견한 게 틀림없었죠.」 머캐덤이 말했다.

당시 브레이스웨이트를 참아 주는 사람은 젤다 오글비밖에 없었는데, 그녀는 중산층 교사 부부인 로버트 〈래브〉 오글비와 다이앤 오글비(결혼 전 성은 카마이클)의 딸이었다. 래브는 교사일 뿐 아니라 1920년대에 소책자를 세 권 출판한 무명 시인이었는데 그의 시 「그 지긋지긋한 땅」은 시인 휴 맥더미드에게 인정받았고 당시 태동하던 스코틀랜드 민족주의 운동의 표어 비슷한 것이 되었다. 다이앤은 훌륭한 수채화가이자 에든버러 예술 클럽 회원이었고 클럽에서 자주 전시회를 열었다. 모닝사이드에 자리한 그들의 집 벽에는 다이앤의 작품이 잔뜩 걸려 있었다. 부부는 한 달에 한 번 살롱을 열어 예술가와 작가, 학생을 초대했다. 관습에 얽매이지 않은 자유로운 환경이었고 젤다는 그 안에서 자기 방식대로 예술적이고 창의적인 시도를 하도록 격려받으며 성장했다. 외동딸이었던 젤다는 지노라는 형제가 있다고 상상했고 그와 자주 진지한 대화를 나눴다. 식사 시간이면 젤다는 음식을 반만 먹고 지노를 위해 남겼다. 젤다의 어머니는 지노를 위한 자리를 마련하고 그를 대화에 끼워 줌으로써 문제를 해결하려 했다. 그러자 젤다는 질투심을 불태웠고 몇 주 뒤 지노가 폐렴으로 죽었으니 더는 자리를 마련할 필요가 없다고 말했다. 그때 젤다는 일곱 살이었다.

젤다는 1954년에 옥스퍼드에 들어가 예술사를 공부했다. 특이하게도 그녀는 큼직한 남성용 트위드 재킷과 헐렁한 반바지를 입었고 가끔 단안경도 꼈다. 화장을 하지 않았고 머리카락은 옆과 뒤를 짧게 깎았다. 그녀는 레즈비언으로 널리 알려졌지만 1988년 인터뷰에서 이렇게 말했다. 「장난삼아 시도해 본 적도 없어요. 언제나 남자를 좋아했죠.」 브레이스웨이트가 박사 과정을 시작한 1956년이 젤다에게는 학부 마지막 해였다. 그녀는 브레이스웨이트의 명성을 알고 있었고 왜그스태프 클럽에도 몇 번 참석했다. 「그를 견딜 수가 없었어요.」 그녀가 말했다. 「그리고 그가 사람들을 끌어당기는 힘을 이해할 수 없었죠.」 역시나 브레이스웨이트가 평소처럼 거친 방식으로 유혹하자 젤다는 똑같이 퉁명스러운 말로 그를 거절했다.

젤다의 거절은 브레이스웨이트의 관심을 더욱 불붙일 뿐이었다. 훗날 수많은 환자와의 관계에서 약삭빨랐던 것처럼 그는 당시에도 약삭빠르게 〈콜린 아서〉라는 이름으로 젤다에게 계속 편지를 보냈다. 편지는 그녀를 속이기 위한 것이 아니라, 주변 시선을 의식하며 페르소나를 선택한 사람에게 호소하기 위한 방편이었다. 편지에서 〈콜린〉은 젤다가 〈촌놈 브레이스웨이트〉의 접근에 대처한 방식을 극찬했다. 〈그는 사기꾼이지만 당신 말고는 아무도 꿰뚫어 보지 못하는 것 같군요. 당신의 통찰력에 찬사를 보냅니다!〉 이어서 자신은 오래전부터 젤다를 좋아했지만 용기가 없어 다가가지 못했다고 썼다. 젤다는 편지가 마음에 들었고, 편지를 보낸 사람과 세인트마이클스 스트리트에 있는 스리 고츠 헤드 술집에서 만나기로 했다.

젤다는 평소와 같은 옷차림에 코안경과 헌팅캡을 쓰고 나타났다. 브레이스웨이트는 콜린 아서가 누군가에게 불려 갔다며 젤다가 그에게 걸려들지 않아 오히려 다행이라고 말했다. 콜린 아서는 믿을 수 없는 불량배라고 말이다. 젤다는 훗날 찍은 사진에서 자주 보이는, 고개를 갸

웃한 특유의 자세로 그를 오만하게 빤히 바라봤다. 그녀는 그와 잘지 말지 아직 결정하지 않았다고 말했다. 브레이스웨이트는 결정을 도울 방법이 있는지 물었다.

「전혀 없어.」 젤다가 말했다. 「난 변덕스럽거든.」

「그럼 언젠가는 할 거라고 생각해도 되겠네.」 브레이스웨이트가 대답했다.

젤다는 어깨를 으쓱했다.

브레이스웨이트가 자리에서 일어나 술을 사 왔다. 당시에는 술집에서 여성에게 1파인트짜리 맥주를 팔지 않았기 때문에 젤다가 그에게 반 파인트짜리를 두 잔 사고 파인트 잔을 하나 가져오면 자신이 옮겨 따르겠다고 했다. 두 사람은 다양한 작가와 예술가에 관해 이야기하며 저녁 시간을 보냈다. 둘은 취향이 달랐다. 젤다는 브뤼헐을 좋아했지만 브레이스웨이트는 그의 작품을 몰랐다. 그는 피카소가 자신을 계속 재창조하므로 최고라고 말했다. 젤다는 작품이 다 별로라 피카소가 그런 식으로 작업하는 것일 뿐이라고 응수했다. 그런 다음 두 사람은 각자 어떻게 자랐는지 이야기했다. 브레이스웨이트는 그녀를 〈스코틀랜드 부르주아 소녀〉라고 불렀다. 젤다는 이렇게 쏘아붙였다. 「부르주아가 없었다면 당신의 불행에 대해 스스로를 탓할 수밖에 없었겠지.」

두 사람은 술집이 문을 닫자 헤어졌지만 브레이스웨이트는 그때까지와는 전혀 다른 방식으로 젤다에게 푹 빠졌다. 그는 이렇게 썼다. 〈나보다 똑똑한 사람은 많이 만나 봤지만 본인이 나보다 똑똑하다는 사실을 아는 사람은 젤다가 처음이었다.〉 간단히 말해 젤다는 괴롭힘이나 꼬드김, 위협이 통하지 않는 사람이었다.

두 사람은 몇 주 뒤 비슷한 상황에서 다시 만났다. 힐러리 학기가 끝나 가고 있었고 젤다는 부모님을 만나러 에든버러로 갈 생각이라고 말했다. 부모님은 젤다가 〈레즈비언일까 봐〉 걱정하고 있었기 때문에 그녀는 브레이스웨이트에게 같이 가서 며칠만 애인인 척을 해주면 좋겠다고 했다. 그는 승낙했고 며칠 뒤 그녀와 함께 이스트코스트 철도를 따라 올라갔다. 말할 필요도 없이 오글비 부부는 자신들이 보헤미안임을 증명해 보이고 싶었으므로 두 사람이 한방을 써야 한다고 주장했다.

그 후 3년 동안 그런 식으로 관계가 이어졌다. 독점적인 관계는 절대 아니었다. 젤다는 판에 박힌 일은 무엇이든 열심히 피했다. 두 사람은 가끔 브레이스웨이트의 집에서 책을 읽고 중간중간 섹스하며 일요일을 같이 보냈다. 가끔은 주말여행도 갔다. 또 어떤 때는 몇 주 동안 대화도 하지 않았다. 이처럼 고의적인 무작위성 역시 판에 박힌 것이라고 볼 수도 있겠지만, 이렇게 관계를 이어 가는 방식이 특이하긴 해도 두 사람 모두에게 잘 맞았다.

그 시기에 브레이스웨이트가 쓴 박사 논문 「환영과 환각」은 1895년에 발표된 요제프 브로이어의 아나 O. 사례 연구를 논의의 출발점으로 삼는다. 첫 장은 폴린 레아주가 1954년 발표한 성애 소설에서 따와 〈O 이야기Histoire d'O〉라고 장난스럽게 제목을 붙였는데, 브레이스웨이트는 파리에 갔을 때 그 작품을 구해 왔었다(그는 평생 포르노그래피광이었다). 브로이어에 따르면 아나 O.는 〈머릿속에 깊은 어둠이 있으며 (……) 진짜 자아와 나쁜 자아라는 두 자아가 존재한다고 호소했다. (……) 두 가지 의식 상태가 공존했다. 1차 상태일 때는 환자에게 별문제가 없었지만 《2차》 상태일 때는 각종 환영과 환각을 보고 기억에 크나큰 틈이 생겼으며 자기 생각을 통제하거나 자제하지 못했으므로 꿈을 꾸는 상황에 비할 수 있었다. 2차 상태일 때 환자는 소외되었다〉.

브레이스웨이트는 시작부터 브로이어가 1차 상태와 2차 상태 사이에 서열을 매긴 것을 문제 삼는다. 그는 어떤 상태일 때 — 또는, 어떤 상태에서든 — 환자가 소외되는지 과연 누가 말할 수 있는가를 묻는다. 브로이어는 아나의 〈환영과 환각〉을 병적 경험으로 치부하고 생각을 〈통제〉해야 한다고 주장했다. 그러나 브레이스웨이트는 아나 O.의 2차 상태를 모든 면에서 1차 상태만큼이나 〈진정한〉 것으로 봐야 한다고 생각했다. 브로이어의 관점에서는 그 상황을 〈환자가 두 개의 인격을 지녔는데 하나는 아주 정상이고 다른 하나는 정신적으로 병들어 있다고 말하는 것 외에 달리 표현할 방법이 없다〉라고 설명할 수 있었다. 브레이스웨이트의 관점에서 아나 O.의 문제를 해결하는 방법은 환자가 스스로를 〈분열되지 않은 하나의 인격〉으로 볼 때까지 〈병이 자연 치유 되도록〉 두고 보는 것이 아니라, 인간은 하나의 자아가 아닌 여러 페르소나로 이뤄져 있으며 모든 페르소나를 똑같이 소중하게 여겨야 한다는 생각을 받아들이도록 하는 것이다. 그는 이렇게 썼다. 〈우리는 어머니가 한 자식을 다른 자식보다 편애하리라 기대하지 않는다. 자아에 대해서는 왜 달라야 하는가?〉

그런 다음 도플갱어 문학을 예로 든다. 그는 도스토옙스키의 『분신』에 관해 한참 논하는데, 요는 반대편의 입장에서 이야기했다면 주인공과 이름과 생김새가 똑같은 〈분신〉이 아니라 골랴드킨 씨가 침입자로 보였으리라는 것이다. 브레이스웨이트는 자아도 마찬가지라고 주장했다. 우리는 제일 처음 알게 된 부분만 받아들이고 나머지는 전부 사기꾼이라고 치부한다.

브레이스웨이트는 에드거 앨런 포의 1839년 단편소설 「윌리엄 윌슨」을 예로 들어 주장을 발전시킨다. 그 소설은 어렸을 때부터 이름과 생일, 외모가 똑같은 인물이 계속 따라다니는 어느 남자의 이야기를 담고 있다. 화자는 학창 시절에 관해 이야기한 다음 분신으로부터 달아나기 위해 어쩌다 악행까지 저지르게 되었는지 밝힌다. 처음부터 끝까지 분신은 화자에게 도덕적인 영향을 주는 인물로 그려지며 화자의 악행을 막으려 애쓴다. 두 사람은 끊임없이 싸운다. 〈윌슨은 계속 나를 제압하려 했고 나는 계속 그를 지배하려 했다.〉

「윌리엄 윌슨」은 화자가 분신과 대결하다가 그의 심장에 칼을 찔러 넣는 장면으로 끝난다. 그러나 그가 찌른 것은 분신이 아니라 자기 자신이다. 윌슨의 마지막 말이기도 한 소설의 마지막 문장은 이렇다. 〈나는 졌다. 그러나 지금부터 너도 죽었다. 너는 내 안에 살았고, 내가 죽자…… 너는 너 자신을 죽였다!〉

브레이스웨이트의 논문은 난삽하고 일관성이 없으며, 가끔 눈부시지만 종종 당혹스럽다. 그의 폭넓은 독서를 반영하듯 참조 대상이 무척 폭넓지만 바로 그 점이 문제의 일부다. 브레이스웨이트는 소포클레스와 플라톤, 프로이트, 융을 끌어들이지만 자신이 인용하는 어느 학자와도 진정으로 화합하지 못한다. 그는 다른 이들의 이론을 멸시하지만 체계적인 대안을 내놓지 못한다. 브레이스웨이트의 논문 자체가 다른 사람들의 사상을 불태우는 모닥불이나 마찬가지다(〈그게 뭐든 난 반대야〉). 그러나 그 논문에는 곧 브레이스웨이트를 유명 인사로 만들어 줄 책 『당신의 자아를 죽여라』에 등장할 모든 내용의 씨앗이 담겨 있었다.

세 번째 비망록

고백건대 나는 저녁에 공책을 앞에 두고 앉아 있는 시간을 고대하게 되었다. 덕분에 목적의식이 생겼다. 전에는 아버지와 함께 거실에서 시간을 보냈다. 아버지는 십자말풀이를 하고 나는 책이나 잡지를 읽었다. 그냥 습관일 뿐 아무 이유도 없었다. 할 말은 저녁 식사 시간에 다 해서 더는 이야깃거리도 없었지만 바로 내 방으로 물러간다면 아버지를 루엘린 씨의 손아귀에 버려두는 것 같다는 느낌이 들었다. 루엘린 씨는 우리 집에서 일한 지 얼마 안 되었을 때 내게 왜 혼자 즐길 수 있는 취미를 만들지 않냐고 물었다. 당연히 그녀의 질문이 무례하다고 생각했고, 내 생각을 솔직히 말했다.

나는 여자가 인생을 낭비하게 하는, 사람들이 권하는 형편없는 소일거리가 늘 너무 싫었다. 내 생각에 몇 시간이고 눈을 모로 뜬 채 자수를 놓는 활동은 시간을 투자할 만한 일이 아니다. 하류층에게야 바느질이나 뜨개질이

꼭 필요할지도 모르지만 우리는 빈민이 아니므로 옷을 직접 만들어 입고 다닐 필요가 없다. 물론 피아노가 있지만 버로니카가 죽은 뒤로 피아노는 장식에 불과했다. 우리 가족의 음악적 재능을 다 합쳐 봐야 버로니카의 땅딸막한 손가락에 담긴 게 전부였다. 아버지가 버로니카의 연주를 좋아했기 때문에 나는 피아노 뚜껑을 열기만 해도 버로니카의 유령을 잔인하게 불러오는 기분이 들 것 같았다. 그래서 나는 브로케이드 안락의자에 앉아 결혼의 〈결〉 자만 나와도 구역질하는 독립적인 현대 여성에 관한 소설을 읽었다.

나는 절대 독립적인 현대 여성이 되지 않겠다고 오래전에 결심했다. 자유에 열광하는 요즘 세태를 이해할 수가 없다. 허구의 족쇄를 벗어던지려 애쓰느니 제 몫의 삶을 받아들이는 편이 모두에게 훨씬 낫다고 생각한다. 모두가 나처럼 운이 좋지는 않다는 사실을 알게 되긴 했지만 어쨌거나 분수에 넘치는 것을 얻으려고 끝없이 노력하다 보면 불만이 생길 수밖에 없다. 나는 아버지를 보살피고 가끔 새 코트나 스타킹만 살 수 있다면 만족한다. 밖에 나가 돌아다닐 때 쉽게 성공한 사람을 보면 가끔 찌르는 듯한 시샘을 느끼지 않는다는 말은 아니지만 모두가 최상류층이 될 수는 없다. 주어진 몫을 받아들이는 편이 모든 면에서 훨씬 낫다. 아무리 자수를 놓고 피아노를 쳐봐도 우리 대부분이 바랄 수 있는 최선은 조용한 절망일 뿐이라는 사실은 바뀌지 않는다.

항상 이렇게 생각했던 건 아니다. 삶을 더 낙관적으로 바라볼 때도 있었다. 그 당황스러운 변화는 스물한 번째 생일 직후에 일어났다. 어머니가 돌아가신 지 6년이 되고 버로니카는 케임브리지를 정복하러 떠나 없던 때였다. 어느 날 저녁 식사를 하던 중 아버지가 자기 때문에 나를 희생해서는 안 된다고 했다. 무슨 뜻이냐고 묻자 아버지는 집에 남아 자기를 돌봐야 한다고 생각할 필요 없다고, 나도 밖으로 나가야 한다고 했다. 특히나 지금처럼 훼방된 시대에 젊은 여성이 이렇게 살면 안 된다고 말이다. 나는 〈해방된〉이라는 뜻이겠거니 생각했지만 아버지의 말을 고쳐 주지는 않았다. 〈세상에 나가고〉 싶은 욕망이 없다고, 집에서 아버지를 보살피는 일이 더없이 행복하다고 말하지도 않았다. 집에서 남편을 보살피는 여자에게 뭐라고 하는 사람은 아무도 없다. 보살피는 남자가 남편이 아니라 아버지라고 해서 무엇이 달라질까? 그러나 한편으로 아버지의 말이 옳다는 사실을 알았다. 가끔 사람들과 어울릴 때 내가 뭘 하고 사는지 말하면 다들 화제를 바꾸거나 제정신이 아니라는 듯 봤다. 사실 두려웠다. 모든 게 두려웠다. 내가 보기에 직업이 있는 여성은 전혀 다른 종 같았다. 그들이 사는 세상은 사람들이 **뭔가를 성취**하고, 칵테일을 마시며 bons mots(재치 있는 말)를 나누고, 태평하게 혼외 관계를 즐기는 세상이었다. 브라운리 씨의 사무실에서 일하며 얻은 가장 큰 수확은 직업의 세계에도 나 같은 바보 멍청이가 한가득하다는 깨달음이었다.

〈직장 구하기〉는 생각보다 훨씬 간단했다. 나는 다음 월요일이 될 때까지 기다렸는데, 주말 동안 너무 긴장해서 몸이 아팠다. 월요일 아침 8시에 집을 나섰다. 『스탠더드』를 한 부 사서 제일 좋은 정장과 굽 높은 구두 차림으로 새로운 진언을 되뇌며 당당하게 걸었다. **나는 독립적인 현대 여성이다. 나는 독립적인 현대 여성이다.** 엘긴 애비뉴의 라이언스 찻집에 도착했을 때쯤에는 정말로 그렇게 믿기 시작했다. 차를 한 포트 시키고 구인란을 펼쳤다. 어떤 〈일자리〉에 지원할지는 전혀 생각해 보지 않았다. 특정한 재능이나 소질이 필요하지 않은 일이어야 하는 것만은 분명했다. 세인트폴에서 성적이 그저 그런 학생들이 의무적으로 배우는 타자 기술 외에는 내게 능력이랄 게 없었기 때문이다. 그러나 내세울 게 없다는 현실에 굴하지 않겠다고 결심하고, 내가 확실히 자격이 안 되는 일자리를 제외한 모든 광고에 동그라미를 쳤다. 차를 다 마시고 나서 립스틱을 다시 바르고 바깥 보도에 있는 공중전화 부스로 갔다. 처음 세 일자리는 전혀 공석이 아니었다. 네 번째에도 똑같은 말을 듣자 나는 왜 아직도 광고가 신문에 실려 있는 거냐고 약간 오만하게 물었다. 그러자 광고는 보통 14일간 게재되지만 일자리는 몇 시간

만에 찬다는 답변을 들었다. 그럼에도 나는 끈질기게 전화했다. 독립적인 현대 여성이라면 쉽게 상심하지 않는 법이다. 전화를 몇 번 더 건 다음 드디어 당일 오후 3시 30분에 면접 약속을 잡을 수 있었다. 광고에는 이렇게만 적혀 있었다. 〈에이전시에서 여자 사무원 구함. 경력에 맞는 임금 지급.〉 나는 여자 사무원이 뭘 하는 직책인지 전혀 몰랐지만 이전까지는 파트타임으로 일해 본 경험밖에 없었기 때문에 왠지 좋은 징조 같았다.

그러나 그토록 굳게 다잡았던 열의가 그사이 서서히 사그라들었다. 나는 독립적인 현대 여성이 아니었다. 내가 원하는 건 집에서 아버지를 보살피고 소설을 읽고 내 방 거울 앞에서 혼자 즐기는 일뿐이었다. 나는 모든 걸 망친 여권 운동가 에멀라인 팽크허스트와 그녀를 따른 이세벨 무리를 저주했다. 그래도 약속 시간이 되자 올드 콤프턴 스트리트의 연극 에이전트 찰스 브라운리의 사무실로 갔다. 꽤 매력적인 접수원에게 이름을 말하자 다른 지원자 두 명 옆에 앉으라고, 브라운리 씨가 곧 부를 거라고 알려 줬다. 점점 쪼그라드는 자신감을 북돋우려고 머릿속으로 경쟁자들의 단점 목록을 만들었다. 첫 번째 지원자는 발목이 뚱뚱하고 정강이가 보기 흉하게 멍든 중년 여성이었다. 코트는 가장자리가 해졌고 무릎을 벌리고 앉아 있었다. 두 번째 경쟁자는 더 큰 도전이었다. 끽해야 열여덟 살밖에 안 되어 보이는 닳아빠진 꼬맹이였다. 예쁘고 머리가 길었으며 딱 달라붙는 노란색 스웨터와 무릎까지 올라오는 부츠, 다른 시대였다면 외설스럽다고 여겨졌을 법한 치마 차림이었다. 그녀는 나를 보며 안됐다는 듯 미소 지었는데, 자기 알몸이면 아직 본 적도 없는 브라운리 씨도 넘어오지 않을 리가 없다고 확신하는 게 분명했다. 나는 같이 미소를 지어 보이고 조심스럽게 접어서 가방에 넣어 둔 타자 자격증을 생각하며 마음을 다잡았다.

차례가 되자 나는 브라운리 씨의 책상 앞 의자에 꼿꼿이 앉아 양 손바닥을 무릎에 올렸다. 브라운리 씨가 잠시 나를 쳐다봤는데 못마땅한 기색이 없진 않았다. 그는 40대 후반에서 50대 초반 정도 되어 보였다. 유행에 뒤떨어진 갈색 핀스트라이프 양복에 그리스풍 가면을 모티프로 한 키퍼 타이[13]를 매고 있었다. 숱이 점점 줄어드는 머리를 빗어 넘겨서 비듬이 생기는 두피를 가렸다. 코밑수염은 깔끔하게 다듬었는데 그 수염과 친절한 분위기 덕분에 초라한 의상이 어느 정도 보완되었다. 그가 백금 재떨이에 담배를 비벼 껐다. 면접 질문은 딱 하나였다.

「저기 저 에번스 씨가 하는 일을 할 수 있겠어요? 에번스 씨가 곧 그만두거든요.」

「에번스 씨가 무슨 일을 하느냐에 따라 다를 것 같습니다.」 내가 대답했다.

13 폭이 넓고 길이가 짧으며 무늬가 화려한 넥타이.

브라운리 씨가 만족스럽다는 듯 고개를 끄덕였다. 「말이 되는 대답이군. 이름이?」

내가 이름을 다시 알려 줬다.

「여기 들어와서 에번스 씨가 하는 일을 얼마든지 할 수 있다고 말하는 사람이 얼마나 많은지 당신은 모를 겁니다. 에번스 씨가 무슨 일을 하는지 내가 말하기도 전에 말이에요.」

「정말 무모하군요.」 내가 얌전히 대답했다.

「그렇지요.」

「그래서 에번스 씨는 무슨 일을 하시죠?」 내가 물었다.

그가 열거하는 일은 딱히 어려울 것 같지 않았다. 전화 응대, 타자기로 편지 작성하기, 손님맞이, 심부름. 나는 타자 자격증을 꺼내 책상 위로 건넸다. 그러자 브라운리 씨는 아주 좋은 인상을 받은 듯했다. 그는 결정을 내린 듯 어깨를 으쓱하더니 이렇게 말했다. 「금요일부터 시작할 수 있어요? 에번스 씨가 토요일에 결혼식을 올리거든요. 그녀가 요령을 가르쳐 줄 겁니다. 일주일에 6파운드면 되겠어요?」 그런 다음 덧붙였다. 「조만간 결혼할 예정은 아니겠죠?」

나는 그럴 계획이 없다고 말했다. 그가 책상 뒤에서 나왔고 우리는 합의에 이른 루스벨트와 처칠처럼 악수를 나눴다.

나는 그때까지 〈스프링이 달린 것처럼 경쾌한 발걸음〉

이라는 관용구를 이해할 수 없었는데, 그날 채링크로스 로드를 성큼성큼 걸으며 이해하게 되었다. 지나가는 사람들에게 미소도 지었다. 에스프레소 바를 지났다. 나는 그런 곳에 가본 적이 없었지만 그래도 안에 들어가 창가 자리에 앉았다. 카푸치노를 주문했다. 옆 테이블에는 머리가 헝클어지고 팔꿈치에 패치가 달린 재킷을 입은 청년 세 명이 원고 하나를 가운데 두고 모여 앉아 있었다. 또 다른 테이블에서는 기품 있는 신사가 『더 스테이지』를 읽고 있었다. 어쩌면 연극 평론가일지도 몰랐다. 그가 시선을 알아차리고 나를 봤지만, 나는 난생처음으로 누군가의 시선을 피하지 않았다. 나는 연극 에이전트 찰스 브라운리의 사무원이었다. 카푸치노를 마시고 있었고 곧 일주일에 6파운드를 벌 예정이었다. 나는 거의 우연의 힘으로 독립적인 현대 여성이 되었다. 웨이트리스는 눈꺼풀에 검은 가루를 두껍게 칠한 예쁜 사람이었다. 그녀는 언제든지 사진 찍힐 수 있다는 듯이 움직였다. 배우 지망생 같았다. 내가 브라운리 씨의 사무실에서 자리를 잡으면 그녀를 위해 힘써 줄 수 있을지도 모르고, 나중에 그녀가 회고록을 쓰면 채링크로스 로드의 에스프레소 바에서 자신을 알아봐 준 여성에게 항상 감사한다고 언급할지도 몰랐다. 카푸치노는 거품밖에 없었지만 가격은 라이언스에서 파는 차 한 포트의 두 배였다. 이제 돈을 벌게 되었지만 이렇게 겉만 번지르르한 싸구려에는 두 번 다시 유혹당하지 않겠다고 결심했다.

취직했다는 말에 아버지가 어찌나 기뻐하던지 내가 그런 일을 못 해낼 줄 알았나 보다 싶었다. 나는 식탁에 수프를 내놓은 다음에야 일을 구했다고 말했다.

「정말 대단하구나, 아주 대단해.」 아버지는 계속 그렇게 말했고 맞은편 자리에서 스푼을 든 채 나를 빤히 봤다. 「네가 정말 자랑스럽구나.」 아버지는 내가 모자란 아이라도 되는 것처럼 말했다.

「그냥 시시한 접수원 일이에요.」 내가 말했다. 「침팬지도 그 정도는 할 수 있어요.」

「그래, 하지만 그래도 말이다.」 아버지가 말했다. 「그게 무엇으로 이어질지 아무도 모르는 거야.」

그 말에 기분이 상했지만 말없이 수프 그릇을 모아 부엌으로 가서 내가 데워 놓은 깡통 스튜를 펐다.

브라운리 씨 사무실에서의 일은 상상했던 것만큼 화려하지 않았다. 나는 타자기로 편지와 계약서를 작성하고, 우편물을 확인하고, 우체국에 가고, 브라운리 씨를 찾아온 초라한 고객들의 이야기를 공감하며 들어 줬다. 브라운리 씨의 잡다한 고객은 대부분 기이한 연극에 출연하는 배우, 삼류 마술사, 버라이어티 쇼에서 누린 전성기가 한참 지난 대중 가수였다. 위대한 댄도는 수요일 3시마다 사무실에 들렀다. 그는 고약한 위스키 냄새를 풍기며 책상 위로 몸을 숙이고 내 귀 뒤에서 2실링짜리 백동화를 꺼냈다가, 사라지게 했다가, 반대편 손에 다시 나타나게 했다. 열 번에 한 번은 성공했다. 하지만 나머지 아홉 번은 소매에서 동전이 떨어지는 바람에 떨리는 손가락으로 바닥을 더듬어서 찾아야 했다. 결과와 상관없이 나는 깜짝 놀라는 척했는데, 내 역할은 그의 자존심을 더욱 상하게 하는 게 아니었기 때문이다. 위대한 댄도는 어린이 파티 일을 하지 않으려 했지만 브라운리 씨가 제안할 수 있는 일은 그런 종류밖에 없었으므로 그는 술집에서 열심히 공연하며 사람들이 동정심에서 사는 술을, 또는 더 높은 확률로 제발 나가 달라고 사는 술을 얻어 마셨다. 나는 댄도를 좋아하게 되었고 그가 오기를 고대했다. 한번은 그가 브라운리 씨를 기다릴 때 내가 본명이 뭐냐고 물었다. 「내 본명은 말이야,」 그가 장엄하게 선언했다. 「위대한 댄도라네.」 그는 그 사실을 강조하려고 소매에서 플라스틱 꽃다발을 꺼내 고개 숙여 인사하며 내밀었다. 그런 다음 돈 안 되는 관객인 나에게 꽃다발을 돌려받아 원래 있던 자리에 서툴게 쑤셔 넣었다. 「이것 때문에 마술계에서 쫓겨날 수도 있어.」 그가 자기 코 옆면을 톡톡 치며 말했다. 나는 비밀이 새어 나가는 일은 없을 거라고 약속했다. 그러자 위대한 댄도가 양 손바닥으로 내 뺨을 꽉 누르고는 내가 좋은 사람이라고 말했다.

위대한 댄도 같은 부류를 제외하면 브라운리 씨의 사업은 대체로 소호의 여러 클럽에 여자를 공급하는 일로 구성되었다. 하나같이 야만적인 북부 동네 출신인 여성들이 일주일에 서너 번 내 책상 앞에 나타나 발치에 여행 가방을 털썩 내려놓고는 자신은 배우인데 일자리를 찾고 있다고 말했다. 그런 사람들은 종종 무슨 무슨 극단의 추천서나 『브래드퍼드 버글』 같은 잡지에서 조심스럽게 오려 낸 리뷰를 가져왔다. 브라운리 씨는 본인도 맨체스터 출신이면서 그런 사람들을 마음 깊이 싫어했다. 「발목도 뚱뚱하고 억양도 뚱뚱하지.」 그는 이렇게 선언했다. 「그런 매춘부를 런던 무대에 세울 순 없어.」 그는 설득의 대가였다. 브라운리 씨는 그런 사람들에게 과장된 이야기를 늘어놓았다. 「하루만 일찍 왔어도 올드 빅[14] 공연에 당신에게 딱 맞는 배역이 있었는데. 곧 좋은 배역이 나올 겁니다, 확실해요. 그러니까 그동안은…….」 그런 말과 함께 그 불쌍한 여자는 워커스코트 골목의 어느 주소로 보내져서 더는 견디지 못할 때까지 비참한 생활을 이어가다가, 모든 게 실수였음을 깨닫고 히치하이크로 A1 고속도로를 타고 고향에 돌아가 빌리나 딕, 아서와 결혼한 다음 시부모가 사는 2층짜리 주택의 방 한 칸에 들어갔다. 브라운리 씨의 사업은 그 음울한 순환에 달려 있었다. 교체는 빨랐고 사업이 돌아가게 해주는 이들의 행렬은 끝이 없어 보였다. 나는 책상 맨 위 서랍에 클리넥스 휴지 한 상자를 넣어 뒀다.

14 로열 빅토리아 극장의 애칭.

그래도 나는 난생처음 이 세상에서 내 자리를 찾은 느낌이었다. 이제 나는 보이지 않는 사람이 아니었다. 스스로 일해서 돈을 벌었다. 내가 제대로 기능하는 사회의 일원으로서 활짝 피어났다는 말은 아니지만, 브라운리 씨의 고객들은 다들 약간 특이했기 때문에 나는 그 일에 잘 어울렸다.

나는 그 뒤로도 거실에서 저녁 시간을 보냈지만 허튼소리 같은 소설을 점점 참을 수 없어졌다. 내가 더 잘 쓰지 못할 이유가, 적어도 한번 시도해 보지 못할 이유가 없어 보였다. 직장에서 만난 사람들에 관해 간단히 적기 시작했다. 그런 다음 일주일 동안 저녁 식사 후에 곧장 내 방으로 들어가 소설을 쓰려고 특별히 산 공책에다가 성공작이 될 작품 「상냥한 응대」를 썼다. 여성 주인공 아이리스 차머스는 연극 에이전시 접수원으로, 소설은 에이전시에 자주 오는 남자들과 그녀의 관계에 관한 이야기였다. 시작은 이렇다.

아이리스 차머스는 차선에 만족하는 여자가 아니었다. 어머니는 항상 말했다. 「실크해트를 기다리느라 헌팅캡을 놓치면 안 된다.」 그러나 아이리스는 헌팅캡에 만족할 생각이 없었다. 아니, 아이리스 차머스는 실크해트가 아니면 아예 필요 없었다. 어느 날 그녀가 일하는 브라운스톤 어소시에이츠 연극 에이전시로 그녀의 실크해트가 걸어 들어왔다. 그의 이름은 랠프 컨스터블이었다. 그는 확실히 키가 크고, 확실히 부유하고, 넘치게 잘생긴 남자였다. 문제는 그가 결혼도 확실히 했다는 것이다.

나는 아이리스의 곤경(그녀는 항상 곤경에 처했다)이라는 드라마에 푹 빠져 사흘 만에 작품을 완성했다. 직장에서 한가할 때면, 브라운리 씨가 불쑥 들어와 뭘 하고 있냐고 물을까 봐 공책을 무릎 위에 펼쳐 놓고 감춘 채 그 내용을 타자기로 쳤다. 잡지사에 원고를 부쳤지만 몇 주 동안 아무 소식도 없었다. 원고를 거의 잊고 지내던 어느 날 저녁, 집에 돌아와 보니 내 가명 앞으로 온 봉투가 현관 탁자에 놓여 있었다. 원고와 함께 퍼트리샤 이브셤이라는 여성이 화려한 필체로 쓴 편지가 들어 있었는데, 그녀는 내 소설이 『우먼스 저널』 독자에게 호소력 있을 듯하고 적당히 잘 썼지만 몇 가지 문제 때문에 그대로 발표할 수는 없다고 설명했다. 아무렇지도 않게 불륜 관계를 맺는 여자 주인공이 등장하는 이야기를 실을 수는 없다는 것이다. 하지만 원고에 표시한 대로 수정하면 다시 생각해 보겠다고 했다. 〈적당히 잘 썼다〉라니 꿈도 꾸지 못한 칭찬이었다. 게다가 내 주인공이 『우먼스 저널』의 독자가 읽기에는 너무 타락했다는 말에 나는 남몰래 전율을 느꼈다. 즉시 원고를 고치는 작업에 착수했다. 랠프 컨스터블은 젊은 홀아비가 되었다. 아이리스는 숙녀답지 못한 성향과 외설스러운 생각을 버렸다. 내 〈예술적 비전〉을 훼손한다는 느낌이 들었다 해도 출간이 승인되자 그런 느낌은 곧 사라졌다. 2파운드짜리 수표는 충분한 보상이었다.

이후 몇 주 동안 나는 공책에 다른 소설들을 썼다. 「상냥한 응대」가 발표되면 제안이 물밀듯 밀려올 게 분명했으므로 미리 대비해야 했다. 내 작품은 점점 더 성공할 것이었다. 처음 썼던 원고의 화려한 문체를 버리고 더 문학적이고 절제된 어조로 바꿨다. 한 장면에서 다음 장면으로 숨차게 넘어가기보다 어떤 장면을 길게 묘사했다. 또 주인공들에게 내면의 삶을 주고 그로써 독자들을 위한 어떤 복잡성이 만들어지기를 바랐다. 나는 내가 우리 세대의 낸시 밋퍼드가 되리라 확신했다.

「상냥한 응대」가 발표된 목요일, 나는 채링크로스 로드의 신문 판매소로 달려가 잡지를 한 부 샀다. 보도에 서서 페이지를 넘겼다. 아이리스는 짧은 치마를 입고 책상 앞에 앉아 도발적으로 다리를 꼰 모습으로 약간 저속하게 그려져 있었는데, 소설 속 묘사와 달랐지만 그 자유로운 해석조차도 인쇄된 내 글을 보고 있다는 전율을 꺾지 못했다. 손에 잡지를 들고 보도에 서 있던 나는 지나가는 사람들이 코앞에 있는 저명한 작가를 알아보지 못하다니 말도 안 된다고 생각했다. 흥분이 약간 가라앉자

신문 판매소로 다시 들어가 잡지를 세 부 더 샀다. 주인은 아무 말도 하지 않았지만 내가 어떤 사람인지 알리고 싶은 충동이 들었다. 「그냥, 제 작품이 여기 실려서요.」 내가 말했다. 주인은 무심하게 어깨를 으쓱했다. 「그래도 9실링이에요, 아가씨.」

당시에는 몰랐지만 알고 보니 그때가 내 작가 경력의 정점이었다. 다음 며칠 동안 나는 팬레터와 또 다른 출간 제안을 헛되이 기다렸다. 그다음 주 어느 날 점심시간에는 러셀 스퀘어에 있는 『우먼스 저널』 사무실로 직접 찾아갔다. 스무 살쯤 되어 보이는 사무원이 무슨 일로 오셨냐고 밝게 물었다. 나는 상황을 설명하고 주소가 잘못 기록되었을지도 모른다고 했다. 그녀가 우편물 무더기를 살펴봤지만 내 앞으로 온 편지는 없었다. 그래도 기가 꺾이지 않은 나는 그동안 썼던 단편 몇 편을 타자기로 작성해 여러 잡지에 보냈다. 원고는 전부 똑같은 표현으로 쓰인 거절 편지와 함께 돌아왔다. 어느 날 밤 「상냥한 응대」를 다시 읽어 보며 문체를 고상하게 바꾸려다 성공 공식에서 너무 멀어진 게 틀림없다고 생각했다. 한 문장 한 문장 쓸 때마다 더 깊이 움츠러들었다. 진부하고 생명이 없었다. 다음 날 아침, 나는 난로의 재라는 증거도 남기고 싶지 않아 메이더베일 부근 쓰레기통에 공책을 버렸다.

내가 브라운리 씨의 사무실에서 일을 시작하고 2주도

안 돼서 아버지가 집에 가정부 루엘린 씨를 들였다. 물론 아버지는 그 일이 무척 합리적으로 보이게끔 했다. 「이제 너도 일을 하니 장 보고 요리할 시간이 없을 것 아니냐.」 나는 사실 장을 보고 요리를 하는 데 시간이 거의 안 들었다고 항변했다. 요즘은 캔만 몇 개 따면 영양 가득한 식사를 준비할 수 있다. 「그래도.」 아버지는 그렇게 말했고 나는 아버지가 그동안 내가 차린 식사에 만족하지 않았음을 깨달았다. 내가 대단한 요리사가 아닌 건 사실이었고 아버지는 근래에 많이 여위었다. 내게 직업을 찾아보라고 제안한 것도 집안일 할 사람을 구할 구실을 마련하기 위해서였다. 나는 아버지를 실망시켰고, 갑자기 브라운리 씨의 사무실에서 하는 시시한 일이 아무 의미도 없게 느껴졌다. 어머니가 돌아가시고 6년간 아버지가 다른 사람을 만나지 않았다는 사실에 관해서도 생각해 봤다. 어렸을 때는 아버지에게 육체적 욕구(그러니까 성적 욕구)가 있을지도 모른다는 생각을 못 했지만 세상을 더 알게 된 후에는 아버지에게도 당연히 그런 욕구가 있다는 걸 깨달았다. 자식이 아버지의 집을 관리하는 건 괜찮아도 육욕을 보살피는 건 부적절하다. 식민지에서는 용인될지 모르지만 잉글랜드에서는 안 될 일이다.

나는 루엘린 씨가 마음에 들지 않았고 그녀도 내가 마음에 들지 않았다고 감히 말할 수 있다. 지금처럼 평등한 시대에 단순히 웨일스인이라는 이유로 누군가를 싫어하면 안 된다는 사실은 안다. 어차피 출생은 우연에 불과하지만(경멸보다는 동정의 대상에 가까웠다) 이쪽이 관용을 베풀려면 상대방도 자기가 타고난 약점을 어떻게든 극복하려고 노력해야 한다고 생각한다. 그러나 루엘린 씨는 노력하는 것 같지 않았다. 그녀는 전쟁 직후에 지금은 고인이 된 남편과 런던으로 왔음에도 아직까지 거의 알아듣기 힘든 억양을 썼다. 나는 한두 번쯤 일상적으로 쓰는 단어와 구절의 올바른 발음을 가르쳐 주려 했지만 그녀는 의욕이 하나도 없는 학생이었다. 처음 만났을 때 그녀는 무모하게도 자기 이름은 〈수-엘린〉이라 발음한다고 알려 주기까지 했다. 나는 그렇다면 왜 발음대로 쓰지 않냐고 받아쳤다. 게다가 루엘린 씨는 내가 집에 있는 자신의 존재를 잊지 못하게 하려는 속셈인지 무슨 일을 하든 형편없는 노래를 흥얼거렸다. 나는 그녀를 꾸짖을 위치가 아님을 알았기에 아버지에게 한마디 해달라고 부탁했지만, 아버지는 내 부탁이 재미있다고만 생각하는 것 같았다. 아버지는 집에 명랑한 사람이 있으니 기운이 난다고 했다. 나는 그 말에 담긴 모욕을 놓치지 않았다.

이를 시작으로 아버지는 여러 번 내가 아닌 가정부의 편을 들었고 그래서 나는 최선을 다해 그녀를 못살게 굴기로 마음먹었다. 쉽지 않은 일이었다. 루엘린 씨가 더없이 유능한 요리사라는 점만큼은 인정해야 했다. 일을 마치고 돌아오면 뭔가를 끓이는 마음 편해지는 냄새가 집

안에 가득했다. 몇 주 지나자 아버지와 루엘린 씨는 서로 이름을 부르기 시작했고 아버지는 그녀에게 같이 앉아서 식사하자고 했다. 그녀가 하인처럼 시중을 드는 건 이상하다고, 이제 루엘린 씨는 우리 가족이라고 말이다. 아버지는 내가 그 바보 같은 심정에 찬동하기를 바라며 시선을 보냈지만 나는 접시를 옆으로 치우고 살이 찌지 않도록 조심하는 중이라고만 말했다.

루엘린 씨는 〈가정부〉라는 단어의 이미지에 어울리지 않았다. 그녀는 뚱뚱하지도 점잖지도 않았다. 뺨은 약간 불그레했지만(분명 천한 태생의 흔적이다) 이목구비는 호감이 갈 만하고 체형이 우아했다. 나는 아버지가 단순히 집안일만이 아니라 자식이 어떻게 해줄 수 없는 그 욕구 때문에 그녀를 고용한 게 아닐까 의심하기 시작했다. 같이 있는 두 사람을 놀래려고 스타킹만 신은 발로 집 안을 살금살금 걸어 다녔다. 한번은 두 사람이 서재에 함께 있는 모습을 포착했다. 루엘린 씨는 책상 뒤 아버지의 어깨 너머에 서 있었다. 아버지는 둘이 생활비 내역을 살피고 있었다고 설명했지만 의심은 사그라지지 않았다. 그래서 밤에 방문을 살짝 열어 두기 시작했다. 나는 잠이 얕으니 밤에 둘이 무슨 장난이라도 치면 분명히 깰 것이었다. 잠들지 않고 누워서 침실 문이 딸깍 열리는 소리가 들리기를 기다렸다. 가끔 일어나서 잠옷 차림으로 집 안을 돌아다니기도 했다. 나는 루엘린 씨가 승리의 만족감을 느끼지 못하도록, 그녀가 식료품 저장실에 놓아둔 쥐덫을 종종 건드리거나 거기 걸려든 불쌍하고 작은 쥐의 사체를 치웠다. 그녀는 쥐들이 치는 사소한 장난에 비해 지나치게 쥐들을 혐오했다.

나는 루엘린 씨의 잔인한 성향을 감지했고 오로지 아버지를 위해 그녀와 아버지를 떼어 놓으려 했다. 어느 날 아침에는 복도에 있는 전화 테이블 다리 뒤에 1파운드짜리 지폐를 반쯤 숨겨 두고 출근했다. 저녁에 돌아와 보니 지폐가 사라지고 없었다. 저녁 식사 시간에 나는 어딘가에 1파운드 지폐를 뒀는데 잃어버린 것 같다고 아버지에게 지나가듯 말했다. 사방을 다 찾아봤다고 말이다. 「아, 네 거였구나.」 아버지가 밝게 대답했다. 「마거릿이 오늘 아침 복도 테이블 밑에서 찾았다더라.」 아버지가 바지 주머니에서 지폐를 꺼내 줬다. 루엘린 씨가 디저트를 가지고 들어오자 아버지는 수수께끼가 풀렸다고 알려 줬다. 그녀는 다행이라고 대답하면서도 내 속임수를 경계하고 있음을 분명히 보여 주는 표정을 짓고 있었다. 그런 일들이 나 자신에게 좋지 않다는 사실은 잘 안다. 나는 질투하고 있었다.

브레이스웨이트 박사를 찾은 세 번째 날, 상담실에 도착하자 데이지가 바로 들어가라고 말했다. 정해진 순서와 달랐기 때문에 당황했다. 그간 대기실에서 기다리는 몇 분 사이에 마지막 남은 나 자신을 떨쳐 내고 리베카가 되는 데 익숙해져 있었다. 나는 데이지의 책상 앞에 멈춰 섰다.

「오늘은 케플러 씨가 안 계신가요?」 내가 물었다.

데이지가 상냥하고 푸른 눈으로 나를 봤다. 데이지로 사는 건 얼마나 단순할까. 우울한 생각 때문에 그 예쁜 머리가 아팠던 적이 없어 보였다. 어쩌면 매일 런던의 돈 많은 정신 질환자들이 드나드는 모습을 지켜보는 일이 건전한 정신의 비결일지도 몰랐다. 그녀는 내 질문을 무시하고 브레이스웨이트 박사가 곧 나를 만날 거라고만 대답했다.

「케플러 씨가 아픈가요?」 내가 끈질기게 물었다.

데이지가 놀라울 만큼 완고한 표정을 지었다. 「스미스 씨, 제가 다른 환자 이야기를 하면 안 되는 거 아시잖아요.」 그녀가 몸을 숙이고 방백하듯 중얼거렸다. 「사실은 이름도 아시면 안 돼요.」

나는 데이지가 그 말을 하는 태도에서 우리가 한패라는 느낌을 받았다. 「알겠어요.」 내가 대답했다. 그러고도 그녀의 책상 앞에서 계속 머뭇거렸다. 뭔가 끔찍한 일이 벌어졌다는, 케플러 씨가 스스로를 해치려는 충동을 이기지 못했다는 육감이 들었다. 「바보 같죠, 알아요.」 내가 말했다. 「하지만 케플러 씨에게 무슨 일이 벌어졌다고 생각하기는 싫어요.」

데이지가 목소리를 더욱 낮췄다. 「그렇게 생각할 이유

가 전혀 없어요.」 하지만 그녀는 무슨 일이 일어났다는 사실은 부인하지 않았다.

그때 브레이스웨이트 박사가 상담실 문이 아니라 층계참 출입구에서 모습을 드러냈다. 마치 그의 분신을 만난 것 같았다. 그는 평소보다 더 흐트러져 보였다. 맨발이었고 셔츠를 바지 안으로 넣어 입지도 않았다. 데이지가 얼른 내게서 떨어져 타자를 치기 시작했다. 그녀의 뺨이 달아올랐다. 브레이스웨이트가 우리 쪽을 흘깃 봤다.

「스미스 씨, 데이지와의 상담에 5기니를 내는 게 더 좋다면 나는 상관없어요. 당신에게 맡기고 난 술집으로 꺼져 드리지. 그게 아니면…….」 그가 대기실을 가로질러 자기 방으로 들어가는 문을 열어젖혔다. 내가 문 앞에서 브레이스웨이트를 지나칠 때 그는 새로운 향수를 뿌렸군, 하고 말했다. 사실이었다. 그날 점심시간에 토트넘코트 로드에 있는 드러그스토어 부츠의 카운터에서 향수 샘플을 뿌렸었다. 그 말을 듣자 그에게 불가사의한 뭔가가 있다는 예감이 더욱 확실해졌다. 그는 향수 냄새를 알아차렸을 뿐 아니라 내가 전에 뿌린 향수와 다르다는 점까지 알아차렸다. 그렇게 생각하자 소름이 끼쳤다. 브레이스웨이트가 내 뒤에 너무 바짝 붙어 들어왔기 때문에 목덜미에 그의 숨결이 느껴졌다. 그는 일부러 돌이킬 수 없다는 듯한 분위기를 내며 자기 등 뒤로 문을 닫았다. 어째서인지 그가 나에 관해 전부 다 알고 있다는 느낌이 들었다. 사실은 내가 스스로 그렇다고 주장하는 사람이 아니라는 것까지 말이다.

나는 본능적으로 걸음을 재촉해 피난처 같은 장의자로 갔다. 그런 다음 자리에 앉아 무릎에 가방을 올려놓았다. 그는 문을 등지고 잠시 서 있다가 시선을 내게 고정한 채 아주 천천히 방을 가로질렀다. 그의 의도가 나를 위협하는 것이었다면 성공이었다. 그가 양손으로 내 목을 잡고 생명이 모조리 빠져나갈 때까지 천천히 조르는 장면을 그려 봤다. 나는 저항하지 않을 것이었다. 하지만 그는 목을 조르지 않았다. 대신 등받이가 곧은 의자를 빼서 우리 무릎이 닿을락 말락 할 정도로 아주 가까이 앉았다. 그가 자기 허벅지에 팔꿈치를 괴고 몸을 숙였다. 그의 콧구멍이 벌름거렸다. 나는 그가 나를 들이마시고 있음을 깨달았다. 욕본 기분이었다. 내가 가방을 열고 담배를 꺼내 불을 붙이자 연기가 우리 사이에 장벽 같은 무언가를 만들었다. 갑자기 기분 나쁜 생각이 떠올랐다.

「당신 때문에 다른 향수를 뿌렸다고 생각하지는 마세요.」 내가 말했다.

브레이스웨이트가 몸을 약간 뒤로 젖혔다. 「그런 생각은 떠오르지도 않았는데.」 그가 말했다. 「당신이 그렇게 짚어 줘야겠다고 생각할 때까지는 말이지. 하지만 당신이 다른 향수를 **뿌린** 건 사실이지. 동기가 있을 텐데.」

리베카가 고삐를 잡았다. 「내가 무의식적으로 당신과

사랑을 나누고 싶어 한다고 말씀하시겠네요.」

「그런가?」

「무의식적인 욕망이라면 난 모르겠죠, 안 그래요? 하지만 확실히 말씀드릴 수 있는 건, 의식적으로는 그 생각이 아주 역겹다는 거예요.」 나는 리베카가 선을 넘은 게 아닌가 싶었지만 브레이스웨이트는 그녀의 말을 재미있게 여기는 듯했다.

「역겹든 아니든 그 생각이 머릿속에 떠오르긴 했군.」 그가 말했다.

나는 화장품 판매대에 있던 샘플을 뿌려 본 것뿐이라고 설명하면서 슬쩍 흡족함을 느꼈다. 향수병을 몰래 가방 안으로 떨어뜨렸다는 말은 하지 않았는데, 향에 반해서가 아니라 〈울워스 소동〉을 조심하라는 어머니의 말을 어기고 싶다는 유치한 욕구 때문에 한 행동이었다. 그 작은 병이 가방에 아늑하게 자리 잡고 있다는 사실을 브레이스웨이트가 안다는 느낌이 들었다. 그에게는 아무것도 숨길 수가 없었다. 브레이스웨이트는 내가 리베카 스미스가 아님을, 사실은 버로니카의 동생이며 내가 여기 온 것 자체가 빤히 들여다보이는 속임수임을 다 알았다. 나는 그가 비난하기를 기다렸다. 그러면 나는 아무것도 부인하지 않을 것이었다. 오히려 발각되고 싶은 지경이었다.

「음, 어쨌거나 당신한테 어울려요.」 그는 오히려 이렇게 말했다. 「더 세속적이고. 더 요염하고.」

브레이스웨이트는 마지막 말을 원래보다 더 길게, 한 음절을 더 찾아내기라도 한 것처럼 늘여서 말했다. 그가 의자 등받이에 몸을 기대고 나를 봤다. 뺨이 달아올랐다. 나는 스스로에게 욕설을 퍼부었다. 리베카는 금방 쩔쩔매는 유형이 아니었다. 나는 담배 뒤로 숨었다.

「당신이 원래 불안정하다는 사실을 감안해도 유독 긴장한 것 같군.」 결국 브레이스웨이트가 그렇게 말했다.

어떤 사람의 불안함에 주목하는 것만큼 그 사람을 긴장하게 하는 행동은 없다. 「당연히 긴장했죠.」 내가 대답했다. 「당신이 날 긴장하게 하잖아요.」

그가 순진한 표정을 지었다. 「내가 뭘 어쨌길래 긴장하게 한다는 거지?」

「아주 잘 알잖아요.」

그가 고개를 저었다. 「정말이야, 모르겠는데.」

「너무 가까이 앉아 있잖아요.」

「아.」 브레이스웨이트가 천천히 고개를 끄덕이며 대답했다. 「다른 사람이 너무 가까우면 불안해지는군, 응? 리베카, 내가 너무 가까운 것 같으면 얼마든지 다른 자리에 앉아도 돼요.」

그가 의자에 몸을 기댔다. 그는 얼굴 아래쪽을 주무르며 면도하지 않은 아래턱을 접었다 폈다 했다. 입술이 빨갛게 부어올라 정육점 진열장에 놓인 내장을 연상케 했다. 나는 자리를 지켰다. 움직일 필요는 없었다. 내가 먼저 앉았다. 그가 내 영역을 침범한 것이다. 잠시 후 그가 다시 몸을 숙이고 손가락을 뾰족하게 모았다.

「내 생각은 이래요, 리베카.」 그가 말했다. 「당신을 긴장하게 하는 건 내가 아니야. 당신은 저 밖에서 데이지와 한통속인 걸 나한테 들킨 순간부터 긴장했지. 내가 등장했을 때 두 사람은 마치 in flagrante delicto(현행범으로) 걸린 듯 굴더니, 당신은 둘이서 꾸미던 음모에 책임을 지는 게 아니라 현행범으로 잡은 나를 탓하는군. 좀 불공평하네, 안 그래요?」

「우린 아무런 음모도 꾸미지 않았어요. 사실 저는 아주 형편없는 요리사랍니다.[15] 아버지는 절대 인정하지 않으시겠지만 아버지가 루엘린 씨를 고용해야 했던 것도 그래서였죠.」 내가 아무 관계도 없는 말을 지껄였다.

브레이스웨이트가 요란하게 한숨을 쉬더니 나이가 많아 장을 통제하지 못하는 늙은 개라도 보는 눈빛으로 나를 바라봤다. 그는 자리에서 일어나 잠시 방을 어슬렁거렸다. 「아무튼 당신이 긴장하면 안 되지.」 그가 말했다. 「그러면 우린 아무것도 못 해. 눕지 그래요? 긴장을 풀려고 노력해 봐.」

「긴장을 풀고 싶지 않아요.」 내가 말했다.

「음, 강요할 순 없지.」

「내가 긴장을 풀기를 그렇게 간절하게 바란다면 최면

15 영어로 〈cook up(음모를 꾸미다)〉은 〈요리하다〉라는 뜻도 된다.

이라도 걸지 그러세요?」

「그런 미신은 안 좋아해.」 그가 말했다. 「어차피 당신은 최면에 안 걸릴 테고. 확실하지. 당신은 소위 말하는 〈저항자〉야. 내가 당신 비밀을 전부 알아내면 당신은 아연실색하겠지.」

나는 비밀이 없다고 말했다.

「누구나 비밀은 있어. 자, 당신 비밀을 하나 말해 주면 내 비밀도 하나 말해 주도록 하지. quid pro quo(답례)로 말이야.」

「당신한테 말하면 더는 비밀이 아니잖아요, 안 그래요?」 내가 말했다.

브레이스웨이트는 방을 한 바퀴 돈 다음 문 앞으로 돌아갔다. 나는 그가 문을 열고 나한테 썩 꺼지라고 하는 게 아닐까 생각했다. 그러나 브레이스웨이트는 그렇게 하는 대신 바닥에 털썩 주저앉아 문에 등을 기대고 다리를 꼬았다. 나는 인질이 된 기분이었다.

나는 내 비밀이라는 화제에서 주의를 돌리려고 가방을 내려놓고 신발을 벗었다. 가방과 신발이 없으니 벌거벗은 느낌이었다. 나는 몸을 돌려 장의자에 조심스럽게 누웠다. 그러다가 브레이스웨이트가 장의자에 눕는 버로니카의 모습을 딱 그렇게 묘사했던 기억이 떠올라 팔을 바닥으로 축 늘어뜨리고 목을 쭉 뻗었다.

「얼음 여왕이 녹았도다.」 그가 한껏 비꼬는 말투로 말했다.

나는 장의자 팔걸이에 머리를 대고 천장을 바라봤다. 천장 돌림띠가 세 벽에만 둘려 있음을 처음 알아차렸다. 한쪽 창문 위에 겨자색 해파리 같은 얼룩이 있었다. 늘 해파리가 싫었다. 어렸을 때 페인턴 해변에서 해파리를 밟은 적이 있다. 발가락이 그 젤라틴 같은 시체를 파고들던 느낌이 아직도 기억난다. 나는 소스라치게 놀랐고 몇 달 동안 그 흐물흐물한 생물에게 통째로 집어삼켜지는 악몽에 시달렸다. 나는 브레이스웨이트가 바로 그런 종류의 이야기에 흥미를 보이리라고 확신했으므로 그가 무슨 생각을 하고 있냐고 묻자 우리가 지난주에 나눴던 대화를 떠올리고 있다고 대답했다.

「아, 구속 말이군.」 그가 말했다. 「구속 이야기를 다시 나누게 되지 않을까 싶긴 했어. 당신은 아주 흥미로운 단어를 사용했지.」

「내가요?」

「〈전율〉.」 그가 말했다. 「당신은 구속이 당신에게 〈전율〉을 줬다고 했어. 오싹함, 떨림을. 확연하게 성적인 단어지만 어원은 그렇지 않아. 라틴어 〈frigere〉지. 춥다는 뜻이야. 불감증이라는 뜻이기도 하고. 어쩌면 그게 바로 당신이 하고 싶은 말일지도 모르겠군, 리베카. 당신은 불감증이라고 말이야.」

물론 정신과 의사들이 성을 지나칠 정도로 중요시한다

는 점은 잘 알려져 있다. 나는 그들이 자기 직업을 선택한 건 부적절한 질문을 할 자격을 얻기 위해서라고 항상 생각했다. 그렇다고 그들을 탓하지는 않는다. 내가 이렇다 할 성생활을 하지 않는다고 해서 다른 사람의 성생활에 대한 호기심까지 없지는 않다. 성 경험이 삶에서 중요하다는 사실을 의심하지도 않는다. 돈에 집착하는 이는 가난한 사람이다. 부자는 절대 돈 이야기를 하지 않는다. 마찬가지로, 성에 집착하는 이는 그걸 누리지 못하는 사람이다.

브레이스웨이트의 비난이 내게는 대단한 모욕이 아닐지 모르지만 리베카는 절대 그런 문제를 인정하지 않을 것이다. 「그렇지 않다고 확실히 말씀드릴 수 있어요.」 그녀가 말했다.

「리베카, 내 직관은 당신이 겉으로 〈척하는〉 모습의 반만큼도 세속적이지 않다고 말하는군.」

「세속적인 특성을 어떻게 가늠하느냐에 따라 다르겠죠.」 그녀가 대답했다.

「음, 가늠하는 방법이 하나 있어. 지금까지 연인이 몇 명이나 있었지?」

달아오른 뺨이 나를 배신했다. 「적절한 화제 같지 않네요.」 나는 어느새 블라우스 소매에서 튀어나온 실밥을 신경 쓰고 있었다. 또 천장의 해파리 모양 얼룩을 빤히 바라봤다.

「더없이 세속적이지 않은 대답이군.」 재미있다는 말투였다. 그는 빈사의 쥐를 가지고 노는 고양이였다. 「당신은 섹스라는 말만 나와도 동요하지만 지난주에 했던 이야기에는 분명 성적인 면이 있었어. 내가 그 문제에 관해 당신을 철저히 조사해 주기를 원했나 보군.」

나는 그가 일부러 〈조사하다〉라는 동사를 선택했다고 생각하지 않을 수 없었는데, 늘 그렇듯 그의 말이 옳았다. 어렸을 때도 고삐가 가슴을 단단히 조일 때 느껴지던 그 감각이 더럽고 금지된 것이며 입 밖에 꺼내서는 안 된다는 사실을 알았다. 기억하는 한 오래전부터 혼자서 그 느낌을 일으킬 수 있었다. 어렸을 때 침대 시트를 몸에 똘똘 만 다음 풀려나려고 발버둥 치면서 점점 커지는 흥분을 느꼈다. 조금 더 나이가 들어서는 다리 사이에 손을 대면 가장 강렬한 흥분을 일으킬 수 있다는 걸 깨달았다. 10대가 되어 거울 앞에서 혼자 즐길 때는 스카프나 벨트로 무릎을 하나로 묶어 쾌감을 증대했다. 확실히 속박당하는 느낌에는 내게 불붙이는 무언가가 있었다. 당연하지만 그런 생각은 아무에게도 말하지 않았다. 나는 그런 이야기를 하고 싶지 않다고 힘없이 말했다.

「그러니까 더욱 해야지.」 그가 대답했다. 「연인의 수를 헤아리고 싶지 않다면 제일 첫 번째 만남에 관해 들려주는 건 어떨까?」

나라면 세속적이지 않은 동정이라는 낙인을 묵묵히 받

아들였겠지만 리베카는 그런 중상모략을 원하지 않을 것이었다. 나는 멜러스에게 야만적으로 학대당하는 콘스턴스 채털리를 떠올렸지만 메이더베일은 래그비 홀이 아니었다. 숲도, 사냥터 관리인의 오두막도 없었다. 나는 멜러스 같은 남자를 상상해 낼 수 없었으므로 사실에, 혹은 사실의 한 버전에 의지할 수밖에 없었다.

내가 머뭇머뭇 이야기를 시작했다. 어머니가 돌아가신 후 아버지는 1년에 두세 번 나를 클랙턴온시에 사는 자기 여동생에게 보냈다. 어렸을 때 우리 가족은 고모네 가족을 거의 만나지 않았다. 고모네는 런던에 전혀 오지 않았고 어머니는 시골에 가는 걸 견디지 못했다. 고모네는 레크리에이션 로드에서 옆집과 한쪽 벽을 공유하는 보기 싫은 주택에 살았다. 케이트 고모는 활달한 사람이었고 짐짓 명랑한 척했지만 나는 그게 고모가 인생에 느낀 실망감을 숨기는 방법이 아니었을까 싶다. 케이트 고모는 팔꿈치까지 밀가루에 파묻거나, 현관 앞 계단을 힘차게 문지르거나, 결코 끝나지 않는 빨래를 빨래집게로 고정할 때가 아니면(하류층은 과도한 청결로 자신들의 단점을 보완할 수 있다고 믿는 듯하다) 종종 얼굴 깊이 새겨진 아주 피로한 표정을 드러냈다. 브라이언 고모부에게서 가장 눈에 띄는 특징은 끊임없이 휘파람을 분다는 점이었다. 고개를 살짝 흔들며 곡조도 없고 숨소리가 많이 섞인 휘파람을 부는 모습은 꼭 자기가 얼마나 붙임성이 좋은지 증명하려고 애쓰는 것 같아 보였다. 고모부는 무능한 남자였고 그래서 나는 그의 집에서 주말을 보내는 게 즐거웠다. 고모네는 우리 가족처럼 일정이 빡빡한 나들이를 하지 않았다. 내가 오전 내내 침대에 누워 있고 싶어 하거나 소설에 코를 박고 주말을 보내고 싶어 해도 말리는 사람이 없었다. 식사 시간에 모습을 드러내지 않고 뒤늦게 햄샌드위치나 케이크를 먹어도 케이트 고모는 탐탁지 않은 표정을 짓지 않았다.

그렇게 나른하고 기분 좋은 주말의 유일한 흠은 나보다 두 살 어린 사촌 마틴의 존재였다. 육체적으로 매력이 없는 아이는 아니었다. 이목구비는 그런대로 대칭을 이뤘고 열네 살이 되자 키가 자기 아버지만 해졌다. 모랫빛 머리카락은 자연스럽게 갈라져 이마로 내려왔다. 그러나 낮은 들보에 머리를 부딪힐까 봐 끊임없이 걱정하는 듯 끔찍하게 굽은 자세가 괜찮은 이목구비를 상쇄했다. 게다가 자기 아버지에게서 특유의 소리로 자기 존재를 알리는 버릇을 물려받았는데 마틴의 경우에는 끊임없이 코를 킁킁거리는 소리였다. 처음에 우리는 서로에게 볼일이 거의 없었지만 나중에 마틴이 내게 관심을 보이기 시작했다. 나는 정원에서 시간을 보낼 때 마틴이 있지도 않은 일을 하는 척하며 내 다리를 흘끔거리는 모습을 종종 봤다. 내가 방에 있으면 마틴이 층계참으로 몰래 숨어들었는데 말처럼 푸르릉거리는 숨소리 때문에 항상 들켰다. 말할 필요도 없이 마틴은 내게 말을 걸지 못했고 내가 먼저 말을 걸면 곧장 뺨을 붉혔다. 그는 나를 경외했고, 나는 고모가 (감탄 섞인 목소리로) 나의 〈런던 스타일〉이라고 부르던 것에 관해 큰 소리로 떠들면서 상황을 이용했다. 가끔은 욕실 문을 살짝 열어 둔 채 씻으러 들어갔고 마틴이 양치질하는 나를 몰래 보고 있다고 생각하면 흥분되었다.

이 부분에서 나는 고개를 돌려 브레이스웨이트 박사를 봤다. 그는 아직도 문에 등을 기대고서 다리를 꼬고 앉아 있었다. 무표정한 얼굴이었지만 손으로 동그랗게 원을 그려 이야기를 계속하라고 손짓했다. 나는 다시 천장으로 시선을 돌리고 말을 이었다.

알고 보니 마지막 방문이 되었던 해에 마틴은 변해 있었다. 당시 그는 열여섯 살인가 열일곱 살이었다. 마틴은 걸음걸이가 호모 에렉투스다워지고 검은색 가죽조끼를 입고 다니면서 식사 시간에도 벗지 않았다. 코를 킁킁거리는 버릇도 고쳤고 이제 얼굴을 붉히지 않고 내 눈을 똑바로 바라봤다. 그래서 오히려 내가 당황했다. 마틴은 자기 방에서 최신 레코드를 크게 틀었고 그의 부모님에게 들리지 않을 때 자기는 〈저 아래 둔치에서〉 여자애들과 담배를 피운다고 했다. 당연히 나는 무관심한 척했다. 나는 런던에서 마리화나를 피우고 밤새 재즈 클럽에서 시간을 보낸다고 했다. 마틴이 어떤 그룹을 좋아하냐고 묻자 나는 거만하게 어깨를 으쓱하며 잘 모른다는 사실을 감췄고 쇼팽이 더 좋다는 말은 하지 않았다.

나는 일요일 오후에 런던으로 돌아올 예정이었는데, 토요일 저녁 식사 때 마틴 — 이제 〈마티〉로 불리기를 더 좋아했다 — 이 자기랑 둔치에 가서 〈같이 어울리지〉 않겠냐고 물었다. 런던에 사는 사촌을 친구들에게 자랑하고 싶은 게 분명했고 마틴에게서 그런 즐거움을 굳이 빼앗을 이유가 없었다. 나는 외출 전에 방에서 화장하고 머리를 신경 써서 가다듬었다. 아래층으로 내려가자 마틴이 복도에서 기다리고 있었다. 그는 조끼 깃을 세운 채 청바지에 맨 가느다란 가죽 벨트에 양쪽 엄지를 걸고 있었다. 집이 시야에서 벗어나자마자 마틴이 주머니에서 담뱃갑을 꺼내 담배를 한 개비 줬다. 거절할 수가 없었다. 바다에서 불어오는 바람 때문에 그가 내게 불을 붙여 주려면 가까이 다가서야 했다. 그의 숨결에서 우리가 저녁으로 먹은 마카로니치즈 냄새가 났다. 담배에 불을 붙이기도 쉽지 않았다. 마틴은 자기가 성냥을 켜면 내가 숨을 들이마셔야 한다고 가르쳐 줬다. 나는 보통 마리화나만 피운다는 사실을 그에게 상기시켰다. 마틴은 진지하게 고개를 끄덕이고 이렇게 말했다.「그래, 물론 그렇겠지.」 나는 광고 속 여자들처럼 엄지와 검지, 중지로 꼬집듯이 담배를 잡았다. 마틴은 불이 붙은 부분을 감싸듯 손을 동그랗게 만들었다.

우리는 마틴과 옷차림이 똑같은 남자애 세 명을 만났다. 그들은 둔치 난간에 기대서서 자기들을 못 본 척하며 지나가는 여자애들을 평가하고 있었다. 서로 소개도 하지 않았고 남자애들이 내게 말을 걸지도 않았다. 그러나 내가 누구인지 아는 게 분명했고 나는 마틴이 친구들에게 내 이야기를 했다는 사실에 남몰래 만족했다. 담배를 한 대 더 달라고 하자 마틴은 기꺼이 내 말에 따랐다. 이번에는 순조롭게 불을 붙일 수 있었다. 우리 다섯 명은 반원을 그리며 서서 산책로를 멍하니 바라봤고 가끔 지나가는 사람의 이름을 말할 때만 침묵이 깨졌다. 〈저기 마이키 딘스다〉라든지 〈저 차에 탄 사람 늙은 코키 아니야?〉 같은 말들이었다. 코키는 학교 선생님인 게 분명했고 그가 충분히 멀어지자 남자애들은 그를 향해 미적지근한 욕을 뱉었다. 어쩌면 평소에는 재치 넘치는 대화를 나누는데 나 때문에 분위기가 가라앉았는지도 몰랐다. 나는 담배가 다 타버리자(실제로 피우려는 노력은 거의 하지 않았다) 보도에 꽁초를 떨어뜨리고 신발 앞코로 비벼서 껐다. 왠지 적극적이고 기분 좋은 동작이었기 때문에 나는 진지하게 담배를 피워 보기로 마음먹었다.

곧 유행에 맞게 짧은 레인코트를 입고 화장을 진하게 한 여자애 두 명이 합류했다. 마틴은 매너를 잊지 않고 우리를 서로에게 소개해 줬다. 키가 작은 쪽(신시아)은 얼굴이 동그랗고 눈은 돼지처럼 작은 데다 들창코였지만 키가 큰 쪽은 검은 머리의 브리지트 바르도처럼 깜짝 놀랄 만큼 예뻤다. 그녀는 클러치 백을 앞쪽으로 들고 서서 엉덩이를 살짝 흔들었고 시선은 우리 뒤쪽 수평선을 헤매고 있었다. 그녀에게서 눈을 뗄 수가 없었다. 거의 아무 말 없이 몇 분이 지나고 누군가가 〈애틀랜타에 가자〉라고 제안했다. 나는 두 여자애와 나란히 걸었다. 남자애들은 우리에게 신경도 쓰지 않았고 곧 말소리가 들리지 않을 정도로 멀어졌다.

작고 땅딸막한 쪽이 물었다. 「너 런던에서 왔다며?」

「응.」 내가 대답했다.

「나도 이 끔찍한 곳에서 벗어날 수 있게 되면 바로 런던으로 갈 생각이야.」

「좋네.」 내가 말했다.

그녀가 몇 살이냐고 물어서 내가 대답했다. 우리는 말없이 조금 걸었다. 그러다가 그녀가 여자애는 몇 살에 〈그걸 해야〉 한다고 생각하는지 물었다. 나는 그 애를 쳐다봤다.

「뭘 해?」 내가 순진하게 물었다.

「알잖아.」 그 애가 나를 향해 몸을 숙이더니 그 둔탁하고 짧은 단어를 최대한 다급하게 반복했다. 「그거!」 두 여자애가 시선을 교환했다.

「상황에 따라 다르지.」

「무슨 상황?」

「음, 몇 가지 요소가 있어.」 내가 섹스 전문가라도 된 듯한 기분을 즐기며 말했다. 「하지만 결국 중요한 건 딱 하나야. 본인이 하고 싶은지 아닌지.」

신시아가 진지하게 고개를 끄덕였다. 그녀가 목소리를 낮춰 음모를 꾸미듯 속삭였다. 「넌 해봤어?」

「당연하지.」 내가 어처구니없다는 듯 웃으며 말했다. 「수십 번은 했지. 유색인이랑 한 적도 있어.」

두 사람은 과연 놀란 표정이었다.

「남자 친구는 나랑 하고 싶어 해.」 신시아가 말했다. 「그런데 아플까 봐 걱정이야.」

「최대한 빨리 해치우는 게 제일 좋아.」 내가 말했다. 「처음에는 늘 아프지만 반(半)동정을 좋아하는 사람은 아무도 없어. 제일 중요한 건 말이야,」 내가 분위기를 잡으며 말을 이었다. 「절대로 같은 남자랑은 두 번 하지 않는 거야. 그랬다가는 남자들이 엉뚱한 생각을 하거든.」

「무슨 생각?」

「아, 남자들이 무슨 생각을 하는지 알잖아.」

신시아가 진지하게 고개를 끄덕였다. 바르도는 눈을 굴렸다. 두 사람은 기껏해야 열다섯 살로 보였다.

마틴과 친구들은 애틀랜타 입구에서 기다리고 있었다. 초라한 간이식당이었는데, 차양이 볼품없었고 보도에 늘어놓은 철제 테이블 자리에는 아무도 앉아 있지 않았다. 우리는 안으로 들어갔고 칸막이 좌석이 다 차 있어서 중

앙 테이블을 차지했다. 나는 코트를 벗어 문 옆 옷걸이에 건 다음 마틴과 어떤 남자애 사이에 앉았다.

금속 테 안경을 쓰고 카디건을 걸치고 머리카락이 희끗희끗한 남자가 주문을 받으러 왔다. 카페 주인이라기보다 교회 오르간 연주자처럼 보였다. 「뭐 먹을래, 애들아?」 그가 물었다.

나보다 어린 애들과 도매금으로 묶여 기분이 상했지만 아무 말도 하지 않았다. 다들 코카콜라를 시켰고 병에 빨대가 꽂힌 채로 나왔다. 남자애들은 빨대를 빼고 남자다운 척 병째 들고 마셨다. 나는 조심스럽게 홀짝거리며 주변을 살폈다. 구석 주크박스에 머리를 요란하게 빗어 넘긴 청년 세 명이 기대서 있었다. 종아리가 드러나는 바지를 입은 여자 두 명이 엉덩이를 천천히 돌리면서 서로의 어깨 너머를 멍하니 바라보며 함께 춤췄다. 가까이 붙어 앉으니 남자애들의 과묵함이 줄어드는 것 같았다. 옆자리 남자애가 에벌리 브러더스를 좋아하냐고 물었다.

「에벌리 브러더스?」 내가 따라 말했다. 「그런 사람은 만난 적 없는 것 같은데.」

그가 피식 웃더니 지금 나오는 노래를 부른 가수라는 뜻으로 주크박스를 가리켰다. 나는 동요 같다고 말했다.

마틴이 몸을 숙이고 엄지로 나를 가리켰다. 「앤 재즈를 더 좋아해.」

「응.」 내가 말했다. 「난 재즈가 더 좋아.」

맞은편에 앉은 남자애가 말했다. 「재즈는 동성애자나 듣는 거지.」

「**나도** 재즈 좋아하는데.」 마틴이 말했다.

「그럼 더 말할 것도 없네.」 남자애가 말했다. 그는 콜라를 한 모금 마시더니 병을 포마이카 테이블에 거칠게 내려놓았다. 그런 다음 내가 학교 경품 추첨에 걸린 상품이기라도 한 것처럼 뻔뻔하게 위아래로 훑어봤다.

마틴이 내 편을 들어 줘서 고마웠다. 또래들 사이에 있는 모습을 보니 마틴은 어른 같았다. 내가 지갑에서 10실링짜리 지폐를 꺼낸 다음 그에게 카운터에 가서 담배를 한 갑 사다 달라고 했다.

그는 나를 위해 봉사할 수 있어 기뻐하며 벌떡 일어났다. 「뭐 피워?」 그가 물었다.

나는 카운터 뒤에 늘어선 담뱃갑을 훑어봤다. 네이비컷은 숙녀답지 않았고 로스먼은 너무 노동자 분위기를 풍겼다. 결국 크레이븐 〈A〉로 정했다. 광고를 본 적이 있었고 포장에 그려진 작은 검은 고양이 그림이 마음에 들었다. 마틴이 담배를 사서 돌아오자 나는 인심 후한 런던 사람 행세를 하며 애들에게 담배를 돌렸다. 모두 담배에 불을 붙이자 연기가 우리를 감쌌다. 내게 에벌리 브러더스를 아냐고 물어봤던 애가 자기도 재즈가 좋다고 말했다. 나는 마틴이랑 같이 런던에 한번 오라고, 클럽에 데려가 주겠다고 했다.

「정말?」 그가 말했다.

나는 두 사람이 충분히 나이를 먹을 때까지 기다려야 한다고 대답했다. 그는 둘 다 이미 충분히 나이가 많다고 했다. 그와 마틴은 언제쯤 내 제안을 받아들일 수 있을지 토론하기 시작했고 나는 바보같이 잘난 척한 걸 후회했다.

다른 음악이 나왔다. 「나 이거 좋아.」 마틴이 말했다. 그가 의자를 밀며 일어서더니 내게 같이 춤을 추겠냐고 물었다. 다른 남자애들이 우우 하며 야릇은 소리를 냈다. 마틴이 애들을 노려보자 나는 그가 안됐기도 하고 런던 나들이에 관한 이야기를 끊고 싶기도 해서 그러자고 했다. 우리는 춤을 출 수 있도록 비어 있는 주크박스 앞 공간에 마주 보고 섰다. 거기 있던 다른 한 쌍은 이미 서로의 목에 팔을 두르고 있었다. 마틴이 팔을 반으로 접고 가슴 앞에서 손을 앞뒤로 천천히 움직였다. 그는 엉덩이를 살짝 흔들며 대충 박자에 맞춰서 양쪽 발에 번갈아 체중을 실었다. 나는 그를 따라 했고 우리는 한동안 그런 식으로 춤을 췄다. 멜로디는 반복적이었지만 나쁘지 않았다. 3절이 시작되자 마틴이 한 걸음 다가왔다. 그는 입 모양으로 노래 가사를 따라 했는데 〈그래, 나는 그런 척하고 있어〉라는 감상적인 문장이 끝없이 반복되고 화음이 무척 많이 들어간 노래 같았다.

마틴이 내 골반에 손가락을 살짝 올리고 몸을 불규칙

하게 계속 흔들었다. 나로서는 몸을 뒤로 빼지 않는 이상 그의 팔꿈치에 손을 얹을 수밖에 없었다. 그는 내 행동을 더 다가오라는 뜻으로 받아들이고 나를 바싹 끌어당겼다. 그의 손가락이 치마허리의 밴드 바로 위쪽 등에 놓였고 우리의 가슴이 거의 닿았다. 좀 부적절했지만 아까 재즈 클럽이니 유색인이니 떠벌렸기 때문에 갑자기 새침한 동정인 척할 수가 없었다. 노래가 진부한 절정에 다다르자 마틴이 나를 더 꼭 끌어안았고 테이블에 앉은 남자애들이 소 떼처럼 우우 하고 야유를 보냈다. 이제 우리의 허리가 같이 움직였고 그의 어깨가 내 왼쪽 어깨에 닿았다. 바로 그때 그의 단단해진 사타구니가 치마 앞쪽을 누르는 게 느껴졌다. 나는 거칠게는 아니었지만 그를 밀어냈다. 노래가 끝났다. 마틴이 나를 봤다. 그다지 격렬한 춤을 춘 것도 아닌데 그의 호흡이 얕고 짧았다. 나는 다시 자리에 앉았다. 마틴은 화장실에 갔다. 그가 돌아오자 나는 이제 그만 집에 갈 준비가 되었다고 말했다. 그가 고개를 끄덕였다.

집으로 돌아가는 길에 마틴은 평소와 다른 일이 전혀 없었다는 듯 대화하려 했다. 나는 최대한 열심히 대답했는데 카페에서 일어난 일을 직면하는 것보다는 나았기 때문이다. 어쩐지 대화가 전보다 자연스러워졌다. 레크리에이션 로드에 도착했을 때 집 안은 이미 깜깜했다. 우리는 비좁은 복도에 서서 침묵에 귀를 기울였다. 나로서는 부지불식간에 벌어진 일이었지만 우리가 뭔가 금지된 행동을 했다고 생각하니 공범이 된 것만 같았다. 마틴은 부모님이 잠자리에 들었음을 확인하고 그들이 〈거실〉이라 부르는 공간을 눈짓으로 가리켰다. 나는 그를 따라 들어갔다. 작고 끔찍한 방이었는데, 저녁이면 케이트 고모는 거기서 뜨개질을 하며 텔레비전을 봤고 고모부는 신문을 펼친 채 꾸벅꾸벅 졸거나 퀴즈 쇼를 보며 숨죽인 목소리로 답을 중얼거렸다. 커튼이 열려 있었지만 마틴은 굳이 치지 않았다. 대신 문을 닫고 장의자 옆 겹쳐 있는 모양의 테이블에 놓인 램프를 켰다. 그가 텔레비전 아래 호두나무 베니어판으로 만든 장식장 앞에 무릎을 꿇었다. 나는 장의자에 앉았다. 그가 고개를 돌려 공범 같은 눈빛으로 어깨 너머 나를 바라봤다. 그러더니 장식장의 작은 문을 열고 양손을 비볐다. 고모네가 술을 보관하는 곳이었다.

「뭐로 할까?」 그가 물었다.

나는 어깨를 으쓱했다.

마틴이 짙은 갈색 병을 꺼내더니 소리 내지 않으려고 애쓰고 있음을 과장된 몸짓으로 표현하면서 잔도 두 개 꺼냈다. 그가 술을 따라 건네고 어머니의 뜨개질감을 아무렇게나 바닥에 던지더니 내 옆에 앉았다. 우리는 잔을 부딪치고 술을 마셨다. 셰리였다. 메스꺼운 크리스마스의 맛이었다. 마틴이 잔을 단숨에 비우더니 한 잔 더 따랐다. 나는 그의 부모님이 눈치채면 어쩌냐고 묻고 싶은 충동을 억눌렀다. 마틴이 알아서 할 일이었다. 나는 거기에 있고 싶지 않았지만 한편 어두운 조명과 숨죽인 목소리가 자아내는 분위기 때문에 친밀감을 느끼지 않기가 힘들었다. 내가 나이가 더 많으므로 상황을 통제하는 쪽은 나라고, 원하면 언제든 방으로 물러갈 수 있다고 속으로 되새겼다. 마틴이 내 잔에 술을 다시 채웠다.

「맛이 나쁘지 않지, 응?」

나는 다시 한 모금 마셨다. 술이 긴장을 풀어 준다는 사실은 인정해야 했다. 어쩌면 나는 담배만 피우는 게 아니라 난폭한 알코올 의존자가 되고 싶은지도 몰랐다. 괜찮은 야망 같았다. 마틴이 내게 코트를 벗으면 더 편하지 않겠냐고 물었다. 물론 그의 말이 옳았지만 그렇게 음탕한 행동을 했다가는 또 어떤 일이 이어질지 몰랐으므로 그대로 입고 있었다. 그가 난방을 틀자고 했지만 나는 고개를 저으며 그럴 필요 없다고, 곧 자러 갈 거라고 말했다. 마틴은 그 말이 무슨 초대라도 되는 듯 의미심장하게 고개를 끄덕였다. 그가 셰리를 더 마셨다.

「오늘 저녁이 너한테 너무 지루하지 않았다면 좋겠다.」 그가 말했다.

나는 아주 즐거웠다고, 초대해 줘서 고맙다고 말했다. 마틴은 정면만 보고 있었다. 나는 그가 우리 아버지의 매부리코를 물려받았음을 처음으로 알아차렸다.

「네 친구들 착하더라.」 내가 말했다.

「다 얼간이야.」 그가 말했다. 「빨리 여기서 벗어나고 싶어.」

나는 셰리를 다 마시고 마틴에게 피곤하다고 말했다.

「나도 피곤해.」 그가 말했다. 그러더니 몸을 숙여 키스했다. 처음에는 뺨에서 시작해 입술로 옮겨 왔는데, 나는 입을 꼭 다물고 있었다. 하지만 전적으로 불쾌하지는 않았고 고개를 돌리지도 않았다. 내가 거절하지 않자 부추김으로 받아들인 마틴이 내 무릎에 손을 올리더니 꽉 잡았다. 내 손은 내 무릎에 그대로 놓여 있었다. 그가 작은 말처럼 콧바람을 불기 시작했다. 그런 다음 무릎에서 손을 떼어 내 코트 안으로 밀어 넣었다. 그때 내가 그의 손목을 잡고 이제 그만하라고 했다. 나는 일어섰다. 마틴이 어찌나 풀이 죽었던지 미안해질 지경이었다.

「너 이러기에는 좀 어리지 않니?」 내가 말했다.

그는 신시아와는 더한 것도 했다고 항변했다.

나는 잘했다고, 하지만 나와 더한 것을 할 일은 없을 거라고 말했다.

나는 평소처럼 씻고 침대에 누웠다. 시간이 얼마나 지났는지, 내가 잠이 들었던 건지 잘 모르겠지만 어느 순간 문이 딸깍 열렸다. 마틴이 들어왔다. 어둑한 빛 속에서 파자마 차림인 그의 모습이 보였다. 그가 침대를 향해 두세 걸음 다가오더니 담요를 젖히고 내 옆에 누웠다. 그는 소위 〈발기〉 상태였다. 그가 내 어깨에, 목에 키스하기 시작했다. 그의 왼손이 내 잠옷 밑단을 만지작거렸다. 나는 잠옷이 올라가지 않도록 단단히 잡고 있었다. 그가 내게 〈만져만 달라〉고 중얼거렸다. 나는 그런 짓은 하지 않겠다고, 방으로 돌아가지 않으면 그의 부모님을 부르겠다고 말했다. 그때 그의 몸이 발작을 일으키는 듯 뻣뻣해지더니 내 배에서 끈적한 웅덩이 같은 무언가가 느껴졌다. 그는 호흡이 진정되자 침대에서 내려가 사과했다. 자기 부모님에게 말하지 말아 달라고 빌었다. 물론 나는 말할 생각이 없었지만 고민 좀 해봐야겠다고 했다. 나중에 나는 그가 하고 싶은 대로 하게 뒀으면 과연 불쾌했을까 하는 의문이 들었다.

갑자기 신경이 쓰여 브레이스웨이트 쪽을 흘깃 봤다. 그는 배 위에 맞잡은 양손을 올려 두고 있었다. 그가 끼어들고 싶지 않아 하는 것 같아 이야기를 계속했다.

다음 날 출발할 때까지도 마틴을 보지 못했다. 그가 나를 피하는 것 같았다. 런던으로 돌아오는 기차에서 나는 창가 자리가 비어 있는 칸을 발견했다. 역방향으로 앉았다. 저항할 수 없는 힘에 끌려가는 느낌이 좋았는데, 정방향으로 앉으면 그런 느낌이 나지 않았다. 노처녀처럼 보이는 사람이 맞은편 세 좌석 중 중간 자리를 차지하고 있었다. 우리는 간단히 인사를 나눴다. 나는 그녀가 그 좌석을 선택함으로써 어떤 소유권을 주장한다는 느낌이 들었다. 중간 자리를 차지함으로써 우리 칸에 대한 관할

권을 확립한 셈이었다. 그녀는 기차가 아직 출발하지도 않았는데 양쪽 좌석에 뜨개질 도구를 늘어놓았다. 거의 발목까지 내려오는 치마를 입은 모습이 에드워드 7세 시대에 데려다 놓아도 무난하게 어울릴 듯했다. 재킷 깃에는 카메오 브로치를 달았고 깃털 꽂힌 초록색 펠트 모자를 쓰고 있었다. 그러나 손과 뺨의 피부는 발그레하고 젊은이처럼 팽팽했다. 70대 할머니 같은 복장이었지만 마흔을 넘기지 않았을 가능성도 있었다. 나이가 몇이든 그녀에게는 항상 짜증이 가득한 사람인 것 같은 분위기가 있었다. 삶이 그녀를 실망케 했고, 그녀는 이제 더는 실망하지 않으려고 자기 영지에서 모든 희망을 없앤 것 같았다. 그녀는 어린이용 스웨터를 뜨고 있었다. 결혼반지가 없었기 때문에 나는 조카의 스웨터가 틀림없다고 생각했다. 여동생은 2년에 한 번 찾아오는 그녀의 방문을 끔찍이도 싫어할 테고 마침내 그녀가 나가고 현관문이 닫히면 남몰래 만세를 부르겠지. 나는 그녀가 어떤 청년의 구애를 거절했다가 그 이후로 줄곧 후회하며 괴로워한 건 아닐까 생각했다.

나는 자려는 것처럼 눈을 감고 창문에 머리를 기댔다. 기차가 출발하고 잠시 후 우리 칸의 문이 홱 열렸다. 그 소리에 내가 고개를 들었다. 볼이 발그레하고 머리카락에 기름을 반들반들 바른 청년이 엷은 황갈색 레인코트 차림으로 문간에 나타났다. 왼손에는 여행 가방, 오른손에 불붙이지 않은 파이프가 들려 있었다.

「제가 여기 앉아도 되겠지요, 숙녀분들?」 그가 지나치게 유쾌한 척하며 말했다. 「여성 참정권 운동 모임은 아니겠지요? 아, 제가 여성의 참정권 획득에 반대하는 건 아니지만요. 사실 전적으로 찬성한답니다.」

노처녀가 웃음기 하나 없이 그를 봤다. **그녀**는 〈전적으로 찬성〉하지 않는 게 분명했다. 나는 동승자와 비슷한 부류로 보이지 않기 위해서라도 환영의 미소를 지어 보였다.

그가 머리 위 선반에 서류 가방을 올린 다음 파이프를 꽉 문 채 레인코트를 어찌나 다급하게 벗던지 누가 보면 불이라도 붙은 줄 알았을 것이다. 레인코트 밑에는 스리피스 트위드 양복을 입고 있었는데, 우리 아버지도 전쟁 전에 벌써 버렸을 스타일이었다. 구식 옷을 차려입으면 〈높은 사람〉의 호감을 사 빠르게 승진할 수 있으리라 생각하는 젊은이 — 어쩌면 회계 회사의 신입 사원 — 같았다.

좌석 배치를 봤을 때 관례에 따르면 그가 문에서 제일 가까운 역방향 자리에 앉을 확률이 높았다. 인간은 버스에서든 공원 벤치에서든 카페에서든 본능적으로 서로 최대한 멀리 떨어져 앉으며 그러한 관습을 어기면 당연히 의심스러워 보이기 때문이다. 하지만 청년은 내 옆에 앉았다. 그러자 나는 갇힌 느낌이 들었고 우리의 동승자는 그의 다리 때문에 무릎 위치를 바꿔야 했다. 그녀가 청년을 노려보고는 자기 무릎에 놓인 뜨개질감으로 매섭게 시선을 내렸다. 청년이 나를 보며 벌을 받은 학생처럼 우스꽝스러운 표정을 지었다. 나는 안됐다는 듯 눈을 굴렸고 그렇게 우리는 한통속이 되었다. 그는 내 눈짓을 초대로 받아들여 자신을 소개했다. 기억이 맞는다면 그의 이름은 조지 브로스윅이었다. 그가 파이프를 왼손으로 옮겼고 우리는 어색하게 악수했다. 그 상황에서 이름을 밝히지 않는 건 실례일 듯해 나도 내 이름을 말했다.

「튼실하고 좋은 이름이네요.」 그는 내 이름이 장화라도 되는 듯 그렇게 말했다.

내가 이상한 표정을 지었는지 그가 당황했다. 「당신이 튼실하다는 뜻은 아니었어요. 이름이 튼실하고 좋다는 거죠. 믿을 수 있고, 신뢰가 가고, 뭐 그런 거 말이에요. 그러니까 당신은, 당신은 전혀 튼실해 보이지 않아요. 이런 말을 해도 될지 모르겠지만 오히려 그 반대죠.」

그의 멍청한 독백이 점점 잦아들었고 나는 창문으로 시선을 돌렸다. 클랙턴 외곽이 사라지고 밀밭이, 어쨌든 무슨 밭이 나타났다. 내가 관심을 주지 않아도 조지는 전혀 아랑곳하지 않았다. 그는 내게 클랙턴 출신이냐고 물었다. **그는** 클랙턴 출신이지만 요즘은 런던에서 일한다고 했다. 엘리펀트앤드캐슬에 하숙집이 있고 주말에 머바[16](더없이 끔찍한 코크니 억양으로 말했다)를 보러 왔다가 돌아가는 길이라고도 했다. 그는 내가 런던 사람이라는 사실을 단번에 알아챘다고 했다. 내게 그런 분위기가 있다는 것이다. 시골뜨기의 별 의미도 없는 말이었지만 〈분위기〉가 있다는 말을 듣자 기뻤다. 알고 보니 조지는 신입 회계사가 아니라 보험 회사 사무원이었다. 「그렇게 안 들리겠지만 사실은 정말 흥미로운 일이랍니다.」 그가 진지하게 말했다.

나는 그에게 분명 그럴 거라고, 하지만 약간 피곤해서 실례지만 좀 쉬고 싶다고 말했다.

「그럼요.」 그가 말했다. 「바닷바람도 너무 많이 쐬고 했을 텐데.」

「맞아요.」 내가 미소를 지으며 대답했다. 그런 다음 좀 추운데 레인코트를 빌려줄 수 있냐고 물었다. 그는 도움이 된다면 기꺼이 빌려주겠다고 했다. 그가 선반에서 레인코트를 내리더니 딸을 재우는 아버지처럼 내게 덮어 줬다.

창문에 머리를 기대고 눈을 감았다. 조지가 내 옆에서 꼼지락거렸다. 그는 파이프를 채우고 있었다. 성냥 켜는 소리가 들렸고 곧 담배 향기가 가득해져서 마치 아버지가 같은 칸으로 들어온 듯했다. 잠시 나는 자는 것도 깬 것도 아닌 상태가 되었다. 조지에게 한 말과 달리 기차 안은 따뜻했고 기차의 움직임은 기분 좋았다. 깜빡 잠이

16 muvva. 〈mother(어머니)〉의 코크니 방언.

들었던 것 같기도 한데, 나는 전날 밤에 벌어진 일을 생각하고 있었다. 마틴과 함께 춤을 출 때 흘러나오던 노래가 머릿속으로 슬며시 들어왔다. 나를 가까이 끌어당기던 마틴이 떠올랐다. 전부 미리 계획했던 걸까? 그럴지도 모른다고 생각하자 마음에 들었다. 나는 자면서 뒤척이는 척하며 허리 밴드 밑으로 손을 미끄러뜨렸다. 그런 다음 가운뎃손가락을 아주 살짝 움직여 즐기기 시작했다. 그 감각은 정말 최고였다. 나는 오줌을 참는 아이처럼 허벅지를 단단히 붙였다. 엉덩이로 전해지는 기차의 진동 때문이었는지, 바로 옆에 앉은 조지 — 정말 바보였다 — 와 익숙한 담배 향기 때문이었는지 모르겠지만 마침내 찾아온 절정은 강렬했다. 나는 목구멍이 조여드는 느낌을 참지 못하고 짧은 호흡을 연달아 여러 번 내뱉었는데 아직은 제정신이었기 때문에 얼른 갑자기 기침이 난 척했다. 조지가 재빨리 움직여 내 등을 세게 몇 번 두드리더니 황급히 복도로 나가 차장에게서 물을 한 잔 받아왔다. 노처녀가 나를 빤히 봤다. 뺨이 달아올랐고 내가 뭘 하고 있었는지 그녀가 정확히 안다고 확신했다. 조지가 돌아오자 마음이 놓였고 그가 내민 물 잔을 고맙게 받았다.

「악몽을 꿨나 보군요.」 그가 말했다.

「네.」 내가 새치름하게 그를 보며 말했다. 「그랬나 봐요.」

나는 물을 마셨다. 그가 기사도를 발휘했으므로 런던에 도착했을 때 차 한잔 하자던 그의 제안을 거절했다면 너무 무례한 일이었을 것이다. 나는 조지와 함께 리버풀 스트리트에 있는 식당에 45분 동안 앉아 보험 산업이 어떻게 돌아가는지 들었다. 불쌍하게도 헤어질 때 그는 런던 분위기를 풍기는 여자의 전화번호를 손에 넣었다고 신이 나 있었다. 나중에 그 전화번호가 분위기만큼이나 가짜였음을 깨달으리라 생각하니 미안했다.

장의자에 누운 자세 때문이었는지 나는 이야기를 하다가 푹 빠져 버렸다. 브레이스웨이트는 끝까지 문 앞을 지켰고 중간에 끼어들지도 않았다. 나는 그의 존재를 거의 잊고 있었다. 탁자 위 재떨이에 담배꽁초가 세 개 있었지만 나는 담배에 불을 붙인 기억도, 피운 기억도 나지 않았다. 잠시 흐르는 침묵이 힘든 일을 하고 나서 쉬는 시간처럼 느껴졌다. 나는 사람들이 왜 이야기를 들어 줄 뿐인 서비스에 기꺼이 돈을 내는지 이해했다.

브레이스웨이트가 1분쯤 나를 빤히 바라봤다. 표정이 알쏭달쏭했다. 그를 안 지 얼마 안 됐지만 나는 아무 말을 하지 않을 때도 우리 사이에 대화가 오가는 느낌에 익숙해져 있었다. 손과 눈의 미세한 움직임을 통해 이뤄지는 대화. 내가 발을 바닥으로 내리고 똑바로 앉았다. 꼼짝도 하지 않으려고 최선을 다했지만 그가 나를 읽고 있음을 의식할 수밖에 없었다. 실룩거림과 움찔거림은 내가 숨기고 싶은 모든 걸 드러내는 상형 문자였다.

결국 브레이스웨이트가 먼저 입을 열었다. 「좋아.」 그가 말했다. 「어디까지가 진실이죠?」

「전부 다요.」 내가 화를 내며 말했다.

그가 회의적인 투로 내 말을 따라 했다.

「세세한 부분까지 그대로라고 맹세할 순 없어요.」 내가 인정했다. 「오래전 일이니까요.」

그가 자리에서 일어나 방을 가로지르더니 나무 의자를 빙그르 돌리고 앉아서 다리를 벌리고 등받이에 턱을 올렸다. 「꾸며 냈다는 거군?」

「당연히 아니죠.」 내가 대답했다.

「사실은, 실제로 있었던 일인지 아닌지는 내게 중요하지 않아요. 중요한 건 당신이 그 이야기를 골랐다는 사실이지.」

내가 항변하려 했지만 그가 손을 흔들어 막았다.

「아마 반은 사실이고 반은 상상이겠지. 하지만 진짜 진실 — 중요한 진실 — 은 오늘 바로 이 방에서 당신이 선택한 이야기가 그것이라는 점이야. 당신 이야기에 진실이 단 1그램도 없다 해도 그 점만큼은 진실이지.」

나는 완전히 혼란에 빠져서 그에게 혼란스럽다고 말했다.

「당신은 혼란스러운 상태를 좋아하지 않지. 안 그래요, 리베카? Confundere! 그가 검지로 천장을 가리키며 외쳤다. 「Confundere. 〈혼란〉의 라틴어 어원인데 〈뒤섞이다〉, 〈휘젓다〉라는 뜻이지. 당신은 바로 그걸 싫어해. 안 그래요, 리베카? 당신은 뒤섞이는 걸 싫어하지. 휘저어지는 걸 싫어해. 모든 게 작은 칸에 깔끔하게 들어가 있는 상황을 좋아하고. 그래야 마음이 편해져. 당신은 상호 작용으로부터, 같은 인간과의 그 어떤 접촉으로부터도 뒷걸음질하지. 당신이 들려준 그 귀여운 이야기 속에서 일어난 사건들이 실제로 벌어졌는지 아닌지는 중요하지 않아. 그 이야기의 모든 면이 당신이 뒤섞이지 못한다는 사실을 말해 주지. 휘저어지는 두려움에 관해서.」 그가 갑자기 일어서는 바람에 의자가 넘어갔다. 그는 무척 흡족해 보였다.

나는 어원에 대한 그의 집착이 지겨워졌다. 또 모든 걸 꿰뚫어 보는 그의 능력이 지겨워졌다. 「당신은 꼭 늘 그렇게 의심해야 하나요?」 내가 말했다.

「당신이 그렇게 의심스러운 사람이 아니라면 그럴 필요가 없겠지.」 그가 대답했다. 「당신이 처음 여기 온 이후로 했던 말 중에서 내가 믿는 게 여섯 가지는 되는지 모르겠군.」

「내 이름이 리베카 스미스라는 사실도 안 믿으시겠죠.」 내가 무모하게도 그렇게 말했다.

「아, 당신 이름은 전혀 신경 안 써.」 브레이스웨이트가 대답했다. 그가 다가와 몸을 숙이자 얼굴과 얼굴 사이의 거리가 몇 센티미터밖에 되지 않았다. 그의 숨결이 내 목에 뜨겁게 닿았다. 「알겠어요? 당신은 휘저어져서 동요했고, 그게 못마땅하겠지. 하지만 그래서 여기 오는 것 아닌가?」

잠깐이었지만 그가 곧 나를 추행할 줄 알았다. 가축의 내장 같은 입술이 내 입술에 닿는다고 생각하자 몸서리가 쳐졌다. 내가 고개를 돌렸다. 그는 허리를 똑바로 폈고 나는 소지품을 챙기기 시작했다.

「바로 그거야.」 그가 말했다. 「얼른 가요, 꼬마 참새. 아빠의 둥지로 돌아가야지.」

나는 자리에서 일어나 코트를 입었다. 상담실을 나설 때 감히 그를 쳐다볼 수가 없었다. 나는 한마디 말도 없이 데이지를 지나쳤다. 계단을 서둘러 내려갈 때도 그의 웃음소리가 여전히 들려왔다.

어둠 속에서 가로등이 빛났다. 내가 뱉은 숨이 얼굴 앞쪽에 구름을 만들었다. 지친 기분이었다. 이야기를 했을 뿐인데 그렇게 피곤하다니 믿기 힘들었다. 에인저 로드에는 아무도 없었다. 그곳 런던의 심장부에서 나는 무척 외로웠다. 프림로즈힐 공원을 향해 천천히 걸어갔다. 브레이스웨이트 말이 맞았다. 나는 동요했다. 정신을 똑바로 차리려고 담배에 불을 붙였다. 세상 전부가 비뚤어진 것 같았다.

언덕 기슭 출입구를 통해 공원으로 들어갔다. 최근 나

는 몇 가지 습관에서 벗어나기 시작했다. 고백건대 오로지 브레이스웨이트가 틀렸음을 증명하고 싶다는 욕구 때문이었다. 예를 들어 어제 아침 식사 때는 첫 번째 토스트 조각에 버터를 바르고 마멀레이드를 바른 다음 두 번째 토스트에도 그렇게 했다. (평소에는 토스트 두 쪽 모두에 버터를 바른 다음 마멀레이드를 발랐다.) 아버지는 정도를 벗어난 행동에 대해 아무 말도 하지 않았고 심지어는 알아차리지도 못한 척했다. 그러나 두 번째 토스트를 먹을 때가 되자 브레스웨이트를 무시했다는 사실에서 그러모은 만족감이 산산이 흩어져 버렸다. 나는 그저 버터 접시에 마멀레이드를 묻혔을 뿐이었고 루엘린 씨의 나무라는 듯한 표정을 견뎌야 했다. 어떤 습관은 변화에 대한 두려움 때문이 아니라 바라는 결과를 얻을 가장 효율적인 방법이기 때문에 생기기도 한다. 변화를 기꺼이 받아들일 준비가 되어 있음을 증명하겠다는 이유만으로 확고부동한 전통을 버리는 건 아주 공허하다.

또 어떤 전통은 오로지 습관의 힘으로 만들어진다는 사실도 인정해야 한다. 내가 브레이스웨이트의 상담실에서 늘 불편한 장의자에 앉는 것도 그런 이유 때문이었다. 마찬가지로 나는 공원의 경계를 따라 시계 방향으로 걷는 습관이 있었다. 반시계 방향으로 걸어도 되고 아니면 언덕으로 이어지는 길을 따라 걸어도 되는데 말이다. 그날 나는 아주 활기차게 언덕을 오르기 시작했다. 등산가 에드먼드 힐러리에게야 프림로즈힐이 별로 대단한 도전도 아니겠지만 나는 육체 활동에 별 소질이 없었다. 세인트폴에 다닐 때는 체육 수업을 최대한 빠졌다. 숄 선생님은 내가 매주 월경을 하는 줄 알았을 것이다.

2백~3백 미터 정도 가자 공간이 더 넓어졌다. 노출된 기분이 들었다. 어쩌면 그래서 그때까지는 본능적으로 공원의 경계만 따라 걸었는지도 몰랐다. 가장자리에서는 눈에 띄지 않을 수 있었다. 적어도 눈에 덜 띄었다. 누가 덤벼들려고 잠복해 있을지도 모르는 관목 가까이에 몸을 숨기는 게 안전할까, 아니면 엄폐물을 다 버리고 내 존재를 여봐란듯이 드러내는 게 안전할까? 나는 탁 트인 공간에 노출되어 있었다. 아침 이슬 맺힌 풀밭에 얼굴을 대고 엎드린, 무언가에 맞아 뒤통수가 푹 들어간 내 몸과 시체 주변으로 모여드는 무심한 사람들을 상상했다. 젊은 여자가 밤에 혼자서 공원을 돌아다니다니 정말 무모했다고 생각하겠지. 그럼에도 나는 가방을 들어 줄 텐징[17]도 없이 프림로즈힐을 오르고 있었다. 뺨을 간질이는 바람 때문에 기운이 났다. 길이 가팔라지자 약간 숨이 차기 시작했다. 조금 앞쪽에 어떤 청년이 코트 주머니에 손을 깊숙이 찔러 넣은 채 벤치에 앉아 있었다. 톰인가 싶었지만(요즘 어디에서든 그가 보였다) 어깨가 너무 좁고 턱수염

17 텐징 노르게이Tenzing Norgay. 1953년 에드먼드 힐러리와 함께 에베레스트산을 등정했다.

이 있었다. 나는 수염 기르는 남자, 특히 수염 기르는 젊은 남자는 믿지 않는다.

우리는 나이 든 사람이 공원 벤치에 앉아 있거나 어디에 갈 생각도 없으면서 버스 정류장에서 배회하는 광경에 익숙하다. 나이 든 사람들은 달리 시간을 보낼 방법이 없기 때문이다. 그러나 공원 벤치에 혼자 앉아 있는 청년은 유심히 보게 된다. 고독한 청년은 우울하거나 위협적이거나 둘 중 하나다. 그 청년은 책이나 신문을 읽고 있지도 않았다(어차피 뭔가를 읽기에는 너무 어두웠다). 몸을 약간 앞으로 숙이고 벤치 밑에서 발목을 스프링처럼 꼰 채 가만히 앉아 있을 뿐이었다. 다가가는 나를 보고 그가 음식 부스러기를 보는 비둘기처럼 고개를 갸웃했다. 아마 그 광경에 본질적으로 위협적인 요소는 하나도 없었을 것이다. 그는 포장로에 내 신발 굽이 부딪히는 소리를 듣고 근원을 찾아 고개를 돌린 게 분명했다. 시선을 피하면 나를 일부러 무시한다는 의미가 될 거라고 느꼈을 것이다. 내가 다가가는 모습을 보지 **않음**으로써 어떤 식으로든 나를 냉대하는 꼴이 될 거라고 말이다. 그럼에도 나는 불안했다. 내가 지나칠 때 그가 미소 짓는 듯한 입 모양을 만들더니 인사를 건넸다. 나는 무례하지 않은 톤으로 대화를 길게 이어 가고 싶지 않다는 의사를 넌지시 비추며 대답했다. 실패였다. 그는 첫수에 이어 쌀쌀한 저녁이라는 말을 건넸다.

「그렇네요.」 내가 말했다. 이번에는 그의 말이 대꾸할 가치도 없다는 생각을 분명히 전달하는 말투였다.

그때쯤 되자 나는 이미 그를 지나친 상태였다. 그가 시선으로 나를 좇았다. 사람이 붐비는 대로였다면 덜 괴로웠을 것이다. 거기서는 오히려 그가 나를 다시 볼 가치도 없다고 생각했다면 모욕을 느꼈을 것이다. 그러나 캄캄한 공원에서는 불안했다. 10~20미터도 가기 전에 뒤에서 소리가 났다. 돌아보니 청년이 벤치에서 일어나 따라오고 있었다. 따라왔다지만 사실은 가는 방향이 같을 뿐인지도 몰랐다. 날이 쌀쌀하다던 그의 말을 고려하면 그가 거기서 더 머뭇거리고 싶지 않은 게 아주 합리적인 일이라고 스스로에게 말했다. 하지만 왜 내가 다가갔다가 지나치고 나서야 일어났을까? 뒤를 흘끔거리면 다가오라는 뜻으로 해석할 것 같아 돌아보고 싶지 않았다. 집에서 아내가 기다리는 남자는 공원 벤치에서 어슬렁거리지 않는다. 그런 남자는 얼른 집으로 돌아가서 식탁 앞에 앉아 맛있는 포크촙과 매시트포테이토를 먹는다. 그러나 나를 좇아오는 남자 역시 집에서 남편이 기다리는 여자는 밤에 혼자 공원을 돌아다니지 않는다고, 혼자 돌아다니는 여자에게 관심을 보이면 쉽게 넘어올 거라고 생각하는지도 몰랐다. 어쩌면 내가 딴 속셈을 품고 있는 게 아니라고 설명해야 할지도 모른다는 생각이 들었다. 머리를 식히려고 공원을 한 바퀴 돌고 있을 뿐이라고, 그의 더러운 단칸방으로 가자는 초대를 받아들일 줄 알고 나를 따라오는 거라면 잘못 생각했다고, 헛수고라고 말이다.

나는 겁에 질렸다고 인정하면서도 그가 그 사실을 알아채 만족감을 느끼게 하고 싶지 않았으므로 걸음을 재촉하지 않았다. 다른 인간이 가까이 있다는 사실만으로 그렇게 두려워한 내가 놀랍다면 그가 단순히 다른 인간이 아니었음을 기억해야 한다. 그는 남자였다. 나는 남자를 포식자, 자신을 희생자로 생각하도록 배우며 자랐고 어떤 논리를 가져와도 그 정설을 부정할 수는 없었다. 나는 탁 트인 프림로즈힐에서 그가 나를 추행하리라 생각했던 걸까, 아니면 코트에서 둔기를 꺼내 때려죽이리라 생각했던 걸까? 배 속이 끔찍하게 뒤틀렸다. 첫 일격을 기다리는 일이 가장 무서웠다. 나는 한 대 맞으면 땅바닥에 쓰러져 그가 무슨 짓을 하려고 하든 굴복했을 것이다. 다 끝나면 오히려 마음이 놓였을 것이다.

정상을 향할수록 경사가 더 가팔라졌다. 그와 거리가 멀어지고 있는지 내 숨소리 때문에 그의 발소리가 안 들릴 뿐인지 알 수 없었다. 언덕 꼭대기에 세워진 금속 난간의 윤곽이 밤하늘을 배경으로 작은 왕관처럼 반짝였다. 누군가가 거기 서서 도시를 내려다보고 있었다. 발목까지 오는 코트를 입고 머리에 스카프를 동여맨 여자였다. 팔을 들고 소리쳤지만 그녀는 내 목소리를 듣지 못했다. 나는 달리기 시작했다. 꼭대기에 도착해 다시 소리쳤다. 그녀가 고개를 돌려 나를 봤다. 나는 비틀비틀 다가갔다. 어마어마한 안도감이 파도처럼 몰려왔다.

「남자가 있어요.」 내가 헐떡거리며 말했다. 그 말 한마디면 내 별난 행동을 설명하고도 남을 것 같았다.

「남자요?」 그녀가 말했다.

「네. 저를 따라오고 있어요.」 내가 온 쪽으로 손짓하며 말했다. 아무도 보이지 않았다. 나는 미친 듯이 주변을 둘러봤다.

여자가 나를 봤다. 「왜 달려오나 했어요.」 그녀가 말했다. 또박또박 끊는 말투에 목소리가 낮고 매력적이었다. 나는 그제야 그녀가 케플러 씨임을 깨달았다.

그렇게 급격한 감정 변화를 겪은 적이 있었는지 잘 모르겠다. 나는 헐떡이며 그녀의 이름을 부르고서 본능적으로 그녀의 손을 잡았다. 케플러 씨가 한 걸음 물러나 나를 빤히 봤다. 그녀의 눈이 커졌다. 나를 알아보는 것 같지는 않았다. 그 찰나의 순간에 나는 그녀를 샅샅이 훑었다. 케플러 씨는 생각보다 훨씬 더 놀라웠다. 머리에 묶은 스카프가 그녀의 얼굴형을 강조했는데, 좁고 길고 광대뼈가 튀어나와 있었다. 입은 크고 입꼬리가 아래로 처졌고, 입술은 가늘고 색이 짙었다. 그러나 나를 가장 사로잡은 부분은 눈이었다. 홍채가 까맣고 젖은 자갈처럼 번득였다. 나는 그녀를 놀랬음을 깨닫고 어떻게 이름을 아는지 설명하기 시작했다. 그녀는 아주 침착하게 이야기를 들었다. 나는 분명 미친 사람처럼 보였을 것이다. 케플러 씨가 내 손아귀에서 비틀어 뺀 손을 들어 내 독백을 멈췄다.

「당신 이름은 뭐죠?」 그녀가 물었다.

「리베카요.」 내가 말했다. 「리베카 스미스. y를 쓰죠.」

케플러 씨가 손바닥을 아래로 향하고 손가락을 살짝 구부려 손을 내밀었다. 나는 그녀의 손가락을 잡고 자동으로 고개를 숙였다. 무릎까지 굽혔을지도 모른다.

「콜린스의 친구라면 누구든 제 친구죠.」 그녀가 말했다.

나는 정확히 그의 친구는 아니라고 대답했다.

「그럼 당신은 뭐죠?」

「그냥 고객 중 하나죠.」 내가 말했다.

케플러 씨는 그 차이가 자신에게는 아무 의미도 없다는 듯 입을 꾹 다물었다. 「여기까지 날 따라왔나요?」

「세상에, 아니에요.」 내가 말했다. 「저는 그 사람을 만난 다음 항상 공원을 한 바퀴 돌아요. 아마 생각을 정리하려고 그러는 거겠죠.」

「무슨 생각을 하는데요?」

「오, 모르겠어요.」 내가 경쾌하게 말했다.

「우울한 생각?」

「가끔은요.」

「당연히 그렇겠죠. 우울한 생각이 없다면 콜린스를 만나지 않을 테니.」

「네, 아마 그렇겠죠.」 나는 그녀도 우울한 생각을 하는지 물었다.

그녀는 어깨를 살짝 으쓱하더니 고개를 돌려 경치를 바라봤다. 「우울하지 않은 생각이란 게 존재하나요?」 케플러 씨가 말했다. 그녀가 코트 주머니에서 컨셜러트 담배를 한 갑 꺼냈고, 나는 저 브랜드로 바꿔야겠다고 그 자리에서 결심했다. 그녀가 내게 한 개비 권하고 금라이터로 내 담배와 자기 담배에 불을 붙였다. 우리는 잠시 말없이 담배를 피웠고 곧 그녀가 다시 말했다. 「그 사람 천재인 거 알죠, 그렇죠?」

「천재요?」 내가 말했다.

「네. 천재.」 그녀가 확신에 차서 말했다. 그런 다음 고개를 돌려 나를 마주 봤다. 케플러 씨는 허리를 난간에 기대고 검지와 중지 사이에 끼운 담배를 뺨에서 겨우 몇 센티미터 떨어트린 채 들고 있었다. 장갑은 검은 스웨이드 재질이었고 윗입술 가운데 움푹 들어간 부분은 완벽한 큐피드의 활 모양이었다.

「얼마 동안 다니셨어요?」 내가 물었다.

그녀가 작게 한숨을 내쉬었다. 「몇 년 됐죠.」 그리고 이어서 말했다. 「충분히 오래 다니지는 않았어요. 그런 사람 만나 본 적 있어요? 정확히 맞는 말만 하죠. 말한 사람보다 더 빨리 거짓말을 꿰뚫어 보고요.」

「당신도 그에게 거짓말을 하나요?」

「내 문제는 콜린스에게 거짓말하는 게 아니에요.」 그녀가 말했다. 「나에게 거짓말하는 거죠.」

내가 고개를 끄덕였다. 딱 브레이스웨이트가 할 법한 말이었다. 「그 사람이 무섭지 않아요?」 내가 물었다.

「무섭냐고요? 콜린스가요? 세상에, 전혀요.」 그녀가 내 질문에 웃음을 터뜨렸다.

「상대가 자신이 원하는 건 뭐든 하도록 조종할 수 있을 것 같지 않아요?」

「난 이미 그가 원하는 건 뭐든지 하고 있답니다.」 그녀가 말했다. 그녀가 지평선을 향해 얼굴을 옆으로 돌리고 연기를 길게 내뿜었다. 「유령이 더 나타나기 전에 우리 둘 다 가봐야 할 것 같군요.」

우리는 공원 옆쪽 출구를 향해 걸었다. 그녀가 내게 팔짱을 꼈다. 우리가 내뱉은 숨이 주변에서 구름처럼 떠다녔다. 케플러 씨는 나보다 키가 약간 컸다. 그녀와 팔짱을 끼고 걸으니 즐거웠다. 안전한 느낌이었다. 뒤에서 아무리 많은 남자가 어슬렁거려도 무섭지 않을 것만 같았다. 나는 자매애를 느꼈다. 고개를 돌려 동행인을 바라봤다. 그녀는 입술을 약간 벌린 채 모든 걸 경계하는 여우처럼 턱을 높이 들고 있었다. 여자를 관찰하는 일은 늘 재미있다. 거기서 얻는 즐거움은 순전히 미적인 것이고,

그게 이상하다고 할 수는 없다고 생각한다. 톰 같은 남자가 내게 일으키는 종류의 감정을 불러일으키는 여자는 아직 만나 보지 못했다. 나는 남자의 듬직함이 좋다. 그 체취가 좋다. 붐비는 지하철에서 사람들에게 밀려 어떤 남자에게 딱 달라붙게 될 때 그의 땀 냄새를 들이마시는 게 좋다. 나는 굳은살 박인 손이 내 살갗을 어루만지는 느낌을 상상하면서, 일하는 남자의 손을 몇 분이고 바라볼 수도 있다. 내가 레즈비언일지도 모른다고 생각한 적은 한 번도 없었다. 물론 세인트폴에 다닐 때 기숙생들이 그런 종류의 장난을 친다는 소문이 종종 떠돌았지만 악의적인 가십 이상으로 받아들인 적은 없었다. 사실 나는 레즈비언이라는 존재 자체가 상상의 산물이라고 믿었다. 하지만 이제 케플러 씨가 그런 존재가 아닐까 하는 생각이 들었다. 그녀의 이목구비와 행동거지에는 뭔가 남성적인 면이, 우리 여자들에게는 흔치 않은 침착함이 있었다. 어쩌면 그녀는 동성애자라서 브레이스웨이트와 상담하는지도 몰랐다.

우리는 출입구 바로 앞에서 멈췄다. 곧 헤어지겠구나 싶어서 내가 말했다. 「바보같이 들릴지도 모르지만 오늘 오후에 당신이 오지 않아서 저는 최악의 상황을 염려했어요.」

그녀가 나를 봤다. 입가에 미소가 살짝 걸려 있었다. 「무슨 뜻이죠?」 그녀가 말했다.

「당신이 어리석은 짓을 했을지도 모른다고 생각했어요.」

「어리석은 짓이요?」

「그러니까, 스스로 끝장내 버렸을지도 모른다고 말이에요.」

케플러 씨가 나를 진지하게 쳐다봤다. 「자살은 전혀 어리석은 짓이 아니에요.」 그녀가 딱 잘라 말했다. 「나에 대해 그렇게 생각한 건 본인도 그런 생각을 하기 때문인 듯하군요.」

「저도 암울한 생각을 하죠.」 내가 말했다.

「그럼 당신이 상담 시간에 가지 않는다면 계속해 나가지 않기로 선택했기 때문이겠군요.」

「〈계속해 나가지 않는다.〉」 내가 따라 말했다. 재미있는 표현이었다. 우리는 항상 계속해 나가라며 서로를 몰아댄다. 불행이 클수록 계속해 나가라는 말을 더 많이 듣는다. 우리 스스로는 절대 그러고 싶지 않으리라는 사실을 빤히 알면서도 그냥 계속해 나가라고 외친다. 하지만 살면서 뚜렷한 역경을 겪지 않은 나 같은 사람에게는 아무도 계속해 나가라고 말하지 않는다. 그저 자동인형처럼 알아서 계속해 나가리라고 생각할 뿐이다. 그렇게 생각하지 않을 이유가 어디 있을까? 계속해 나가기를 멈추려면 의지에 따른 노력이, 폭력적인 행위가 필요하다. 그건 얼마나 큰 안식일까.

「내가 상담 시간에 가지 않는다면 그냥 가끔은 콜린스의 진실보다 내 거짓이 더 좋기 때문이에요.」 케플러 씨가 말했다.

케플러 씨가 공원 밖으로 한 걸음 나가 자신이 가야 할 방향을 가리켰다. 같이 가자는 뜻은 아니었다. 그녀가 손을 내밀었고 나는 그 손을 잡았다. 이번에는 비굴한 자세가 아니었다. 케플러 씨에게 다음에 또 대화할 수 있으면 좋겠다고 말했다. 그녀가 어쩌면 그렇게 될지도 모른다는 뜻으로 고개를 아주 살짝 움직였다. 케플러 씨 같은 사람에게는 나에 관해 털어놓을 수 있을 것 같았다.

그녀가 가려고 돌아섰을 때 내가 속삭였다. 「사실 난 내가 지금 연기하고 있는 사람이 아니에요. 리베카는 진짜 내 이름이 아니에요.」

그녀가 잠시 걸음을 멈추더니 입꼬리를 아래로 내렸다. 「괜찮아요.」 그녀가 말했다. 「누구나 다른 사람인 척 연기하죠. 그리고 리베카는 참 아름다운 이름이에요.」

나는 멀어지는 케플러 씨를 지켜봤다. 구두 뒤꿈치가 보도에 닿아도 소리가 나지 않았다. 나는 연철 울타리 안에 남아 있었다. 공원을 돌아봤다. 도시의 불빛 때문에 정상 주변에 후광이 생겼다. 거리를 향해 다시 고개를 돌리니 케플러 씨는 이미 사라지고 없었고, 왠지 그녀가 애초부터 없었던 것만 같았다.

브레이스웨이트 III: 당신의 자아를 죽여라

1965년 가을, 이 책에 실린 공책의 저자가 에인저 로드에 등장했을 때 브레이스웨이트는 악명의 절정을 향해 다가가고 있었지만 순조로운 상승은 아니었다.

박사 논문을 완성한 브레이스웨이트는 대학 강사직을 거절했다. 그는 옥스퍼드가 지겨웠다. 3년 전 콜린 윌슨과의 논쟁 이후 삶이 다른 어딘가에 있다는 느낌이 들었다. 1959년 6월에 그는 히치하이크로 런던에 가서 켄티시타운에 단칸방을 구했고 단조로운 직업을 전전했다. 건축 현장 노동부터 창고 관리까지 다양한 일을 했지만 브레이스웨이트는 제시간을 지키지도, 권위를 받아들이지도 못해 늘 1~2주 만에 쫓겨났다.

그해가 끝날 무렵 목적 없는 생활 방식의 새로움도 시시해지자 그는 보먼트 스트리트의 정신 요법 시설인 태비스톡 진료소에서 근무하던 R. D. 랭에게 편지를 썼다. 그는 네틀리에서 랭이 일하는 모습을 보고 자극받아 옥스퍼드로 돌아가서 심리학을 공부했다고 고백했다. 랭의 밑에서 배우고 싶다고도 했다. 브레이스웨이트가 유일하게 존경심을 드러낸 순간이었다. 랭은 답장을 보내 정신의학에 진지하게 관심이 있다면 우선 의학 학위를 따라고 권했다. 랭의 편지는 예의 발랐고 조언은 합리적이었지만 브레이스웨이트는 그가 자신을 무시한다고 느꼈다. 브레이스웨이트는 그런 대접에 익숙하지 않았다. 랭이 자신의 재능을 알아보고 당장 일자리를 제안하리라 생각했던 것이다. 그는 다시 편지를 보내 자신이 논문에 썼던 몇 가지 생각을 간략하게 설명하고 정신을 이해하기 위해 어린이 설사병 치료법을 공부할 필요는 없다는 의견을 밝혔다. 랭은 다시 답장하지 않았다.

1960년 초 브레이스웨이트는 콜린 윌슨의 동료로 처음 만났던 에드워드 시어스를 우연히 마주쳤다. 그날 대화를 나눠 보니 시어스는 〈파란만장한 인물〉이었고 소호의 유명인이었다. 한여름인데도 그는 에드워드 7세 시대 귀족처럼 차려입었고 때로는 무릎 밑에서 조이는 헐렁한 반바지를 입기도 했으며 크라바트나 나비넥타이를 절대 빠뜨리지 않았다. 키는 165센티미터를 넘지 않았고 충분히 취하면(자주 있는 일이었다), 당시에는 그런 행동에 아주 현실적인 위험이 따랐음에도, 술집에서 남자에게 수작 걸기를 꺼리지 않았다. 〈나의 자아와 타인들〉 원고에서 브레이스웨이트가 밝힌 바에 따르면 시어스를 다시 만나게 된 것도 딘 스트리트의 술집에서 그가 수작을 걸어왔기 때문이었다. 당시 코번트가든 청과 시장에서 일하며 근근이 먹고살던 브레이스웨이트는 시어스에게 맥주 한 잔만 사주면 뭐든지 해줄 수 있다고 말했다. 두 남자는 술집 구석에 틀어박혀 대화에 빠져들었다. 브레이스웨이트는 딱히 정치적 올바름의 선봉은 아니었지만 성적 지향에 열린 마음을 지니고 있었다(〈다른 남자가 자기 성기로 뭘 하고 싶든 내가 무슨 상관인가? 나도 내 걸 마음대로 쓰는데〉). 시어스가 맥주를 사는 한 그의 손이 자기 허벅지나 사타구니를 더듬어도 브레이스웨이트는 아무렇지 않은 듯했다. 일이 그 이상으로 진행되었다고 생각할 이유는 없지만, 마지막 주문을 알리는 종이 울렸을 때 시어스는 그에게 출판사 머슈언의 편집부 일자리를 제안했다. 브레이스웨이트는 제안을 받아들였고 그다음 주 월요일이 되자 출판사에 모습을 드러냈다. 그는 원고를 평가하거나 교정했고 술을 곁들인 점심을 한참 즐기고 복귀하지 않아도 아무도, 적어도 시어스는 뭐라고 하지 않는다는 사실을 깨달았다.

2~3주마다 젤다가 옥스퍼드에서 히치하이크를 해 런던으로 왔다. 브레이스웨이트의 단칸방은 더러웠다. 통행량이 많은 대로인 켄티시타운 로드가 내려다보이는 집이었기 때문에 창문이 더러웠고 낮에는 밖에서 덜컹거리는 버스 소리가 끊임없이 들려왔다. 세면대가 있었는데

브레이스웨이트의 소변기 역할도 겸했다. 가구라곤 좀처럼 일하지 않는 2구짜리 가스레인지, 얇고 얼룩덜룩한 매트리스가 깔린 싱글 침대, 책상과 의자가 전부였다. 위층에 욕실이 있었지만 목욕할 만큼 뜨거운 물은 거의 나오지 않았기 때문에 브레이스웨이트에게 목욕이란 보통 싱크대에서 하는 〈프랑스식 세수〉가 전부였다. 젤다가 그의 집에 가면 창문을 열고 재떨이를 비우고 자신이 마지막으로 다녀간 이후부터 쌓인 병을 치웠다. 그녀가 딱히 집안일을 잘 돌보는 유형은 아니었지만 그냥 두고 보는 데도 한도가 있었다.

젤다는 그런 주말이 사랑스러웠다고 기억한다. 두 사람은 싱글 침대에서 섹스하고 마리화나를 피우고 햄프스테드 히스 공원을 산책하다가 혼자 의심스럽게 돌아다니는 남자를 보면 서로 쿡쿡 찔렀다. 프랑스에서 포도 수확철에 따라 돌아다니며 일하던 시절의 영향으로 브레이스웨이트는 야외 섹스에 열정적이었고 가끔 젤다와 하다가 걸려도 절대 겁먹지 않았다.

젤다에 따르면 당시 브레이스웨이트는 그녀가 그를 알고 난 이후 행복에 가장 가까운 상태였다. 「그는 옥스퍼드에 안 맞았어요. 항상 어딘가 다른 곳으로 가고 싶어 했지만 켄티시타운은 잘 맞았죠. 거긴 초라했고 그도 초라했으니까.」 브레이스웨이트는 괜찮은 월급을 받았으므로 둘이 외식도 하고 가끔 연극도 보러 갈 수 있었다. 그는 머슈언에서 맡은 느슨한 역할을 즐기는 듯했다. 브레이스웨이트는 예리한 편집자의 눈을 지니고 있었고, 일이 다르게 흘러갔다면 출판계에서 성공했을지도 몰랐다.

1960년 4월, R. D. 랭은 새로운 시대를 여는 책 『분열된 자아』를 출판했다. 그 책은 사람들이 종종 생각하는 것과 달리 하루아침에 큰 명성을 얻지는 못했지만[18] 출간되자마자 산 브레이스웨이트에게는 확실히 즉각적인 영향을 끼쳤다.

로널드 데이비드 랭은 1927년에 글래스고 고번힐 지역의 하류 중산층 집안에서 태어났다. 아버지는 전기 기술자였는데 그를 자주 때렸다. 어머니는 소유욕이 강한 반(半)은둔자였다. 어린 시절 랭은 어머니와 같은 방을 썼고 아버지는 세 식구가 살던 작은 아파트의 창고로 추방당했다. 랭은 학업으로 도망쳐서 명문 허치슨스 중등학교에 장학생으로 들어갔고 글래스고 대학에 진학해 의학을 공부했다. 그리고 네틀리 육군 시설 복무가 끝나자 글래스고 가트네이블 왕립 정신 병원에 일자리를 얻어 여성 병동에서 일했다. 그곳에서는 인슐린 유도 혼수상태, 전기 경련 요법, 전두엽 절제술이 일상적인 치료 방

18 펭귄 출판사에서 1965년에 특유의 표지로 책을 재판하기 전까지는 1천5백 부 정도밖에 팔리지 않았다 — 원주.

법이었고, 환자 대부분이 입원한 지 10년이 넘은 상황이었다. 거기서 랭은 〈오락실〉이라는 치료 실험을 실시했다. 조현병 환자 열두 명이 사복 차림으로 시간을 보내며 자유롭게 교류했고 수공예 재료도 제공받았다. 환자들은 18개월 이내에 호전되어 퇴원했지만 1년쯤 지나자 전부 돌아왔다. 그럼에도 랭은 과감히 생각하고 실행할 용기가 있는 사람으로 인정받았다.

1950년대 말, 랭은 런던으로 가서 정신 의학 발전의 중심이 되었다. 『분열된 자아』를 발표했을 때 그는 서른두 살이었다. 브레이스웨이트는 주말 동안 (〈온전한 정신과 광기에 관한 실존적 연구〉라는 부제가 붙은) 그 책을 분노에 휩싸인 채 읽고 또 읽었다. 그는 첫 장에서부터 〈조현병〉 환자는 〈자신이 온전하다고 느끼지 못하고 다양한 방식으로《분열되었다》고 느낀다〉라는 랭의 설명에서 자기 생각을 알아봤다. 계속해서 랭은 그러한 〈존재론적 불안〉이 거짓된 자아 체계 발전으로 이어질 수 있다고 설명했다. 즉 휩쓸리거나 내면이 폭발하는 느낌으로부터 〈진정한 자아〉를 보호하기 위해 세상에 내보이는 다양한 가면 또는 인격을 만들어 낸다는 것이다.

자신과 비슷한 사람을 찾았다고 생각하는 대신 바로 전해 말에 자신이 편지에서 드러낸 의견을 랭이 훔쳤다고 결론지은 일은 무척 브레이스웨이트다웠다. 어쩌면 랭이 자신의 박사 논문을 읽고 아이디어를 훔쳤을지도 모른다고까지 생각했다. 전혀 신중한 성격이 아니었던 브레이스웨이트는 분노에 찬 편지를 써서 랭을 〈도둑놈〉이니 〈싸구려 돌팔이〉라고 부르며 소송을 걸겠다고 위협했다. 그의 비난은 근거가 없었다. 랭은 브레이스웨이트를 알기 훨씬 전이었던 1957년에 『분열된 자아』 원고를 완성해 놓았었고 그렇지 않았다 해도 그가 누군지도 모르는 사람의 편지를 받고 그 안에 담긴 의견을 전유했다는 주장은 어불성설이었다.

브레이스웨이트는 월요일 아침 머슈언으로 출근하는 길에 당장 편지부터 부쳤다(답장은 없었다). 그는 곧장 에드워드 시어스를 찾아갔고 시어스는 브레이스웨이트를 자리에 앉힌 다음 그에게 확실히 필요해 보이는 위스키를 따라 줬다. 브레이스웨이트는 30분간 고함치면서 우리에 갇힌 곰처럼 작은 사무실을 서성거렸다. 시어스는 랭에 관해서도, 그의 책에 관해서도 들어 본 적이 없었다. 그는 브레이스웨이트의 말을 전혀 심각하게 받아들이지 않았고 태풍이 저절로 가라앉기를 기다렸는데, 결국은 가라앉았다. 브레이스웨이트는 다시 자리에 앉아 두 잔째 위스키를 들고는 자기 생각을 담은 책을 ― 〈빌어먹을 제대로 된 책을〉 ― 직접 쓰겠다고 했다. 시어스는 회의적이었을지도 모르지만 자기 생각을 입 밖에 내지는 않았다. 브레이스웨이트는 콜린 윌슨의 『아웃사이더』가 얼마나 쉽게 성공했는지 상기시켰고 시어스는 원고를 써 오면 읽어 보겠다고 했다. 당시 브레이스웨이트는 술을 마시며 월급을 탕진하는 데 자유 시간을 다 썼고 집필에 필요한 자제력을 그러모을 수 있을 것 같지 않았다. 그러나 이후 6주 동안 브레이스웨이트는 사무실에 형식적으로만 출근한 다음 근처 국립 도서관 열람실로 갔는데, 그곳은 바로 월슨이 책을 썼던 장소였다. 시어스가 슬쩍 불만을 내비치자 브레이스웨이트는 늘 그러듯 발끈해서는 해고하고 싶으면 얼마든지 하라고, 자신이 쓸 걸작은 다른 출판사로 가져가겠다고 했다. 시어스는 어깨만 으쓱할 뿐이었다. 그는 브레이스웨이트의 장황한 열변이 재미있었다.

5월의 어느 토요일, 점심때쯤 도착한 젤다는 브레이스웨이트가 숙취에 시달리며 자는 대신 작은 책상 앞에 웅크리고 앉아 지저분한 필체로 공책을 채우고 있어 깜짝 놀랐다. 창문이 열려 있었다. 굽도리 부근에 술병이 줄지어 늘어서 있지도 않았고 가스레인지 옆에는 달걀 한 상자와 빵 한 덩이가 있었다. 그는 30분 후에야 입을 열었다. 젤다는 그런 연극에 익숙했다. 그녀가 익숙하지 않았던 것은 무아지경에서 깨어난 브레이스웨이트가 섹스할 기회를 마다하고 달걀프라이를 해 먹은 다음 다시 일하는 모습이었다. 젤다는 산책을 하러 갔다. 오후 늦게 돌아왔을 때도 브레이스웨이트는 여전히 책상 앞에 있었지만 곧 하루 일을 마무리했다. 두 사람은 요란하게 사랑을 나는 다음(다른 세입자가 문을 쾅쾅 두드리며 조용히 좀 하라고 했었기 때문에 젤다는 그때를 기억했다) 술집 모어턴 암스에 갔는데, 브레이스웨이트는 열의가 끓어넘치는 상태였다. 그는 어떤 책을 쓰고 있는지 활기차게, 하지만 두서없이 이야기를 늘어놓았다. 젤다의 회상에 따르면 그가 그런 기분일 때는 〈곁에 있는 게 즐거웠어요. 그의 생각은 명확한 논리도 없이 이 주제에서 저 주제로 돌진했죠. 쫓아가려고 애써 봤자 소용없었지만 재미있었어요〉. 젤다가 곧 더 괜찮은 하숙집으로 이사할 수 있겠다고 했지만 그는 신경도 쓰지 않는 듯했다.

한 달쯤 뒤 브레이스웨이트는 시어스에게 노고의 결과를 제출했다. 현재 더럼 문서고에 보관되어 있는 그 원고는 무척 놀랍다. 글자를 알아보기가 너무 힘들어서 얼핏 보면 로마자로 썼는지조차 확신하기 어렵다. 글자는 구불구불한 선에 지나지 않을 때가 많고 드문드문 f나 g, y의 화려한 꼬리가 눈에 띈다. 그 원고를 읽는 것은 빠르게 달리는 기차의 차창 너머로 평범한 필체를 읽는 것과 같다. 모든 줄에서 책을 얼마나 서둘러 썼는지가 보인다. 선을 찍찍 그어 지우고 아래나 위에 고쳐 쓴 부분도 자주 보인다. 고쳐 쓴 부분은 원래 글씨보다 읽기 쉬운 경우가 많은데 아마 좁은 공간이 브레이크 역할을 했을 것이다. 또한 문단이나 페이지를 연결하는 화살표가 아주 많고 여백에 세로로 휘갈겨 써서 내용을 덧붙이기도 했다. 전반적으로 원고는 창의적이지만 뒤죽박죽인 사람이 무언가를 포착하려 애쓰고 있으나 인내심이나 조심성이 부족하다는 인상을 준다.

다음 날 시어스가 브레이스웨이트를 자기 방으로 불렀다. 브레이스웨이트는 그가 자신의 천재성을 찬양하며 두둑한 선금을 제시하리라 생각했다. 그러나 시어스는 원고를 누군가에게 넘겼는데 읽을 수가 없다더라고 말할 뿐이었다. 브레이스웨이트는 시어스가 자기 작품을 푸대접해서, 그리고 원고를 직접 읽지 않고 부하에게 넘겨서 크게 분노했다. 시어스는 자신이 그를 좋아하기 때문에 객관적인 입장이 될 수 없다는 말로 브레이스웨이트를 달래려 했다. 어쨌든 브레이스웨이트는 원고를 타자로 작성해야 했다. 타자 작업이 끝나자 시어스는 원고를 자신이 직접 읽는 편이 좋겠다고 판단했다. 그는 훗날 사적인 자리에서 그 책이 〈쓰레기〉라고 딱 잘라 말했지만 예리한 사람이었으므로 정신 의학이 주류 문화에 진입하는 중이며 그런 사상이 팔릴 시장이 존재할 가능성도 있다는 점을 이해했다. 시어스는 그토록 자극적인 제목으로 책을 내기를 주저했지만 편집 과정에서 제목뿐 아니라 어떤 제안을 해도 브레이스웨이트는 꿈쩍도 하지 않았다. 책은 1961년 3월에 출간되었다.

『당신의 자아를 죽여라』는 시대정신을 포착했다는 의미에서도, 급하게 쓰였다는 의미에서도 당대의 산물이다. 분명히 밝혀 두지만 그 책은 엉망이다. 브레이스웨이트의 박사 논문에서 따온 부분, 각종 문화 현상에 관한 생각, 그리고 굳이 감추지도 않은 랭을 향한 공격이 뒤죽박죽 섞여 있다. 비현실적인 주장과 일반화로 가득하고 이차적이거나 읽을 수 없는 부분도 많다. 하지만 좋은 면을 보자면 에너지가 넘쳤고 반문화 독자에게는 슬로건을 만드는 브레이스웨이트의 재능이 고리타분한 지적 일관성보다 훨씬 의미 있게 느껴졌을 것이다. 서문에서 그는 그 책의 약점을 미덕으로 탈바꿈시키려 했다. 〈이 책의 일부를 다시 쓰라고 제안받았지만 거절했다. 다시 쓰는 것은 나를 검열하는 것이고 존재하지 않는 질서를 부여하는 것이다. 그런 행위는 내 책의 목적에 어긋난다.〉 즉, 몇몇 부분의 불가해함은 오히려 저자의 천재성을 확인해 주는 역할을 하게 되었다.

이러한 특성은 제1장의 악명 높은 문단에 잘 드러나 있다. 브레이스웨이트는 자아에 관해 이야기하려면 먼저 그것을 정의해야 한다는 생각에서 출발한다. 그러나 그는 갑자기 자아를 정의하는 일 자체가 사기 행각이라고 주장한다. 자아는 하나의 개체나 사물로서 존재하지 않는다. 만약 자아가 존재한다면 그것은 자아의 투사에 지나지 않는다(그 책은 이런 역설로 가득하다). 그는 키르케고르의 『죽음에 이르는 병』에서 가져온 이해하기 힘든 문단을 두고 지겨운 논의를 펼친다. 키르케고르는 이렇게 썼다. 〈자아는 그 자신과 관련된 관계다.〉 브레이스웨이트는 자아의 두 가지 모순된 버전이 나누는 대화가 자아를 구성한다고 설명한다. 하나는 지금 이 순간 존재하는 자아self, 또 하나는 시간을 초월하여 존재하며 따라서 〈진짜〉라고 여겨지는 자아Self다.[19] 현존하는 자아는 시간을 초월하는 자아에 종속된다. 따라서 후자는 개인이 외부 세계의 경험에 온전히 참여하지 못하게 하고 죄책감과 불확실함이라는 감정을 유발하는 일종의 독재자로 설정된다. 그러한 죄책감을 키르케고르는 절망이라고 했다. 〈자신을 제거하고자 하는 바람은 모든 절망의 공식이다.〉

브레이스웨이트는 약 여섯 면에 걸쳐 이에 관한 불가해한 논의를 이어 간다. 독자 중 과연 몇이나 미궁 같은 문장과 논리의 비약을 견뎌 냈는지는 의문이지만, 그러한 논의는 책을 유명하게 만든 선언과 함께 끝난다.

> 절망에서 달아나기 위해 자살하지 마라. 당신의 자아를 죽여라.

브레이스웨이트의 저작이 종종 그렇듯 이는 논쟁에 대

19 책 전체에 걸쳐 브레이스웨이트는 후자를 독립적으로 존재하는 개체라는 뜻에서 대문자로 나타내고, 현존하는 자아는 소문자로 나타낸다 ― 원주.

한 단언의 승리다. 결론이 화장실 낙서에 딱 알맞았으므로 그 앞의 내용은 거의 아무도 신경 쓰지 않았다.

『당신의 자아를 죽여라』는 랭의 책과 나누는 대화로 볼 수 있다. 두 사람은 의견이 갈리는 지점보다 같은 부분이 훨씬 많았다. 두 사람 다 기존 의학에, 또 기존 정신 의학 관행의 특징인 성급한 진단에 의구심을 품었다. 브레이스웨이트는 전기 경련 치료에 관해 이렇게 주장했다. 〈환자를 비행기에서 밀어 버림으로써 비행 공포증을 치료하는 꼴이다. 잠시 솟구쳐 오를지 모르지만 그 효과는 아주 짧다.〉 정신병적 망상이 적어도 그것을 겪는 사람에게는 현실이며 그 경험을 무시하는 대신 적극적으로 상대해야 한다는 생각도 같았다. 또한 환자의 경험과 진술은 주관적이고 틀렸지만 심리 치료사의 해석은 객관적이고 진실하다는 기존 전제를 해체하고자 하는 욕망도 공통되었다. 브레이스웨이트는 이렇게 썼다. 〈심리 치료사가 환자보다 더 제정신이라고 믿을 이유는 없다. 사실 정신 의학 서적을 제대로 읽어 보면 반대의 경우가 더 많음을 알 수 있다.〉 치료적 관계의 목적은 환자가 〈**온전한 정신**을 되찾는 것이 아니라 정신 이상이라는 자기 상태를 편안하게 받아들이는 것〉이어야 한다. 그런 내용은 대부분 랭의 책에서 그대로 따왔다고 할 수도 있었지만 자아 문제에 관해서만큼은 두 사람의 생각이 달랐다.

> 랭 박사는 망상에 빠진 리어왕이 코딜리아의 시체에 매달리듯 〈진정한 자아〉 개념에 매달린다. 그는 정신 이상자들을 해방하고 싶어 하지만 〈진정한 자아〉 개념이야말로 우리를 정신 병원에 가두는 구속복이다. 존재하는 것은 오로지 페르소나뿐이며, 어린 시절에 뿌리를 둔 진정한 존재 상태로 돌아가려는 여정이야말로 바로 그가 설명하는 문제의 근원이다. 해방으로 가는 길은 우리가 여러 페르소나로 이뤄진 뭉치라는 사실을 받아들이는 데 있다. (……) 여러 페르소나 중 딱 하나만을 고귀하게 격상하는 것은 소위 〈정신병〉의 근원인 가짜 위계를 만드는 행위다. 이런 맥락에서 우리가 조현병 환자라고 낙인찍는 사람들은 사실 새로운 존재 방식의 선구자들이다.

그는 그러한 새로운 존재 방식을 가리켜 〈스키조프리닝schizophrening〉, 즉 〈조현화〉라고 한다. 시간이 흐르면서 그의 이론은 〈누구든 자신이 되고 싶은 사람이 되어라〉라는 시대 분위기에 완벽하게 들어맞는 사상이 되었고 곧 『당신의 자아를 죽여라』는 모든 학생과 술집 철학자의 뒷주머니에 꽂혔다. 〈프리닝phrening〉(때로 〈프리닝phreening〉)은 비트족의 은어가 되었고 〈너 자신이 되지 말고 너 자신을 프리닝하라!〉, 더 간결하게는 〈존재하지 말고 프리닝하라!〉라는 슬로건이 전국 대학 캠퍼스 벽에 그라피티로 등장했다. 그 개념은 또한 잠시 〈프리Phree 운문〉 운동을 일으켰는데, 그 일환으로 보통 LSD에 취한 퍼포머가 자신의 다양한 자아와 교신하며 소용돌이치는 불협화음을 만들어 내다가 결국 각기 다른 페르소나가 불가해한 한편 〈진정한〉 의식의 흐름에 녹아드는 공연을 펼쳤다. 아이러니하게도 프리 운문 운동에 참여한 사람 중 여럿이 훗날 정신 병원에 입원했다.

브레이스웨이트의 사상은 대중문화에도 침투했다. 1966년 말쯤 폴 매카트니는 앨범 「사전트 페퍼스 론리 하츠 클럽 밴드」를 녹음하기 전에 이렇게 썼다.

> 나는 우리 자신이 되지 말자고 생각했다. 우리가 아는 이미지를 투사할 필요가 없도록 또 다른 자아를 개발하자고 말이다. 그러면 훨씬 자유로워질 것이다. 실제로 또 다른 밴드의 페르소나를 받아들이면 정말 흥미로울 테고 (……) 그 모든 소리를 만드는 것은 우리가, 비틀스가 아니라 다른 밴드일 테니 우리는 그 안에서 우리의 정체성을 잊을 수 있다.

폴 매카트니가 『당신의 자아를 죽여라』를 읽었는지는 알려져 있지 않지만 런던의 반문화계에 들어간 사람은 존 레넌이 아니라 그였으므로 그가 브레이스웨이트의 논고를 알았을 가능성은 아주 크다. 매카트니와 브레이스웨이트는 둘 다 1966년 10월 캠던 라운드하우스에서 열린 아방가르드 잡지 『인터내셔널 타임스』 출간 파티에 참석했다. 두 사람이 정말 만났든 아니든 매카트니의 말은 브레이스웨이트가 설파한 사상이 얼마나 널리 퍼져 있었는지를 보여 준다.

그러나 그 모든 성공은 미래의 일이었다. 『당신의 자아를 죽여라』가 발표된 직후 브레이스웨이트는 서평을 찾아 신문과 잡지를 훑어봤다. 콜린 윌슨은 『아웃사이더』를 발표하고 일주일도 안 되어 자기 세대를 대표하는 목소리로 칭송받았다. 브레이스웨이트는 최소한 그 정도의 평을 기대했다. 결국 『뉴 스테이츠먼』에 서평이 딱 하나 실렸다. 『뉴 스테이츠먼』의 신임 편집장 존 프리먼과 웨스트민스터 스쿨 동창이었던 에드워드 시어스가 그 책을 다뤄 달라고 설득했던 것이다. 그러지 말았어야 했다. 서평은 〈이 책에서 유일하게 주목할 만한 특징은 무책임한 제목과 상식에 대한 조소뿐이다〉라고 결론지었다. 뻔뻔한 브레이스웨이트는 랭에게 책의 탄생에 일조해 주어 감사하다고 비꼬는 편지와 함께 증정본을 한 부 보냈다. 랭이 당시 그 책을 읽었는지는 알려지지 않았다. 물론 그가 책에 무게를 더해 줄 답장을 보내는 일은 없었다.

『당신의 자아를 죽여라』는 다음 한 해 동안 몇백 부 정도 팔렸는데 무명 저자의 이름 없는 작품치고는 꽤 괜찮은 수치였다. 브레이스웨이트는 시어스에게, 또 들어 주는 사람이라면 누구에게든 저조한 판매율이 자기 사상을 탄압하는 기득권의 음모라며 욕을 퍼부었지만 속으로는 세상의 무관심에 큰 타격을 받았다. 젤다는 그렇게까지 시무룩한 브레이스웨이트를 본 적이 없었다. 주말이면 그는 침대에 누워 늦은 오후까지 줄담배를 피웠다. 저녁에 함께 외출하면 평소보다 술을 훨씬 많이 마셨고 그와 논쟁을 벌일 만큼 무모한 누구에게든 싸움을 걸었다. 모어턴 암스 앞 보도에서 주먹다짐을 벌인 적도 한두 번이 아니었다. 젤다는 그를 점점 덜 방문하게 되었지만 차마 관계를 끝낼 수는 없었다. 처음으로 그녀는 브레이스웨이트에게 섹스보다 그녀 자신이 필요하다고 느꼈다.

브레이스웨이트는 회고록에서 그 시기를 거짓으로 그럴싸하게 꾸민다. 그는 현실을 파렴치하게 왜곡해 이렇게 썼다. 〈나는 그때까지 아무도 하지 못한 말을 감히 했고 그 순간 세상은 들을 준비가 되어 있었다.〉 자기 자신을 신화화하는 재능의 산물이었는지 정말로 잘못 기억했는지는 몰라도 확실히 그는 진실과 유연한 관계를 맺고 있었다.

어쨌든, 휴경기는 오래갈 운명이 아니었다.

1961년 9월 시어스의 친구이자 영화 프로듀서인 마이클 렐프의 자택에서 열린 파티에서 브레이스웨이트는 더크 보가드를 소개받았다. 보가드는 얼마 전 영화 「희생자」에서 동성애자라는 이유로 협박받는 법정 변호사를 연기한 참이었다. 사회 변혁을 꾀하는 중요한 영화였고 그때까지 여성들만 열광하는 시시한 배우였던 보가드는 용감하게 그런 역할을 해냈다며 찬사를 받았다.

보가드는 복잡한 인물이었다. 데릭 줄스 개스퍼드 울릭 니번 밴 덴 보가드로 태어난 그는 런던에서 자라다가 10대 때 글래스고 근처 비숍브리그스에 사는 친척에게 보내졌다. 그는 제2차 세계 대전 당시 군에 복무했고 적어도 본인의 설명에 따르면 벨젠 강제 수용소의 참상을 직접 목격했다. 당시 중상류층 아이들 대부분이 그랬듯 그는 〈설명도 불평도 하지 마라〉라는 신조 아래 자랐다. 보가드는 비밀이 무척 많은 사람이었다. 그의 전기를 쓴 작가 존 콜드스트림은 〈그가 10대 때부터 단련했던 두꺼운 피부가 [후년에는] 강력한 껍데기라고 할 정도로 단단해졌고 (……) 더크는 대중이 소비할 수 있는 페르소나를 만들어 냈다〉라고 설명했다.

보가드는 파트너 토니 포우드와 40년을 같이 살았지만 늘 자신은 게이가 아니라고 주장했다. 콜드스트림의 표현에 따르면 1960년대에 동성애자로 〈폭로〉될 가능성이 있다는 것은 곧 〈국가가 공인한 불명예라는 아주 현실적인 두려움〉을 안고 사는 것을 의미했으므로 이해할 만한 일이었다. 1967년 성범죄 법안에 따라 동성애가 비범

죄화된 이후에도 여론은 법에 한참 뒤처져 있었다. 그래서 보가드는 공적 자아와 사적 자아를 오가며 구획화된 삶을 사는 법을 배웠다. 달링턴 철물점집 아들 아서 브레이스웨이트도 자신을 콜린스 브레이스웨이트로 재창조했지만, 보가드는 인지도가 높은 인물이었으므로 브레이스웨이트로서는 불가능할 정도로 단단한 껍데기를 반드시 유지해야만 했다. 보가드의 위험 부담이 훨씬 컸다.

브레이스웨이트 본인의 설명에 따르면 그는 보가드와 인사를 나눌 때 〈당신은 정말 뛰어난 배우군요〉라고 말했다. 보가드는 건성으로 고맙다고 했지만 — 그런 말을 1천 번은 들었을 것이다 — 브레이스웨이트는 말을 이었다. 그는 보가드의 직업에 관해 이야기한 것이 아니었다. 브레이스웨이트는 파티에서 다양한 손님과 어울리는 보가드를 관찰했다. 「당신의 말과 행동은 모두 거짓입니다.」 브레이스웨이트가 말했다. 「연기죠.」 그러자 보가드는 스크린에서 그를 본 사람 누구에게나 익숙한 특유의 건방진 미소를 지으며 브레이스웨이트를 바라봤다. 보가드가 대답하기도 전에 브레이스웨이트가 말을 이었다. 「보세요, 지금도 연기하고 있잖아요. 당신은 미소 짓고 있지만 그 미소는 가면입니다.」

보가드는 회고록 일곱 권 중 어디에서도 브레이스웨이트를 언급한 적이 없지만, 브레이스웨이트와의 만남과 교류에 관해 친구 한두 명에게 사적으로 이야기하면서 그를 〈뛰어난 친구〉라고 묘사했다. 브레이스웨이트의 〈이무깃돌 같은〉 이목구비와 뻔뻔한 접근이 왠지 그의 방비를 느슨하게 만들었던 것 같다. 어쩌면 거짓된 삶을 사는 사람들끼리 알아본 것이었을지도 몰랐다.

두 남자는 술이 차려진 탁자 바로 옆이라 편리한 작은 공간으로 들어갔다. 보가드는 브레이스웨이트에 관해 묻기 시작했는데, 브레이스웨이트는 이를 진짜 호기심에서 비롯한 질문이 아니라 보가드 본인으로부터 화제를 돌리려는 수단이라고 해석했다. 보가드는 『당신의 자아를 죽여라』에 관해 들어 본 적이 없었고 브레이스웨이트가 책의 주된 주제를 대략 설명했다. 그의 말에 따르면 보가드는 〈눈을 내리깔고 주의 깊게 경청했다. 몇 분 동안 겉치레가 무너졌고 나는 스타 영화배우 더크 보가드가 아닌 데릭 밴 덴 보가드와 이야기를 나누고 있었다〉. 그 순간은 오래가지 않았다. 파티를 주최한 사람이 끼어들어 보가드를 손님들에게 인사시키려고 데려갔다. 그러나 보가드 — 공적인 페르소나를 되찾았다 — 는 자리를 뜨기 전에 브레이스웨이트에게 책을 한 권 보내 달라고 했다. 브레이스웨이트는 그렇게 했고, 며칠 뒤 더크 보가드로부터 런던에서 북서쪽으로 약 32킬로미터 떨어진 애머셤 부근에 있는 널찍한 자택 〈드러머스 야드〉로 초대한다는 편지를 받았다.

브레이스웨이트는 한 시간 늦게 도착했지만 보가드는

신경을 쓰지도, 알아차린 것 같지도 않았다. 브레이스웨이트는 이렇게 적었다. 〈그는 나를 초대했다는 사실조차 잊은 듯 무관심을 가장했다.〉 그가 옥스퍼드에서 어울리던 상류층에게서 많이 봤던 짐짓 깜빡한 척하는 태도였다. 그런 사람들에게는 〈서민처럼 시간을 엄수하는 일보다 더 고상한 무언가를 생각하고 있는 듯 보이는 것이 중요〉했다. 집은 무척 넓었는데, 보가드는 브레이스웨이트를 작은 서재로, 글래스고에서 학교를 다닌 배우가 스코틀랜드 방언으로 〈자그마한 은신처〉라 부르는 공간으로 안내했다. 신성한 곳 같았다.

브레이스웨이트는 〈나의 자아와 타인들〉에서 보가드를 신랄하면서도 재미있는 사람으로 그리며 그의 매너리즘과 사소한 약점에는 별로 관심을 두지 않는다. 그가 묘사하는 보가드는 허영심 강하고 회피적이고 매력적이고 관대하고 과격하며 연약하다. 브레이스웨이트가 인간을 나누는 아주 거친 분류법에 따르면 보가드는 〈실수투성이〉였다. 브레이스웨이트는 보가드로 하여금 실제 자신과는 다른 사람인 척하면서 느끼는 죄책감에서 벗어나게 해준 듯하다. 보가드가 겉으로 내보이는 자아가 숨기는 자아만큼이나 진짜라고 설득함으로써 말이다. 브레이스웨이트는 자신이 소설 『분신』을 어떻게 해석하는지 설명했다. 누가 진짜고 누가 가짜인지 말할 수 있는 자 누구인가? 두 남자가 교류한 기간은 고작 몇 주였던 듯하지만 그 관계는 둘에게 오랫동안 영향을 끼치게 된다. 보가드는 친구에게 이렇게 말했다. 「끊임없이 〈나 자신이 되지〉 않아도 괜찮다는 이야기를 들으니 마음이 놓였어. 내가 나의 도플갱어가 되어도 괜찮다는 거야.」

이후 몇 주간 브레이스웨이트는 여러 배우와 영화 및 연극 관계자에게서 전화를 받았다. 브레이스웨이트는 배우를 사랑했다. 그들은 그의 이론의 살아 있는 화신이었다. 배우는 자신이 아닌 누군가인 척하면서 존경받았다. 브레이스웨이트는 『너의 자아를 죽여라』에서 카뮈를 인용한다.

> [배우는] 어느 정도까지 외양이 실재를 만들어 내는지 증명한다. 절대적으로 흉내 내는 것, 자신의 것이 아닌 삶에 최대한 깊숙이 들어가는 것, 이야말로 그의 예술이기 때문이다. (……) 그의 사명은 분명해진다. 바로 누구도 아니게 되거나 여러 존재가 되고자 진심으로 최선을 다하는 것이다.

브레이스웨이트는 계속해서 이렇게 말한다.

> 공연이 끝날 때마다 우리는 일어나서 박수를 친다. 〈브라보!〉, 〈앙코르!〉라고 외친다. 환상이 설득력 있을수록 갈채는 커진다. 하지만 극장 밖으로 나오면 무대

위의 사람들은 가짜라고, 〈그들 자신이〉 아니라고 조롱한다. 〈자기 자신이 되는〉 여정은 우상 숭배다. 그 대신 우리는 세상을 무대로 생각하고 우리가 되고 싶은 모습을 연기해야 한다. 우리는 자신을 발명하고 재발명해야만 — 〈여러 존재가 되어야〉만 — 고정불변한 자아의 독재에서 벗어날 수 있다.

브레이스웨이트에게는 그것이 행복으로 가는 길이었고, 그가 새로 발견한 연극계 고객층은 수용적인 관객들이었다. 배우는 직업적 특성상 부적격자였다. 그들은 사람들과 어울리려면 연기를 해야만 한다는 사실을 어렸을 때부터 깨달은 자들이다. 브레이스웨이트는 그 시대의 은어를 사용해 이렇게 썼다. 〈퀴어가 자연히 더 좋은 배우가 되는 것이 아니다. 모든 퀴어는 박해 때문에 배우가 되기를 요구받는 것이다.〉

처음에 브레이스웨이트는 고객의 자택을 직접 방문했지만 1962년 가을에는 직장을 그만두고 에인저 로드에 집을 빌릴 수 있었다. 그는 1층에 살며 2층에서 〈손님〉을 받았다. 시간당 5기니를 기꺼이 내겠다는 사람들을 돌려보낼 수는 없는 노릇이었다. 브레이스웨이트는 곧 머슈언에서 받던 주급을 단 세 시간에 벌게 되었다.

박사 학위를 마친 젤다가 그해 말에 브레이스웨이트의 집으로 들어갔다. 한동안 둘의 관계는 비교적 조화로웠다. 젤다는 자기 수입이 있었고 세라 치점이나 다른 여자들처럼 브레이스웨이트에게 끌려다니지 않았다. 그녀는 겨울 동안 글을 써서 『다른 여자의 얼굴』이라는 소설을 발표했다.

처음에 브레이스웨이트는 우연히 맡게 된 심리 치료사 역할을 진지하게 받아들였다. 그는 사례 연구집을 읽으며 저녁 시간을 보냈다. 그러나 그 무엇도 브레이스웨이트가 『당신의 자아를 죽여라』에서 드러낸 생각을 바꾸지 못했다. 그는 정신 분석 모델을 멸시했고 심지어는 무의식의 존재에 회의적이었다. 꿈 분석은 〈반(半)주술사의 미신적인 주술〉이었다. 그럼에도 브레이스웨이트가 에인저 로드 2층에서 하는 일은 그게 무엇이었든 내담자에게 효과가 있는 듯했다. 곧 일정표가 가득 찼다. 그는 파티션 벽을 세워 대기실을 만들고 예약과 청구서를 관리할 비서를 고용했다. 첫 비서였던 필리스 램은 〈미인과 보헤미안 들의 화려한 행렬〉을 기억한다. 종종 약속도 없이 에인저 로드에 찾아오는 사람들을 돌려보내야 했고, 브레이스웨이트가 시간이 날 때까지 무작정 앉아 기다리는 사람들도 있었다. 브레이스웨이트는 종종 상담 중간에 아래층으로 내려가 마리화나를 피우거나 맥주 한 병을 허겁지겁 들이켰다.

젤다의 소설은 1963년 말에 출간되었다. 『업저버』는 그녀의 작품을 〈새로운 여성성의 예리하고 내밀한 초상〉

이라고 평했다. 『타임스 리터러리 서플리먼트』는 버지니아 울프의 작품에 비견했다. 이제 아래층에서 전화벨이 울리면 거의 다 젤다를 찾는 연락이었다. 젤다는 이렇게 회상했다. 「물론 그는 질투했죠. 콜린스는 다른 사람의 성공에 기뻐하는 성격이 전혀 아니었어요.」 브레이스웨이트는 그녀에 관한 기사를 훑으면서 자기 이름이 언급되었는지 살펴보다가 하나도 찾지 못하면 신문이나 잡지를 내던졌다. 「내가 자기 덕분에 성공했다고 생각하는 것 같았어요.」 둘은 주말이면 파티를 열거나 다른 사람이 연 파티에 참석했다. 에인저 로드에서 흥청망청 놀고 마시는 모임은 종종 다음 날까지 이어졌고 최후의 한 사람이 정신을 잃고 바닥에 쓰러져야 끝났다. 종종 경찰이 찾아왔고 아무 일도 없다고 경찰을 설득하는 것은 젤다의 몫이었다.

『당신의 자아를 죽여라』의 판매량이 늘자 에드워드 시어스는 브레이스웨이트에게 점심을 대접하며 후속작을 써달라고 했다. 브레이스웨이트는 망설였다. 책을 써서 버는 돈보다 고객을 상대하면서 버는 돈이 훨씬 많았다. 시어스가 쏘아붙였다. 「그래, 하지만 책을 안 썼으면 고객들이 당신을 만나러 오지도 않았을 것 아냐.」 시어스는 이제 세상이 빠르게 돌아가고 있다고 말했다. 브레이스웨이트가 새 책을 내지 않으면 그의 고객들은 다음에 등장할 반짝 스타에게로 발걸음을 돌릴 것이라고 말이다. 교활하게도 시어스는 그사이 랭이 책을 두 권이나 더 냈다고 지적했다.[20] 브레이스웨이트는 설득당하지 않았다. 책을 쓸 시간이 없었다. 게다가 하고 싶은 말은 『당신의 자아를 죽여라』에서 다 했다. 왜 했던 말을 반복한단 말인가? 시어스가 정말로 관심이 있었던 것은 전 직원의 경력이 아니라 점점 커지는 정신 의학 서적 시장을 이용하는 일이었다. 그는 브레이스웨이트에게 『당신의 자아를 죽여라』의 자매편 삼아 사례집을 내자고 제안했다. 그러면서 어떤 이들은 브레이스웨이트가 가짜라고 주장한다는 사실을 상기시켰다. 새 책은 그들이 틀렸음을 증명할 기회가 될 것이다. 「하지만 틀리지 않았는데.」 브레이스웨이트가 대답했다. 「난 가짜야.」 시어스는 그를 설득해 봐야 소용없다는 사실을 알면서도 식사를 마치기 전에 선금을 얼마나 지불할 의향이 있는지 말하며 상당히 큰 금액을 언급했다.

일주일쯤 뒤 브레이스웨이트가 시어스에게 전화해 새 책과 관련한 아이디어가 떠올랐다고 말했다. 『당신의 자아를 죽여라』와 일종의 대위법을 이룰 사례 연구집이었다. 그는 사례 연구가 〈성경의 우화와 같은 기능을 할〉 것이라고 했다. 지난번 대화에 관한 언급은 없었다. 시어스는 정말 멋진 아이디어라고 대답했고, 곧 계약서를 작성

20 『자아와 타인들』(1961)과 『온전한 정신, 광기, 그리고 가족』(1963)이다 — 원주.

했다.

『언세러피』는 1964년 말에 쓰여 1965년 봄에 출간되었다. 책은 나오자마자 성공을 거뒀다. 난해한 서문만 빼면 무척 잘 읽히고 외설스러우면서도 종종 통찰력 있었다. 그는 고객들을 예리하게 관찰했고 우스꽝스럽게 묘사했다. 또한 뻔뻔하게도 자신에게 유리하게 썼다. 그는 〈고객들〉에게 들은 찬사를 되풀이할 기회를 절대 놓치지 않았다. 당연한 일이지만 각 사례는 성공적으로 마무리되었고 문제의 고객이 어떤 심리적인 짐을 짊어졌든 브레이스웨이트의 사무실에서 나갈 때는 그 짐을 내려놓았다. 『당신의 자아를 죽여라』에 실렸던 키르케고르와 카뮈에 관한 황당한 논의는 사라졌다. 대신 인간의 결점과 기이함이 줄지어 등장했고 환자의 성적 실수와 자위 습관에 관한 외설스러운 묘사가 양념처럼 듬뿍 뿌려져 있었다. 브레이스웨이트는 『언세러피』가 돈벌이를 위한 책이라고 딱 잘라 말했다. 「사람들은 자기보다 더 엉망진창인 이들의 이야기를 좋아하지.」 하지만 언론은 열광했다. 줄리 크리스티는 에드워드 시어스가 교묘하게 퍼뜨린 소문 때문에, 그 책의 1장에 등장하는 문란하며 신경 안정제에 중독된 전도유망한 배우 〈제인〉은 자신이 아니라고 부인해야 했다. 극작가 존 오즈번은 콜린스 브레이스웨이트와 만난 적도, 상담한 적도 없다고 발표했다. 런던 주교 로버트 스토퍼드는 『언세러피』가 신성 모독적인 작품이라고 선언하고(한 고객이 십자가에 매달린 그리스도의 이미지를 보면 성적으로 흥분된다고 인정했기 때문이다) 출판 금지를 요구했다. 『더 타임스』 사설은 『언세러피』가 〈우리가 살고 있는 자유분방의 시대에 대한 날카로운 경고일지도 모르지만 (……) 그렇다고 이 책의 출판이 정당화되지는 않는다〉라고 냉소적으로 단언했다. 말할 필요도 없이 그 모든 상황 덕분에 더 많은 사람이 에인저 로드로 몰려들었다.

로니 랭은 그제야 브레이스웨이트에게 주의를 기울이기 시작했다. 그때까지 런던 보헤미안들 사이에서 가장 믿음직한 정신과 의사는 랭이었다. 그런데 자격도 없는 돌팔이가 그의 자리를 빼앗았다. 동료 조지프 버크의 말에 따르면 랭은 브레이스웨이트의 이름만 나와도 글래스고식 욕설을 퍼부었지만 브레이스웨이트의 악명에 기름을 붓는 꼴이 되리라 판단했기 때문에 현명하게도 공개적으로 맞서지는 않았다.

에인저 로드에서는 1층과 2층의 경계가 흐릿해지고 있었다. 브레이스웨이트는 상담이 끝난 후 몇몇 고객을 1층으로 초대해 같이 마리화나를 피우기 시작했다. 또 상담 내내 술을 마시며 담배를 피울 때도 있었다. 서로 다른 고객들의 예약이 하나로 합쳐졌다. 어느 여성은 상담 시간에 맞춰 갔더니 다른 사람이 세 명이나 더 와 있었다고 회상했다. 브레이스웨이트는 그녀가 예전에 상담한 적 있는 내밀한 문제에 관해 묻기 시작했고 다른 고객들의 생각도 물었다. 그녀는 그 길로 거기서 나와 두 번 다시는 그를 찾지 않았다.

젤다는 그 모든 일이 달갑지 않았다. 무엇보다 두 번째 소설을 쓰는 중이었기 때문에 끊임없는 방해가 반갑지 않았다. 젤다는 또한 브레이스웨이트의 역할이, 그리고 그가 자기 역할을 대하는 방식이 거북해졌다. 「그에게는 비밀 유지 의무라는 개념이 없었어요. 2층에서 들은 이야기를 아주 야하고 상세하게 들려주며 재미있어했죠.」 브레이스웨이트가 급기야 1층에서까지 상담하기 시작하자 젤다는 그 모든 일이 서커스일 뿐임을 깨달았다. 그녀는 이렇게 말했다. 「정말 기괴했어요.」

두 사람을 갈라놓은 결정적인 사건은 그해 10월 리타 마셜 기자가 『선데이 타임스』 인터뷰 건으로 젤다의 집을 찾았을 때 벌어졌다.[21] 젤다는 브레이스웨이트에게 2층에서 내려오지 말라고 했지만 그는 물론 그 말을 따를 수가 없었다. 브레이스웨이트는 〈난 신경 쓰지 마세요〉라고 경쾌하게 말하며 거실로 불쑥 들어오더니 부엌에서 맥주를 한 병 꺼내 왔다. 그런 다음 인터뷰를 가로채 자기 책에 관한 이야기를 한참 늘어놓았다. 마셜은 예의 바르게 고개를 끄덕이다가 다시 젤다와 대화하려 했다. 이

21 이 사건은 1965년 10월 24일 자 『선데이 타임스』에 실린 마셜의 기사 「젤다 오글비: 이 시대의 여성」에 설명되어 있다 — 원주.

번에는 브레이스웨이트가 젤다 대신 대답하기 시작했다. 젤다는 그에게 1층에 내려오지 않기로 약속하지 않았냐고 물었다. 그가 대답했다. 「여긴 내 집이야. 빌어먹을 내 집에서 맥주도 못 마셔?」 기자는 실례한다고 말하고 떠났다. 그리고 그날 저녁, 젤다도 떠났다.

네 번째 비망록

지난 며칠간 케플러 씨의 말이 나를 계속 따라다녔다. 자살은 전혀 어리석은 짓이 아니에요. 물론 그녀의 말이 옳다. 꾸짖는 말투는 아니었지만 나는 꾸짖음이라고 느꼈고 내 생각을 그런 식으로 말한 일을 후회했다. 정말이지 그 만남 때문에 끔찍한 얼간이가 된 기분이었다. 케플러 씨는 틀림없이 내가 무척 불안정하다고 생각했을 것이다. 나는 브레이스웨이트를 찾아오는 걸 보면 그녀에게도 분명 일말의 광기가 있으리라고 생각하며 스스로를 위로했다. 그럼에도 우리가 나눈 대화 때문에 나는 언니의 죽음을 새로이 보게 되었다.

이상하게 들리겠지만 나는 버로니카의 죽음의 상세한 부분 — **실상** — 에 관해 깊이 생각해 보지 않았다. 곰곰이 따져 보니 버로니카가 어리석은 짓을 저질렀다는 내 생각은 틀린 것이었다. 버로니카가 자기 존재를 더는 견딜 수 없었다는 결론에 도달한 게 아니라 순간적인 충동에 사로잡혔다고 생각했다니. 그럴 리 없었음을 이젠 안다. 내가 버로니카의 행동을 일시적인 변덕으로 여기기로 선택했던 까닭은 언니의 죽음을 견딜 만한 것으로 만들기 위해서였을 뿐이다. 브레이스웨이트라면 〈방어 기제〉라고 말할 것이다.

버로니카는 죽기 몇 달 전에 명확한 이유도 없이 케임브리지에서 집으로 돌아왔다. 〈녹초〉가 되었다고 중얼댔지만 전혀 피곤해 보이지 않았다. 나보다 훨씬 에너지가 많아 보였다. 어쨌든 아버지는 언니가 집에 와서 좋아했다. 저녁 식사 시간에 버로니카는 여러 가지 지적인 문제에 관해 활기차게 이야기했고 아버지는 그런 언니를 사랑스럽게 바라봤다. 어느 날 저녁, 언니는 과일 조각을 우주의 모형 삼아 적색 편이 효과라는 현상을 설명했다. 태양은 오렌지, 지구는 포도였다. 버로니카는 밤하늘에 보이는 수많은 별이 이미 몇만 년 전에 죽었다고 했다. 언니가 식탁 바깥쪽을 향해 사과(무엇의 모형이었는지는 잊었다)를 천천히 움직이면서 파장과 진동수에 관해 뭐라 말했다. 루엘린 씨조차도 걸음을 멈추고 듣다가 고개를 저으며 요즘 여자들은 자기랑 관계도 없는 일에 괜히 끼어든다고 웅얼거렸다. 그때만큼은 나도 그녀에게 동의했다.

버로니카와 나는 교류가 별로 없었다. 그 몇 주 동안 언니가 어떻게 지냈는지, 무슨 계획이 있었는지 모른다.

사실 그다지 생각해 보지도 않았다. 나는 언니가 언젠가 케임브리지의 눈부신 세계로 돌아가리라 생각했다. 우리는 평범한 자매처럼 친하게 지낸 적이 없었으므로 관계가 소원해졌다고 할 수는 없었다. 항상 그랬듯이 언니가 나보다 뛰어나고 따라서 내게 관심이 거의 없다는 사실을 받아들였다. 그럼에도 언니가 있어서 기뻤다. 집안 분위기가 밝아졌다. 아버지의 애정이 희석되어 내가 분노했으리라 의심하는 이도 있겠지만 사실 전혀 그렇지 않았다. 오히려 저녁 식사 시간에 브라운리 씨의 사무실에서 어떤 하루를 보냈는지 거짓말로 꾸며 내 아버지를 즐겁게 해드릴 필요가 없어 마음이 놓였다.

어느 날 저녁 나는 거실에서 조젯 헤이어의 최신작을 읽으며 시간을 보내고 있었다. 버로니카가 나를 한동안 지켜봤다. 그러더니 한숨을 쉬고 말했다. 「아, 나도 그렇게 소설에 푹 빠질 수 있으면 정말 좋겠다.」 내 칭찬이 아니라 자신이 우월하다는 뜻이었다. 버로니카는 원래 **말과 속뜻**이 달랐다. 그간 우리 사이에 오해가 잦았던 것도 그 때문이었다. 언니는 열두 살인가 열세 살 때 반어법에 푹 빠졌다. 밝고 화창한 날이면 날씨가 〈비참하다〉고 했고, 비가 쏟아지면 〈즐겁다〉고 했다. 그런 표현은 아버지와 버로니카가 공유하는 둘만의 은어가 되었다. 아버지는 버로니카를 아이러니카라고 불렀고 언니는 아버지를 어머니라고 불렀다. 버로니카가 시험을 보고 와 반에서

1등을 했다고 하면 아버지는 집안의 수치라고, 저녁을 굶기고 방에 가둬야겠다고 했다. 그러면 베로니카는 정말 좋겠다고, 그뿐 아니라 회초리도 맞아야 한다고 대답했다. 아버지는 언니를 실컷 때려 주면 아주 즐겁겠다고 했다. 두 사람은 몇 시간이고 그런 식으로 대화를 이어 갔다. 아버지와 베로니카는 다른 누구도 들어갈 수 없는 둘만의 결사단을 만들었다. 내가 베로니카의 말을 있는 그대로 받아들이면 언니는 세상에서 가장 멍청한 바보라도 보듯 눈을 굴리며 크게 헛기침했다. 또 내가 두 사람의 게임에 끼려고 하면 언니는 자기 말이 반어법이 아니라 진심이었다고 선언했다. 베로니카를 상대할 때는 내가 어떤 위치에 놓여 있는지 절대 알 수 없었다. 우리의 모든 대화에는 언제든지 내가 창피당할 위험이 도사리고 있었다.

하지만 그날만큼은 언니가 날 얕잡아 본다는 걸 안다는 티를 내려고 매서운 표정을 지어 보였다. 언니는 선을 넘었음을 깨닫고 얼굴을 붉혔다. 십자말풀이를 하던 아버지가 고개를 들었다. 「우리가 모두 너 같은 야심가가 될 수는 없단다, 베로니카.」 아버지는 그렇게 말하고 나를 보면서 지능이 떨어지는 아이를 대하기라도 하듯 미소 지었다. 나는 자리에서 일어나 지적인 분위기의 수준을 떨어뜨려 미안하다고 비꼬았다. 내가 성큼성큼 걸어 나가자 두 사람은 참회의 표정을 우스꽝스럽게 주고받으며 나의 분노를 더욱 부채질할 뿐이었다.

버로니카와 나는 친밀하지 않았을지는 몰라도 대체로 화목하게 지냈다. 기억하는 한 나는 버로니카를 윗사람으로 받아들였다. 언니는 머리가 좋았고 나는 그렇지 않았다. 언니는 자제력이 있었고 나는 없었다. 언니는 사람들 앞에서 서툴게 굴지 않았고 어머니가 이세벨이라고 부르는 여자들을 빤히 바라보는 뻔뻔한 짓도 하지 않았다. 호텔에 가면 언니는 커틀러리를 제대로 사용했고 블라우스에 그레이비소스를 흘리지도 않았다. 언니는 텔레비전 퀴즈 쇼를 보지도 않았고 잡지에서 예쁜 옷 사진을 오리면서 시간을 낭비하지도 않았다. 버로니카는 다른 계급에 속해 있었고 그랬기 때문에 우리는 아버지의 애정에 대해서만 경쟁했다. 나는 지적 수준을 높이려는 노력을 전혀 안 했는데 그래 봤자 열등함만 드러날 것 같아서였다. 경쟁을 거부함으로써 우리가 그저 다를 뿐이라는 환상에 매달릴 수 있었다. 가끔 언니는 내 〈소소한 직업〉에 질투를 드러냈다. 「넌 잘나가는 도시 여자구나.」 그러면 나는 브라운리 씨의 사무실에서 하는 일이 실제보다 훨씬 더 멋지다고 언니가 생각하도록 내버려 뒀다. 아버지는 그런 일이 버로니카에게는 지루할 거라고 여겼는데, 분명 사실이었다. 나는 반복적인 일을 하거나 허공을 한참 멍하니 바라봐도 지루함을 전혀 느끼지 않는 능력이 있다. 열심히 살펴보면 항상 무슨 일이든 일어나고 있다. 주변에서 온통 작은 드라마들이 펼쳐진다. 그러나 버로니카 같은 지식인은 그 사실을 모른다. 생각하느라 너무 바빠서 아무것도 알아차리지 못한다.

버로니카가 죽은 날 저녁 8시 50분에 경찰이 찾아왔다. 밤늦게 초인종이 울리면 시계부터 먼저 보는 법이므로 확실하다. 아버지가 십자말풀이를 풀다가 고개를 들고 말했다. 「버로니카일 거다. 열쇠를 놓고 갔나 보군.」 우리는 버로니카가 오지 않아 놀란 상태로 저녁 식사를 한 참이었다. 아버지는 언니가 영화를 보러 갔거나 케임브리지의 똑똑한 친구를 우연히 마주쳤나 보다고 했지만 (버로니카의 친구는 그냥 친구가 아니라 **똑똑한** 친구였다) 둘 다 사실이 아니라는 걸 나만큼이나 잘 알았을 것이다.

나는 단 한 순간도 버로니카가 초인종을 눌렀다고 생각하지 않았다. 내게는 아주 작은 일과 관련해서도 불행을 예상하는 버릇이 있기 때문에 루엘린 씨가 경찰관 두 명을 거실로 안내했을 때도 전혀 놀라지 않았다. 첫 번째 — 이름이 기억나지 않는다 — 는 맵시 없는 갈색 양복에 외투를 걸친 형사였다. 그는 모자를 벗어 앞으로 들고 있었다. 그의 동료는 제복 차림의 순경이었는데 학교를 갓 졸업한 나이쯤 되어 보였다. 발그레한 뺨이 여드름으로 뒤덮여 있었다. 뮤직홀에서 공연하는 듀오 같아 보였기에 그들이 금방이라도 「아치 아래에서」를 부르는 게 아닐까 싶었다. 형사는 우선 우리가 정말 버로니카의 가족인지 확인했다. 우리가 사기꾼일 가능성은 거의 없었지만 나는 공권력자란 위기 상황에서 뻔한 사실을 확인하는 데 상당한 시간과 노력을 낭비한다는 사실을 배웠다. 그런 식으로 노예처럼 절차를 고수하면 곧이어 의논할 곤란한 사건과 사건 당사자들 사이에 거리감이 생긴다. 그러면 자아를 뒤로하고 하나의 톱니가 되어 기능을 수행할 수 있다. 이제 사건은 더 이상 개인적인 일이 아니다. 나는 어머니의 죽음 이후 시시콜콜한 절차를 밟을 때 〈사망자의 딸〉(이 표현의 묵직한 리듬이 아직도 재미있다)이냐는 질문을 수없이 받으면서 그 상황을 즐기게 되었다. 「네, 맞아요.」 나는 자부심을 품고 맡은 역할을 능숙하게 수행하며 엄숙하게 대답하곤 했다.

형사는 우리의 신원을 실컷 확인한 다음 나쁜 소식이 있다고 했다. 그는 퀴즈 쇼 진행자처럼 효과를 노리며 말을 잠시 멈추더니 버로니카가 사고를 당했다고 알렸다. 버로니카가 캠던의 철로 위 육교에서 몸을 던진 것 같다고 했다. 형사는 자기가 말한 두 문장의 모순을 알아차리지 못한 듯했지만 그 사실을 지적할 때는 아닌 것 같았다. 나는 차마 아버지를 볼 수 없었다. 이 소식에 아버지가 쓰러지지는 않을까, 내가 상황을 책임져야 하는 건 아닐까 생각했다. 나는 대충 비탄에 잠겨 보일 듯한 표정을 짓고 한 손을 뺨에 가져다 댔다. 그런 소식을 예상했던 것처럼 보이면 안 되지 싶었다. 눈앞의 형사가 모르는 사람 집에 들어가 당신네 친인척이 죽었다고 말하면서 모종의 즐거움을 느끼지는 않을까 궁금했다. 만약 그렇다 해도 그는 아무런 티도 내지 않았다. 그는 몇 초간 손가락으로 모자챙을 돌리다가 충격이 가실 만큼 충분한 시간이 지났다고 판단했는지 몇 가지 질문을 던졌다. 버로니카가 그 지역에 간 이유를 아는지? 버로니카가 요즘 기분이 안 좋거나 심란했는지? 이상한 행동을 했는지? 아버지가 아니라고 대답하자 형사는 버로니카의 방에 〈코를 좀 들이밀어 봐도〉 되겠냐고 물었다. 공무원이 쓰지 않을 법한 그 관용구에 짜증이 났다. 그 부적절한 구어 때문에 그는 공무원이 아닌 개인으로 돌아갔다. 형사는 스스로를 〈약간 특이한 사람〉이라고 생각하는 듯했고 나중에 술집에서 자신이 어떻게 고상한 척하는 집에 들어가 가족의 죽음을 전했는지 떠벌릴 것 같았다. 그럼에도 루엘린 씨는 그를 위층으로 안내했다.

제복 차림의 청년은 아버지와 나를 감시하듯 거실에 남았다. 내 다리를 보는 그의 시선을 눈치채고 본능적으로 치맛자락을 끌어 내렸다. 나는 무슨 말이라도 해야 할 것 같아 그 사람이 버로니카인지 어떻게 확신하냐고 물었다. 청년은 자신이 그런 말을 할 권한이 있는지 잘 모르겠다는 듯 머뭇머뭇 대답했다. 버로니카의 핸드백이 현장에서 발견되었다. 나는 기차에 몸을 던지려면 우선 가방의 내용물을 샅샅이 뒤져 정리해야겠다고 머릿속에 메모했다. 청년은 버로니카의 신원 확인 과정을 설명하기 시작했지만 목소리가 점점 작아졌다. 그의 오른손 손등 뼈 부근 살갗이 까져 있었기 때문에 최근 주먹싸움에 휘말렸던 게 아닐까 싶었다. 나는 자리에서 일어나 아버지가 앉아 계신 곳으로 갔다. 신문이 무릎에서 미끄러져 떨어졌고 아버지는 양손으로 얼굴을 가리고 있었다. 아버지 어깨에 한 손을 얹었다. 그러자 아버지가 내 손에 자기 왼손을 얹었고, 우리는 괴상한 형사가 돌아올 때까지 그림 속 인물들처럼 자세를 바꾸지 않았다. 형사는 앞으로의 절차를 설명한 다음 고개를 재빨리 기울여 젊은 동료에게 얼른 나가자고 신호를 보냈다.

사인 신문 때 사이먼 월멋이라는 청년이 버로니카가 육교 난간에 올라가는 모습을 봤다고 진술했다. 그때까지 나는 버로니카의 실제 행동을 떠올리지 않고 잘 피해 왔었다. 나 자신을 속이며 사고였다고, 언니가 어쩌다 미끄러져 떨어졌을 뿐이라고 믿고 있었다. 물론 〈자살〉이라는 단어가 마음속을 스쳤지만 귀찮은 파리 쫓듯 그 단어를 쫓아냈다. 버로니카가 의도적으로 그랬다는 생각, 삶을 끝내겠다고 단호하게 선택했다는 생각은 떠올리지도 않았다. 너무 터무니없는 생각이었다. 사이먼 월멋은 버로니카가 잠시 주저할 때 자신이 달려가 발목을 잡았다고 회상했다. 하지만 버로니카는 뛰어내렸고 그의 손에는 신발 한 짝만 남았다. 그 신발 한 짝은 버로니카의 옷과 핸드백 속 내용물과 함께 우리에게 돌아왔다. 나머지 한 짝은 발견되지 않았지만 언니는 나보다 발이 두 사이즈는 컸기 때문에 어차피 내가 신을 수도 없었다.

인정하기 부끄럽지만 버로니카가 죽었다는 소식을 듣자마자 제일 처음 떠올린 생각은 아주 이기적이었다. 두 번 다시 아버지의 애정을 두고 경쟁할 필요가 없겠구나 싶었다. 이제 저녁 식사 시간에 바보가 된 기분이 들거나 내 존재가 변변찮다고 느낄 일은 없을 것이다. 나는 언니보다 오래 산 덕분에 처음으로 언니를 이겼다. 옹졸하고 비열하지만 딱 내가 할 만한 생각이었다. 나는 어렸을 때부터 내가 심술궂고 얄미운 사람임을 알았다. 무슨 일이든 내게 이득인지 손해인지 하는 관점으로밖에 보지 못했다. 누가 공익을 위해 행동한다고 주장하거나 자유 시간에 자선 활동을 하면 그 의도를 믿지 않는다. 내가 보기에 그와 같은 자칭 이타주의는 훌륭하다고 여겨지고 싶은 욕망을 드러낼 뿐이다. 그러나 버로니카가 죽고 몇 주가 지나자 생각이 달라졌다. 어떻게 보면 생각이 달라진 것도 내 이기주의에 완벽하게 부합했다. 아버지의 슬픔은 광대하고도 길었다. 몇 달이 지나도 내가 집에 돌아와 보면 아버지는 눈물을 흘리고 있었다. 아버지는 거의 먹지도 않았고 점점 여위어 사라질 것만 같았다. 낯빛이 회색으로 변하고 머리숱도 줄었다. 루엘린 씨가 명랑한 척하며 아무리 비위를 맞춰도 아버지는 식사하지 않았다. 당연히 우리는 그 고통의 원인에 관해 말하지 않았다. 버로니카의 이름을 언급하면 부적절하고 잔인하다는 느낌밖에 들지 않았을 것이다. 그래서 아무 일도 없었다는 듯 다른 이야기만 했다. 그리하여 버로니카의 죽음에 대한 감정이 변했다. 아버지의 불행은 나를 불행하게 했다.

그러다가 또 다른 일이 벌어졌다. 어느 날 저녁, 식사를 하려고 식탁 앞에 앉았을 때 나는 얼마 전까지 버로니카가 앉았던 자리로 고개를 돌리고는 언니에게 뭔가를 말하려다 얼른 멈췄다. 처음으로 언니의 부재가 사무치게 느껴졌다. 그 순간부터 나는 언니의 죽음을 다르게 보기 시작했다. 이 세상에 딱 버로니카만 한 공백이 생겼다. 언니의 육체적 존재뿐만 아니라 그 머릿속에 든 생각도 사라졌다. 내가 하려던 질문은 절대 답을 얻지 못할 것이었다. 언니가 배운 모든 것, 언니가 쌓아 온 기억, 언니가 앞으로 할 생각과 행동이 모두 사라졌다. 언니가 존재하지 않아 세상이 줄어들었다. 목구멍에서 흐느낌이 치솟았다. 애써 삼켰지만 가시지 않았다. 나는 갑자기 기침하는 척하며 식당에서 달려 나갔다.

네 번째로 브레이스웨이트 박사를 방문하던 날, 상담실에 도착하자 데이지가 자리에 앉으라고 말없이 손짓했다. 옷걸이에 케플러 씨의 흑담비 코트가 걸려 있었다. 질서가 회복되어 기뻤다. 자리에 앉을 때는 버로니카도 틀림없이 바로 이 의자에 앉아 데이지의 신호를 기다렸겠다는 생각이 강하게 들었다. 언니는 무릎을 모은 채 양손을 그 위에 얹고 등을 꼿꼿하게 편 자세로 앉아 있었을 것이다. 지금의 나처럼 말이다. 하지만 과연 언니가 데이지의 어깨 위 벽에 생긴 작은 벽지 혀를 알아차렸을까 싶었다. 언니는 나만큼 그 부분이 거슬리지 않았을 것이다. 데이지의 카디건을 칭찬할 생각도 못 했겠지. 언니는 데이지의 카디건에 아무 관심도 없었을 것이다. 버로니카는 실용적이고 고지식했다. 특출할 정도로 패션에 무관심한 사람이었다. 언니는 어울리지 않는 치마를 입고 못생긴 신발을 신었으며 가끔은 남자 옷 같은 트위드 바지를 입었다. 나는 가끔 언니가 남자가 되고 싶었던 게 아닐까 생각했다. 버로니카가 파이프 담배를 피웠대도 나는 전혀 놀라지 않았을 것이다.

데이지는 평소와 달리 자기 일에 집중하고 있었다. 지난주에 잡담을 나누다 들켰기 때문에 이번에는 내가 말을 걸지 못하게 하고 싶은 듯했다. 어쩌면 브레이스웨이트가 방으로 불러 나무랐을지도 몰랐다. 나는 그가 데이지에게 어떤 벌을 줬을까 상상했다. 그러다 갑자기 어떤 생각이 떠올라 곧장 실천에 옮겼다. 뭐든 너무 오래 생각하다 보면 행동에 옮겨서는 안 될 이유를 1백 가지는 찾아낼 수 있을 테니 말이다.

「혹시 브레이스웨이트 박사님의 예전 고객 기억하세요?」 내가 말했다. 「이름이 버로니카였는데.」 그냥 불쑥 떠올랐을 뿐 그녀의 대답이 전혀 중요하지 않다는 뜻으로 가볍게 손을 흔들었다.

데이지가 나를 봤다. 그녀의 시선이 상담실 문을 스쳤다. 그러더니 이마를 찌푸리고 목을 움츠렸다. 「다른 고객 이야기는 금지되어 있는 거 잘 아시잖아요.」 그녀가 말했다. 예전의 붙임성 좋은 태도는 완전히 사라지고 없었다.

「그냥 기억하는지 궁금해서요.」

「제가 그분을 기억하는지 아닌지는 중요하지 않아요.」 그녀가 방백하듯 말했다. 「저한테 그런 거 물어보시면 안 돼요.」

데이지는 다시 타자를 치면서 키를 아주 세게 눌러 최대한 큰 소리를 냈다.

나는 버로니카에 관해 설명하기 시작했다. 「브레이스웨이트 박사님이 책에도 썼어요.」 내가 시끄러운 타자 소리보다 크게 말했다. 「도러시라고 불렀죠. 잘 어울리는 이름이라고 늘 생각했어요.」

데이지의 얼굴에 아는 기색이 스치는 순간을 본 것 같았지만 그녀가 너무나 재빨리 감췄으므로 확신할 수 없었다.

데이지가 타자를 멈추고 나를 쳐다봤다. 「저는 박사님 책을 하나도 안 읽었어요.」

그녀는 겁에 질린 것 같았다. 내가 말을 이었다. 「그냥, 어떻게 보면 버로니카 때문에 제가 여기 온 거거든요.」

「저는 당신이 왜 여기 왔는지 관심 없어요.」 그녀의 뺨이 붉게 물들었다.

그 순간 브레이스웨이트의 상담실 문이 열렸다. 케플러 씨가 나타났다. 그녀는 평소와 달리 차분해 보이지 않았다. 얼굴은 상기되었고 마스카라가 번졌다. 머리카락은 헝클어졌고 데이지가 코트를 입혀 줄 때는 딴생각에 빠진 채 머리카락을 귀 뒤로 넘겼다. 그녀의 시선이 내게 내려앉았지만 우리 사이에 아무 일도 없었다는 듯 텅 빈 눈빛이었다. 나는 상처받았지만 그녀가 수수께끼처럼 구는 데는 분명 나름의 이유가 있을 테니 역시 아무 말도 하지 않았다.

그녀가 떠나고 잠시 후 브레이스웨이트 박사가 문간에 나타났다. 아마추어 극단이 너무나도 사랑하는 끔찍한 시골 저택 소극(笑劇)의 한 장면 같았다. 그는 몸집이 대단히 크지는 않지만 마치 국경 저 너머까지 세력을 떨치는 작은 나라 같아 보였다. 문틀을 거의 다 채우는 느낌이었다. 브레이스웨이트가 나를 흘깃 볼 뿐 미소 지어 인사하지 않았기 때문에 내가 자기 비서에게 캐묻는 소리를 들은 건 아닐지 걱정됐다. 그는 데이지에게 잠시 아래층에 다녀오겠다고 말하고 나갔다. 계단에서 그의 발소리가 들렸다.

데이지가 안으로 들어가 보라고 했는데, 더 이상의 대화를 피하려고 그러는 게 분명했다. 나는 등 뒤로 문을 닫고 방을 살폈다. 그 공간에 나 혼자라니 기묘한 경험이었다. 허락을 받고 들어왔지만 침입자가 된 기분이었다. 얇은 카펫을 가볍게 가로질러 장의자 옆에 서서 장갑을 벗었다. 책상 뒤 파일 캐비닛에 시선이 닿았다. 어떤 비밀이 들어 있을까! 평소처럼 맨 위 서랍이 살짝 열려 있었다. 나는 문을 흘끔 봤다. 브레이스웨이트는 잠시 자리를 비우겠다고 했다. 아직 30초도 안 지났을 것 같았다. 나는 핸드백을 바닥에 내려놓았다. 두피가 따끔거렸다. 내게 배짱이 있을까? 지금은 생각할 때가 아니라 행동할 때라고 스스로에게 말했다. 머뭇거리다가는 주저앉고 말 것이다. 네 걸음, 다섯 걸음, 여섯 걸음 걸어가 방을 가로질렀다. 그런 다음 열린 서랍을 내려다봤다. 알파벳순으로 깔끔하게 정리된 칸막이는 없고 엉망으로 뒤섞인 공책 더미뿐이었다. 발소리가 들리는지 귀를 기울이면서 맨 위 공책을 펼쳤다. 첫 면에 이상한 대문자로 〈SK〉라는 이니셜이 적혀 있었다. K는 케플러를 뜻할 것이다. 심장이 두근거렸다. 눈으로 공책 면을 훑었다. 브레이스웨이트의 글씨는 알아볼 수가 없었다. 일종의 암호나 속기법일까, 혹시 너무나 자극적인 내용이라 암호로 적어야만 했을까 생각했다. 어쨌든 내게는 상형 문자만큼이나 아무 뜻도 없어 보였다. 그러나 캐비닛 어딘가에 버로니카의 공책도 분명히 있을 것이다. 그걸 훔칠 수만 있다면 나중에 해독할 수 있을지도 몰랐다. 나는 다시 방을 가로질러 공책을 숨길 핸드백을 가져왔다. 그런 다음 서랍을 뒤지면서 아무 공책이나 펼쳐 보다가 가까스로 멈췄다. 버로니카가 여기 다닌 지 거의 2년이 지났다. 아래 서랍을 열었다. 첫 번째 서랍보다 더 어지러웠다. 공책들을 체계적으로 펼쳐 보면서 버로니카의 이니셜이나 다른 단서를 찾았다. 그러다가 잠시 손을 멈추고 귀를 기울였다. 아무 소리도 들리지 않았다. 다섯 권만 더 펼쳐 보고 장의자로 돌아가기로 했다. 첫 번째 공책을 들었을 때 뒤에서 딸깍 문 열리는 소리가 들렸다.

나는 서랍에 공책을 떨어뜨리고 천천히 뒤돌았다. 브레이스웨이트가 문간에 선 채 목 조를 준비를 하는 사람처럼 가슴 앞에서 양손을 비비고 있었다. 얼굴에 아무 표정도 없었다. 내 등 뒤로 서랍이 느껴졌다. 그가 천천히 들어와 내 앞에 서자 우리의 몸이 거의 닿을 듯 가까웠다. 그가 파일 캐비닛 양쪽 모서리에 양손을 얹어 나를 자기 팔 안에 가뒀다.

「거기서 뭘 하고 있었는지, 할 말 있나?」 브레이스웨이트가 조용히 말했다.

「없어요.」 내가 쥐도 부끄럽게 할 만큼 작은 목소리로 말했다.

「없으면 얻을 것도 없지. 다시 말해 봐.」 그가 딱딱 끊으며 말했다. 그의 입술이 내 이마와 같은 높이에 있었다. 그의 숨결에서 술 냄새가 났다.

「파일을 어떻게 분류하시는지 궁금해서요.」 내가 말했다. 「브라운리 씨 사무실에서는 알파벳순과 시간순으로 정리하거든요, 하지만 당신은…….」 나는 말도 안 되는 소리를 하다 얼버무렸다.

「말을 조금 바꿔라. 운명을 그르칠지도 모르니.」[22] 브레이스웨이트가 말했다. 셔츠 밑에서 그의 가슴이 오르락내리락했다. 브레이스웨이트가 왼손으로 내 턱 아래를 잡고 고개를 뒤로 젖혔으므로 나는 그의 눈을 바라볼 수밖에 없었다. 그의 혀는 뚱뚱한 입술을 적셨다. 그런 다음 그가 드러난 내 목에 손을 부드럽게 가져다 댔다. 배속이 녹는 것 같았다.

「자?」

나는 침을 삼켰다. 목에 닿은 그의 손은 따뜻했고 다른 상황이었다면 기분 좋은 감각이었을지도 몰랐다. 「그냥 나에 관해 뭐라고 썼나 궁금했을 뿐이에요.」 내가 말했다.

브레이스웨이트가 목에서 손을 떼고 특유의 외설스러운 손길로 자기 턱을 주물렀다. 그의 오른손은 두툼한 스

22 셰익스피어의 희곡 『리어왕』에 나오는 대사.

테이크처럼 내 어깨에 얹혀 있었다.

「하지만 호기심이 뭘 했는지 알잖아, 응?」

「고양이를 죽였죠.」 내가 순순히 말했다.

「우린 그런 일이 일어나기를 바라지 않아, 안 그런가?」

「네, 그렇죠.」

브레이스웨이트가 내 어깨에서 손을 떼고 반걸음 물러섰다. 나는 내 자리인 장의자로 비틀비틀 걸어갔다. 「미안해요.」 내가 말했다. 「당신 캐비닛을 들여다보면 안 되는 거였는데. 잘못했어요.」 내가 뉘우친다는 뜻으로 고개를 숙였다.

이제 브레이스웨이트는 뒷짐을 지고 그 불쾌한 가구에 기대서 있었다. 바지(지난주에 입었던 것과 같은 볼품없는 코듀로이 바지였다) 지퍼가 열려 있었지만 귀띔해 줄 때는 아닌 것 같았다. 나는 내가 리베카 스미스임을 되새기며 마음을 가라앉히려고 최선을 다했다. 담배를 찾아 바닥으로 손을 뻗었지만 핸드백은 파일 캐비닛 발치에 버려져 있었다. 니코틴이 그렇게 간절한 적은 처음이었다.

「당신에 관해 뭐라고 썼을 것 같아?」 브레이스웨이트가 물었다.

「전혀 모르겠어요.」 내가 대답했다. 「그래서 궁금했던 거예요.」

「그럼 말해 주지.」 그가 말했다. 「아무것도 안 썼어.」

「아무것도 안 썼다고요?」 내가 따라 말했다.

「한마디도.」 그는 더없이 흡족해 보였다. 「이유를 말해 주지. 쓸 내용이 없으니까. 당신처럼 텅 빈 사람은 처음 보는 것 같군. 당신이 정말 스스로 말하는 그 사람인지 궁금해지기 시작했어.」

「저도 종종 그렇게 생각해요.」 리베카가 대답했는데, 나는 그녀가 꽤 능숙하다고 생각했다. (그녀는 나보다 훨씬 똑똑하다. 가끔은 리베카에게 통제권을 아예 넘겨야 하는 게 아닐까 싶다.)

「당신은 속물적인 척하지만 안절부절못하며 허둥대지. 밖에서 데이지와 속닥거리고. 또 케플러 씨가 지난주에 공원에서 당신에게 괴롭힘을 당했다더군. 어마어마한 여성 군단이 나를 무찌르려고 서로 힘을 모으고 있는 것 같아.」

「괴롭혔다고요?」 내가 따라 말했다. 케플러 씨가 우리의 대화를 그렇게 생각하다니 나는 무척 기분이 상했다.

브레이스웨이트가 파일 캐비닛에서 몸을 떼고 등받이가 곧은 의자를 꺼내더니 내 앞에 다리를 벌리고 앉았다. 지퍼가 10대 소년의 입처럼 벌어졌다. 나는 자리에서 일어나 핸드백을 가져왔다. 담배에 불을 붙이자 나 자신으로 돌아오는 기분이었다. 갈망이 채워지지 않는 것만큼 짜증 나는 상황은 없기 때문에 나는 최대한 욕망 없이 살기 위해 애쓴다. 욕망이 있으면 끝없이 갈망하는 상태로

살게 된다. 흡연은 예외다. 흡연은 우리가 통제할 수 있는 욕망이다. 담배를 피우고 싶다는 욕망은 조금씩 강해지도록 내버려 뒀다가 연기를 한 모금 훅 내뿜으면 이내 사라진다.

「음, 괴롭혔든 아니든 중요한 점은 그게 아니지.」 브레이스웨이트가 말을 이었다. 「꾸며 낸 태도도 그렇고, 데이지를 구슬리다가 이제 서류까지 뒤지는 걸 보니 뭔가 음모를 계획하고 있다는 결론을 내리지 않을 수 없군.」

「평생 음모 같은 건 꾸며 본 적이 없는데요.」 내가 말했다.

그러자 브레이스웨이트가 혼자 웃기 시작했다. 「당신 기자군, 맞지?」

「기자요? 세상에, 아니에요.」 나는 그의 생각에 진심으로 충격받았다.

「정말이지, 킁킁거리며 캐고 다니는 사람이 너무 많아.」 그가 말했다.

「분명히 말하지만 난 그런 사람 아니에요.」 내가 말했다.

「그럼 뭐지? 당신은 뭡니까, 스미스 씨?」

「난 아무것도 아니에요. 아무도 아니라고요.」 내가 말했다. 「그냥 리베카예요.」 그가 아무 대답도 하지 않자 나는 약간 대담해졌다. 「케플러 씨를 괴롭히지 않았어요, 정말이에요. 공원에서 우연히 마주쳤을 뿐이에요.」

「당신이 그녀를 뒤쫓았다던데.」

「당신을 만난 다음 머리를 식히려고 공원을 한 바퀴 돌았을 뿐이에요. 케플러 씨가 거기 있을지 내가 어떻게 알았겠어요?」

브레이스웨이트가 입을 꾹 다물고 나를 쳐다봤다. 내 논리를 납득하는 것 같았다. 「하지만 케플러 씨에게 말을 걸었잖아?」

「네, 그랬어요.」 내가 말을 이었다. 「대기실에서 본 기억이 나서 인사했어요. 안 그러면 무례하잖아요. 정말 순수하게 인사만 한 거예요.」

「인사를 했다고. 그 이상은?」 브레이스웨이트가 관자놀이를 어루만졌다.

나는 신문당하는 기분이 들어서 그런 기분이라고 말했다.

「케플러 씨는 말이야.」 그가 말했다. 「그녀의 문제는 뭐랄까, 망상에 빠진다는 거야.」

「그런 것 같네요.」 내가 말했다.

「충고하는데 케플러 씨와 엮이지 않는 편이 좋아.」

「엮일 생각 없었어요.」

「그래서, 무슨 이야기를 했지?」

나는 어깨를 으쓱했다. 「별거 없었어요. 날씨 얘기나 했겠죠, 아마.」

「그 밖에는?」

「당연히 당신 이름도 나왔고요.」

「케플러 씨가 뭐라던가?」

「말해 봤자 선생님 머리만 아플 텐데. 지금도 머릿속이 충분히 복잡하시잖아요.」

그가 알쏭달쏭하다는 표정으로 나를 봤다. 나는 남자에 관해 아는 바가 별로 없지만 추켜세워 줬을 때 꿈쩍도 하지 않는 남자가 없다는 사실은 안다. 남자는 자존심이 세다. 남편이 일을 마치고 집으로 돌아오면 아내는 늘 남편이 얼마나 똑똑한지, 얼마나 잘생겼는지 말해 줘야 한다. 그게 바로 여자의 의무고, 그 의무를 게을리하는 사람은 나처럼 혼기가 지나도록 선택받지 못한다.

「꼭 아셔야겠다면 말씀드릴게요.」 내 생각은 다르다는 분위기를 풍기며 말했다. 「당신이 천재라고 했어요.」

브레이스웨이트는 입가에 번지는 미소를 숨기지 못했다.

「당신 말처럼 케플러 씨는 확실히 망상이 심하네요.」 내가 말을 이었다.

「가장 심각한 정신 질환자도 머리가 맑아지는 순간이 있지.」 그가 말했다. 「그때가 그런 순간이었군, 안 그래?」

「사실 다른 이야기도 하긴 했어요.」 내가 말했다.

뭐냐고 묻듯 그의 눈이 커졌다.

「자살이요.」 내가 말했다.

그가 흡족하다는 투로 그 단어를 되풀이했다. 「어쩌다

그렇게 무거운 화제가 나왔지? 공원에서 우연히 만난 젊은 여성 둘이 잡담을 나눌 만한 주제가 아닌데.」

「당신 영향일지도 모르죠.」 내가 말했다.

그는 아무 말도 하지 않았다.

나는 담배를 물고 천천히 연기를 내뿜었다. 처음으로 그의 흥미를 불러일으키는 데 성공했다는 느낌이 들었다. 「사실 얼마 전부터 자멸에 관해 생각하고 있었어요.」 고백건대 나는 그 문장이 마음에 들었지만 브레이스웨이트는 내 우아한 단어 선택에도, 내가 드러낸 심정에도 별 인상을 받지 않은 듯했다.

「글쎄.」 그가 대답했다. 「해치우기로 결심하거든 잊지 말고 데이지한테 전화해서 상담 약속 취소하고.」

나는 농담이겠지 생각했지만 그 말에 기분이 상한 것처럼 손을 내려다봤다. 「내 말을 진지하게 받아들이지 않는군요.」 내가 조용히 말했다.

「진심인데.」 브레이스웨이트가 대답했다. 「약속을 어기는 것만큼 화나는 일은 없거든.」 그가 허리를 펴고 진지한 표정을 지었다. 그런 다음 허벅지에 팔꿈치를 올리고 양손을 뾰족하게 모았다. 검지가 윗입술의 움푹 들어간 부분을 톡톡 쳤다. 브레이스웨이트는 얼마나 오랫동안 그런 생각을 했는지 물었다. 나는 놀리는 건지 아닌지 확신이 없어서 그를 흘깃 봤다.

「몇 달 됐어요.」 내가 말했다. 「어쩌면 그보다 더 됐을지도요. 가끔 정신을 차려 보면 템스강 가에 서서 그냥 몸을 던지는 게 어떨까 생각하고 있어요.」

「뭐가 당신을 가로막지?」 그가 말했다.

「네?」

「뭐가 당신을 가로막느냐고.」 그가 다시 말했다. 「대부분의 사람은 가끔 그런 생각을 하지만 — 정말이지, 나도 그래 — 대개는 실행하지 않아. 뭔가가 그들을 가로막아. 당신을 가로막는 건 뭐지?」

나는 그를 쳐다봤다. 「충분히 심사숙고하지 않았다는 느낌이 들어서가 아닐까요.」

「그러니까, 단순히 계획이 없어서 계속 살아 있다는 건가?」

「아니요.」 내가 말했다. 「그게 아니에요. 후회할지도 모른다는 느낌에 더 가까워요. 강에 몸을 던지고 나면 생각이 바뀔 것 같은데, 그때는 이미 너무 늦었겠죠.」

「그 방법을 선택했군, 응? 강둑에서 몸을 던지는 것 말이야. 확실한 방법이라고 할 수는 없지. 어느 청년이 당신을 구하려고 영웅처럼 뛰어들거나 당신이 본능적으로 헤엄쳐 나올 가능성은 얼마든지 있으니까.」

「난 수영을 못해요.」 내가 쏘아붙였다. (나는 물에 몸을 담근다는 생각 자체가 항상 너무나 부자연스럽게 느껴졌다.)

「그래도 말이야.」 그가 말을 이었다. 「가스 오븐, 약한 줌, 올가미, 혹은 뇌를 날려 버리는 방법은 아니라는 뜻이군. 물론 총은 남자들의 수법이지. 목을 매는 건 제대로 하면 소름 끼치고. 제대로 못 하면, 음, 아무 소득도 없이 카펫에 똥만 쌀 뿐이야. 어쨌거나 아름다운 방법은 아니지.」

「기차를 빠뜨리셨네요.」 내가 말했다. 약 한 시간 전에 건너온 육교를 생각하자 갑자기 두피가 따끔거렸다.

「물론이지!」 그가 외쳤다. 「기차에 뛰어들기. 안나 카레니나 덕분에 멋진 혈통을 얻은 방법이지. 실패할 가능성도 거의 없고 마음을 바꿀 시간도 없어. 하지만 런던은 어딜 가나 기차가 다니는데도 당신은 아직 어디에도 뛰어들지 않았군.」

「네, 하지만 승강장에 설 때마다 모든 걸 얼마나 쉽게 끝낼 수 있을지 생각하지 않을 수 없어요.」

브레이스웨이트는 내 말이 맞는다는 듯 작게 코웃음 쳤다. 「승강장에 서 있는 사람 전부 정확히 똑같은 상상을 한다는 생각은 안 드나?」

「네.」 내가 말했다. 「안 그럴 거예요.」

「하지만 사실은 그래. 한 명도 빼놓지 않고 전부 다.」

「실행에 옮기진 않잖아요.」 내가 말했다.

「응, 그렇지.」 브레이스웨이트가 조용히 말했다. 그는 우리가 알게 된 이후 처음으로 할 말을 찾지 못하는 것 같았다.

「계속 살아갈 이유가 있는 거겠죠.」 내가 과감하게 말했다.

「예를 들면?」

「모르겠어요. 남편. 아이. 직장.」

「직장은 당신도 있잖아.」 그가 말했다.

「내 일은 시시해요. 침팬지도 할 수 있죠.」

「당신 아버지는?」

내가 어깨를 으쓱했다. 「내가 사라지면 아버지는 오히려 안도하실 거예요.」

「음, 그렇게 말하니 당신이 왜 아직도 해치우지 않았는지 궁금하군.」

잠시, 어쩌면 1분 정도 침묵이 흘렀다. 나는 창문을 요란하게 두드리는 통통한 빗방울을 의식했다. 우산을 가져오지 않았으니 푹 젖을 것이다. 정말로 자살을 생각하는 사람이라면 흠뻑 젖어도 신경 쓰지 않겠지. 버로니카가 목숨을 끊은 날도 비가 왔다. 언니는 코트가 못 쓰게 되어도 별로 신경 쓰지 않았을 것이다. 브레이스웨이트가 나를 관찰했다. 내가 기형아 쇼 출연자라도 되는 듯 그의 눈에 호기심이 어려 있었다. 어쩌면 진심으로 내가 미쳤다고 생각하는지도 몰랐다. 그러자 내가 정말 미쳤을지도 모른다는 생각이 들었다. 미친 사람은 자신이 미쳤다는 사실을 모르므로 내가 미치지 않았다고 확신할 방법은 없었다. 미치면 뭐든 하고 싶은 대로 할 수 있다.

사람들이 용인해 준다.

그가 양손을 머리 뒤로 올리고 깍지를 꼈다. 「자, 리베카.」 그가 말했다. 「내 일은 당신의 자살을 막는 게 아니야. 원한다면 해치워 버려. 당신이 일주일에 내는 5기니만 빼면 나한테 정말 아무 의미도 없으니까. 중요한 점은 이거야. 난 당신이 정말 죽고 싶어 한다고 전혀 믿지 않아.」

나는 진짜라고 주장했다.

그가 얼굴을 찌푸리고 고개를 저었다. 「안 믿어. 당신은 세속적인 분위기를 풍기며 여기 들어오지. 귀여운 이야기를 들려주지만 관심을 다른 데로 돌리려는 것일 뿐이야. 계속 감추기만 해. 나한테 감춘다는 뜻이 아니야. 스스로한테 감추고 있어. 당신은 산더미 같은 거짓말 아래 깔려 있지. 옷차림도 가짜고 말투도 가짜야. 담배를 드는 방식마저도 가짜고. 당신은 사기꾼이야.」

나는 그의 말에 기분이 상한 것처럼 시선을 내렸지만 사실은 그렇지 않았다. 그가 모욕하는 사람은 리베카지 내가 아니었다. 「어쩌면 그럴지도요.」 내가 말했다.

「좋아.」 그가 말했다. 「우린 다 사기꾼이지. 당신도 사기꾼, 나도 사기꾼. 차이라면 난 내가 사기꾼이라는 사실을 받아들인다는 거야. 당신도 그 사실을 받아들이면 훨씬 행복해질 거야.」

「하지만 진짜 자신이 아닌 사람이 되어서 뭐 하죠?」 내가 말했다.

「스스로 자신이라고 생각하는 사람이 되는 게 무슨 소용이지?」

맞는 말이었다. 아무 소용 없었다. 나는 아침에 일어나 시시한 일을 하러 갔다가 집으로 돌아와 텔레비전을 보거나 소설을 읽었다. 그런 다음 잠자리에 들고, 다시 일어나 똑같은 과정을 지겹도록 반복했다. 자동인형보다 나을 게 없었다.

「난 변하는 게 상상이 안 돼요.」 내가 말했다. 「그러니까, 변해 봤자 똑같이 무의미하겠죠.」

「왜 그렇게 의미에 신경을 쓰지?」 그가 말했다. 「전부 의미 없어. 삶이 의미 없다는 사실을 받아들이는 게 해방의 첫걸음이야.」

「전부 의미 없다면 변하는 게 무슨 소용이죠?」 내가 말했다. 나는 대화에 푹 빠져들었다.

바로 그때 브레이스웨이트가 일어섰다. 그는 분개한 사람처럼 방을 서성거렸다. 「리베카, 당신의 문제는 말이야. 생각을 너무 많이 하고 행동은 하지 않는 거야. 당신은 스스로를 불구로 만들었어.」

「그럼 난 어떻게 해야 하죠?」 내가 말했다.

「당신이 뭘 해야 할지 다른 사람이 말해 주기를 기다리는 짓은 그만둬.」

나는 일주일에 5기니를 내는 대가로 조언을 바라는 건 합리적인 기대가 아니냐고 쏘아붙였다.

「그럼 내가 기차에 뛰어들라고 하면 그렇게 할 건가?」 그가 물었다.

「기차에 뛰어들라는 건가요?」

「뛰어들라는 것도 아니고 뛰어들지 말라는 것도 아니야. 그건 당신에게 달려 있지.」

「내가 정말로 기차에 뛰어들면요?」 내가 말했다.

「그러지 않을 거야. 기차에 뛰어들려면 의지가 필요한데 당신한테는 그게 없어 보이는군.」

「단지 당신을 괴롭히고 싶다는 이유로 그렇게 할지도 모르죠.」 내가 말했다.

「그렇다면 피로스의 승리[23]겠군, 안 그런가?」 그가 대답했다.

브레이스웨이트가 자리에서 일어나 의자를 난폭하게 밀어 쓰러뜨렸다. 그가 내 발치에 무릎을 꿇었는데, 거리가 너무 가까워 그의 가슴이 내 무릎에 거의 닿을락 말락 했다. 「의미는 잊어버려.」 그가 말했다. 「인생에서 중요한 건 의미가 아니야, 경험이지.」

그의 바지 허벅지 부분의 코듀로이 줄무늬가 닳아 있었다. 그가 시간당 얼마를 받는지 생각해 보면 새 바지를 얼마든지 살 수 있었을 것이다.

「당신이 공원에 있다고 상상해 봐.」 그가 부드럽게 말했다. 「여름날이야. 당신은 서펜타인 연못 근처를 산책

23 막대한 희생을 치르고 얻어 패배나 다름없는 승리.

하고 있어. 살갗에 닿는 햇살이 느껴지지. 당신은 신발을 벗어. 풀잎이 당신 발바닥을 간지럽혀.」

그는 내가 이미지를 받아들일 수 있도록 천천히 말했다. 최면을 거는 듯한 목소리였다.

「당신은 아이스크림을 사.」 그가 아이스크림콘을 들고 있는 척하면서 혀를 내밀어 상상 속 아이스크림을 핥았다. 그리고 내게도 똑같이 하라고 손짓했다. 그의 얼굴은 내 얼굴과 아주 가까웠다. 나는 가볍게 주먹 쥔 손을 턱 앞에 들고 그 위의 허공을 핥았다.

「어때?」 그가 물었다.

「좋아요.」 내가 말했다. 그런 다음 한 번 더 핥았다.

「무슨 맛이지?」

「바닐라요.」

「내 건 럼앤드레이즌인데.」 그가 말했다. 「먹어 볼래?」 그가 자기 아이스크림을 내게 내밀었다. 상상 속 아이스크림을 같이 먹는다고 해서 감염될 위험은 없으므로 나는 그걸 받아 들고 혀를 내밀었다. (당시에는 그 행위가 이 글을 쓰고 있는 지금의 반만큼도 어이없게 느껴지지 않았다.)

「맛있네요.」 나는 이렇게 말하고 아이스크림을 돌려줬다.

그가 나머지를 입에 쑤셔 넣더니 손등으로 입술을 닦았다. 나는 무릎으로 손을 떨어뜨렸다.

「블라우스에 흘렸군.」 브레이스웨이트가 말했다. 그가 몸을 숙여 테이블에 놓인 갑에서 화장지를 꺼내 건넸다. 나는 엉망이 된 옷을 순순히 닦았다. 내 행동이 너무 어이없어서 웃음이 터져 나왔고, 콜린스 브레이스웨이트는 상대방이 그가 원하는 일은 무엇이든 하게끔 조종할 수 있는 아주 영리한 사람임이 새삼 느껴졌다.

그 바보 같은 시간이 지나자 분위기가 바뀌었다. 우리 사이에 무슨 일인가가 일어났다. 나는 코로 천천히, 규칙적으로 숨을 쉬었다. 바깥에서는 비가 잦아들었다. 어둡고 조용했다. 시간이 멈춘 듯했다. 우리는 침묵 속에서 잠시 앉아 있었다. 평소라면 내가 담배에 불을 붙였겠지만 그러고 싶은 생각이 들지 않았다. 잠시 후 그가 자리에서 일어나 다음 주에 보자고 말하더니 웃으며 덧붙였다.「그 전에 당신이 자살하지 않으면.」

브레이스웨이트는 내가 짐 챙기는 모습을 지켜봤다. 내가 문 쪽으로 가자 그가 나를 다시 부르더니 바지 주머니를 뒤져서 1실링을 꺼내 건넸다.「아이스크림 사 먹어.」 그가 말했다.

「그래야겠네요.」 리베카가 말했다. 그 끔찍한 순간 나는 리베카가 그에게 추파를 던지고 있다는 걸 깨달았다. 밖으로 나온 나는 리베카에게 지금은 11월이고 아이스크림을 사 먹을 날씨가 아니라고 알려 줬다. 담배에 불을 붙였다. 리베카는 혀에서 아직도 브레이스웨이트의 럼앤드레이즌 맛이 난다고 주장했다. 나는 그녀가 쉽게 휩쓸린다고 말했다. 브레이스웨이트가 그녀를 조종하는 게 보이지 않냐고 했다. 리베카는 내게 왜 항상 남의 의도를 의심하냐고 물었다. 왜 그냥 있는 그대로 즐기지 못하냐고 말이다. 나는 생각 없는 쾌락주의는 문제를 일으킬 뿐이라고 대답했다. 리베카는 어머니의 목소리를 흉내 냈다. 「울워스 소동을 되풀이하고 싶은 건 아니잖아, 안 그래?」

나는 어깨를 으쓱하고 그녀의 말을 무시했다. 리베카가 브레이스웨이트에게 끌리는 게 아닐까 하는 생각이 들기 시작했다.

그렇다면 어쩔 건데? 리베카가 대답했다.

나는 브레이스웨이트가 버로니카에게도 아이스크림을 먹는 척하도록 유도했을까 생각했다. 언니는 말려들지 않았을 것이다. 버로니카는 쉽게 휩쓸리는 유형이 아니었다. 아이스크림을 좋아하지도 않았다. 내 열 번째 생일날 가족들과 함께 리치먼드 공원에 갔을 때 버로니카는 아이스크림을 먹지 않겠다고 했다. 아버지가 구슬렸지만 언니는 늘 그렇듯 반박할 수 없는 논리로 더운 날 아이스크림을 먹는 건 상식에 어긋난다고, 높은 기온 때문에 아이스크림을 최대한 빨리 먹을 수밖에 없지 않냐고 했다. 아이스크림을 좋아한다면 더 느리게 녹는 추운 날 먹는 편이 합리적이고 그러면 즐거움을 더 오래 누릴 수 있다는 것이었다. 언니가 나를 흘끔 보더니 어차피 아이스크림은 애들이나 먹는 거라고 말했다. 아버지가 누구나 아이스크림을 먹을 수 있다고 주장했지만 버로니카는 꿈쩍도 하지 않았다.

나는 케플러 씨를 다시 만나기를 반쯤 바라며 프림로즈힐 쪽으로 발걸음을 뗐다. 내게 금방 정해진 절차를 만드는 경향이 있다고 비웃었던 브레이스웨이트의 말이 옳았다. 정해진 절차의 장점은 생각할 필요가 없다는 것이다. 늘 하던 대로 하면 된다. 익숙한 편안함이 있다. 그럼에도 약간 불안했다. 나는 외투 주머니에 든 1실링을 만지작거렸는데, 그때 머릿속을 맴돌던 건 아이스크림을 사 먹으라는 말이 아니라 그의 퉁명스러운 질문이었다. 「뭐가 당신을 가로막지?」 정말 무엇일까? 내가 죽어도 슬퍼하는 이는 없을 것이다. 아버지는 루엘린 씨로 나를 대체할 것이다. 브라운리 씨는 내가 더 이상 출근하지 않으리란 사실을 깨달으면 구인 광고를 낼 테고, 의욕 넘치는 여자 사무원을 금방 채용할 것이다. 나는 일회용이었다. 영리하지도, 재능이 뛰어나지도, 재미있지도 않았다. 아름답지도 못생기지도 않았다. 내게는 길 가던 아이가 걸음을 멈추고 손가락으로 나를 가리키게 할 만한 요소가 아무것도 없었다. 나는 어중간한 사람, 평범한 사람이었다. 내가 죽으면 아무도 슬퍼하지 않는 정도가 아니라 알아채지도 못할 것이다.

뒤에서 인기척이 느껴졌다. 나는 에인저 로드는 공공 대로라고, 뒤에 다른 사람이 있대도 그렇게 신경 쓸 일은 아니라고 스스로에게 말했다. 그러나 누군가가 나를 따라오는 게 확실했다. 왜냐하면, 알다시피 나는 무엇보다 끔찍이 자기 위주로 생각하기 때문이다. 나와 상관없이 일어나는 다른 사람의 행동 같은 건 생각도 할 수 없다. 의심이 사실인지 확인하기 위해 뒤돌아보거나 걸음을 빨리하지 않았다. 운명에 나를 맡겼다. 발소리, 남자의 무거운 발소리가 더 가까워졌다. 나는 어깨에 힘을 빼고 무언가가 뒤통수를 둔탁하게 때리기를, 무릎이 풀썩 꺾이기를 기다렸다. 〈곤봉〉이라는 단어가, 그 묵직한 앵글로색슨 단어가 머릿속을 스쳤다. 나는 일격을 예상하며 그 단어를 숨죽여 중얼거렸다.

하지만 일격 대신 어깨에 닿는 손이 느껴졌다.

톰이었다. 당연히 톰(인지 아무튼)이었다.

「리베카.」 그가 말했다. 「이름을 불렀는데.」

나는 그 이름이 내게 아무 의미도 없다는 듯 따라 말했다.

「나예요.」 그가 말했다.

나는 분명 멍해 보였을 것이다. 내 시선은 그의 가슴 높이에 있었다. 외투의 제일 위 단추가 실 한 가닥에 의지한 채 달랑거렸다. 다시 달아 주겠다고 말할 뻔했지만 (나는 바늘과 실을 핸드백에 항상 넣고 다닌다) 리베카가 나를 가로막았다. 톰은 깔끔 떠는 가정적인 여자에게는 관심이 없었다. 그는 내게 전화하려 했는데 내가 번호를 잘못 써준 것 같다며 장황하게 설명하기 시작했다. 전화를 받은 누군가(〈웬 늙은 잔소리꾼〉)가 리베카 스미스라는 사람은 없다고 말했다고 했다. 이렇게 불쑥 찾아오는 게 부담스럽다는 점은 그도 안다고 했다. 보통 때라면 그가 생각도 못 할 짓이었다.

나는 깜짝 놀라 톰을 봤다. 평소의 자신감은 온데간데없고 10대 아이처럼 서툴렀다. 세일러 모자를 쓰고 있었는데 굵은 머리카락 때문에 모자가 너무 높이 올라가서 우스워 보였다. 그는 약간 초조한 표정으로 나를 보고 있었다. 내가 마치 그를 못 본 척한 것처럼 보였기 때문에 그와의 관계에서 내게(아니면 적어도 리베카에게) 힘이 생겼다는 걸 깨달았다. 톰처럼 잘생긴 남자는 그런 취급에 익숙하지 않을 듯했다. 그런 푸대접은 어떤 효과를 낳았을까? 그는 발이라도 씻겨 주고 싶다고 애원하듯 내 앞에 서 있었다.

「루엘린 씨였을 거예요.」 내가 설명했다. 「전화가 너무 많이 와서, 가끔 그렇게 대답해 달라고 부탁해 두거든요.」

「아!」 톰이 완벽하게 말이 되는 설명이라는 듯이 대답했다. 「당신이 가짜 전화번호를 알려 줬다고 생각하고 싶지는 않았어요.」 사실이 밝혀지자 그는 어색함을 떨쳐 낸

듯 보였다. 「음, 이왕 이렇게 된 거 술이나 한잔하죠. 어때요?」

내가 어깨를 으쓱했다. 안 될 게 뭐람? 우리는 돌아서서 펨브리지 캐슬 쪽으로 걸어갔다. 아까 내린 비 때문에 보도가 반들거렸다. 톰이 외투 주머니에 손을 깊이 찔러 넣었다. 내가 그의 팔짱을 꼈다. 그의 팔에 매달리니 마음이 가라앉았다. 내 뺨이 그의 거친 코트에 닿았다. 면도하기 전 아버지의 턱처럼 까끌까끌했다. 우리는 분명 커플 비옷이나 구강 청결제 광고에 나오는 한 쌍처럼 보였을 것이다.

톰이 브레이스웨이트와의 상담은 어땠냐고 물었다.

「우리 그 이야기는 하지 말아요.」 내가 대답했다.

「네, 물론이죠.」 그가 엄숙하게 말했다.

나는 그에게 어떻게 지냈냐고 물었다. 톰은 그동안 했던 여러 일에 관해 이야기했지만 나는 거의 듣지 않았다. 나는 나 자신과 리베카 사이의 오지에서 가도 오도 못하고 있었다. 나는 리베카는 누구일까 생각했다. 확실히 그녀는 나를 닮았다. 내 옷을 입었다. 더 단호하고 딱딱 끊어지게 말했지만 내 목소리로 말했다(나는 중얼거리는 버릇이 있어서 사람들이 종종 내 말을 알아듣지 못한다). 전반적으로 그녀의 생각은 곧 내 생각이었다. 차이가 있다면 그녀는 자기 생각을 드러낼 만큼 뻔뻔하다는 점이었다. 나는 리베카가 마음에 드는지 아닌지 확신이 서지 않았다. 그녀는 뻔뻔했고 품위가 좀 떨어져 보였다. 그럴 일은 없겠지만 만약 아버지가 그녀를 만난다면 별로 좋아하지 않을 것이다. 그러나 톰은 그녀를 좋아하는 것 같았다. 무척이나 좋아하는 것 같았다. 그가 따라다니는 사람은 리베카였고 지금 펨브리지 캐슬로 데려가는 사람도 리베카였다. 그가 원하는 사람도 리베카, 그가 가져야 할 사람도 리베카였다.

우리는 리젠츠파크 로드를 건너 술집으로 갔다. 그가 문을 잡아 주고 마거릿 공주를 무도회장으로 안내하는 사람처럼 손으로 화려한 나선을 그렸다. 나는 안으로 들어섰다. 신문을 든 고독한 남자가 지난번과 똑같은 문가 자리에 맥주 잔은 건드리지도 않은 채 앉아 있었다. 바에서 있던 사무 변호사 두 명은 비슷한 유형의 다른 이들로 바뀌어 있었는데 그중 하나는 어마어마하게 뚱뚱하고 뺨까지 구레나룻을 길렀으며 머리 뒤쪽에 중산모자를 위태롭게 얹고 있었다. 술집 주인 해리는 카운터 뒤쪽을 등지고 서서 살짝 깍지 낀 손을 배에 얹고 있었다. 우리가 지난번에 앉았던 자리는 왼손에 시가를 든 남자가 차지하고서 십자말풀이를 뚫어져라 들여다보고 있었다. 우리가 들어서자 그가 흘끔 쳐다봤다. 여자는 리베카와 나밖에 없었다. 나는 톰이 앞장서게 뒀다. 그는 〈룸〉 안에 있는 테이블로 자리를 정한 다음 〈윤활제를 좀〉 가져올 테니 편하게 있으라고 말했다.

룸은 바의 오른쪽 끝에 있었고, 술집 마크가 그려진 불투명 유리 패널이 남들의 엿보는 시선을 차단했다. 테이블은 두 개였는데 둘 다 비어 있었다. 나는 창가 자리에 앉았다. 룸에 앉으면 주변의 퇴폐적인 분위기를 어느 정도 피할 수 있을진 몰라도 외딴 공간이라는 점 때문에 톰이 방탕한 행위를 시도할 수도 있었다. 다른 자리도 많은데 톰이 왜 굳이 나를 여기 고립시키려는 걸까 생각했다. 물론 나는 남자들이 노리는 건 오직 하나뿐이라는 진언에 익숙했다. 그러나 그때까지 누군가가 나를 그런 식으로 노린 적은 없었다. 어쩌면 이제부터 바뀔지도 몰랐다. 톰은 내게 전화를 걸었을 뿐 아니라 일부러 나를 찾아오기까지 했다. 어떤 행위를 염두에 두지 않았다면 굳이 그러지 않았을 것이다. 이상하게 배 속이 따끔거렸다. 나는 곤경에 처했다. 핸드백에 장갑을 넣고 그가 돌아오기 전에 탈출을 감행할 시간이 있을지 따져 봤다. 룸에서는 바가 보이지 않았다. 나는 스스로에게 둘러댔다. 진을 딱 한 잔 마신 다음 그만 가봐야 한다고 말하자. 리베카가 내게 닥치라고, 그러면 전부 망친다고 했다. 나는 톰이 내 몸을 더듬는 상황을 원하지 않을지 몰라도 그녀는 원했다. 그녀는 흠뻑 취하고 싶었다. 그리고 톰이 그녀의 다리를 벌리려고 하면 얼마든지 그렇게 하게 놔둘 것이다. 나는 쭈글쭈글한 동정인 채 죽고 싶을지 몰라도 리베카는 그렇지 않았다. 내가 할 일은 가만히 입을 다물고 리베카가 말하도록 두는 것밖에 없었다. 처리할 일이 생기면 그녀에게 맡기면 된다고 했다. 내가 항의하자 리베카가 심한 욕을 했다. 그러더니 나를 구슬리기 시작했다. 왜 전부 내 마음대로만 해야 하지? 왜 리베카가 즐기도록 딱 한 번만이라도 놔두지 않지? 내가 리베카에게 역겹다고 말하려는데 톰이 아까 말한 윤활제를 들고 돌아왔다. 리베카는 더없이 환한 미소를 지으며 그를 맞이했고, 동시에 톰은 내 존재도 모른다는 사실을 내게 상기시켰다.

그가 코트를 벗어 긴 의자에 아무렇게나 던지고 맞은편에 앉았다. 바보 같은 모자는 벗지 않았다. 「아늑하네요.」 그가 말했다.

「네, 그래요.」 리베카가 말했다. 「하지만 손을 어디에다 둘지, 이상한 생각은 하지 말아요. 룸은 사적인 공간이지만 여기서 끌어안는 사람들은 없을 테니까요.」 그녀가 짓궂게 덧붙였다.

리베카는 그런 행위를 금지하는 게 곧 불쌍한 톰의 머릿속에 그 생각을 심어 주는 일임을 잘 알았다. 물론 자기 머릿속에 그런 생각이 이미 스쳤음을 그에게 알려 주는 일이기도 했다. 톰은 문제의 손을 들고 항상 아주 잘 보이는 곳에 두겠다고 맹세했다.

「누군가의 손이 방황한다면 바로 당신의 손이어야겠죠.」 그가 웃으며 말했다. 톰이 파인트 잔을 들었고 우리는 테이블을 사이에 둔 채 서로 잔을 부딪쳤다.

리베카는 얼마나 끔찍한 하루를 보냈는지 늘어놓기 시작했다. 섀프츠베리 극장에 코러스 걸이 부족했다. 존 오즈번이 새 연극 캐스팅에 격렬하게 항의했고 브라운리 씨는 점심시간에 배를 버려둔 채 나이 든 퀴어 테런스 래티건과 취하도록 마셨다. 나는 리베카가 늘어놓는 허풍을 듣기만 할 뿐 끼어들 수가 없었다. 톰은 리베카의 이야기에 넋을 잃었다.

「아주 재미있게만 들리는데요.」 그가 말했다.

「별로 재미없어요.」 리베카가 말했다. 「남자들은 완전히 애라니까요. 진짜 애를 보는 게 낫겠어요. 이러니 내가 정신과에 다니는 것도 당연하죠.」 톰은 그 모든 이야기를 아주 재미있게 여기는 듯했다. 리베카가 진토닉을 반쯤 마시고 마구 기침했다.

「취합시다.」 톰이 상류층 억양을 터무니없이 흉내 내며 말했다.

「네, 그렇게 해요!」 리베카도 동의했다. 제멋대로였다. 톰이 잔을 비우고 술을 더 가져오려고 일어섰다.

나는 아무 말도 하지 않았다. 리베카가 즐기는 법을 안다는 점은 인정하지 않을 수 없었다. 어쩌면 리베카의 말이 맞을지도 몰랐다. 톰은 당장 먹어 치워야 할 아이스크림일지도 몰랐다. 나는 담배에 불을 붙였다. 테이블 한가운데 조니 워커 위스키 판촉용 금속 재떨이가 놓여 있었다. 그 안에는 우리가 도착한 뒤 리베카가 피우고 버린

꽁초 두 개밖에 없었다. 재떨이에는 검은색 승마 부츠에 승마 바지, 여우 사냥용 빨간 블레이저를 입고 성큼성큼 걷는 남자가 그려져 있었다. 그는 한 손에 지팡이, 한 손에 오페라글라스를 들고 있었다. 그렇게 차려입은 내 모습을 상상해 봤다. 아니, 리베카가 채링크로스 로드에서 이따금 귀찮게 구는 남자들을 지팡이로 때리며 성큼성큼 걸어가는 모습을 상상했다.

술집은 빠르게 들어찼고 대화 소리가 왁자지껄했다. 톰이 자기가 마실 맥주와 위스키, 그리고 내가 마실 진을 가지고 돌아오더니 이번에는 긴 의자 위 내 옆자리로 미끄러져 들어왔다. 나는 갑작스러운 접근에 깜짝 놀랐지만 리베카는 침착했다.

「언제 같이 영화라도 보러 가죠.」 톰이 말했다. 「록시 영화관에서 고다르 신작을 상영한대요. 〈누벨바그〉 좋아해요?」 그가 물었다. 「난 지나치게 사실적인 영국 영화에 질렸어요.」

나는 그가 무슨 말을 하는지 전혀 몰랐지만 리베카는 재치 있는 대답으로 빠져나갔다. 「J'adore Paris(파리를 무척 좋아해요).」 그녀는 심지어 파리를 프랑스식으로 발음했다.

「난 못 가봤어요.」 톰이 말했다. 「가보고 싶군요.」

「C'est magnifique(멋진 곳이에요). Très romantique(아주 낭만적이죠).」 내가 학교에서 배운 프랑스어를 한

껏 그러모아 리베카가 말했다.

톰이 진지하게 고개를 끄덕였다.

「당신도 꼭 가봐요.」 그녀가 말했다. 「예쁜 여자가 정말 많아요.」

톰은 예쁜 여자에게 흥미가 없다는 듯 어깨를 으쓱했다. 「난 당신이랑 가고 싶은데요.」 그가 말했다. 「하지만 프랑스어를 몰라 걱정이네요. 당신이 맡아 줘야겠어요.」

「나야 늘 모든 걸 맡죠.」 리베카가 그를 향해 매력적인 미소를 지었다. 「프랑스는 물론 우리보다 훨씬 앞서 있어요. 그러니까, 성적으로 말이에요.」

그러자 톰이 뺨을 부풀리고 천천히 숨을 내쉬었다. 그런 다음 한 손으로 눈썹을 쓸었다. 그가 맥주를 크게 한 모금 들이켜고 곧장 위스키를 마셨다. 리베카도 진을 한 모금 마셨다. 우리는 진을 좋아하게 되었다. 우리의 공통점이었다. 리베카와 나, 둘 다 진을 아주 좋아했다. 진은 우리를 가깝게 해줬다. 진을 두 잔 마시고 나자 리베카가 하고 싶은 대로 하게 놔두는 게 훨씬 마음 편해졌다. 나는 리베카가 재미있었고 그녀의 심술궂은 말에 감탄했다. 리베카에 대한 분노의 바탕에 질투가 있다는 사실은 천재가 아니어도 알 수 있었다. 사실 나는 그녀가 되고 싶었다. 리베카는 아마도 내가 자기를 방해하지 않고 가만히 앉아 있었기 때문에 나를 평소보다 잘 참아 주는 것 같았다. 그녀는 통제하기를 좋아했다. 또 청중을 좋아했다. 그런 면에서 나와 정반대였다. 하지만 단짝은 서로 정반대인 경우가 많다. 관계에 외향적인 사람이 둘이나 들어갈 자리는 없고 내향적인 사람이 둘이면 애초에 서로 친구가 될 방법이 없다. 나는 술을 한 모금 더 마셨다. 지난번의 재난을 기억하고 있었지만 술에 더 익숙해진 느낌이 들었다. 이제 역효과가 전혀 없는 것 같았다.

톰은 온갖 프랑스 영화에 관해 이야기하고 있었다. 나는 그중 하나도 안 봤지만 리베카는 모든 영화에 관해 권위 있게 잘라 말할 수 있었다. 그래, 리베카도 트뤼포는 좋아하지만 샤브롤은 **너무** 지루하다고 생각했다. 톰의 허벅지가 그녀의 허벅지에 닿았지만 리베카는 물러나려 하지 않았다. 대신 진을 한 잔 더 달라고 했다. 톰이 바에 간 사이 리베카가 립스틱을 덧발랐다. 그녀의 입술이 콤팩트 거울 안에서 음란한 O 자 모양을 만들었다. 리베카는 립스틱을 다 바른 다음 혀로 입술을 쓸어서 반짝이게 했다.

술을 가지고 돌아온 톰이 드디어 모자를 벗어 긴 의자에 휙 날렸다. 머리카락이 모자 모양대로 단단히 고정되어 있었다. 그가 심호흡하자 스웨터를 가득 채우는 가슴이 인상적이었다. 톰이 고개를 돌려 나를 보면서 무슨 이야기 중이었는지 생각해 내려 애썼다. 침묵이 길어졌다. 그때 리베카가 아주 놀라운 행동을 했다. 오른손을 들어 톰의 머리카락 사이로 밀어 넣은 것이다. 나는 그만두라고 했지만 리베카는 손가락 끝이 두피에 닿을 때까지 손을 밀어 넣었다.

「머리카락이 정말 멋지네요.」 리베카가 말했다.

「할아버지 덕분이에요.」 톰이 말했다. 「할아버지가 포르투갈 선원이었거든요. 포르투갈 머리카락이죠.」

리베카가 손을 뺐다. 손가락이 미끈거렸다. 톰이 그녀를 바라봤다. 그는 정말 엄청나게 잘생겼다. 리베카가 입술을 삐죽거리더니 얌전히 무릎을 내려다봤다. 몇 초가 지났다. 톰이 낮게 휘파람을 불더니 맥주로 관심을 돌렸다. 어떻게 저렇게 술을 많이 마실 수 있는지 신기했다. 맥주는 남자답다. 맥주의 모든 점이 남자답다. 주먹만 한 손잡이가 달린 큼직한 잔, 지저분한 거품, 탁한 갈색 액체, 불쾌한 맛. 〈맥주〉라는 말조차도 단단하고 남자답다. 나는 맥주 1파인트를 입가로 들어 올리는 일조차 상상할 수 없었다. 그러나 톰이 마시는 모습을 바라보는 건 좋았다. 그는 맥주를 아주 맛있게 마셨다. 여물을 먹는 가축을 보는 기분이었다.

나는 그때 톰과 리베카 사이에 어떤 순간이 지나갔다고 감히 말할 수 있다. 두 사람은 같은 생각을 하고 있었다. 그러나 리베카는 이세벨이긴 해도 나름대로 원칙이 있었고, 톰은 — 가련하고 잘생기고 우둔한 톰은 — 행동에 나설 만큼 저돌적이지 못했다. 이제 그 순간은 지나가 버렸고 톰의 우유부단함이 두 사람 사이에 장애물을 만들어 놓았다. 리베카는 그에게 실망했다. 톰은 자신에게 실망했다. 두 사람 모두 바로 그 순간의 준비 단계에 지나지 않음을 알고 있었던 멍청한 대화는 시들해졌고 유쾌한 분위기는 흩어졌다. 끔찍한 침묵이 자랐다. 두 사람은 갑자기 대사를 잊은 배우들 같았다. 관객들이 객석에서 초조하게 몸을 들썩이고 있었다. 톰이 리베카를 흘깃 보더니 작게 코웃음 쳤다. 리베카는 억지로 미소를 띠고 진을 한 모금 더 마셨다.

「음, 그렇게 됐네요.」 그가 말했다. 침묵이 더 짙어지지 않게 막으려는 애처로운 시도였다.

「네.」 리베카가 말했다. 「그렇게 됐네요.」 그녀는 톰의 말을 똑같이 따라 했을 뿐이지만 훨씬 더 큰 의미가 담긴 것처럼 발음했다. 리베카는 조용히, 거의 들리지 않게 속삭이면서 첫 단어를 뱉은 다음 잠시 멈췄기 때문에 톰은 그녀의 말을 들으려고 몸을 가까이 숙일 수밖에 없었다. 그러자 리베카가 톰의 귓가에서 한 음절 한 음절이 소중하다는 듯 발음하더니 마지막 음을 강조하면서 우아한 호를 그려 길게 늘였다. 리베카의 의도는 오해의 여지 없이 분명했지만 만약 그녀가 교태를 부린 죄로 재판을 받는다면 서면 기록에는 더없이 무해한 두 단어만 적혀 있을 것이다. 톰은 고개를 조금 더 돌려야 했고, 그 바람에 그의 입술이 그녀의 입술에 가까워졌다. 리베카가 검지 끝으로 자기 입술을 톡 치더니 내가 미처 말리기도 전에 두 사람이 키스했다. 톰에게서는 맥주 맛이 났지만 리베카의 입술에 그의 입술이 닿는 감각은 외설스러울 만큼 좋았다. 나는 다리 사이가 움찔거렸다. 톰의 혀가 리베카의 입안으로 들어와 그녀의 혀끝을 만났다. 둘은 코를 들이미는 두 마리 개처럼 맹렬히 싸웠다. 톰의 손이 리베카의 무릎으로 올라갔다. 그의 손가락이 치마 밑단 속으로 미끄러져 들어가 허벅지 안쪽에 닿았다. 그 순간 나는 콘스턴스 채털리였다. 전부를 원했다. 굴복당하고 싶고 톰의 커다란 몸에 깔려 타락하고 싶었다. 그의 커다란 팔이 뱀처럼 내 어깨를 감싸더니 나를 자기 쪽으로 끌어당겼다. 나는 그의 가슴에 손을 얹고 밀어냈다. 내가 내쉬는 숨이 나를 콕콕 찔렀다.

그가 더 강렬한 초대를 기다리며 리베카를 바라봤다.

「**나한테** 키스해 줘요.」 내가 말했다.

톰의 시선이 양옆으로 재빨리 움직였다. 「방금 한 것 같은데요.」

「리베카 말고요.」 내가 말했다. 「**나**요.」 내 손이 아직 그의 가슴에 얹혀 있었다. 바다의 너울처럼 오르락내리락하는 톰의 가슴이 느껴졌다. 그는 당황한 표정이었다. 리베카가 내게 욕했다.

나는 톰에게 내 이름을 말했다. 그가 질문하듯 내 이름을 따라 말했다.

「리베카는 없어요.」 내가 말했다. 「나뿐이에요.」

톰이 눈을 여러 번 깜빡였다. 그러더니 내가 감염병 환자라도 되는 듯 내 어깨에서 팔을 뗐다.

「리베카는 브레이스웨이트 박사를 찾아가려고 내가 만들어 낸 사람이에요.」 내가 설명했다. 「그녀는 가상의 인물이에요. 존재하지 않아요. 난 정신 질환자가 아니에요. 정신 질환자는 리베카죠. 난 더없이 정상이에요.」

톰은 내가 전혀 정상이 아니라는 듯 나를 보고 있었다. 「하지만 리베카,」 그가 말했다. 「난 당신이 정신 질환자라고 생각한 적이 없어요. 어쨌든 진짜 미치지는 않았다고 생각했죠. 그리고 미쳤다고 해도 신경 안 썼을 거예요. 난 정신 질환자도 좋아요.」

「난 리베카도 아니고 정신 질환자도 아니에요.」 내가 단호하게 말했다.

내가 몸을 숙여 톰에게 키스하려 했지만 그가 양손으로 내 어깨를 잡고 밀어냈다. 창피를 당한 나는 잔을 들어 남은 진을 그의 얼굴에 뿌렸다. 주변을 둘러보지 않아도 사람들이 룸 입구를 통해 우리의 작은 드라마를 구경하고 있다는 게 느껴졌다. 술집의 시끄러운 대화 소리가 잦아들었다. 톰은 긴 의자에 멍청하게 앉아 있었다. 그가 혀를 내밀어 윗입술에 묻은 진을 핥았다.

리베카가 나더러 어리석고 성질 더러운 여자라고 했다. 내가 전부 망쳤다. 그녀가 내 가방을 뒤졌지만 다른 마땅한 물건이 없어서 장갑으로 톰의 얼굴을 닦으려 했다. 「그 여자 말을 들으면 안 돼요.」 리베카가 그의 뺨을 가볍게 두드려 닦아 주며 말했다. 「그냥 바보 같은 농담이었어요. 존재하지 않는 건 그 여자예요.」

톰이 리베카의 손목을 잡고 그녀의 손을 치웠다. 「아주 웃기는 농담이네요.」 그가 말했다.

나는 주변을 둘러봤다. 이제 룸 입구는 브뤼헐이 그린 그림의 한 장면 같았다. 얼굴이 길쭉하고 동그란 안경을 쓴 남자가 새로 온 사람들에게 상황을 열심히 설명하고 있었다. 또 다른 남자가 그의 설명에 반박하자 토론이 시작되었다. 룸의 불투명 유리 칸막이 위로 술집 주인이 얼굴을 불쑥 내밀고 무슨 일이냐고 물었다.

「아무것도 아니에요, 해리.」 톰이 말했다. 「아무 일도 없어요.」

「아무 일도 없는 것 같지 않은데.」 그가 말했다. 그런 다음 리베카에게 괜찮냐고 물었다.

「아주 괜찮아요.」 그녀가 말했다.

그러나 전혀 괜찮지 않았다. 톰이 자리에서 일어나더니 위엄을 최대한 그러모아 코트를 입었다. 사람들이 갈라지며 길을 만들어 줬다. 톰은 자기가 기분을 상하게 했다면 미안하다고 사과했다. 나는 그 말에 감동받았다. 그런 다음 그가 돌아서서 나갔다.

리베카가 애원하듯 그의 이름을 불렀지만 톰은 돌아보지 않았다.

톰의 얼굴에 진을 뿌리지 말았어야 했는데. 술이 목을 타고 넘어가는 감각이 간절했다. 그때 톰이 두 번째로 사 와서 손도 대지 않은 위스키 잔이 보였다. 나는 사람들의 시선은 생각도 하지 않고 잔을 들어 내용물을 입에 털어 넣었다. 끔찍하게 타들어 가는 느낌 때문에 기침이 났지만 그 와중에도 어떤 안도감이 느껴졌다. 담배에 불을 붙이고서 최선을 다해 조금 전 일어난 소동에 전혀 신경 쓰지 않는 척했다. 이제 재떨이의 그림이 나를 비난하듯 바라보는 것 같았다. 그의 얼굴에 담배를 비벼 껐다. 내가 술집을 나설 때 손님들이 서로 쿡쿡 찌르며 수군거렸다. 집으로 가는 택시 안에서 리베카는 계속 독설을 쏟아 냈고, 내가 아무리 사과해도 멈추지 않았다. 히턴스에서 산 스웨이드 장갑은 못 쓰게 되었다. 내가 제일 좋아하는 장갑이었다.

브레이스웨이트 IV: 에인저 로드 소동

1968년 8월 17일 오후 5시가 조금 넘었을 무렵 경찰서에 에인저 로드에서 소동이 일어났다는 신고가 들어왔다. 여러 사람이 큰 소리를 냈고 쾅 소리와 여자 비명이 뒤를 이었다고 했다. 사건 공식 기록에 따르면 찰리 콕스와 로버트 펜들 순경이 출동했다. 앤절라 카버라는 젊은 여성이 두 사람에게 문을 열어 줬을 때도 고함과 우당탕거리는 소리가 계속 들렸다. 앤절라 카버가 복도에서 옆으로 비켜서자 두 경찰관은 1층 거실로 서둘러 들어갔다. 화창한 날이었지만 커튼이 내려져 있었다. 그곳에서 그들은 리처드 에런과 맞붙어 싸우는 브레이스웨이트를 발견했다. 두 남자는 서로의 목에 팔을 감고 있었는데, 경찰이 들어가자 균형을 잃고 옆으로 넘어지면서 커피 테이블을 덮쳐 술과 재떨이가 뒤집어졌다. 두 남자는 바닥에 넘어져서도 떨어지지 않았다. 에런이 위에 올라타 브레이스웨이트의 옆머리를 가격하려 했다. 경찰이 에런을 떼어 내 집 뒤쪽의 작은 부엌으로 데려갔다. 브레이스웨이트가 일어섰다. 입에서 피를 흘렸고 셔츠는 찢어져 있었다. 겨자색 코듀로이 바지는 발목까지 말아 올렸고 맨발이었다. 또 다른 여성 레이철 시먼스는 소파에 웅크리고 앉아 있었는데 그녀는 소동이 벌어지는 내내 꼼짝도 하지 않았다. 콕스 순경은 보고서에 두 여성이 각각 열아홉 살, 스물한 살이라고 적었다. 레이철 시먼스는 〈술에 취한 상태〉였고 〈옷을 거의 벗고 있었다〉. 거실에서 마리화나 냄새가 진동했다.

리처드 에런이 불같이 화내고 욕하며 도기를 집어 던졌다. 펜들 순경이 그를 진정시키려고 집 뒤편의 식물들이 웃자란 작은 정원으로 끌고 나가야 했다. 찰리 콕스는 거실로 돌아갔다. 브레이스웨이트는 상처를 별로 신경 쓰지 않는 듯했고 경찰만 안 왔어도 에런을 해치울 수 있었다고 농담했다. 콕스가 무슨 일이 있었냐고 묻자 그는 에런과 우호적인 레슬링 시합 중이었다고 대답했다. 콕스는 딱히 우호적이었을 것 같지 않다고, 만족스러운 설명을 내놓지 못하면 체포할 수밖에 없다고 했다. 브레이스웨이트가 껄껄 웃더니 대접해야 할 손님들이 있다고 지적했다. 고개를 옆으로 축 늘어뜨린 레이철 시먼스는 전혀 즐거워 보이지 않았다. 앤절라 카버는 문을 등지고 서 있었다. 그녀가 가봐도 되냐고 물었지만 콕스는 진술을 해야 하니 안 된다고 말했다. 그런 다음 그녀에게 이

집에서 누구든 마약을 했냐고 물었다. 브레이스웨이트는 순경에게 여자는 가만히 놔두라고, 마약을 하고 싶었으면 애초에 그렇게 말하지 그랬냐고 했다. 그가 그토록 경박하게 굴지만 않았다면 그 자리에서 문제가 해결되었겠지만 결국 네 사람 모두 켄티시타운의 홈스 로드에 있는 경찰서로 이송되었다.

서른여덟 살의 리처드 에런은 당시 올드 빅 극장에서 재상연된 해럴드 핀터 작 「생일 파티」 공연으로 대성공한 유명 배우였다. 전에는 로만 폴란스키 감독의 영화 「혐오」에 출연했고 마이클 케인과 함께 「국제 첩보국」에도 등장했다. 홈스 로드 경찰서에서 에런은 브레이스웨이트가 자기 아내인 배우 제인 그레싱엄을 강간했다고 주장했다. 아내에게 그 이야기를 듣고 크게 화가 나서 브레이스웨이트를 〈흠씬 두들겨 패려고〉 그의 집으로 쳐들어갔던 것이다. 사정 청취실의 차분한 분위기 속에서 에런은 자기 행동이 잘못되었으며 직접 쳐들어갈 것이 아니라 경찰에 신고했어야 했다고 인정했다. 그러나 흔한 소동처럼 보이던 사건이 불길한 면모를 띠기 시작했다.

제인 그레싱엄은 1963년의 〈인기 스타〉였다. 모델로 커리어를 시작해 영화 「서머 홀리데이」와 「007 위기일발」에서 조연을 맡았다. 아무도 그레싱엄을 대단한 배우라고 생각하지 않았다. 대충 수수께끼 같은 포즈만 취하면 되는 역할이었다. 대사를 한두 줄 맡겨 본 결과 그녀의 연기는 좋게 말해도 뻣뻣했다. 하지만 각지고 말괄량이 같은 이목구비와 쌍꺼풀이 잘 보이지 않는 눈은 그 시대에 완벽하게 어울렸고 그레싱엄의 얼굴은 『보그』와 『하퍼스 바자』 표지를 장식했다. 그녀는 1964년 봄에 이제는 아무도 기억하지 못하는 코미디 뮤지컬 「런던 여자들!」 세트장에서 리처드 에런을 만나 몇 달 뒤 결혼했다. 두 사람은 런던이 세계에서 가장 현대적인 도시로 부상하던 당시에 의문의 여지 없는 du jour(최고 인기) 유명인 부부였다. 그레싱엄은 배우로서 자신의 한계를 잘 알았기 때문에 로열 아카데미에 등록했지만 배우 경력은 결국 흐지부지 끝났다. 그녀는 고개를 돌려 런던에서 끊임없이 이어지던 파티와 시사회에 참석했다. 술과 약의 폐해가 드러나기 시작했다. 최후의 결정타는 그녀가 「욕망」 촬영장에서 〈술에 취하거나 약에 취하거나 둘 다에 취해 있다〉라는 이유로 해고당한 일이었다. 미켈란젤로 안토니오니 감독을 설득해 그 유명한 영화의 배역이 그녀에게 돌아가도록 했던 리처드 에런은 무척 분노했다.

그레싱엄의 본명은 수잰 케플러였다. 그녀는 1938년 나치 정권을 피해 영국으로 도망친 독일계 유대인 세트 디자이너 알프레트 케플러와 의상 담당자 도리스 본의 딸이었다. 알프레트의 두 누이와 어머니는 1944년에 비르케나우에서 죽임을 당했다. 알프레트는 1948년에 템스강에서 익사했다. 사인 불명으로 기록되어 있지만 스스로 목숨을 끊었을 가능성이 커 보인다. 당시 그레싱엄은 아홉 살이었다.

에런의 진술을 들은 펜들 순경은 해럴드 스키너 경위에게 상황을 알렸고 그때부터 스키너가 사건을 담당했다. 스키너는 브레이스웨이트에게 변호사를 선임할 권리가 있다고 알려 줬지만 그는 거절했다. 경찰은 그레싱엄을 경찰서로 데려오기 위해 자동차를 보냈다. 그때는 경찰이 몇 파운드 벌려고 기자들에게 특종을 흘리는 일이 썩 드물지 않은 시대였고, 리처드 에런과 콜린스 브레이스웨이트가 켄티시타운 경찰서에 구류되어 있다는 소문이 돌자 순식간에 기자들이 서 앞으로 몰려들었다. 놀랍게도 경찰은 그레싱엄을 태우고 경찰서 대문을 통과해 정면 현관으로 데리고 들어갔다. 장갑 낀 손으로 멍 든 왼쪽 눈을 숨기려는 그레싱엄의 사진이 다음 날 대부분 신문의 1면을 장식했고, 에런과 브레이스웨이트의 사진도 같이 실렸다. 『데일리 익스프레스』는 **삐끗한 삼각관계**라고 선언했다. 『데일리 메일』은 **인기 스타에서 매 맞는 여자로**라고 보도했다. 기사는 하나같이 브레이스웨이트의 집에서 벌어진 〈소동〉을 언급했지만 나머지 세부 사항은 풍문과 추측일 뿐이었다. 런던의 『스탠더드』만이 〈강간 혐의〉를 언급했다.

에인저 로드에서 무슨 일이 벌어졌는지 전혀 몰랐던 제인 그레싱엄은 차를 대접받은 다음 스키너 경위를 만나 조사받았다. 그는 그레싱엄에게 그날 오후에 무슨 일이 있었는지 설명해 달라고 했다. 처음에 그녀는 말하지 않으려 했다. 진정제나 무슨 약에 취한 듯했다. 스키너 경위는 체포된 것도 아니고 고발당한 것도 아니라며 그녀를 안심시켰다. 그레싱엄이 계속 모호하게 답하자 그는 어쩌다가 눈에 멍이 들었냐고 물었다. 그녀는 기억나지 않는다고 했다. 스키너는 깜짝 놀란 표정을 지었다. 상처는 아파 보였고 최근에 생긴 것이 분명했다. 그는 남편이 그랬냐고 물었다. 그녀는 그렇다고, 하지만 남편 잘못은 아니라고 했다. 조금 더 추궁하자 그레싱엄은 콜린스 브레이스웨이트와의 관계 때문에 부부 싸움을 했다고 인정했다. 한참 변죽만 울린 끝에 결국 스키너가 에런의 진술 내용을 알려 줬다. 에런의 주장에 일말의 진실이 있는지 묻자 그레싱엄은 자신이 그렇게 말했다고 마지못해 시인했다. 설명에 따르면 에런이 부부의 아파트로 돌아와 술에 취한 그녀를 발견했다. 말다툼이 이어졌고 에런은 그녀가 브레이스웨이트에게 일주일에 두 번씩 찾아가는 일이 별로 효과가 없는 것 같다고 말했다. 그레싱엄은 에런과의 결혼보다 그와의 상담이 훨씬 더 유익하다고, 브레이스웨이트가 에런보다 두 배는 더 남자답다고 했다. 그레싱엄이 브레이스웨이트와 성관계를 했다고 인정하자 에런이 그녀를 때렸다. 바닥에 쓰러진 그녀는 앞에 우뚝 서 있는 에런을 보고 더 맞을까 봐 두려워서 자신이 원한 일은 아니었다고 했고 그러자 에런은 〈그럼 그놈이 당신을 강간했군?〉이라고 말했다. 그레싱엄이 고개를 끄덕이자 에런은 문을 박차고 나갔다. 스키너는 그레싱엄에게 브레이스웨이트와의 관계가 상호 동의하에 이뤄졌는지 물었고 그녀는 그렇다고 답했다.

브레이스웨이트에게 혐의를 설명하자 그는 그레싱엄과 여러 번 관계를 맺었다고 금방 인정했지만 어떠한 강요도 없었다고 주장했다. 그날 밤 11시경 사건과 관련된 모든 사람들이 풀려났다. 에런을 그레싱엄 폭행죄로 기소할 필요도 없어 보였다.

아무도 기소되지 않았지만 피해는 발생했다. 브레이스웨이트를 전혀 좋아하지 않았던 언론이 피 냄새를 맡았다. 그 뒤로 며칠 동안 수많은 기자가 에인저 로드의 브레이스웨이트 자택 앞에 진을 쳤다. 브레이스웨이트는 완고했다. 그는 마음대로 들락날락했고 심지어 보도에서 걸음을 멈추고 기자들과 담소를 나누기도 했다. 그는 〈나의 자아와 타인들〉에 이렇게 썼다. 〈나는 아무 잘못도 하지 않았다. 내가 왜 숨어야 하는가?〉

그런 이유 때문이었는지, 아니면 심리 치료사를 찾는 사람들은 보통 사진 찍히기를 좋아하지 않기 때문이었는지 모르지만 고객이 더는 찾아오지 않았다. 브레이스웨이트는 일시적인 현상이라 생각하고 며칠 동안 콜로니 룸을 비롯한 소호의 술집에서 흥청댔다. 그는 심지어 악명을 즐기는 것 같았다.

언론도 경찰도 그런 태도를 곱게 보지 않았다. 그다음 주 『뉴스 오브 더 월드』에는 〈프림로즈힐 돌팔이〉의 옛 고객들에 관한 외설스러운 기사가 실렸다. 기사에 따르면 브레이스웨이트는 속옷 차림으로 책상 뒤에서 나왔고, 고객이 이야기하는 동안 누워서 콧노래를 불렀으며, 고객과 함께 마리화나를 피웠고, 자기 몸을 어루만졌고, 불필요한 성적 질문을 던졌다. 인터뷰에 응한 옛 고객에게 왜 그런 행동을 참아 줬냐고 묻자 그녀는 그때까지 정신과 의사를 만나 본 적이 없었기 때문에 원래 그런 줄 알았다고 대답했다. 8월 24일 자 『데일리 익스프레스』에 실린 또 다른 기사는 〈『자살하라[틀린 원문 그대로임]』의 저자〉를 〈자살의 치어리더〉로 낙인찍었다. 그 기사에는 젊은 여성과의 인터뷰가 실렸는데, 그녀의 주장에 따르면 자살 생각이 든다고 말하자 브레이스웨이트는 무엇이 그 행동을 가로막냐고 물었다. 상담이 끝나자 그는 해치우기로 결심하거든 상담료부터 확실히 정산해 달라고 요구했다.

브레이스웨이트를 영국 의학회에서 제명하라는 요구가 있었지만 그는 애초에 의사 면허증이 없었으므로 제명이 불가능했다. 당시에는 누군가가 심리 치료사를 자처하며 문 앞에 간판을 내걸어도 막을 방법이 없었다. 브레이스웨이트는 〈나의 자아와 타인들〉에 이렇게 썼다.

〈내가 무슨 전문가라고 스스로 나선 적은 없다. 나에게 상담할 정도로 제정신이 아닌 사람들을 어떻게 돌려보내겠는가?〉 브레이스웨이트의 글이 대부분 그렇듯 그 말은 자신을 합리화하는 절반의 진실이었다. 그가 스스로 치료사라고 칭하거나 의사 면허증이 있다고 주장한 적은 없었지만 그를 의사라고 여기는 사람들의 생각을 바로잡아 준 적도 없었다. 그는 수요에 응했을 뿐이라고 했지만 점점 번창하는 사업을 염두에 두고 에인저 로드에 집을 구한 것도 사실이었다.

브레이스웨이트는 특유의 교만으로 며칠만 지나면 다 흐지부지되리라 생각했다. 그가 틀렸다. 그는 어떤 혐의로도 기소되지 않았지만 고객의 대부분을 차지하는 보헤미안들 사이에서도 〈강간〉이라는 단어는 낙인이었다. 〈영국에서 가장 위험한 남자〉의 고객이라는 사실 자체가 특권인 양 여겨지던 시절도 있었지만 이제 브레이스웨이트의 평판은 급속도로 기울고 있었다.

상황은 더 나빠게 흘러갔다. 브레이스웨이트의 옥스퍼드 시절 여자 친구였던 앨리스의 아버지 앤드루 트러벨리언은 신문 기사를 무척 흥미롭게 읽었다. 현재 기사 작위를 받은 왕실 고문인 그는 당시 영국 검찰청에서 일하고 있었다. 트러벨리언이 스키너 경위에게 전화해 사건 관련 진술서를 보고 싶다고 요청했다. 스키너는 아무도 체포되지 않았으므로 굳이 그럴 필요 없다고 설명했지만 트러벨리언은 고집을 부렸고 그날 저녁 홈스 로드 경찰서를 방문했다. 스키너는 그를 쌀쌀맞게 대했다. 이스트엔드에서 태어나 자수성가한 그는 특권을 타고난 거물의 참견이나 불기소 결정에 대한 은근한 비판을 좋게 받아들일 수가 없었다. 트러벨리언은 목격자 다섯 명의 진술서를 전부 읽고 몇 가지를 메모하더니 콕스, 펜들과 대화하고 싶다고 했다. 나중에 그는 진술서에 적힌 주소로 앤절라 카버와 레이철 시먼스를 찾아갔다. 시먼스는 캠던에서 친구 세 명과 한 아파트를 나눠 쓰는 미대생이었다. 그녀는 몇 달 전 술집 앞에서 브레이스웨이트를 만났는데 그가 시먼스와 친구를 자기 집으로 초대했다고 말했다. 그곳에서 세 사람은 음악을 듣고 마리화나를 피웠으며 그녀는 그와 섹스했다. 〈별것 아니〉었다. 그녀가 말하기를 콜린스는 멋졌고 항상 마리화나를 잔뜩 가지고 있었다. 그녀는 8월 19일 이전에도 이후에도 앤절라 카버를 만난 적이 없었다.

앤절라 카버는, 브레이스웨이트의 고객이자 레스토랑과 나이트클럽을 운영하는 머빈 카버의 딸이었다. 그녀는 부모님이 몇 주 전 세인트존스우드에 있는 세인트앤스테라스 골목의 자택에서 연 파티 도중에 브레이스웨이트를 만났다. 트러벨리언이 그 집에 찾아가 초인종을 울리자 카버의 아내 비어트리스가 문을 열었다. 트러벨리언은 명함을 주면서 따님과 이야기를 나누고 싶다고 했다. 앤절라가 아래층으로 불려 내려왔고 트러벨리언은 비어트리스를 한참 설득한 끝에야(그는 말재간이 좋기로 유명했다) 서재에서 앤절라와 단둘이 대화해도 좋다고 허락받았다. 트러벨리언은 먼저 그녀가 곤란한 상황에 처한 것은 아니라는 설명으로 입을 열었다. 그는 단지 에인저 로드에서 일어난 사건에 관해 몇 가지 묻고 싶을 뿐이라고 했다. 신문에 이름이 실리지 않았던 앤절라는 눈에 띄게 초조해하면서 서재 문을 자꾸 흘끔거렸다. 그녀가 사건에 연루된 사실을 알면 부모님은 그녀를 죽일 것이었다. 트러벨리언은 대화가 철저히 비밀에 부쳐질 것이라고 장담했다(하지만 결국 거짓말이 되었다).

앤절라는 경찰관에게 진술한 것과 달리 열아홉 살이 아니라 열일곱 살이었다. 그녀는 아버지의 생일 파티 때 브레이스웨이트와 대화하게 되었다. 그는 재미있었고 그녀의 학업과 진로에 관심을 보였다. 브레이스웨이트가 그녀의 별자리(천칭자리)를 맞췄고 두 사람은 점성술과 자유 의지에 관해 이야기했다. 그때까지 그녀에게 그런 식으로 말하는 어른은 아무도 없었고 앤절라는 그에게 관심받자 우쭐해졌다. 며칠 뒤 브레이스웨이트의 비서가 앤절라에게 전화해 그의 집에서 열리는 모임에 초대했고 앤절라는 부모님에게 알리지 않고 초대를 받아들였다. 토요일 오후 2시에 에인저 로드에 도착한 그녀는 손님이 자기보다 나이가 약간 많은 레이철이라는 여자 하나밖에 없어서 깜짝 놀랐다. 브레이스웨이트는 곧 사람들이 더 온다고 장담했다. 앤절라는 그가 권하는 와인을 받아 마셨다. 브레이스웨이트는 마리화나를 피우고 있었지만 그녀에게 권하지는 않았다. 오후가 흘러갔지만 아무도 오지 않자 그녀는 불안해졌다. 브레이스웨이트는 음반을 틀어 놓고 셔츠를 풀어 젖힌 채 춤추며 돌아다녔고 마리화나를 피우거나 부엌에 와인을 가지러 갈 때만 잠깐 멈췄다. 앤절라는 와인을 두 잔인가 세 잔 마셨고 그와 춤췄다. 레이철이 앤절라에게 마리화나를 같이 피우자고 권하자 브레이스웨이트가 내버려 두라고 말했다. 앤절라는 아직 애였다. 트러벨리언은 그가 성적으로 접근했는지 물었다. 앤절라는 아니라고, 하지만 브레이스웨이트가 소파에서 레이철과 키스했고 발기했다고 말했다. 그녀는 책꽂이를 구경하며 시선을 돌렸다. 그날 브레이스웨이트의 집에 리처드 에런이 벌컥 들어왔을 때는 오히려 마음이 놓였다고 했다.

트러벨리언은 브레이스웨이트 자택에 약물 수색 영장을 발부해야겠다고 스키너에게 말했다. 스키너는 브레이스웨이트에게 딱히 좋은 인상을 받지는 않았지만 비트족을 마리화나 흡연 혐의로 잡아넣는 것은 자신과 어울리지 않는 일이라고 생각했다. 그러나 트러벨리언의 말을 따를 수밖에 없었다. 이틀 뒤 스키너는 콕스, 펜들과 함께 영장 집행을 위해 에인저 로드로 갔다. 상당량의 마리화나가 압수되었고 브레이스웨이트는 유통 목적 약물 소지 혐의로 체포되었다. 그러나 유통 목적에 대한 증거가 없었으므로 혐의는 〈소지〉로 축소되었다. 지금은 마리화나를 소지해도 공식적인 주의를 받는 정도로 그치지만 당시에는 실제로 투옥될 위험이 컸다. 같은 해에 롤링 스톤스의 키스 리처즈는 마리화나 흡연 목적이 있는 이들에게 자택을 제공한 혐의로 12개월 형을 선고받기도 했다. 키스 리처즈는 항소심에서 형이 취소되었지만 브레이스웨이트는 구류를 선고받을 경우 리처즈와 달리 대중의 동정에 의지할 수 없을 터였다.

재판은 뉴잉턴 코즈웨이에 있는 이너 런던 최고 법원에서 열렸다. 일반 방청객석은 기자와 호기심 넘치는 구경꾼으로 가득했다. 브레이스웨이트는 법정 변호사의 충고를 따르지 않고 무죄를 주장하겠다고 고집했다. 앤드루 트러벨리언이 직접 기소를 진행했다. 앤절라 카버와 레이철 시먼스가 증인으로 불려 왔다. 브레이스웨이트는 문제의 약물이 자신의 것임을 부인하지 않았고 오히려 자기 몸에 스스로 무슨 물질을 투여하든 국가가 거기 간섭할 권한을 인정하지 못하겠다고 선언했다. 그런 변호가 반문화 집단의 찬동을 얻었을지는 몰라도 치안 판사 준 에이킨에게는 아무 영향도 발휘하지 못했다. 게다가 법적 근거도 없었다. 법정에서 브레이스웨이트가 보인 태도(트러벨리언이 최종 진술을 하는 동안 신발을 벗고 발을 열심히 주물럭거렸다)와 전반적인 오만함은 배심원의 호감을 사지 못했다. 트러벨리언은 그 사건이 상징적으로 중요한 것처럼 설명했다. 그의 말에 따르면 일군의 사람들은 명성 때문에 자신이 법 위에 있다고 생각한다. 「피고인은 법이 엉터리라고 생각할지도 모릅니다.」 그가 말을 이었다. 「하지만 그렇다고 해서 그에게, 또는 다른 누구에게도 법을 비웃을 권리가 생기는 것은 아닙니다.」 『데일리 익스프레스』에 따르면 트러벨리언은 계속해서 〈한참 동안 브레이스웨이트의 인성을 난도질했고 결국 에이킨 판사가 끼어들어 사건에 관한 사실만 이야기하라고 주의를 줘야 했다〉. 판사는 배심원단에게 사건의 요점을 설명하면서 재판 대상은 피고인의 인성이 아니라 그의 행동임을 상기시켰다. 배심원의 역할은 법정에서 들은 증언에 법을 적용하는 것뿐이라고 말이다. 배심원단은 15분도 안 되어 브레이스웨이트가 유죄라고 결론지었다. 브레이스웨이트는 평결을 듣자마자 돌아서서 〈자기들을 탄압하는 기관에 지지를 보내는〉 배심원단에게 비꼬듯이 갈채를 보냈다. 에이킨 판사는 브레이스웨이트에게 60일 형을 선고했고, 자신이 말할 차례가 되자 재판 과정에서 피고가 보인 무례하고 부적절한 행동을 나무랐다.

트러벨리언은 자서전 『법정의 안팎』에서 브레이스웨이트가 학생 시절에 자기 딸과 사귀었고 딸이 결국 병원에 〈입원〉했다고 회고했는데, 앨리스의 자살 시도를 은근히 감추고 브레이스웨이트의 폭행을 암시하는 표현이었다. 그는 복수하기 위해서가 아니라 〈위험한 돌팔이〉로부터 대중을 보호하기 위해서 브레이스웨이트를 고소한 것이었다고 고상하게 주장했다. 그 전까지 그는 브레이스웨이트가 승승장구하는 모습을 처참한 마음으로 지켜봤고 〈평소에는 지적인 듯 보이는 사람들이 순진하게도 그의 헛소리를 히피족의 경전이라도 되는 양 받아들여 충격을 받았다〉.

그로부터 10년 뒤 LSD 불법 소지 혐의로 체포, 기소된 로니 랭도 당시에는 브레이스웨이트의 소식을 고소하게 여겼고, 친구 존 더피에게 그 〈짜증 나는 사기꾼〉은 벌써 몇 년 전에 교도소에 들어갔어야 했다고 말했다.

브레이스웨이트는 웜우드 스크럽스 교도소에서 40일간 복역했다. 그는 감옥에서 만난 사람들이 〈철창 밖 사람들보다 훨씬 제정신〉임을 알게 되었다고, 또 〈옥스퍼드 멋쟁이들 사이에서 보낸 6년보다 감옥에서 보낸 6주 동안 인간의 행동에 관해 더 많이 배웠다〉라고 썼다.

브레이스웨이트가 출소해 보니 에인저 로드의 집에서 이미 퇴거당한 상태였다. 그의 가구와 옷, 책, 서류는 전부 액턴의 창고로 옮겨져 있었다. 그는 젤다 오글비가 새 애인인 극작가 조 카터와 함께 사는 노팅힐의 집에서 잠시 신세를 지기로 했는데, 젤다는 며칠만 참아 주는 것이라고 분명히 선을 그었다. 브레이스웨이트는 그 집에서 술을 마시고 마리화나를 피우며 한 달 동안 지냈고, 결국 카터가 직접 핀즈버리파크에 작은 아파트를 구해 〈거의 강제로 쫓아냈다〉.

브레이스웨이트는 일을 다시 시작하려고 전혀 노력하지 않았다. 두 저서의 인세가 아직 들어오고 있었다. 그는 들어 주는 사람만 있으면 아무나 붙잡고 〈특권을 넘치게 누리는 평범한 사람들이 자기 정체성의 위기에 관해 투덜대는 소리〉를 들어 주는 일에 질렸다고 말했다. 이제 새로운 책을 쓸 때가 왔다. 당시 랭은 유럽과 미국의 캠퍼스를 돌면서 찬사를 보내오는 학생들을 대상으로 대형 강연을 하고 있었다. 프랑스밖에 못 가본 브레이스웨이트는 자기도 한탕 할 꿈에 부풀었다. 그는 에드워드 시어스를 설득해 결국 점심을 얻어먹긴 했지만 새 책 이야기에 대한 반응은 별로 좋지 않았다. 시어스는 차라리 소설을 쓰는 편이 낫지 않겠냐고 제안했다.「소설?」 브레이스웨이트가 쏘아붙였다.「빌어먹을 소설이 무슨 소용 있어?」 점심 식사가 끝나고 종일 술이나 마시자는 제안을 시어스가 거절하자 브레이스웨이트는 다른 출판사에서 책을 내겠다고 했다. 시어스는 점심값을 계산한 다음 브레이스웨이트에게 얼마든지 그렇게 하라고 말했다.

다섯 번째 비망록

나는 2주 동안 출근하지 않았다. 이 경솔한 계획을 처음 시작했을 때 꾸며 낸 병이 현실이 되었다. 당황스럽다. 우울한 생각은 열쇠와 자물쇠로 안전하게 가둬 둬야 했는데. 어리석은 나. 어리석고 어리석은 나. 어제는 종일 침대에서 나가지 않았다. 몸단장하고 싶은 생각이 전혀 없었다. 머리카락은 엉망으로 헝클어졌고 불쌍한 내 얼굴은 며칠 동안 화장품을 구경도 못 했다. 피부는 메말라 종잇장 같았다. 신선한 공기를 마시며 조금만 걸어도 기운이 나겠지만 커튼을 열 에너지도 없고, 루엘린 씨가 대신 해주겠다고 해도 거절한다. 내 방 너머에 세상이 계속 존재한다는 사실을 떠올리고 싶지 않다.

브라운리 씨가 지난주에 세 번이나 전화했지만 나는 받지 않았다. 루엘린 씨는 브라운리 씨에게 내가 몸이 좋지 않다고 말했지만 목소리에서 진짜 생각이 다 드러났다. 며칠 전 브라운리 씨에게서 편지가 왔는데, 아프다니 정말 안됐지만 나 없이는 일을 할 수가 없다고 했다. 내가 언제 돌아갈지 알려 주지 않는다면 안타깝지만 대체할 사람을 찾아야 한다고 했다. 마음이 아팠다. 브라운리 씨가 좋았고 그가 내게 의지하게 되었다는 사실도 안다. 위대한 댄도가 동전을 찾아 바닥을 더듬으면서 내 박수를 그리워할 거라고 생각하니 슬퍼진다. 리베카는 내가 그런 놈들한테 시간을 낭비하고 있다고 했다. 브라운리 씨는 연극 에이전트일 뿐이고 위대한 댄도는 마술사일 뿐이다. 그들은 내 책상 앞에 나타나는, 쉽게 속아 넘어가는 구제 불능의 인간들만큼이나 틀려먹었다. 물론 리베카 말이 맞다. 무엇에 관해서든 리베카가 옳기 때문이다. 그래도 그들이 그립다. 버스를 타고 출근하던 길이 그립다. 채링크로스 로드를 따라 걷던 때가 그립다. 점심시간에 윈도쇼핑을 하고 에스프레소 바에서 비트족과 눈가를 까맣게 칠한 여자들을 바라보던 시간이 그립다. 세상의 일부인 척하던 게 그립다. 나 자신이 세상과 동떨어졌음을 항상 잘 알고 있긴 했지만 말이다. 리베카가 나타나고서야 내 방식이 잘못되었다는 걸 깨달았다.

이틀 전 나는 설득에 못 이겨 저녁 식사를 하러 내려갔다. 옷을 갈아입어야겠다는 생각도 못 하고 알몸에 더러운 나이트가운만 걸친 채 식탁 앞에 앉았다. 불쌍한 아버지는 시선을 어디에 둘지 몰라 했다. 루엘린 씨가 실내복 가운을 가져다주자 옷도 제대로 입지 않은 내 모습이 갑자기 부끄러워져서 그걸 걸쳤다. 아버지는 좀 괜찮냐고 상냥하게 물었고, 아버지가 걱정하는 것 같아 나는 괜찮다고 말했다. 그 외에는 식사 시간 내내 침묵이 흘렀다. 나는 겨우 몇 입 먹었는데 그마저도 지켜보는 눈이 있어 억지로 삼켰을 뿐이었다. 한 입 먹을 때마다 구역질이 났다.

식사가 끝나자 루엘린 씨가 나를 위층에 데려다주고는 옷을 벗으라고 했다. 저항할 의지도 없었다. 그녀는 목욕물을 받고 욕조 가장자리에 앉아 머리를 부드럽게 감겨 줬다. 따뜻한 물속에 앉아 있으니 기분이 좋았고 알몸이라는 생각은 떠오르지도 않았다. 내가 아이처럼 욕실 매트에 서서 덜덜 떠는 동안 루엘린 씨가 몸을 닦아 주고 새 잠옷을 입혀 줬다. 방으로 돌아와서는 나를 화장대 앞에 앉히고 머리를 빗겨 줬다. 친절한 행동이 고마웠고 훈계를 한마디도 하지 않았기 때문에 더욱 고마웠다. 루엘린 씨가 머리를 다 빗겨 준 다음 나를 침대에 눕히고 이불을 턱까지 끌어 올려 덮어 주고는 잘 자라고 인사했다. 고맙다고 말해야 했지만 입이 떨어지지 않았다.

그동안 내내 리베카가 나를 괴롭혀도 나는 가만히 있었다. 내가 아무짝에도 쓸모없다는 사실은 말하지 않아도 안다고 했지만 그래도 리베카는 더욱 정교하게 표현할 방법을 찾으며 즐거워한다. 그보다 나쁜 건 나를 향한 리베카의 분노다. 내가 리베카를 끌어내리고 있다. 나만

없으면 리베카는 밖으로 나가 즐길 것이다. 나만 아니었다면 지금쯤 잘생긴 톰과 ○○도 했을 것이다(그녀는 말이 험하다). 나는 이미 사과도 했고 다음번에는 가만히 있겠다고 약속하지 않았냐고 말한다. 리베카는 나 덕분에 다음은 없다고, 자기는 내가 없는 편이 더 낫다고 쏘아붙인다. 나는 항변할 수 없다. 내 생각에도 우리 둘 다에게 내가 없는 편이 나을 것 같다. 이와 비슷한 대화가 끊임없이 이어진다. 잘 때만 리베카의 괴롭힘에서 달아날 수 있다. 리베카가 정말 싫다. 티를 내지 않으려 조심하는데도 그녀는 내 생각을 읽는 것 같다. 「네가 싫어하는 건 내가 아니야. 너 자신이지. 이 나약한 겁쟁이야.」 그녀는 자꾸 나를 울리고 내가 울면 그녀가 나를 공격할 무기가 늘어날 뿐이다. 리베카를 없앨 방법은 하나밖에 없는 것 같다. 바로 그녀의 조언처럼 나를 죽이는 것이다. 내 머릿속에 자리 잡은 벌레는 그런 생각을 먹고 자란다. 사과 속 벌레처럼 든든하게 먹으며 쑥쑥 자란다.

내가 지금까지 살아 있는 건 늘 끔찍하게 게을렀기 때문이다. 나는 무슨 일이든 부지런히 하려는 의지가 없다. 그러나 나태가 자살하지 않는 이유로 적절해 보이지는 않는다. 죽기에는 너무 게으르다는 이유로 계속 살아가다니, 고귀하지도 낭만적이지도 않다. 그러나 내가 지금 바로 그런 상황인 것 같다. 나는 더 이상 살아갈 수 없지만 삶을 끝낼 방법도 없다. 이토록 무력한 상태에서도 그 아이러니에 웃음이 난다. 삶의 기본 값은 계속 살아가는 것이다. 무언가가 끼어들지 않는 한 삶은 마치 그 주인과 독립적으로 존재하는 개체처럼 계속된다. 삶을 끝내려면 의지에 찬 노력이 필요하다. 자살(한 번이라도 똑바로 말해 보자)에는 결의가 필요하다. 계획과 결단력이 필요하다. 전부 내게 전혀 없는 특질이다. 자살은 결단력 없는 사람을 위한 게 아닌데 나는 항상 결단력이 없었다. 베로니카와 나의 또 다른 차이점이다. 베로니카는 일련의 행위에 집중하고 꿰뚫어 보는 능력이 있었다. 베로니카를 더 닮았어야 했는데.

월요일, 어쩌면 화요일 아침에 나는 침대에서 억지로 일어났다. 씻고 옷을 입기까지 너무 힘들어서 지금까지 두 번 생각할 필요도 없이 그런 일들을 해왔다는 사실이 놀라웠다. 일어서서 수고롭게 몸을 닦느니 욕조 물을 빼고 피부의 물기가 증발하기를 기다리는 게 더 쉬울 듯했다. 화장대 앞에 앉았을 때는 손에 든 파우더 퍼프가 돌멩이처럼 무겁게 느껴졌다.

내가 아침 식탁에 모습을 드러내자 아버지가 무척 기뻐했다. 「아, 잘됐다! 좀 나았구나.」 아버지가 말했다.

「네, 훨씬 나아졌어요, 아빠.」 내가 아버지를 안심시켰다.

아버지는 브라운리 씨가 나를 다시 받아 줄 거라고 했다. 그리고 루엘린 씨와 둘이서 나를 무척 걱정했다고 말했다.

나는 미약하게 미소 지었다. 아버지가 내 연기에 전혀 속지 않은 게 분명했다. 아버지도 우울한 감정을 품고 있다는 걸 나는 안다. 아버지는 그런 감정을 절대 과시하지 않지만 가끔 얼굴에 스치는 그림자가 보이거나, 눈을 깜빡이는 척하면서 몇 초쯤 너무 오래 감고 있을 때면 아버지가 지쳤다는 걸 느낄 수 있다. 나는 토스트에 버터와 마멀레이드를 바른 다음 아버지가 신문을 보는 사이 핸드백에 슬쩍 넣었다.

내가 직장에 복귀할 생각이 없었다는 점은 말할 필요도 없을 것이다. 그러나 남들의 눈 때문에 일단 길을 나서서 엘긴 애비뉴를 따라 걸었다. 버스 정류장에 도착하자 그러모은 에너지가 바닥났다. 나는 라이언스에 들어가 문에서 제일 가까운 자리에 앉았다. 녹초가 되었다. 웨이트리스가 다가오자 나는 그녀가 깊은 잠에서 나를 깨우기라도 한 것처럼 소스라치게 놀랐다. 열여덟 살이 넘지 않아 보이는 빼빼 마른 소녀였다. 가르마 바로 옆에서 실핀으로 밤색 머리카락을 고정했고 말투에는 아일랜드 억양이 살짝 섞여 있었다. 나는 그녀가 야망이 별로 없어서 라이언스에서 일하는지, 아니면 브라운리 씨 사무실로 줄지어 찾아오는 떠돌이들처럼 그녀 역시 흘끔거리는 소호 남자들 앞에서 거드름 피우고 싶은 충동이 있는지 생각해 봤다. 얼굴은 충분히 예뻤지만 몸매가 따라 주지 못했다. 그녀는 밋밋한 가슴을 못 본 척해 줄 만큼 관대한 청년을 찾아내서 일생에 걸친 고된 집안일과 야망을 맞바꿀 것이다. 웨이트리스는 한참이 지나도록 내가 대답하지 않자 걱정스러운 표정을 지었다. 그녀가 눈을 크게 뜨고 고개를 약간 숙였다. 외국인이라 질문을 이해하지 못했나 싶었을 것이다. 나는 그런 상황에서 보통 어떤 대화가 오가는지 떠올리고는 고개를 살짝 흔들어 공상을 쫓아 버린 다음 차 한 포트를 주문했다. 그제야 내가 모든 사람에게 노출된 창가 자리에 앉아 있다는 걸 깨달았다. 아버지가 지나갈 위험은 없었지만(아버지는 거의 외출하지 않는다) 루엘린 씨가 장 보러 가는 길에 지나갈지도 몰랐고, 그러면 내 작은 거짓말이 드러날 것이다. 그러나 안쪽으로 자리를 옮기기에는 너무 늦었다. 웨이트리스가 내 변덕에 화를 낼 테고 나는 그녀를 귀찮게 하는 이유를 복잡하게 설명해야만 할 것이다. 제대로 해내지 못하면 그녀는 내가 웨이트리스에게는 예의 바르게 설명할 필요도 없다고 여기는 콧대 높은 사람이라고 생각할 것이다.

아직 이른 시간이었으므로 자리는 대부분 비어 있었고 평소와 달리 커틀러리와 도자기 그릇이 달그락거리는 소리도 거의 들리지 않았다. 웨이트리스들은 짝을 지어 서서 지루하게 손님을 기다리고 있었다. 어느 웨이트리스가 블라우스 맨 위 단추를 멍하니 만지작거렸다. 또 다른 웨이트리스는 카운터 뒤 거울에 비친 자기 모습을 흘깃 보더니 머리를 매만졌다. 옆 테이블의 제일 안쪽 다리에는 접은 마분지가 괴여 있었다. 테이블 다리가 너무 짧은 건지 바닥이 평평하지 않은 건지 궁금했다. 그래서 내가 앉은 테이블 양 끝에 손바닥을 대고 꽉 눌러 봤다. 아주 안정적이었다. 테이블은 전부 라이언스 어느 지점에나 있는 같은 제품이었으므로 나는 옆 테이블이 놓인 바닥의 일부가 움푹 들어간 게 틀림없다고 결론지었다. 바닥이 평평하지 않다고 해서 건물이 금방이라도 무너질지 모른다고 생각할 이유는 없다. 하지만 나는 그렇게 상상했다. 찬장에 넣어 둔 찻잔과 유리잔이 흔들릴 정도의 작은 떨림으로 시작할 것이다. 웨이트리스들이 서로 흘끔거린다. 손님들이 스콘을 먹다가 고개를 든다. 천장 돌림띠에 금이 가기 시작한다. 회반죽 덩어리가 바닥으로 떨어진다. 어떤 여자가 머리에 맞고 탁자 위로 얼굴을 박는다. 떨림이 더 심해진다. 판유리 창이 산산이 부서지고 천장 전체가 내려앉는다. 웨이트리스들이 비명을 지르며 문을 향해 달려간다. 들보와 돌이 떨어져 내린다. 나는 의식을 잃고 쓰러져 잔해 속에 파묻힌다. 다음 날 신문에 사고 후 사진이 실린다. 건물 잔해 사이로 여자의 다리가 비죽 튀어나와 있다. 아버지는 『더 타임스』를 넘기다가 그 사진을 발견하지만 사건 당시 내가 사무실에 있었다고 알고 있으므로 내 다리라고 생각할 이유는 없다.

곧 닥쳐올 극적인 상황을 전혀 알지 못하는 웨이트리스가 내 자리로 돌아와 찻주전자와 찻잔, 잔 받침을 테이블에 내려놓았다. 그녀는 심지어 날씨가 정말 좋다는 말까지 했다.

「네.」 내가 대답했다. 「계절에 맞지 않네요.」 그러나 마지막 단어가 혀와 입천장 사이에 걸려서 마지막 음절을 발음하기도 전에 말이 끝났다. 웨이트리스가 자동으로 미소 지었다. 그렇게 간단한 문장도 제대로 끝맺지 못하는 걸 보니 내가 외국인이 분명하다고, 자신의 동정을 사기에 충분하다고 생각하는 듯했다. 대화가 끝나자 내가 주변으로부터 주의를 돌릴 만한 대상이 하나도 없었다. 깜빡하고 책을 가져오지 않았다. 내가 남자였다면 웨이트리스를 보내 신문을 사 오라고 했겠지만 나는 국정에 관심을 둔 적이 없었고 그때가 그 점을 고칠 때 같지도 않았다.

세 테이블 건너 끔찍한 적갈색 코트를 입은 여자가 나를 보고 있었다. 그녀가 스콘 한 조각을 입에 밀어 넣었다. 부스러기가 떨어져 스카프에 내려앉더니 위태롭게 매달렸다. 윗입술에 잼이 살짝 묻어서 입을 한 대 맞은 사람처럼 보였다. 그녀가 동행에게 이야기하면서 스콘을 계속 씹었기 때문에 입안의 스콘이 반죽 덩어리로 바뀌는 모습이 똑똑히 보였다. 내가 빈속이 아니었다면 토했을 것이다. 시선을 돌렸다. 벽에 걸린 커다란 시계를 보니 9시 20분이었다. 욕조 물속에 머리까지 푹 담갔을 때처럼 모든 소리가 작아졌다. 주변 시선이 끔찍이도 신경 쓰였다. 누가 나더러 왜 여기 있냐고 물으면 뭐라고 해야 할까? 어떤 말로 내 존재를 그럴듯하게 설명할 수 있을까? 우리 집은 카페에서 아주 가깝다. 나는 왜 따뜻한 음료가 잔뜩 갖춰진 집에서 나와 카페에 혼자 앉아서 원하지도 않는 차 한 포트에 3실링 6펜스를 쓰는 걸까?

포트에 든 액체를 같이 나온 잔에 조금 따랐다. 김이 피어오르고 향기가 살짝 났다. 코를 더 가까이 가져갔다. 평생 차를 정말 많이 마셨지만 그 순간에는 누리끼리한 갈색 액체를 보니 웨이트리스가 잔에 소변을 담아서 가져다준 것처럼 구미가 당기지 않았다. 이건 잔에 담긴 차라고, 마음을 달래 주는 익숙한 음료라고 스스로에게 말했다. 나는 라이언스 로고가 그려진 작은 저그 속 우유를 찻잔에 따르고 스푼으로 저으며 두 액체가 섞이는 모습을 관찰했다. 그래, 여기 맛있는 차가 있다. 「차를 마시자.」 혼잣말을 했다. 차를 마시면 다 괜찮아질 것이다. 하지만 괜찮지 않았다. 나는 잔을 들어서 액체를 입에 댔다. 예전에는 그런 혼합물을 기꺼이, 아니 열정적으로 마셨다는 사실이 이해가 되지 않았다.

바깥 거리로 관심을 돌렸다. 자리를 옮길 수는 없었지

만 적어도 루엘린 씨가 지나가는지 눈을 부릅뜨고 지켜볼 수는 있었다. 조금 전까지 서둘러 출근하는 사람으로 가득하던 보도의 북적거림이 줄어 있었다. 이제 주부들이 남편의 저녁 식사용 고기를 사러 정육점으로 향했다. 그런 사람들은 서두를 필요가 없다. 그들이 할 일은 고기를 사는 것뿐이다. 고기를 사서 나중에 양배추와 감자와 함께 요리할 것이다. 그러고는 저녁을 차리고 사랑하는 남편이 저 너머 세계에서 돌아오기를 기다릴 것이다. 지금부터 그때까지 아무런 할 일도 없겠지. 어쩌면 공원에 잠시 들르거나 라이언스에서 차를 마실 것이다. 소설을 읽거나, 문에 체인을 걸어 잠그고 침대에 누워 천장에 시선을 고정한 채 혼자 즐길지도 모른다. 그 행위가 얼마나 덧없는 쾌락을 가져오든 그들의 목적은 하나밖에 없다. 바로 우울하게 흐르는 시간으로부터 주의를 돌리는 것이다.

바깥 보도에 내가 브라운리 씨의 광고를 보고 전화하러 들어갔던 공중전화 부스가 있었다. 어떤 남자가 걸음을 멈추고 바지 주머니에 든 잔돈을 확인하더니 그 안으로 들어갔다. 코트 자락이 문에 걸리는 바람에 그걸 빼느라 잠시 소동이 벌어졌다. 남자는 30대쯤 되어 보였다. 잠깐 멈춰 서서 눈썹에 흐르는 땀이라도 닦았는지 머리에 쓴 모자가 약간 뒤로 밀려 있었다. 허둥거리는 듯했다. 그가 수화기를 들고 뺨과 목에 끼운 채 다이얼을 돌렸고 왼손은 딸깍 소리가 들리면 투입구에 동전을 넣으려 대기 중이었다. 번호를 외우는 걸 보니 잘 아는 사람에게 전화하는 게 분명했다. 남자가 다이얼을 다 돌린 다음 오른손으로 수화기를 들었다. 그런 다음 상대방이 전화를 받기를 기다리며 지켜보는 사람이 없는지 확인하듯 주변을 둘러봤다. 아무도 지켜보지 않았다. 누구도 그에게 눈길조차 주지 않았다. 그는 기다렸다. 아내가 집에 있나 확인하려 연락하는지도 몰랐다. 어쩌면 정부와 몰래 만날 약속을 잡으려는지도 몰랐다. 어쨌든 어딘가의 방에서 전화가 울리고 있었다. 방이 비어 있을지도 모르고 어떤 여자가 말없이 전화기를 바라보며 받을까 말까 고민하고 있을지도 몰랐다. 고조되는 긴장감이 느껴졌다. 그러다 남자가 움찔 놀랐다. 그의 손가락이 투입구에 동전을 넣었다. 나는 여보세요라고 말하는 그의 입술을 읽었다. 그는 여보세요라고 세 번 더 말했지만 대답이 없는 것 같았다. 그가 수화기를 귀에서 떼고 바라보더니 전부 수화기 탓이라는 듯 다이얼에 몇 번이나 난폭하게 내리쳤다. 그런 다음 수화기를 내려놓고 레인코트의 옷깃을 정리했다. 그는 보도로 나와 자신이 전화기 부수는 장면을 목격한 사람이 있는지 주위를 둘러봤다. 아무도 없다는 걸 확인하고 만족한 그는 거리를 성큼성큼 걸어갔다. 문에 끼였던 레인코트 자락에 기름얼룩이 묻어 있었다.

차가 식었다. 나는 잔을 입에 대고 차 마시는 시늉을

했다. 깜빡 잊고 시계를 차고 나오지 않았지만 약속 시간이라도 확인하듯 손목을 흘깃 내려다봤다. 나는 너무 둔해졌다는 느낌에 사로잡혔다. 자리에서 일어나려다가 테이블을 엎고 소동을 일으킬 것만 같았다. 웨이트리스들이 나 때문에 호들갑을 떨 것이다. 매니저가 불려 와 깨진 도기의 값을 물어 달라고 하겠지. 식은 차가 내 치마 앞쪽을 흠뻑 적실 것이다. 밖에서는 행인들이 시선을 피할 것이다. 앉아 있는 시간이 길어질수록 나는 더 뻣뻣해졌다. 너무 오래 눌러앉아 있다는 생각이 들기 전까지만 창밖을 멍하니 바라봤다. 루엘린 씨는 나타나지 않았고 공중전화 부스에서 더 이상의 드라마가 펼쳐지지도 않았다. 결국 더 견딜 수가 없었다. 나는 핸드백에서 지갑을 꺼냈다. 아까 몰래 숨긴 토스트 때문에 마멀레이드가 묻어 있었다. 팁을 주지 않아도 외국인이라 이곳 관습을 몰라서 그런 줄 알겠지 싶어 돈을 내는 백랍 쟁반에 정확한 금액을 올려놓았다. 열심히 집중하자 아무 사고도 없이 자리에서 몸을 빼낼 수 있었다. 보도로 나오니 머리가 어지러웠다. 나는 누가 봐도 확실한 목적이 있는 사람처럼 보이기를 바라며 억지로 몇 미터 걸어갔다. 또 버스에 치이기를 반쯤 바라며 조심성 없이 길을 건넜다. 내 시체 주변에서 벌어질 소동을 상상했다. 젊은 청년이 옆에 무릎을 꿇고 내 손을 잡고서 버티라고, 구급차가 오는 중이라고 말할 것이다. 나는 약하게 미소를 지어 보인 다음 눈을 감고 죽겠지.

보도를 따라 걸었다. 내가 모두의 진로를 방해했다. 누군가의 개 목줄이 내 발목에 엉켰다. 나는 그 작고 끔찍한 개를 걷어차고 싶었다. 이런 식으로 몇 시간이나 보낼 생각을 하니 견딜 수가 없었다. 나는 랜돌프크레슨트 골목 옆 공원의 벤치에 잠시 앉았다. 곧 일흔 살쯤 되어 보이는 여자가 내 옆에 앉았다. 그녀가 좋은 아침이라고 말했다. 대답할 필요도 없는 사소한 말이었지만 나는 억지로 미소 짓고 대답했다. 「네.」 그녀가 무릎 위로 양손을 꽉 쥐고 정면의 헐벗은 나무들과 주택 뒤편을 바라봤다. 결혼반지를 끼고 있었지만 남편은 분명 한참 전에 죽었을 것이다. 나는 그녀가 매일 여기서 잠깐 시간을 보내나 보다 생각했다. 어쩌면 가끔 나보다 말이 많은 사람을 우연히 만날지도 모른다고 생각하니 내 대답이 부적절했던 것 같아 죄책감이 들었다. 일어나 가버리고 싶은 마음이 굴뚝같았지만 그녀의 기분을 상하게 하고 싶지 않았고 어차피 갈 곳도 없었다. 몇 분 뒤 그녀가 코트 안쪽에서 갈색 종이 봉지를 꺼내더니 그 안에서 빵 부스러기를 몇 줌 꺼내 길에 뿌렸다. 몇 초 만에 비둘기 떼가 동전을 주우려 앞다퉈 달려오는 아이들처럼 우리를 포위했다. 비둘기들이 위대한 댄도의 부름을 받은 것처럼 사방에서 나타났다. 나는 불편한 기색을 드러내고 싶지 않아 벤치 아래 있는 발을 아주 살짝만 움직였다. 비둘기들이 거만하게 돌아다니며 고개를 돌려 빵 부스러기를 확인한 다음 부리로 콕 쪼았다. 유난히 텁수룩한 비둘기 한 마리가 무리에 파고들지 못하고 가장자리에 남아 있었다. 한쪽 발을 말라붙은 손처럼 가슴 바로 밑에 오므리고 있었다. 깃털은 기름기가 흐르고 더부룩했다. 내가 비둘기 떼를 향해 발을 굴렀다. 비둘기들은 잠깐 무심하게 흩어졌다가 다시 발치로 몰려들었다. 내가 고개를 돌렸다. 여자는 그 광경을 무관심하게 지켜봤다. 특별히 즐거워 보이지는 않았다. 새들은 그녀를 위해 의식을 치르고 있을 뿐이었다. 잠시 후 그녀가 종이 봉지 안을 들여다보더니 거꾸로 뒤집어서 남은 빵 부스러기를 털어 냈다. 비둘기들이 마지막으로 푸드덕거렸고, 곧 그 끔찍한 비둘기들은 올 때처럼 재빠르게 흩어졌다. 발이 쪼그라든 텁수룩한 비둘기만 남아 아스팔트를 헛되이 쪼았다. 남은 부스러기가 하나도 없었다.

어제, 어쩌면 엊그제, 루엘린 씨가 방문을 가볍게 두드렸다. 내가 전에 그녀를 대했던 태도를 생각하면 요즘 그녀는 내게 분에 넘치게 친절했다. 그런 행동은 루엘린 씨가 내가 이 세상에 오래 머물지 않으리란 걸 알고 있다는 신호 같았다. 내가 들어와도 좋다고 말하자 그녀는 엘드리지 의사 선생님이 나를 보러 오셨다고 했다. 물론 선생님은 〈나를 보러 온〉 게 아니었다. 선생님은 불려 온 것이었지만 어쨌든 나는 만나 보겠다고 했다. 잠시 후에 선생님이 들어왔는데, 아마 내게 매무새를 가다듬을 시간을 주기 위해서였을 것이다. 나는 베개에 기대앉아 머리를 그럭저럭 정돈했다. 내 모습과 어질러진 방 때문에 굴욕감이 들었다. 공기가 퀴퀴했다. 엘드리지 선생님은 방이 더럽다는 걸 알아차리지 못한 척했다. 선생님이 두세 걸음 들어와 잠시 이야기 좀 나눌 수 있겠냐고 물었다. 내가 그러겠다고 하자 선생님이 등 뒤로 문을 닫았다. 엘드리지 선생님은 우리 부모님이 인도에서 돌아왔을 때부터 줄곧 가족의 주치의였다. 내가 이 세상에 나올 때(어머니가 늘 잊지 않고 상기해 줬듯 난산이었다) 선생님이 곁에 있었을 가능성이 크고 내가 떠날 때도 아마 곁에 있을 것이다. 처음 만나고부터 지금까지 선생님은 조금도 나이가 들지 않은 것 같았다. 선생님은 내가 다섯 살 무렵 유행성 이하선염에 걸려 진료소에 끌려갔던 날 입고 있던 것과 똑같아 보이는 짙은 색 트위드 스리피스 정장 차림이었다. 나는 무슨 일만 생기면 병원으로 달려가는 사람이 아니었다. 우리는 병은 나약함의 증거일 뿐 응석을 부릴 구실이 아니라고 생각하도록 길러졌다. 어린 시절에 기침을 하거나 감기 증세를 보이면 단순 코감기에 걸렸을 뿐이라고 치부했고 다른 어떤 증상으로 아프다고 하면 꾀병을 부린다고 했다. 그래서 나는 엘드리지 선생님을 잘 알지 못했다. 그렇긴 해도 그는 든든한 존재였다. 내가 자살할까 생각 중이라고 말하면 선생님은 그저 입을 꾹 다문 채 약하게 혀를 쯧쯧 찰 것이다.

선생님이 창가로 걸어갔다. 「햇볕이 좀 들어오는 게 좋겠군, 그렇지?」 그렇게 말하며 커튼을 젖혔다.

나는 바깥이 밝아서 깜짝 놀랐다. 시간이 어떻게 흘러가고 있는지 전혀 몰랐다.

선생님이 침대 가장자리에 앉았다. 「몸이 계속 안 좋았다고 아버지께 들었다.」 그가 말했다.

나는 무슨 말인지 모르는 척했다. 「그냥 조금 피곤했어요.」 내가 대답했다. 「그때가 되면 항상 이래요.」

엘드리지 선생님은 그 말에 작게 코웃음 쳤다. 여자들의 문제를 언급함으로써 그를 물러나게 할 계획은 실패였다. 「그래도 이왕 왔으니 아무 문제도 없는지 확인하는 게 낫겠지, 음?」

선생님이 내 손을 가져가서 손목을 가볍게 잡더니 용기가 없는 나는 절대 끊지 못할 힘줄에 엄지를 올렸다. 그런 다음 조끼 주머니에서 회중시계를 꺼내 초바늘을 지켜보며 기다렸다. 선생님의 손가락이 피부에 닿는 감각이 좋았다. 나는 선생님의 손을 잡고 싶은 충동을 억눌렀다. 30초쯤 지나자 선생님이 내 손을 손바닥이 위로 향하도록 담요에 내려놓더니 살짝 고개를 끄덕였다. 그런 다음 발치에 놓인 글래드스턴 가방을 뒤져서 넓은 캔버스 띠와 고무 튜브, 계측기가 달린 도구를 꺼냈다. 혈압을 재겠다고 했다. 선생님이 내 위팔에 장치를 감고 팽팽해질 때까지 작은 고무공 같은 것으로 바람을 채워 넣었다.

「아주 살짝 압력이 느껴지겠지만 걱정할 거 없다.」 선생님이 중얼거렸다. 그러고는 침착하게 계측기를 살피더니 띠를 고정하는 벨크로를 뗐다. 이어 청진기를 꺼내고는 잠옷을 벌려 보라고 했다. 내 피부 아래로 갈비뼈가 드러났다. 선생님이 귀꽂이를 끼우고 청진판을 내 가슴에 댔다. 금속 테두리가 차가웠다. 우리 두 사람의 얼굴은 겨우 몇 센티미터 떨어져 있었다. 선생님의 뺨에는 모세 혈관이 끊어져 격자무늬를 이루고 있었다. 갈비뼈에 따뜻한 입김이 느껴졌다. 선생님에게서 담배와 약산성 비누 냄새가 났다. 쇼팽 협주곡이라도 듣는 듯 평온한 얼굴이었다. 내 손은 선생님이 내려놓은 그대로 손바닥을 위로 향한 채 담요에 놓여 있었다. 손을 뒤집어 손가락 끝으로 선생님의 허벅지를 덮은 거친 직물을 가볍게 쓸었다. 선생님이 내게 심호흡하라고 했다. 그러더니 짧은 낮잠에서 깬 듯 물러났다.

「음, 좋은 소식은 네가 아직 살아 있다는 거야.」 선생님이 말했다.

나는 웃음 비슷한 소리를 냈다. 「들어 봐도 돼요?」 내가 말했다.

선생님이 입술 끝을 내리고 눈썹을 치켜올리더니 고개를 살짝 옆으로 기울였다. 그런 다음 목에 걸린 청진기를 빼서 작은 귀꽂이를 내 귀에 대줬다. 바깥 거리에서 들려오는 소리가 작아졌다. 선생님이 청진판을 다시 내 가슴에 댔다. 선생님의 손에 내 손을 포개자 바로 거기, 심장이 있었다. 아무 문제도 없다는 듯 쾌활하게 뛰고 있었다. 선생님의 손에 내 손을 얹은 채 작고 든든한 리듬에 귀를 기울였다. 주인이 아무짝에도 쓸모없다는 사실도 모른 채 계속 뛰고 있는 작은 심장이 사랑스러웠다. 이 심장은 나보다 나은 주인을 둘 자격이 있었다.

엘드리지 선생님이 나를 지켜보고 있었다. 아마 보통은 어린애나 이런 부탁을 할 것이다. 귀꽂이를 빼서 선생님에게 건넸다. 선생님이 우리 사이에 뭔가가 지나갔다고 느꼈는지는 모르겠다. 그 점이 늘 나의 문제였다. 내가 느끼는 감정을 다른 사람도 느끼는지 절대 알지 못한다. 선생님은 지금까지 수천 번은 했을 일을 하고 있을 뿐이었다. 엘드리지 선생님은 도구를 조심스럽게 가방에 넣었지만 자리에서 일어나지는 않았다.

「피로하다고 했지.」 그는 〈피로〉라는 단어가 한 번도 들어 본 적 없는 외국어라는 듯이 가운데 음절을 길게 늘이며 발음했다. 「어떻게 피로한지 말해 보렴.」

나는 아침에(또는 오후든 언제든) 잠에서 깨면 덮고 있는 담요가 너무 무거워서 젖힐 생각이 들지 않는다고 말하지 않았다. 지금까지 사는 동안 매 순간 아무 의미도 목적도 없었다고, 앞으로 변화할 기미도 전혀 보이지 않는다고 말하지 않았다. 마지막으로, 내 살갗에 따뜻한 햇살을 받으면 얼마나 좋을지 (정말로) 상상되지만 에너지가 없어 밖으로 나갈 생각조차 떠오르지 않는다는 말도 하지 않았다.

그러는 대신 당연히 별것 아닌 척했다. 바보같이 굴고 있을 뿐이라고 했다. 아무 이상도 없다고, 게으르고 쓸모없는 사람일 뿐이라고 말이다. 하루 이틀만 지나면 아주 팔팔해질(이 바보 같은 표현을 진짜로 썼다) 거라고 했다. 수고스럽게 찾아오시게 해서 죄송하다고도 했다. 선생님은 전혀 수고스럽지 않다고 나를 안심시켰다. 그런 다음 특유의 평온한 표정으로 잠시 나를 바라봤다. 나는 엘드리지 선생님이 무슨 말도 안 되는 소리냐고 말해 주기를 간절히 바랐다. 내가 무척 아프다고, 한참 누워 있어야 한다고 말해 주기를 간절히 바랐다. 브레이스웨이트 박사는 내 거짓말을 꿰뚫어 봤을 것이다. 그러나 엘드리지 선생님은 그러지 않았다. 그저 입을 꾹 다물고 천천히 고개를 끄덕였다. 그런 다음 가방을 들고 일어섰다.

「운동을 좀 해봐.」 선생님이 친절하게 말했다. 「조금씩 산책을 하는 거야. 누구나 가끔 피곤할 때가 있지. 하지만 종일 침대에 누워 있는 건 좋지 않아. 식사도 꼭 챙겨 먹고. 너무 야위었군.」

그러고는 가버렸다. 나는 선생님이 곁에 있어 주기를 간절히 바랐다. 어느 순간 흐느끼기 시작했고 아무에게도 들리지 않도록 베개에 얼굴을 묻었다. 귓가에서 리베카가 나를 꾸짖었다. 한심하다고 했다. 울어 봤자 아무 소용 없었다. 아무도 듣지 못했다.

나는 아래층에서 초조하게 진단을 기다리고 있을 아버지를 생각했다. 엘드리지 선생님이 숨죽인 목소리로 적어도 신체적으로는 아무런 이상도 발견하지 못했다고 말할 것이다. 그런 다음 선생님이 이것저것 물으면 아버지는 당황하며 나 대신 대답할 것이다. 아니, 밖에 나간 적 없다. 거의 먹지도 않는다. 그 애는 친구가 없다. 몇 분 뒤 달칵 현관문 닫히는 소리가 들렸고 선생님은 떠났다.

나는 브레이스웨이트 박사를 마지막으로 찾아가기로 했다. 리베카의 생각이었지만 나는 저항할 의지가 없었다. 오늘 아침 잠에서 깼을 때 리베카가 나를 살살 구슬렸다. 그녀는 이런 상태를 더는 참을 수 없었다. 나는 삶을 포기했을지 모르지만 그녀는 아니었다. 그녀는 불공평하다고 했다. 나도 그 말을 이해했다. 공평하지 **않았다.** 왜 내 잘못 때문에 리베카까지 고생해야 할까?

리베카가 이 무감각한 상태에서 빠져나가자며 나를 꼬드겼다. 나는 리베카가 내게 뭐라고 욕했었는지 일깨워 줬다. 리베카가 사과했다. 그녀는 너무 괴로워서 그렇게 말했을 뿐이었다. 리베카를 탓할 수 없었다. 내게 구속된 상태를 견딜 수 있는 사람이 어디 있을까?

담요를 젖히고 바닥에 발을 내려놓았다. 카펫이 발바닥에 닿는 감촉이 거칠었다. 침대 위에 구겨져 있던 실내복 가운을 입었다. 겨드랑이에서 역겨운 냄새가 났다. 창가로 가서 커튼을 젖혔다. 비가 오고 있었다. 음, 그게 무슨 상관이지? 리베카가 말했다. 비 좀 내려도 아무도 안 다쳐. 리베카가 내게 목욕을 하라고 했다. 나는 층계참에서 루엘린 씨를 마주쳤다. 그녀가 놀란 표정으로 나를 보더니 미소 지었다. 리베카가 루엘린 씨에게 목욕물을 좀 받아 달라고 부탁했다. 두 사람은 만난 적이 없었지만 루엘린 씨는 두말없이 따랐다.

「당연히 받아 줘야죠.」 그녀가 말했다.

루엘린 씨가 물을 틀고 아이의 목욕물을 받는 것처럼 가끔 수온을 확인하는 동안 나는 변기에 앉아 있었다. 루엘린 씨가 수도꼭지를 잠그자 리베카는 이제 도움이 필요 없음을 분명히 알리는 태도로 고맙다고 말했다. 나는 옷을 벗고 욕조로 들어갔다. 얼굴 위에 플란넬 천을 올리고 물속에 누웠다. 어둡고 편안했다. 나는 금방이라도 물속에 잠길 수 있었지만 리베카가 일어나 앉아서 씻게 했다. 겨드랑이와 은밀한 부분에 비누를 칠하고 플란넬로 닦았다. 리베카는 멋지게 꾸미기를 좋아했다. 그녀가 나처럼 자신을 놓아 버리는 일은 결코 없을 것이다. 그녀는 따뜻한 비눗물 속에서 머뭇거리는 법도 없었다. 리베카는 내가 욕조에서 나와 열심히 몸을 닦게 했고, 그래서 피부가 따끔거렸다. 나는 아래층에서 루엘린 씨가 아버지에게 내가 일어났다고 알리는 모습을 상상하며 아버지와 함께 아침을 먹어야겠다고 결심했다. 그래서 실내복을 입고 아래층으로 내려갔다. 아버지는 평소처럼 상석에 앉아 삶은 달걀을 깨뜨리고 있었다.

「잘 잤니, 얘야.」 아버지가 말했다. 「일어난 걸 보니 좋구나. 좀 나은 모양이지?」

「네, 맞아요.」 리베카가 말했다. 그건 네 생각이지, 하고 내가 생각했다. 「비가 오네요.」 그녀가 말을 이었다.

아버지가 의아하다는 듯 리베카를 봤다. 그리고 달걀에 소금을 약간 치고 토스트에 버터를 바르기 시작했다. 리베카가 자기도 달걀을 먹고 싶다며 두 개 달라고 했다. 나는 아침 식사로 삶은 달걀을 먹은 적이 한 번도 없었지만 아버지는 당장 일어나서 신문 위에 냅킨을 올려놓고 문 쪽으로 가더니 루엘린 씨에게 달걀을 두 개 더 삶아 달라고 했다.

아버지와 내가 대화를 잘 나누지 못한다는 사실을 모르는 리베카는, 달걀을 삶는 동안 긴장된 시간을 한참이나 보내야 한다는 점을 계산하지 않았다. 그러나 그녀는 아무렇지 않은 듯했다. 리베카는 우선 토스트에 버터를 바르고 세모나게 네 조각으로 자르더니 우아하게 조금씩 베어 먹기 시작했다. 나답지 않은 행동이었지만 아버지는 전혀 당황하지 않은 것 같았다. 리베카가 아버지에게 오늘 무엇을 할 계획인지 물었다.

「계획?」 아버지가 말했다. 「오늘 아침에는 편지를 좀 써야 할 것 같구나.」

「바쁘게 뭔가를 하는 게 정말 중요해요, 그렇죠?」 리베카가 말했다. 분명 나를 겨냥한 말이었다.

아버지가 그렇다며 고개를 끄덕였다. 나는 리베카에게 얌전히 굴지 않으면 당장이라도 침대에 도로 들어갈 수 있다고 말했다. 리베카가 뭐라 항변하기도 전에 루엘린 씨가 달걀을 가지고 들어왔다. 다행히도 이제 잡담을 나눌 필요가 없었다. 리베카는 능숙하게 달걀 껍데기를 까고 버터를 두껍게 바른 토스트 두 장에 달걀을 올려 으깬 다음 열심히 먹기 시작했다. 리베카는 엉덩이 살에 신경 쓰지 않는 게 분명했다. 아버지가 재미있다는 듯 바라봤다. 리베카가 아버지에게 미소 지은 다음 토스트를 한껏 베어 물었다. 실내복에 노른자가 뚝뚝 떨어졌지만 리베카는 알아차리지 못하는 것 같았다. 내가 냅킨으로 최대한 닦아 냈다.

아침 식사가 끝나자 우리는 방으로 돌아왔다. 리베카가 옷을 고르기 시작했다. 알아서 하도록 내버려 두니 마음이 놓였다. 리베카는 유행 지난 옷밖에 없다며 투덜대기 시작했지만 자기 존재가 아직 내 손에 달려 있음을 깨닫고 얌전해졌다. 대신 붙임성 있는 말투로 언제 같이 쇼핑하러 가자고 했다. 나는 아주 좋다고 대답했다. 무엇보다 리베카가 나랑 친구가 되고 싶어 한다고 생각하니 우쭐해졌다. 어쩌면 내가 그렇게까지 멍청하지는 않을지도 몰랐다.

리베카는 흰 블라우스와 회색 트위드 정장을 골랐다. 나는 기뻤다. 우리가 브레이스웨이트를 처음 찾아가던 날 내가 리베카를 위해 골라 준 옷이었다. 리베카는 내가 없으면 자신이 존재하지도 않았으리란 점을 가끔 잊는 듯한데, 우리가 (딱 그 순간뿐이었지만) 서로 잘 지낼 때 굳이 그 사실을 일깨워 주는 건 별로 현명하지 않은 것 같았다. 리베카가 아니었다면 나는 한심한 게으름뱅이답게 아직도 침대에 늘어져 있었을 것이다. 리베카가 원하는 대로 하게 해줘야 했다. 브레이스웨이트에 관해서도 리베카가 옳았다. 엘드리지 선생님을 속이기는 쉬울지 몰라도 콜린스 브레이스웨이트는 그리 쉽게 속지 않을 것이다. 지금까지 내가 그에게 저항했다면 그건 순전히 고집 때문이었다. 나는 브레이스웨이트만이 나를 도울 수 있으며 무엇이든 그의 충고를 따라야 한다는 강렬한 느낌을 받았다.

나는 속옷을 입고 화장대 앞에 앉아 가지런히 정리된 익숙한 물건들을 바라봤다. 카메오가 달린 헤어브러시

세트, 어릴 적 토키로 휴가를 갔을 때 사 와서 헤어핀을 넣어 두는 데 쓰는 작은 틴 케이스, 단 한 번이라도 좋은 향기가 난다는 말을 듣고 싶어 뿌렸던 통통하고 작은 병에 담긴 샤넬 넘버 5. 나는 치장을 시작하기 전에 우선 모든 물건을 섬세하게 배열했다. 뺨에 파우더를 톡톡 두드려 바르면서 나 자신이 사라지는 과정을 지켜봤다. 블러셔를 살짝 얹자 리베카가 나타났다. 그녀가 나를 보고 미소 짓기에 나도 미소 지었다. 마스카라를 칠하고 리베카를 위해 특별히 산 빨간 립스틱(내가 쓰기에는 너무 과감했다)을 발랐다. 리베카가 거울을 보며 입술을 동그랗게 모아 내밀었고 내 솜씨에 만족했다. 그녀는 정말로 멋져 보였다.

이제 리베카는 신경 써서 옷을 입고 옷장 문 안쪽에 달린 거울에 자신을 비춰 봤다. 그녀는 준비를 마쳤다. 나는 출발하기 전에 비망록에 몇 줄만 적고 싶다고 부탁했다. 우리는 브레이스웨이트 박사와 미리 약속을 잡아 놓지 않았으므로 언제 도착하든 별로 중요하지 않았다. 리베카도 찬성하자 나는 작은 책상 앞에 앉아 이 공책을 넣어 두는 서랍을 열쇠로 열었다. 이제 다 썼으니 갈 시간이다. 이 글이 내가 여기 적는 마지막 일기가 될 것이다.

브레이스웨이트 V: 터널을 뚫고 나가다

브레이스웨이트는 달링턴의 웨스틀랜즈 로드에 위치한 가족 소유의 집에서 말년을 보냈다. 1962년에 형 조지가 죽은 이후로 집이 팔리지 않았다. 1970년이 되자 인세가 말라 버렸고 브레이스웨이트가 집세를 내거나 점점 더 술에 푹 젖는 생활에 자금을 대도록 돈을 빌려주던 사람들의 인내심도 바닥났다. 런던에서의 마지막 몇 달 동안 그는 소호의 다양한 술집에서 시간을 보내며 여자들에게 수작을 걸고 자기 말이 들릴 만큼 가까이 앉은 사람이라면 누구에게든 콧대 높은 출판업자, 기득권, 〈꼴 보기 싫은 랭 새끼〉에 관해 열변을 토했다. 그는 항상 술집에서 그만 나가 달라는 요청을 받았다.

브레이스웨이트는 1971년 1월 에드워드 시어스에게 보낸 편지에서 런던은 〈끝났다〉고, 다른 도시에서 새롭게 시작하겠다고 썼다. 그는 시어스가 제안했던 소설을 쓰기로 결심했다며 선금을 요구했다. 시어스는 그의 말을 전혀 믿지 않았지만 마침내 브레이스웨이트가 떠나는 뒷모습을 볼 수 있을지 모른다는 생각만으로도 50파운드짜리 수표를 써줄 수 있었다. 시어스는 그가 다시 소식을 전해 올 것이라고 기대하지 않았다. 브레이스웨이트는 마흔여섯 번째 생일이었던 1971년 2월 4일에 달링턴행 기차에 올랐다. 〈자아의 끊임없는 혁명〉을 설파하던 선동가는 결국 자신이 시작한 곳으로 돌아가 부모님의 침대에서 자게 되었다.

1971년의 달링턴과 브레이스웨이트가 속했던 런던 반문화계 사이의 거리는 4백 킬로미터가 넘었다. 달링턴은 여전히 공업과 양모 산업이 지배하는 전통적인 북부 도시였다. 전후 도시 계획에 따라 환상 도로를 새로 건설하기 위해 도시 중심부가 일부 철거되었지만 거리는 전체적으로 1930년대 이후 별로 달라진 점이 없었다. 전설의 〈활기찬 1960년대〉가 달링턴에 끼친 영향이라고는 여성의 치마 길이밖에 없었다. 거기서는 새로운 사상을 냉담한 눈으로 봤다. 마치 과거로 시간 여행을 하는 듯했다.

어떤 사람들에게는 귀향이 축하할 일이겠지만 브레이스웨이트에게 달링턴역 승강장을 밟는 것은 〈패배의 시인〉을 뜻했다.

만약 브레이스웨이트가 달링턴 사람들이 그의 수치스러운 몰락을 어떻게 생각할지 걱정했다면 사실 그럴 필요가 없었다. 달링턴에서는 그가 누구인지 아무도 몰랐다. 그는 웨스틀랜즈 로드 집의 열쇠가 없었기 때문에 뒷문 옆 창문을 부수고 들어갔다. 이웃에 사는 애그니스 벨이 옆집에 강도가 들었다고 경찰에 신고했다. 지역 순경 프레드 허스트가 현관문을 두드리자 어느 모로 보나 부랑자 같은 사람이 나왔다. 「나는 아서 콜린스 브레이스웨이트고 여긴 내 집이오.」 부랑자가 선언했다. 브레이스웨이트는 순경을 문 앞에서 10분 동안 기다리게 한 다음 운전면허증을 가지고 돌아왔다. 면허증 자체는 별다른 증명이 되지 않았지만 외모가 지저분할지언정 태도로 보아 강도 같지는 않았기 때문에 허스트는 그냥 돌아가는 수밖에 없었다. 다음 날 오후 허스트는 벨 부인에게 전화해, 확인 결과 강도로 보인 사람이 그 집의 적법한 소유자였다고 알려 줬다. 애그니스 벨은 실수에 어쩔 줄 몰라 하며 옆집에 사과하러 갔다. 몇 년 전의 브레이스웨이트였다면 그녀를 호되게 꾸짖었겠지만 이제는 그러는 대신 문지방에 불안정하게 서서 그녀를 신기하다는 듯 바라봤다. 그는 자신을 아서라고 소개하고 이곳이 아버지의 집이라고 설명했다. 「아시겠지만 아버지는 권총으로 자살했죠. 멍청한 개새끼.」

남편을 먼저 떠나보낸 애그니스 벨은 아직도 웨스틀랜즈 로드에 산다. 내가 찾아갔을 때 그녀는 옛 이웃에 관한 이야기를 선뜻 들려줬는데, 호의와 연민이 섞인 감정으로 그를 기억했다. 당시 그녀는 20대 후반이었고 이목구비가 매력적이었으며 날씬했다. 그녀는 이웃집에 찾아가기 전에 앞치마를 벗고 옷을 갈아입어야겠다는 생각을 미처 하지 못했고, 브레이스웨이트의 시선을 느끼자 갑자기 자기 모습이 신경 쓰였다. 「그는 내가 만나 본 어떤 사람과도 다른 시선으로 날 봤어요.」 그녀가 회상했다.

그는 사과할 필요 없다며 애그니스를 안심시켰다. 오히려 그녀를 놀랜 자신이 미안해할 일이라고 했다. 애그니스는 그에게 정말 마음이 넓다고 했고, 이제 이웃이 되었으니 저녁 식사를 하러 오라고 초대했다. 브레이스웨이트는 처음에는 거절했지만 얼마간 설득하자 초대를 받아들였다. 어차피 그의 집에는 먹을 것이 없었다.

저녁 식사 모임은 성공적이지 못했다. 브레이스웨이트는 브라운에일병이 담긴 봉투를 쩔그럭거리며 들고 가서 선물로 건네는 대신 자기 발치에 두고 저녁 내내 차근차근 마셨다. 대화를 이끈 사람은 당연히 애그니스였다. 그녀는 근처 코커턴 초등학교에서 시간제 사서로 일했다. 그녀의 남편 로버트는 달링턴의 주요 기업 중 하나인 페이턴스 앤드 볼드윈스 양모 회사의 회계 장부 담당자였다. 부부에게는 피터와 앤드루라는 두 어린 아들이 있었는데 브레이스웨이트가 도착했을 때는 이미 안전하게 잠들어 있었다. 집은 유행에 따라 꾸며져 있었다. 벨 부부는 전후의 미덕으로 여겨지던 검소함을 적극적으로 내던진 세대였다. 두 사람은 맥밀런, 윌슨 총리 시대의 아이들이었고 그들에게 혁명이란 인식의 문을 활짝 여는 것이 아니라 임대 구매와 새로운 소비 확대 시대에 동참하는 것이었다. 브레이스웨이트는 불친절하게도 이렇게 썼다. 〈벨 부부는 **물건**의 획득을 통해 존재론적, 성적 불만을 아주 효과적으로 흡수했으므로 자신들이 정신적으로 죽었다는 사실조차 몰랐다. 그들은 내가 만나 본 사람 중 가장 행복해했다.〉

애그니스가 힘들게 준비한 오르되브르를 브레이스웨이트가 탐욕스럽게 먹어 치웠다. 그는 또 부부가 권하는 셰리를 열심히 받아 마셨고 커피 테이블에 놓인 병에서 직접 따라 마시기도 했다. 애그니스가 식사를 준비하러 부엌으로 물러가자 두 남자는 힘겹게 대화를 이어 갔다. 로버트는 열렬한 축구 팬이었지만 브레이스웨이트는 스포츠에 관심이 없었다. 브레이스웨이트는 어떤 일을 하냐는 이웃의 질문에 모호한 손짓으로 대답을 피했다. 브레이스웨이트가 선뜻 내놓은 유일한 수는 애그니스가 〈아주 섹시하다〉라는 말이었다. 그러자 벨 씨가 아주 작게 고맙다고 말했다. 애그니스가 다시 나타나 저녁 식사가 준비되었다고 알려서 다행이었다.

저녁 식사는 음식 내놓는 창구를 통해 부엌과 연결된 작은 식당에서 진행되었다. 애그니스는 〈코코뱅〉을 내놓았고, 친절하게도 브레이스웨이트에게 〈프랑스 음식〉이라고 알려 줬다. 로버트와 애그니스는 아이들이 적당히 크면 프랑스에 데려가고 싶어 했다. 애그니스는 이제 외국 문화 경험이 중요한 시대라고 했다. 음식 때문인지 그동안 에일을 몇 병이나 마셨기 때문인지 단순히 흥미로운 화제가 나왔기 때문인지 모르지만 브레이스웨이트는 느슨하게 풀어졌다. 그 뒤 30분 동안 그는 전후 프랑스에서 지내던 시절의 이야기로 부부를 즐겁게 해줬는데 다양한 성적 정복 일화도 빼놓지 않았다. 특히나 음란한 이야기가 끝나자 로버트가 그런 이야기는 아내 앞에서 하기에 적절하지 않다고 항의했다. 브레이스웨이트는 짐짓 순진한 표정을 지었다. 「당신들, 위층에 아들이 둘이나 있잖아요.」 그가 말했다. 「그렇다면 부인이 좋은 섹스를 싫어하지 않았던 때가 있었던 것 아닙니까.」 애그니스가 식탁 위 접시를 치우며 상황을 정리했다. 브레이스웨이트는 그런 그녀를 뻔뻔하게 감상했다. 그녀는 부엌으로 가서 콧노래를 부르며 디저트를 준비했다. 두 남자는 말없이 앉아 있었다. 식탁으로 돌아온 애그니스가 화제를 바꿔 브레이스웨이트가 떠난 뒤 달링턴이 어떻게 변했는지 이야기했다. 브레이스웨이트는 변화를 알아채지 못했다고 했다.

도중에 로버트가 아이들을 살피러 위층으로 올라갔다. 브레이스웨이트는 애그니스 쪽으로 의자를 돌려 앉은 다음 몇 초 동안 그녀를 빤히 봤다. 그녀가 얼굴을 붉혔다. 그러자 브레이스웨이트가 사과 비슷한 말을 중얼거렸다.

그는 예의 바른 사람들과 어울리는 데 익숙하지 않다고, 기분을 상하게 하려는 의도는 없었다고 했다. 애그니스는 전혀 기분이 상하지 않았다고 대답했다. 이렇게 세련된 손님을 집에 모시니 활기가 넘친다고, 그의 눈에는 자신들이 끔찍하게 고루해 보이겠다고 했다. 브레이스웨이트는 전혀 그렇지 않았다고 대답했다. 저녁은 충분히 화기애애하게 끝났지만 그는 두 번 다시 저녁 식사에 초대받지 못했다.

웨스틀랜즈 로드 집은 절망적인 상태였다. 지붕 타일이 여러 개 빠져 다락으로 물이 샜고, 그래서 위층 천장이 휘었다. 흠뻑 젖은 회반죽 더미가 층계참에 떨어져 카펫이 썩었다. 층계참의 벽지는 벗겨지고 있었다. 구석구석 꿉꿉한 냄새가 났다. 브레이스웨이트는 집 앞쪽에 있는 부모님 침실과 부엌을 오가며 생활했고 난방은 파라핀 스토브로 했다. 처음 몇 달 동안 그의 일과는 거의 술 마시는 것밖에 없었다. 한낮이 되기 전에 일어나는 경우는 거의 없었다. 아침 식사는 플레이어스 네이비 컷 담배와 침대 옆에 두는 스카치위스키 한 잔이었고, 전날 밤에 병을 비워 버리지 않도록 늘 신경 썼다. 뜨거운 물이 나오지 않았기 때문에 최소한으로만 씻었다. 옷은 전혀 빨지 않았다. 그는 수척하게 말랐다. 오후에는 하이노스게이트에 있는 술집 레일웨이 태번에서 시간을 보냈다. 구석 자리에 앉아 파인트 잔에 담긴 에일을 마시며 허공을 멍하니 바라봤다. 술집 주인 브라이언 아미티지는 맥주값을 낼 돈만 있다면 외모야 부랑자 같든 말든 신경 쓰지 않았다. 브레이스웨이트는 다른 단골들에게 적대적이지 않았지만 그날의 뉴스나 지역 소문에 관한 대화에 끼지도 않았다. 사람들 역시 그를 내버려 뒀다. 브레이스웨이트는 집으로 돌아오는 길에 노스코트테라스 골목에 있는 식료품점에서 복숭아와 새끼 정어리 통조림을 샀다. 거실에 있던 소파를 부엌에 끌어다 놓고 저녁이면 그 위에서 웅크린 채 책을 읽고 위스키를 마시며 시간을 보냈다. 가끔 그대로 곯아떨어지기도 했다. 다른 때는 위층까지 올라갔다.

브레이스웨이트는 〈나는 모든 의미에서 뼈밖에 남지 않았다〉라고 썼다. 그는 자신을 사뮈엘 베케트의 소설 『이름 붙일 수 없는 자』에 등장하는 육체 없는 목소리에, 물리적 세상과 단절된 의식의 흐름에 비견했다. 〈그것은 일종의 해방이었다. 생각해야 할 것은 육체적인 생존밖에 없었다. 그러나 정신을 아무리 술에 빠뜨려 죽이려고 해도 그것은 나를 계속 위협했다. 그렇게 계속 계속 계속 이어졌다.〉

그러다가 봄이 되면서 모든 것이 변했다.

브레이스웨이트는 이렇게 썼다. 〈4월의 어느 오후, 잠에서 깨니 커튼 틈으로 햇살이 한 줄기 들어왔다. 방을 둘러봤다. 모든 것이 더러웠다. 벽은 얼룩덜룩했다. 카펫도 얼룩졌다. 이불도 얼룩졌다. 나도 얼룩졌다. 아래층 부엌으로 내려갔다. 바닥에 병이 쌓여 있었다. 구석에 깡통 더미가 쌓여 있었다. 쥐들이 보이지 않는 구석으로 허둥지둥 달아났다. 나 자신이 역겨웠다. 나는 내가 모든 것을 유기하는 지경까지 추락하도록 방기했다.〉

바로 그날인지 그 직후인지 애그니스 벨은 옆집이 대청소 중임을 알아차렸다. 집 앞 작은 마당에 먼저 병이 담긴 상자들과 쓰레기 더미가 생겼다. 다음으로는 뒷마당에 브레이스웨이트가 도끼로 부순 가구가 쌓였다. 그가 가구를 태우려 했지만 너무 축축해서 불이 붙지 않자 위태로운 조각상처럼 몇 주 동안 그대로 놔뒀다. 브레이스웨이트는 식물들이 웃자란 정원까지 치우기 시작했고 종종 아침부터 밤까지 일했다. 애그니스는 울타리를 사이에 두고 그와 담소를 나누기 시작했고 가끔 차를 가져다줬다. 그와의 대화는 종종 다른 길로 샜지만 그는 충분히 상냥했고 외설스러운 말은 하지 않았다. 한번은 브레이스웨이트가 애그니스에게 자기 아버지를 아는지 물었지만 그녀는 고개를 저었다. 애그니스가 스키너게이트에 있던 철물점이 기억나지 않는다고 하자 그는 실망한 것 같았다. 그녀는 너무 젊었다. 「아버지는 이 집을 정말 자랑스러워했는데, 지금 이 꼴을 좀 봐요.」 그는 그렇게 말한 다음 낫으로 덤불을 계속 벴다. 어느 토요일 아침, 애그니스는 그가 지붕 위에서 타일 빠진 부분을 수리하려 애쓰는 모습을 봤다. 브레이스웨이트가 떨어질까 봐 걱정된 그녀는 사다리를 좀 잡아 주라며, 내키지 않아 하는 로버트를 이웃집으로 보냈다. 「그걸 잡아 줄 겁니까, 아니면 치울 겁니까?」 브레이스웨이트가 아래쪽을 향해 소리쳤다. 가구가 결국 다 말라서 태울 수 있었고 뒷문 앞에 작은 테이블과 의자를 놓을 정도의 공간도 생겼다.

그 뒤 몇 달 동안 벨 부인은 브레이스웨이트가 종종 맨가슴을 드러낸 채 그곳에 앉아 타자기 앞에 몸을 숙이고 있는 모습을 봤다. 뭘 쓰고 있냐고 묻자 그는 이렇게 대답했다. 「비극이요. 빌어먹을 비극이지요.」

타자로 친 〈나의 자아와 타인들〉 원고는 거의 5백 페이지에 달한다. 브레이스웨이트는 그토록 지독한 절망의 구렁텅이에서도 자신의 천재성을 굳게 믿었다. 그가 몰락했다면 그 원인은 그의 결점이 아니라 그를 무너뜨리려는 적들의 결의였다. 그는 적들의 행동이 자연스러운 반응이었다고 주장했다. 기득권층이 지속되려면 〈기득권층의 생존에 굳건한 이해관계가 있는 사람들은 반대자들을 파괴해야만 한다〉. 그는 이렇게 썼다. 〈정치적으로든 정신적으로든 모든 전체주의 시스템이 그러하다.〉

그러한 관측은 어느 정도 사실이지만 브레이스웨이트가 줄곧 자신을 얼마나 크게 부풀려 생각하고 있었는지도 증명한다. 진실은 그의 구미에 맞지 않았다. 브레이스웨이트는 짧게나마 악명을 떨쳤지만 그의 주장처럼 저 위에서 조직적인 제거 작전을 꾸밀 만큼 중요한 인물이었던 적은 없었다. 그에게 맞서는 전쟁의 참여자는 경찰, 언론, 사법 체계와 에드워드 시어스, 리처드 에런, 그리고 물론 로니 랭 같은 사람들이었다. 아무도 그의 신랄한 비판을 피하지 못했다. 브레이스웨이트는 더크 보가드에게 성공의 큰 부분을 빚졌으면서도 그를 〈진공 상태, 너무나 허영심 많고 거짓을 가장하기 때문에 존재하지도 않는 [사람]〉이라고 일축했다. 시어스는 〈모든 퀴어가 그렇듯 겁쟁이인 데다 자기 결점에서 시선을 돌리려 다른 사람을 희생시키는 범인(凡人)〉이었다. 하지만 가장 장엄한 조롱은 랭의 차지였다. 〈그는 똥 더미로 쌓아 올린 파르나소스산에 앉아 있고 알랑거리는 아첨꾼들은 그의 오줌을 빈티지 샴페인처럼 마신다.〉

〈나의 자아와 타인들〉은 두서없고, 허황되고, 자신을 정당화하며, 사실을 마음대로 왜곡한다. 약간 떨어져서 보면 그 글은 브레이스웨이트의 가장 재미있고 뛰어난 작품이기도 하다. 적들에게 앙갚음하거나 자신의 지적 능력에 관해 과장된 주장을 펼치는 부분을 제외하면 사실 그 글은 대체로 회고록 성격을 띠며 오늘날에는 〈오토픽션〉이라고 불릴 만하다. 어린 시절과 프랑스에서 보낸 시절을 회고하는 긴 부분은 아름답고 생생하다. 네틀리에 관한 대목은 또다시 숙적을 향한 분노로 가득하다. 소설을 쓰라는 에드워드 시어스의 말이 브레이스웨이트의 생각만큼 무분별한 제안은 아니었을지 모른다.

브레이스웨이트는 아버지의 철물점에서 일하던 시절을 다룬 대목에서, 끊임없이 명령받고 아주 작은 잘못에도 무시당하는 수모를 겪었다고 이야기하는 한편 손바닥에 도끼 손잡이의 곡선이 느껴질 때의 촉각적인 즐거움이나 도끼머리의 만족스러운 묵직함을 회상하기도 한다. 그는 이렇게 썼다. 〈도끼를 잡는다는 것은 곧 도끼가 휘둘러지고 싶어 안달하는 것을 느낀다는 뜻이다. 공구는 펜을 휘두르는 것보다 인간에게 훨씬 더 어울리는 행위로 우리를 초대한다.〉

형들에게 특히나 심하게 맞았던 때를 떠올리면서는 그들에게 공감하기도 한다. 〈나는 명석함이라는 죄를 저질렀다. 형들은 깡패였다. 나는 형들이 나와 논리적으로 대화하기를 기대할 수조차 없었다.〉 형들은 아버지의 암묵적인 허락하에 동생을 때렸는데, 아버지는 〈아마 형들이 내 병을 치료하고 있다고 생각했을 것이다〉.

원고에 적힌 내용을 보면 그는 문자 그대로든 은유적으로든 끊임없이 숨어야 했다. 그의 주장에 따르면 가장 오래된 기억은 카트멜테라스에 살던 시절, 술집에서 돌아온 아버지가 어머니를 범할 때 자는 척했던 일이다. 어머니가 아서에게 다 들릴 거라고 저항하면서 아들이 깨어 있는지 확인하려 그의 이름을 속삭이면 아서는 눈을 꼭 감았다. 그는 어둠 속에 뻣뻣하게 누워 아버지의 신음을 들었고 어머니를 강간하는 아버지의 공범이 된 듯한 기분을 느꼈다. 기억의 오류든 윤색이든 공상이든 이 이야기는 시사하는 바가 크다. 브레이스웨이트는 네 살 때도 자기 존재를 지우는 법을 배우고 있었다.

브레이스웨이트는 열세 살인지 열네 살 때 어머니의 옷장에서 잠옷을 꺼내 자기 방으로 가져갔다. 그는 그 옷을 입고 자위했다. 브레이스웨이트는 면플란넬의 부드러운 감촉과 향기 때문에 어머니에게 더 가까워진 기분이 들었다고 썼다. 천박해 보일지 모르지만 이는 어머니에게 버려진 후 달리 분노를 표출할 방법이 없었던 어린아이의 행동이기도 했다. 나중에 그는 코커벡강 둑에 누워 지나가는 여자들을 보면서 몰래 자위하려고 바지 주머니 안감을 잘라 냈다. 그는 이렇게 적었다. 〈그곳을 지나가는 여자에게 다가가 같이 산책하거나 영화를 보러 가자고 해도 된다는 생각은 떠오르지도 않았다. 내가 정말 원한 것은 그뿐이었는데 말이다. 나는 자신을 부적절하게 보도록, 어떤 애정도 받을 자격이 없다고 생각하도록 키워졌고 그래서 그런 감정들을 묻어 뒀다.〉

이 모든 이야기를 읽으면 브레이스웨이트의 꼬리에 꼬리를 무는 결점의 근원이 무엇인지 쉽게 찾을 수 있다. 다른 남성을 경쟁자로밖에 인식하지 못하고, 고압적일

만큼 오만하게 호언장담을 늘어놓으며, 여성을 함부로 대하는 행동은 전부 거절당할지도 모른다는 두려움에 뿌리를 두고 있다.

원고에서 그가 가장 행복해 보이는 부분은 프랑스에서 보낸 시절을 회상하는 대목이다. 〈다른 나라에 살며 다른 언어를 말하는 것은 곧 다른 사람이 되는 것이었고, 나는 다른 사람이 됨으로써 처음으로 나 자신이 된 느낌이 들었다.〉 브레이스웨이트는 포도 따는 일꾼들 사이에서 동지애를 즐겼다. 또 제대로 된 하루치 노동을 끝낸 후 밀려오는 육체적인 피로를 즐겼다. 등에 내리쬐는 햇살과 윗입술에서 느껴지는 땀의 짭짤한 맛을 즐겼다. 점심 식사가 차려진 가대식 테이블 너머로 주고받는 와인과 반밖에 알아듣지 못하는 이야기를 즐겼다. 무엇보다 그는 그 모든 요소가 만들어 내는 느긋한 성적 환경을 즐겼다. 〈나는 섹스란 남자가 여자를 공격하는 행위가 아니라 두 사람이 쾌락 외에는 아무런 의무도 없이 즐기는 행위임을 배웠다.〉 오렌지빛 토양, 프로방스의 레몬과 라벤더와 거름 냄새에 관한 브레이스웨이트의 묘사를 읽어 보면 그가 잉글랜드로 돌아온 사실이 놀랍고 어쩌면 비극적으로까지 느껴진다.

그는 고객 개인에 관해서는 자세히 쓰지 않았다. 어쩌면 그 부분은 『언세러피』에서 이미 다뤘다고 생각했을지도 모른다. 그러나 런던 최상류층이 늘어놓는 〈싸구려 불안〉에 귀를 기울이는 일이 지루해졌을 뿐이라는 설명이 더 그럴듯하다. 그는 이렇게 썼다. 〈내가 배운 점이 있다면, 물질적인 안락함을 아무리 제공해도 인간은 항상 비참함을 느낄 무언가를 찾아내리라는 사실이다. 우리는 불만을 품도록 만들어졌다. 우리는 항상 더 많은 것을 원한다. 더 많은 가구, 더 많은 장치, 더 많은 사랑. 우리는 다른 사람이 가진 것을 탐내고 그 사람은 우리가 가진 것을 탐낸다. 바로 이것이 영구적인 불만의 동인(動因)이다.〉

(《소위》) 심리 치료사 일은 세상에서 가장 쉬웠다. 〈고객 중에서 자기 문제를 어느 정도 이해하지 못하는 사람은 단 한 명도 없었다. 귀를 기울이며 지켜본 다음 고객에게 내가 관찰한 바를 말하기만 하면 되었다. 고객이 이미 알고 있는 바를 말로 표현한 것이다. 간단한 작업이었지만 나는 직관이 정말 날카롭고 잘 이해한다는 말을 수없이 들었다. 내가 한 일이라고는 귀를 기울인 것밖에 없었다. 당신을 전문가라고 여기며 찾아오는 고객은 당신 생각이 심오하다고 이미 믿고 있다. 심리 치료사는 술집에서 웬 남자가 한다면 턱을 한 대 얻어맞을 만한 말을 하고 고맙다는 인사를 받는다. 누가 당신에게 한 시간에 5기니를 낸다면 당신이 말을 하기도 전에 그 말은 신성해진다. 심리 치료는 거래이자 사기극에 지나지 않는다.〉

이는 무척 냉소적인 관점이고 전통적인 정신과 의사든 현대의 상담가든 분명 반대할 만한 주장이다. 또한 이는 브레이스웨이트의 심리 치료사로서의 재능도 평가 절하하는 진술이다. 그가 고객이 느끼는 불만의 근원을 파악하고 다른 사람이라면 회피할 만한 진실을 이야기하는 데 재능이 있었다는 점에는 의문의 여지가 없다.

> [그의 글에 따르면] 어떤 여성이 삶에 질식당할 것 같다고 말한다면 천재가 아니더라도 그녀가 삶을 바꾸고 싶어 한다는 사실을 알 수 있다.
>
> 「하지만 전 못 해요.」 그녀는 절망에 빠져 말할 것이다.
>
> 「왜 못 하죠?」 당신이 대답한다.
>
> 「그냥 못 해요.」 그녀가 말한다. 「너무 복잡해요. 저는 갇혔어요.」
>
> 「정말로 원하면 할 수 있습니다.」
>
> 「그런가요?」
>
> 사람들 — 특히 여성들 — 이 원하는 것은 허락이다. 그들은 가족, 예의범절, 책임감의 구조에 완전히 짓눌려 자율적으로 행동하지 못한다. 자기 욕망을 실현하는 데 외부의 승인이 필요한 것이다. 그러나 진정 필요한 것은 앞으로 나아가면서 과거에 얽매이기를 거부하는 것뿐이다.

브레이스웨이트는 어린 시절에 살던 집의 정원에서 그

런 글을 쓴다는 아이러니도 놓치지 않았다. 그는 이렇게 썼다. 〈나에게 5기니의 여윳돈이 있다면 나 자신에게 상담하는 것이 좋겠지만 돈이 없다.〉

브레이스웨이트가 원고를 쓰고 있던 1971년 여름에 애그니스 벨은 그의 변화를 알아차렸다. 그는 뒷문 앞 작은 테이블에서 끊임없이 글을 썼을뿐더러 간단한 식사까지 만들어 먹기 시작했다. 몸무게도 늘었다. 술은 여전히 마셨지만 아침에 손이 떨리지는 않았다. 위생 상태도 좋아졌다. 그는 옷을 빨아 나무 두 그루 사이에 임시로 걸쳐 놓은 빨랫줄에 널었다. 애그니스가 자기 집 빨래를 널고 있으면 그가 도와줬다. 얼마 후 벨 부부는 세탁기를 장만했고, 애그니스가 그의 빨래를 해주겠다고 하자 브레이스웨이트는 승낙했다. 대신 그는 로버트가 출근하고 없을 때 애그니스를 위해 정원 일을 해줬다. 그녀는 식료품점이나 우체국에 다녀올 일이 있을 때 종종 〈아서 삼촌〉에게 아이들을 맡겼다.

가끔 브레이스웨이트는 글쓰기에 푹 빠져 애그니스가 울타리 너머에서 부르는 소리도 듣지 못했지만, 잠시 쉬면서 담배에 불을 붙이고 기분 좋게 담소를 나눌 때가 더 많았다. 그는 자기가 이 동네에서 어떻게 자랐는지 이야기했다. 애그니스는 로버트와 결혼한 것은 사실 혼전 임신 때문이었다고 털어놓았다. 로버트는 좋은 남편이자 아버지였지만 애그니스는 그를 사랑하지 않았다. 그녀는 런던에 굉장한 호기심을 보였는데, 열여덟 살 때 딱 한 번밖에 가보지 못했다고 말했다. 브레이스웨이트가 런던에는 사기꾼이 득시글거린다며 달링턴에 사는 편이 훨씬 나을 거라고 했다. 「하지만 여긴 너무 지루해요.」 애그니스가 말했다. 「새장에 갇힌 기분이에요.」 브레이스웨이트는 그녀와 처지가 비슷한 여성을 많이 봤다고 대답했다. 그는 애그니스에게 새장 문이 열리면 무엇을 하겠냐고 물었다. 애그니스는 아마 다시 문을 잠그고 홰에 가만히 앉아 있을 것이라고 웃으며 말했다.

두 사람은 가까워졌지만 브레이스웨이트는 절대 부적절하게 접근하지 않았다. 애그니스가 가끔 연인을 만드는 공상을 한다고 고백했을 때도 그는 그렇게 하라고 말할 뿐 자신이 그 역할을 맡겠다고 나서지 않았다.

브레이스웨이트는 일주일에 두세 번 술집 레일웨이 태번에 갔다. 그는 여전히 혼자 시간을 보냈지만 바에서 단골들과 몇 마디 나누기도 했다. 어느 날 저녁, 레일웨이 태번 다트 팀이 그에게 머릿수를 좀 맞춰 달라고 했다. 항상 스포츠에 서툴렀던 브레이스웨이트는 계속 졌고 다트 판을 아예 못 맞출 때도 많았지만 팀은 그의 성적에 무척 관대했다. 그는 중고 용품점에서 다트 판을 산 다음 집 뒷문에 걸어 놓고 다트 던지는 위치를 재서 바닥에 선을 그었다. 매일 아침저녁으로 한 시간씩 연습했고 태번의 단골 중 한 명이 세상을 뜨자 그를 대신해 팀에 들어갈 만큼 실력이 괜찮아졌다. 지역 라이벌 팀인 슬레이터스 암스와의 경기에서 그가 승리를 확정 짓는 다트를 던진 날에는 축하의 의미로 양 팀 모든 선수에게 술을 한 잔씩 사기도 했다. 브라이언 아미티지는 드물게도 술집을 〈전세〉 내는 것까지 허락했다. 새벽이 되자 브레이스웨이트는 술에 취했지만 의기양양하게 술집을 나섰다. 그는 이렇게 썼다. 〈아주 오랫동안 그토록 단순한 기쁨의 순간을 알지 못했다. 나는 동료애를 느꼈다. 나에 관해서는 이름밖에 모르고 내가 20점짜리 더블 라인을 맞춰 게임을 끝낼 수 있을지 외에는 관심도 없는 남자들이 나를 받아들였다. 나는 삶의 새로운 차원을 발견했다.〉

1971년 11월, 브레이스웨이트는 타자로 작성한 〈나의 자아와 타인들〉 원고를 에드워드 시어스에게 보냈다. 그는 예전처럼 오만한 태도로, 타자를 깔끔하게 치지도 시어스를 깔보는 내용을 지우지도 않았다. 시어스는 원고가 도착하자 경악했지만 충실하게 읽었고 편견에 휩쓸리지 않으려고 동료에게도 보여 줬다. 그는 브레이스웨이트에게 원고를 심사숙고하지 않았다는 인상을 주고 싶지 않았으므로 6주 후에야 답장을 보냈다. 1972년 1월 12일 날짜가 적힌 그의 답장은 예의 바르지만 단호했다. 시어스는 브레이스웨이트 〈특유의 저돌성〉과 〈다채로운 산

문〉을 기본적으로 칭찬한 다음 〈유감스럽지만 출판을 정당화할 만큼 큰 시장을 떠올릴 수 없다〉라고 결론지었다. 그는 감사 인사와 함께 원고를 돌려보냈다.

답장이 늦어서 이미 화가 났던 브레이스웨이트는 다음 날 시어스에게 전화를 걸었다. 시어스는 예상하고 있던 통렬한 비난을 지루하게 들었다. 브레이스웨이트는 자신의 전 편집자가 입장을 바꾸지 않을 것임을 깨닫자 그 원고를 출판하고 싶어 안달인 출판사가 여럿 있다며 단지 그릇된 의리 때문에 시어스에게 먼저 보냈던 것뿐이라고 큰소리쳤다. 시어스는 그에게 행운을 빌어 준 다음 전화를 끊었다.

브레이스웨이트가 원고를 다른 사람에게도 보냈는지는 알려져 있지 않다. 만약 그랬다 해도 비슷한 반응이 돌아왔을 것이다. 책은 출판되지 않았고 타자로 작성한 유일한 원고는 더럼 대학 문서고에 보관되어 있다. 몇 주 후, 브레이스웨이트는 시어스에게 편지를 보내 아직 정산되지 않은 기존 책의 인세를 보내 달라고 요구했다. 더 받을 인세는 한 푼도 없었다. 『당신의 자아를 죽여라』와 『언세러피』 모두 절판되었다. 그럼에도 시어스는 선의의 표현으로 20파운드짜리 수표를 부쳤다. 비슷한 시기에 브레이스웨이트는 젤다에게도 편지를 썼다. 그는 그녀의 성공을 축하하며(당시 그녀는 소설을 네 편 발표했고 그 중 『지나가는 소나기』는 루이스 길버트 감독에 의해 영화화되었다) 자신에게 빚진 50파운드를 갚으라고 했다. 젤다는 그의 편지를 무시했다.

〈나의 자아와 타인들〉은 다음과 같이 끝난다.

> 나는 평생 달링턴을 증오하며 살았다. 붉은 벽돌 테라스를 증오했다. 자갈길과 악취 나는 술집을 증오했다. 코커턴의 멋쟁이들과 페이턴스 앤드 볼드윈스에서 쏟아져 나오는 저속한 노동자들을 증오했다. 하이로 길 위의 대좌에 서서 지나가는 이들을 굽어보는 관대한 조지프 피즈 동상을 증오했다. 〈달로〉라는 애칭을 증오했다. 달로는 내 친구가 아니었다. 달로는 내 적이었다. 달로는 교도소였고 나는 오로지 터널을 뚫고 나가고만 싶었다. 제정신을 지키려면 탈출해야 한다. 그러지 않으면, 절대 떠나지 못하는 자들의 피난처인 고향에 얼간이 같은 자부심을 품은 채 퇴보할 수밖에 없다. 하지만 이제, 이곳으로 돌아오고 나서야 달링턴에 대한 나의 증오가 잘못되었음을 깨닫는다. 달링턴은 다른 어느 도시보다 좋을 것도 나쁠 것도 없다. 내가 달링턴을 증오한 것은 내 출신지였기 때문이다. 내가 증오한 것은 달링턴이 아니라 나 자신이었다. 내가 벗어나려다 실패한 대상은 나 자신이었다.

1972년 4월 14일, 브레이스웨이트는 정원 헛간에서 밧줄을 가지고 2층 층계참으로 올라가 들보에 목을 맸다. 그는 뒷문을 열어 뒀고, 시체는 다음 날 당황한 애그니스 벨에 의해 발견되었다. 〈나의 자아와 타인들〉 원고가 부엌 식탁에 놓여 있었다. 원고 위에 놓인 쪽지에는 이렇게 적혀 있었다.

위층에서의 내 계획이 성공한다면 이것을 유서로 생각해 주기 바란다. ACB

열흘 뒤, 아서 콜린스 브레이스웨이트는 달링턴 이스트 공동묘지에서 아버지와 형들 옆에 묻혔다. 에드워드 시어스와 애그니스 벨, 레일웨이 태번 다트 팀원 두 명이 장례식에 참석했다. 다른 추도객은 없었다.

제2판 후기

2021년 가을에 이 책이 출판된 후 나는 1960년대 런던 풍경에 관한 오류를 지적하는 편지를 상당히 많이 받았다. 서문에서 이미 밝혔음에도, 주인공이 방문한 술집의 이름은 펨브리지 캐슬이 아니라 펨브로크 캐슬이라고 여러 독자가 지적해 줬다. 어떤 독자는 이렇게 썼다. 〈당시 런던에 살았던 사람이라면 누구도 엘긴 애비뉴에 라이언스 찻집이 있었다고 주장하는 실수를 하지 않을 것입니다.〉 가장 가까운 라이언스는 서덜랜드 애비뉴의 모퉁이에 있었던 듯하다. 또 다른 신사는 주인공이 초크팜역에서 에인저 로드까지 걸어간 경로에 의문을 제기했다. 프림로즈힐 역사회는 편지를 보내 주인공이 케플러 씨와 프림로즈힐 언덕 정상에서 만난 에피소드에 언급된 바와 달리 그곳에는 현재 철제 난간이 없으며 과거에 있었던 적도 없다고 알려 줬다. 리젠츠파크 로드에 클레이스라는 카페가 있었던 적도 없다. 나는 오류를 지적하는 편지와 이메일에 인내심을 발휘하며 답신했다. 답장의 골자는, 그러한 오류가 원래 공책에 적힌 그대로이며 설령 오류임을 내가 알았다 해도 마음대로 고칠 수 있는 입장이 아니라는 것이었다. 그러한 오류는 저자의 잘못된 기억이나 부분적인 윤색에서 비롯했다고 쉽게 설명할 수 있다.

그럼에도 편지가 당황스러울 정도로 많이 왔으므로 나는 직접 추가 조사를 해야겠다는 의무감을 느꼈다. 어쩌면 공책이 진짜라고 믿고 싶어 내가 확증 편향에 빠졌을지도 몰랐다. 무의식적으로 내가 믿고 싶은 바를 진실이라고 생각했을지도 몰랐다. 나는 글래스고의 미첼 도서관에서 몇 년 치 『우먼스 저널』을 살펴보다가 1962년 5월 호에 실린 단편소설 「상냥한 응대」를 발견했지만, 아쉽게도 리베카 스미스라는 이름으로 발표되어 있었다. 소설은 비망록의 저자가 주장한 것보다 훨씬 괜찮았는데, 그녀의 문체와 확실히 비슷한 구석이 있었다. 분명 같은 사람의 글이었다. 브라운리 어소시에이츠라는 연극 에이전시의 흔적은 찾을 수 없었지만 이런 사실은 아무것도 증명해 주지 않는다. 저자가 자기 신원을 보호하려고 무척 조심했다는 사실을 고려하면 다른 인물들의 이름도 바꿔 썼으리라 추측하는 것이 합리적이다.

그러나 비망록의 진위는 별로 중요하지 않다고 아무리 되뇌어도 의심은 커져만 갔다. 나는 마틴 그레이에게 편지를 써서 그의 이야기가 사실임을 입증할 추가 정보를 제공해 줄 수 있는지 물어보기로 했다. 그레이 씨는 답장을 보내 책의 평판을 흥미롭게 지켜보고 있었다고, 하지만 예전에 제공한 것 외에 추가적인 정보는 떠오르지 않는다고 했다. 그런데 놀랍게도 그는 내가 런던을 방문할 일이 있다면 한번 만나자고 제안했다. 우연히도 나는 그다음 주에 수도에 머물 예정이었다. 그레이 씨는 프림로즈힐 리젠츠파크 로드의 그린베리 카페에서 보자고 했다. 내가 그의 생김새를 묻자 그는 걱정하지 말라고, 자기가 나를 알아볼 것이라고 했다.

우리는 그다음 주 수요일 오후 2시에 만나기로 했다. 4월의 화창한 오후였다. 나는 책을 준비하는 동안 그 근방을 많이 돌아다녔고 한번은 그레이 씨가 약속 장소로 제안한 카페에 들어가 여기가 공책에 등장하는 클레이스 찻집의 원형이 아닐까 생각한 적도 있었다. 주인에게 카페가 이 자리에 얼마나 오래 있었냐고 물어보기까지 했지만 그녀는 대답하지 못했다. 나는 2시가 되기 10분 전에 도착했다. 주인은 내가 예전에 방문했던 일을 기억하는 것 같지 않았다. 나는 플랫화이트와 탄산수를 주문하고 창가 자리에 앉았다. 유복하고 젊은 어머니들이 디자이너 브랜드 옷을 입힌 아이들을 데리고 많이들 왔다. 안쪽 자리에는 우아하게 차려입은 70대 여인이 차를 한 포트 시켜 놓고 앉아 있었다. 2시가 되어도 그레이 씨는 코

빼기도 내밀지 않았지만 별로 걱정하지 않았다. 그러나 2시 15분이 지나자 초조해지기 시작했다. 어쩌면 혼동이 생겨 그레이 씨가 그 작은 번화가에 줄지어 늘어선 카페 중 다른 곳에 들어갔을지도 몰랐지만, 그렇다고 밖으로 나가 그를 찾으러 다닐 수는 없었다. 내가 나가자마자 그레이 씨가 들어올 것 같았다.

나는 커피를 한 잔 더 시키고 바깥 거리를 계속 지켜봤다. 내 추측대로 마틴 그레이 씨가 클랙턴에 사는, 저자의 사촌이라면 아마 일흔다섯 살쯤일 것이다. 어느 순간 나이 많은 남자가 보도를 지나갔다. 밖으로 나가 이름을 불러 봤지만 남자는 멍한 표정으로 나를 보더니 내가 바라던 사람이 아니라 미안하다고 예의 바르게 사과할 뿐이었다. 나는 두 번째 커피를 심드렁하게 마시면서 그레이 씨가 거리 끝에 있는 펨브로크 캐슬에서 만나자고 했다면 좋았겠다고 생각했다. 휴대폰으로 이메일을 확인했지만 아무 연락도 없었다. 나는 그레이 씨에게 전화번호를 알려 줬지만 그는 알려 주지 않았다. 그레이 씨가 오지 않을 것임이 분명해졌다. 나는 실망했고 바보가 된 기분이었다. 결국 전부 다 장난이었던 것이다. 공책을 쓴 저자의 표현처럼 나는 못 본 척을 당했다. 계산을 하고 소지품을 챙기기 시작했다. 재킷을 다시 입고 있는데 카페 안쪽에 앉아 있던 나이 지긋한 여성이 일어나 내 자리로 다가왔다. 그녀는 흰 블라우스와 무릎까지 내려오는 트위드 치마, 짙은 색 양모 코트를 입고 목에는 옥색 스카프를 두르고 있었다. 희끗희끗한 머리카락을 느슨하게 묶어서 몇 가닥이 얼굴 옆으로 흘러내렸다. 눈은 연한 파란색이었고 눈빛이 날카로웠다. 그녀의 모습은 무척 놀라웠다. 아마 옥색 스카프 때문이었는지 어디에선가 본 적이 있었나 싶었다. 확실히 잠깐이나마 기시감을 느꼈다.

「누굴 기다리시나 봐요.」 그녀가 말했다. 노래하듯 기분 좋은 목소리였다.

「그랬죠.」 내가 말했다. 「하지만 그분은 안 오시려나 봅니다.」

「맞아요, 그분은 안 와요.」 그녀가 말했다. 「나를 나쁘게 생각하지 않으면 좋겠네요. 내가 당신한테 장난을 좀 친 것 같은데. 내 이름은 리베카 스미스랍니다.」

나는 고개를 끄덕이고 짤막한 웃음을 터뜨렸다. 「당연히 그렇겠군요.」 내가 말했다.

우리는 잠시 가만히 서서 마주 봤다. 나는 방금 무슨 일이 일어났는지 머릿속으로 정리하고 있었다. 그녀는 내 반응을 평가하고 있었을 것이다.

내가 자리에 다시 앉으며 같이 앉으시라고 손짓했지만 그녀는 내 쪽으로 몸을 숙이고서, 그러는 대신 이 길을 따라 술집으로 가는 건 어떻겠냐고 장난스럽게 속삭였다. 나는 당장 찬성했다. 펨브로크 캐슬까지 짧은 거리를 걸어가는 동안 그녀가 내 팔꿈치 안쪽을 잡았다. 그녀는 나이를 믿을 수 없는 걸음걸이로 나아갔고, 태양을 보려 고개를 드는 작은 거북처럼 도도하게 고개를 치켜들었다. 지나가는 사람들이 놀랍다는 듯 그녀를 흘끔거렸고 나는 그녀의 옆자리를 차지한 사실이 만족스러웠다. 그녀에게는, 나이가 들었어도 우아한 배우 같은 분위기가 있었다.

감사의 말

다음의 사람들에게 가장 깊은 감사를 보낸다.

작가로서의 나를 아낌없이 지원해 준 발행자 겸 친구 세라 헌트에게. 이 책을 향한 당신의 열정과 헌신은 압도적이었다. 당신이 이 책을 발행하게 된 일이 나에게는 정말 대단한 영광이다.

나를 응원해 주고 유머를 발휘하며 편집 관련 사항을 예리하게 지적해 준 에이전트 이조벨 딕슨에게.

날카로운 의견을 주고 세세한 부분까지 꼼꼼하게 살펴봐 준 편집자 크레이그 힐즐리에게. 그리고 물론, 쉼표에 대해서도.

아주 좋은 친구이자 동료 여행자인 빅토리아 에번스에게. 항상 나의 첫 독자가 되어 주는 당신의 지지가 나에게는 전부를 의미한다.

원고의 전체나 일부를 읽고 가장 필요할 때 지지의 말을 건네준 앤지 함스와 친구들에게. 〈그냥 계속해〉라는 말은 절대 헛되지 않았다.

마지막으로 젠 커니언에게. 여러 의미에서 당신이 없었다면 이 책은 탄생하지 못했을 것이다. 이 책은 정말 당신을 위한 작품이다.

인용:

John Clay, *R. D. Laing: A Divided Self* (London: Sceptre, 1997), p. 48.

Dominic Sandbrook, *White Heat* (London: Abacus, 2007), p. 436 중 폴 매카트니의 말 재인용.

John Coldstream, *Dirk Bogarde: The Authorised Biography* (London: Phoenix, 2005), p. 8.

Albert Camus, *The Myth of Sisyphus* (London: Penguin, 2013), p. 58.

또한 3주 동안 머물렀던 라트비아의 〈벤츠필스 국제 작가와 번역가의 집〉의 지원에도 감사를 표한다. 마지막으로, 귀중한 법률적 조언을 제공해 준 데이비드 홈스에게 진심 어린 감사 인사를 전한다. 이 책에서 콜린스 브레이스웨이트에 관한 부분에 오류가 있다면 전적으로 나의 탓이다. 그 외 부분에서 이미 언급한 것들 외에 정확하지 않은 부분이 있다면 공책을 쓴 저자의 책임이다.

옮긴이의 말

2022년 부커상 후보에 올랐던 그레임 맥레이 버넷의 네 번째 소설 『사례 연구』는 2016년에 역시 부커상 후보에 올랐던 두 번째 소설 『블러디 프로젝트』와 마찬가지로 작가 GMB가 (저자의 주장에 따르면) 다른 사람이 쓴 글을 우연히 입수하면서 시작한다. GMB는 악명 높은 1960년대 심리 치료사 브레이스웨이트에게 관심을 두고 조사하다가 그에게 심리 치료를 받은 여성이 썼다는 비망록을 우연히 입수하여 자신이 쓴 간략한 브레이스웨이트의 전기와 함께 엮는다. 흥미로운 두 주인공 — 비망록을 작성한 이름 없는 여성과 〈1960년대 반(反)정신 의학 운동의 앙팡 테리블〉 브레이스웨이트 — 뿐만 아니라 이 책의 구성 자체도 『사례 연구』를 흥미진진하게 만드는 또 다른 주인공이라 하겠다.

이 책은 GMB가 비망록을 입수한 경위를 설명하는 서문으로 시작하여 리베카 스미스라는 가명을 쓰는 여성이 쓴 비망록과 GMB가 쓴 브레이스웨이트의 전기가 번갈아 진행되다가 일종의 후일담인 제2판에 부치는 후기로 마무리된다. 서문에서 GMB는 브레이스웨이트에게 관심을 갖게 된 계기와 비망록을 입수한 경위, 그리고 비망록의 진위에 대한 나름대로의 판단을 짧게 설명하여 본격적인 내용에 대한 흥미를 일으킨다. 그런 다음 리베카 스미스의 비망록과 브레이스웨이트의 전기가 한 장씩 번갈아 진행되는데, 개인적인 기록과 공식적인 전기라는 대조적인 스타일 덕분에 독자는 이야기에 더욱 몰입하게 된다.

본명은 밝혀지지 않고 리베카 스미스라는 가명만 등장하는 비망록의 저자 역시 무척 흥미롭다. 스스로 소심하고 〈독립적인 현대 여성〉과 거리가 멀다고 생각하는 그녀는 언니의 자살이 브레이스웨이트와 관련 있다고 생각해서 진실을 파헤치기 위해 리베카 스미스라는 인물로 가장하고 상담을 핑계로 그에게 접근한다. 그러나 그녀의 진술을 읽다 보면 순진한 듯하지만 억눌린 욕망을 품고 있고 때로는 대담하게 행동하는 복잡한 인물임을 알 수 있다. 게다가 그녀의 진술에서는 지명이 틀리거나 사실 관계가 어긋나기도 하고, 어머니가 절벽에서 추락사하는 부분에서는 사실 그녀가 저지른 짓이 아닐까 의심하지 않을 수 없다. 그녀는 이처럼 신뢰할 수 없는 화자이기 때문에 진실과 거짓의 경계에 대한 우리의 궁금증은 더욱 커진다.

또 다른 주인공 브레이스웨이트는 거친 북부 출신으로, 옥스퍼드에 진학하지만 학교에 적응하지 못하고 그만둔다. 그러나 저명한 정신 의학자 R. D. 랭을 만나 심리학에 관심을 갖게 되고 프랑스에서 떠돌이 일꾼 생활을 하다가 심리학을 공부하기 위해 옥스퍼드로 돌아간다. 그곳에서 그는 안하무인으로 굴며 자신보다 어린 동료 학생들에게 큰 영향력을 끼치는 인물로 변모한다. 브레이스웨이트는 다른 사람의 시선을 신경 쓰지 않으면서 무례하고 제멋대로 사는 인물이지만 사실 어린 나이에 어머니와 떨어져 다른 가족들에게 이해받지 못했던 외로운 어린 시절이나 심리 치료사로 큰 인기를 누리다가 스캔들 때문에 몰락한 다음 고향으로 돌아가서 지낼 때의 모습을 보면 그 역시 다면적인 인물임을 알 수 있다. 또한 작가는 브레이스웨이트의 전기에 R. D. 랭이나 더크 보가드, 미켈란젤로 안토니오니, 폴 매카트니 같은 역사적으로 실재한 인물들을 엮어 넣음으로써 실제와 허구의 경계를 흐린다.

마지막으로 GMB가 그에게 비망록을 보내 준 미지의 인물과 만나는 후일담은 이야기를 정리한다기보다 오히려 의문을 선사함으로써 소설을 흥미진진하게 끝맺는다. 앞서 비망록에서 리베카 스미스라는 가상의 인물이 이름 없는 비망록의 저자를 점점 잠식하는 과정을 보았던 독자가 마지막 책장을 덮을 때는 머릿속에 커다란 물음표가 남을 것이다. 비망록의 내용이 모두 거짓말은 아닌지, 실제와 허구의 경계는 어디까지인지 끊임없이 생각하게 만드는 소설에 더없이 잘 어울리는 결말이다.

2024년 3월

허진

옮긴이 **허진** 서강대학교 영어영문학과와 이화여자대학교 통번역대학원 번역학과를 졸업했다. 옮긴 책으로 클레어 키건의 『맡겨진 소녀』, 앤 그리핀의 『모리스 씨의 눈부신 일생』, 루이자 메이 올컷의 『작은 아씨들』, 조지 오웰의 『조지 오웰 산문선』, 엘리너 와크텔의 인터뷰집 『작가라는 사람』(전 2권), 지넷 윈터슨의 『시간의 틈』, 도나 타트의 『황금방울새』, 마틴 에이미스의 『런던 필즈』와 『누가 개를 들여놓았나』, 할레드 알하미시의 『택시』, 나기브 마푸즈의 『미라마르』, 아모스 오즈의 『지하실의 검은 표범』, 수전 브릴랜드의 『델프트 이야기』 등이 있다.

사례 연구

발행일 **2024년 4월 5일 초판 1쇄**

지은이 **그레임 맥레이 버넷**
옮긴이 **허진**
발행인 **홍예빈·홍유진**
발행처 **주식회사 열린책들**

경기도 파주시 문발로 253 파주출판도시
전화 **031-955-4000** 팩스 **031-955-4004**
www.openbooks.co.kr

ISBN 978-89-329-2425-0 03840